Nach der Sperrstunde ist der sechste Roman mit Lawrence Blocks fesselndster Figur Matthew Scudder. Von heftigen Schuldgefühlen geplagt, hat er Frau und Kinder verlassen und den Dienst beim NYPD quittiert. Seitdem haust er in einem Hotel in New Yorks Hell's Kitchen und ernährt sich in seiner Stammkneipe, Jimmy Armstrong's Saloon, vorwiegend von Kaffee und Bourbon. Das wenige Geld, das er zum Leben braucht, verdient er sich als Privatdetektiv, der, wie er es selbst nennt, »Freunden hin und wieder einen Gefallen tut.«

Im Mittelpunkt der drei Fälle dieses Romans, der oft als Lawrence Blocks vielschichtigster angesehen wird, stehen Scudders Freundschaften: Tommy Tillary, eine Kneipenbekanntschaft, wird des Mords an seiner Frau beschuldigt und beauftragt Scudder damit, die Vorwürfe gegen ihn zu entkräften. Tim Pat Morissey, Barbesitzer mit IRA-Verbindungen, heuert ihn an, die zwei Männer zu finden, die seine Kneipe überfallen haben. Skip Devoe schließlich sucht bei Scudder Hilfe, weil er von jemandem erpresst wird, der die Geschäftsbücher seiner Bar gestohlen hat.

»Blocks Stil ist im besten Sinn des Worts realistisch«, schrieb Marilyn Stasio in der *New York Times Book Review*. »Da gibt es kein falsches Pathos, keine papierenen Dialoge und keine sprachlichen Mätzchen. Mr. Block kennt sein New York und weiß, wie seine Bewohner sprechen. Diesen Roman hat ein Autor geschrieben, der genau weiß, was er tut.«

Und Martin Cruz Smith, Autor von *Gorki-Park*, findet: »Viel mehr als ein Krimi. Ein Buch über Männer, über Alkohol, über New York, von einer der eigenständigsten und markantesten Stimmen der amerikanischen Literatur.«

Nach der Sperrstunde

LAWRENCE BLOCK

Aus dem Amerikanischen übersetzt von Sepp Leeb

Für Kenneth Reichel

A LAWRENCE BLOCK PRODUCTION

Und so verbrachten wir wieder eine Nacht
Voller Poesie und Posen
Und jeder weiß, er ist allein,
Wenn die gelobte Kneipe schließt.

DAVE VAN RONK

Kapitel 1

Die Fenster im Morissey's waren schwarz gestrichen. Der Knall war laut und nahe genug, um sie zum Scheppern zu bringen. Er ließ die Unterhaltung mitten im Satz ersterben und einen Kellner mitten im Schritt zu einer Statue erstarren, einen Fuß in der Luft, das Tablett mit frisch gefüllten Gläsern über der rechten Schulter balancierend. Das gewaltige Krachen legte sich wie sinkender Staub, doch über dem Raum lag noch eine ganze Weile fast ehrfurchtsvolle Stille.

Irgendjemand entfuhr ein erschrockenes »Oh!«, und viele ließen ihren angehaltenen Atem entweichen. An unserem Tisch griff Bobby Ruslander nach einer Zigarette und murmelte: »Das hat sich ja fast wie eine Bombe angehört.«

»Ein Schweizer Kracher tut's auch«, meinte Skip Devoe.

»Mehr nicht?«

»Hast du eine Ahnung«, entgegnete Skip. »Wenn so ein Schweizer Kracher statt der Papierumwickelung eine Metallummantelung hätte, hättest du anstatt eines Spielzeugs eine Waffe. Du brauchst nur einen von diesen Knallern anzuzünden und vergessen, ihn wegzuwerfen, dann kannst du dich am besten gleich daran gewöhnen, künftig eine Menge Dinge nur mit links zu machen.«

»Das hat sich aber trotzdem nach was Größerem angehört als nur einem Knallkörper«, beharrte Bobby auf seinem Standpunkt. »Wie eine Ladung Dynamit oder eine Granate oder so was. Also wenn ihr mich fragt, hat sich das nach dem Ausbruch des Dritten Weltkriegs angehört.«

»Seht euch nur mal unseren Schauspieler an«, spottete Skip mit gewohnter Gutmütigkeit. »Ein Held vom alten Schrot und Korn. Raus aus dem Schützengraben und dann los über die windgepeitschten Hügel, und das bei Sturm und Regen. Bobby Ruslander, kampferprobter Veteran unzähliger Schlachten.«

»Krampferprobter Schmierenschauspieler wäre wohl zutreffender«, warf jemand ein.

»Unser großer Mime«, legte Skip eins drauf und fuhr Bobby mit der Hand durchs Haar. »›Hört, ich vernehm' der Kanonen Donner.‹ Kennst du übrigens den Witz?«

»Den habe ich dir doch erzählt.«

»›Hört, ich vernehm' der Kanonen Donner.‹ Wann hast du eigentlich zum letzten Mal einen im Zorn abgefeuerten Schuss gehört? Als wir den letzten Krieg hatten, hat Bobby übrigens einen Brief von seinem Therapeuten vorgelegt. ›Lieber Uncle Sam, entschuldige bitte Bobbys Fernbleiben. Kugeln machen ihn ganz wahnsinnig.‹«

»Das war die Idee meines alten Herrn«, rechtfertigte sich Bobby.

»Klar, du hast ihm das Ganze ja auch auszureden versucht. ›Gebt mir eine Kanone‹, hast du gesagt. ›Ich möchte für mein Vaterland kämpfen.‹«

Bobby musste lachen. Er hatte einen Arm um sein Mädchen gelegt und griff mit der freien Hand nach seinem Glas. »Ich hab doch nur gesagt, für mich hätte sich dieser Knall nach einer Ladung Dynamit angehört.«

Skip schüttelte den Kopf. »Dynamit klingt völlig anders. Jeder Sprengstoff hört sich anders an; sie haben alle ihren eigenen Sound. Dynamit klingt abgehackter und nicht so dumpf wie ein Schweizer Kracher. Und eine Granate zum Beispiel klingt eher wie ein ganzer Akkord.«

»Ist wohl Musik für dich, dieses Geknalle«, rief jemand dazwischen, und noch jemand sagte: »Hört euch das mal an – richtig poetisch.«

»Ich wollte meine Kneipe eigentlich Hufeisen und Handgranaten nennen«, griff Skip das Thema wieder auf.

»Wie heißt es doch so schön? Außer bei Hufeisen und Handgranaten zählt es nicht, wenn du nur nahe dran bist.«

»Ich finde das einen guten Namen«, erklärte Billie Keegan.

»Mein Partner fand das nicht«, sagte Skip. »Dieser Trottel von Kasabian meinte immer, das klänge nicht nach einer Kneipe, sondern eher nach irgend so einer Schickimicki-Boutique in Soho, wo sie Spielzeug für Bonzenkinder verkaufen. Also ich weiß nicht. Ich finde, Hufeisen und Handgranaten klingt einfach gut ...«

»Haftschalen und Eierwärmer«, rief jemand dazwischen.

»Vielleicht hatte Kasabian ja recht. Am Ende hätten die Leute die Kneipe dann tatsächlich so genannt.« Wieder an Bobby gewandt, fuhr Skip fort: »Weil wir gerade bei den verschiedenen Geräuschen sind, die Sprengkörper machen – du solltest mal einen Granatwerfer hören. Vielleicht erzählt dir Kasabian eines

Tages mal die Geschichte mit dem Granatwerfer, wenn du ihn schön darum bittest.«

»Ich werde ihn mal fragen.«

»Hufeisen und Handgranaten«, kam Skip wieder auf sein altes Thema zurück. »So hätten wir den Laden nennen sollen.«

Stattdessen hatten er und sein Partner sich dann auf Miss Kitty's geeinigt. Ich persönlich bevorzugte für meine Gelage eher das Jimmy Armstrong's in der Ninth Avenue zwischen Fifty-seventh und Fifty-eighth. Das Miss Kitty's lag in der Ninth, unterhalb der Fifty-sixth, und war für meinen Geschmack etwas zu groß und hektisch. An Wochenenden machte ich einen weiten Bogen um den Laden, aber unter der Woche und spätnachts, wenn nicht mehr viel los war und der Geräuschpegel sich etwas gesenkt hatte, ließ es sich auch im Miss Kitty's ganz gut aushalten.

Ich war dort früher an diesem Abend schon gewesen. Zuerst hatte ich ins Armstrong's geschaut, und gegen halb drei waren dann nur noch vier von uns übrig – Billie Keegan hinter dem Tresen und ich davor, und zwei Krankenschwestern, die von ihren Black Russians schon ziemlich hinüber waren. Billie machte den Laden dicht, worauf die zwei Krankenschwestern in die Nacht davontorkelten und wir beide ins Miss Kitty's weiterwanderten. Kurz vor vier machte dann auch Skip dicht, sodass unsere Handvoll Unentwegter ins Morissey's weiterzog.

Dort machten sie dann erst gegen neun oder zehn Uhr vormittags zu. Die offizielle Sperrstunde für Bars in New York ist vier Uhr früh, an Samstagen eine Stunde früher, aber beim Morissey's handelte es sich um ein illegales Etablissement, das sich um derlei Bestimmungen nicht zu kümmern brauchte. Es lag im ersten Stock eines vierstöckigen, roten Ziegelbaus in der Fifty-first Street zwischen Eleventh und Twelfth Avenue. Etwa ein Drittel der Häuser in diesem Block waren unbewohnt, ihre Fenster eingeschlagen oder mit Brettern vernagelt, einige der Eingangstüren zugemauert.

Das Haus, in dem die Morissey-Brüder ihren Laden hatten, gehörte ihnen selbst. Viel konnte sie die Bruchbude nicht gekostet haben. Sie wohnten in den zwei oberen Etagen, vermieteten das Erdgeschoss an eine irische Amateurtheatergruppe und schenkten im ersten Stock nach der Sperrstunde Bier und Whiskey aus. Um einen möglichst großen Raum zu schaffen, hatten sie im ersten Stock alle Trennwände herausgebrochen. Eine Wand hatten sie bis auf die Ziegel vom Putz befreit, die alten Dielenböden sauber abgezogen und neu eingelassen und versiegelt, dazu für gedämpfte Beleuchtung gesorgt und die nackten Wände mit gerahmten Aer-Lingus-Plakaten und einer Kopie von Pearse's Proklamation von 1916 an das irische Volk verschönert (»Iren und Irinnen, im Namen Gottes und der dahingegangenen Generationen«). Entlang einer Wand war ein Tresen angebracht, und ansonsten füllten den Raum zwanzig oder dreißig quadratische Tische, die an Hackstöcke in einem Fleischerladen erinnerten.

Wir saßen an zwei zusammengerückten Tischen. Skip Devoe gehörte unserer Runde an und Billie Keegan, der Barkeeper vom Armstrong's. Außerdem Bobby Ruslander und seine Freundin für diesen Abend, ein Mädchen namens Helen mit Schlafzimmerblick und roten Haaren. Eddie Grillo, der in einem italienischen Restaurant in den West Forties hinter der Bar stand, und ein gewisser Vince, der bei CBS Studiotechniker oder so was war.

Ich trank Bourbon, und zwar musste es sich dabei entweder um Jack Daniel's oder Early Times gehandelt haben, da dies die einzigen Bourbonsorten waren, die die Morisseys führten. Sie hatten auch drei oder vier Scotches, Canadian Club und jeweils eine Sorte Gin und Wodka. Zwei Biere, Budweiser und Heineken. Einen Cognac und ein paar komische Mixgetränke. Unter anderem auch Kahlua, nehme ich an, da in diesem Jahr Black Russians schwer in Mode waren. Drei Sorten irischen Whiskey, Bushmill's, Jameson und eine Marke, die sich Power's nannte; ich hatte das Zeug nie jemanden bestellen sehen, aber anscheinend hatten die Morisseys eine gewisse Schwäche dafür. Man hätte denken können, dass sie auch irisches Bier hatten, Guiness zumindest, aber Tim Pat Morissey hatte mir einmal gestanden, dass er Guiness in Flaschen nicht mochte und dass ihm nur frisch gezapftes Stout schmeckte, und auch das nur auf der anderen Seite des Atlantiks.

Sie waren Prügel Mannsbilder, die Morisseys, mit hohen, breiten Stirnen und mächtigen, rostfarbenen Rauschebärten. Sie trugen schwarze Hosen und auf Hochglanz polierte, schwarze Brogans und hatten ihre weißen Hemden immer bis über die Ellbogen hochgekrempelt. Dazu hatten sie sich weiße Metzgerschürzen umgebunden, die bis über die Knie reichten. Der Kellner, ein schlanker, stets sauber rasierter Jugendlicher, war genauso gekleidet, wenn er in diesem Aufzug auch ein wenig verkleidet wirkte. Ich vermute fast, dass er ein Neffe der beiden war; jedenfalls mussten zwischen ihm und den Morisseys irgendwelche Blutsbande bestehen, dass er bei ihnen arbeitete.

Sie hatten sieben Tage die Woche von etwa zwei Uhr früh bis neun oder zehn

Uhr vormittags offen. Ein Getränk kostete bei ihnen drei Dollar, was etwas teurer war als in normalen Bars, aber für einen Laden, der nach der Sperrstunde noch offen hatte, durchaus annehmbar, zumal sie immer gut einschenkten. Ein Bier kostete zwei Dollar. Sie mixten einem auch die meisten Standarddrinks, aber wenn einem nach irgendeiner exotischen süßen Pappe war, suchte man sich besser einen anderen Laden.

Ich kann mir nicht vorstellen, dass die Polizei den Morisseys je Schwierigkeiten machte. Auch wenn sie keine Neonreklame vor der Tür hängen hatten, war die Kneipe nicht gerade das bestgehütete Geheimnis des Viertels. Die Polizei wusste natürlich von der Existenz des Ladens, und an diesem speziellen Abend entdeckte ich unter den Gästen ein paar Streifenpolizisten von Midtown North und einen Detective, den ich von früher aus Brooklyn kannte. Auch zwei Schwarze, die ich kannte, waren da; einen hatte ich mehrfach bei Boxkämpfen direkt am Ring sitzen sehen, sein Begleiter war Senator. Ich bin sicher, dass die Morissey-Brüder ein paar Leute schmierten, um den Laden nicht dichtmachen zu müssen, aber sie hatten auch gute Beziehungen zu Lokalpolitikern, und die zählten letztendlich mehr als die Schmiergelder, die sie zahlten.

Sie streckten die Getränke nicht mit Wasser und schenkten ordentlich ein. War das etwa nicht die beste Referenz, die man haben konnte?

Draußen ging ein zweiter Knaller hoch. Das Geräusch kam diesmal aus größerer Entfernung, vielleicht ein, zwei Blocks weiter, und unterband diesmal auch nicht die Unterhaltung. An unserem Tisch beklagte sich der CBS-Typ nur darüber, dass sie es wieder einmal nicht erwarten konnten. »Der vierte Juli ist doch erst am Freitag, oder? Und was haben wir heute für ein Datum, den ersten?«

»Seit vier Stunden schreiben wir bereits den zweiten Juli.«

»Das sind immer noch zwei Tage bis zum vierten. Können die's denn mit ihrer blöden Knallerei gar nicht erwarten?«

»Es gibt einfach Leute, die sind süchtig nach diesen Feuerwerkskörpern«, warf Bobby Ruslander ein. »Und wisst ihr, wer in dieser Hinsicht am schlimmsten ist? Die Chinesen. Ich war mal 'ne Weile mit einem Mädchen befreundet, die nicht weit von Chinatown wohnte. Ich kann euch sagen, dort kriegst du jeden Knaller, den du dir nur denken kannst, und zwar ganz gleich um welche Uhrzeit. Und das nicht nur im Juli, um den Nationalfeiertag, sondern das ganze Jahr über. Wenn es ums Knallen geht, sind die dort alle wie kleine Kinder.«

»Mein Partner wollte den Laden Little Saigon nennen«, griff Skip sein altes Thema wieder auf. »Aber ich sagte ihm: John, überleg doch mal; dann denken die Leute doch, das wäre ein chinesisches Restaurant. Willst du etwa, dass plötzlich ganze Großfamilien aus Rego Park reingeschneit kommen und *moo goo gai pan* bestellen? Und er: Was soll an Saigon groß chinesisch sein? Und darauf ich: John, ich weiß, dass dir das klar ist, und mir ist es natürlich auch klar, aber was die Leute aus Rego Park betrifft, John – überleg doch mal –, für die ist ein Schlitzauge ein Schlitzauge, die machen da keinen Unterschied, und entsprechend erwarten sie auch, dass du ihnen *moo goo gai pan* servierst.«

Bobby Ruslanders Freundin Helen erklärte darauf allen Ernstes, sie äße gerne *moo goo gai pan*. Skip sah sie erstaunt an. Ich griff nach meinem Glas. Es war leer. Ich hielt nach dem glatt rasierten Kellner oder einem der Morisseys Ausschau.

Deshalb war mein Blick auf die Tür gerichtet, als sie aufflog. Der eine Bruder, der unten am Eingang stand, taumelte herein und flog gegen einen Tisch. Gläser wurden umgeschüttet, ein Stuhl fiel um.

Hinter ihm stürmten zwei Männer in den Raum. Der eine war vielleicht eins siebzig groß, der andere ein gutes Stück kleiner. Beide waren schmächtig. Beide trugen Bluejeans und Tennisschuhe. Der größere hatte eine Baseballjacke an, der kleinere eine königsblaue Windjacke. Beide hatten sich Baseballmützen tief in die Stirn hereingezogen und blutrote Halstücher vors Gesicht gebunden, sodass nur die Augen zu sehen waren.

Jeder hatte eine Knarre in der Hand. Einer einen stumpfnasigen Revolver, der andere eine Automatik mit langem Lauf. Der mit der Automatik hob seinen Arm und feuerte zwei Schüsse in die Walzblechdecke. Das klang weder nach einem Schweizer Kracher noch nach einer Handgranate.

Ebenso schnell, wie sie aufgetaucht waren, waren sie auch wieder verschwunden. Einer stürzte hinter den Tresen, wo Tim Pat die Garcia y Vega-Zigarrenschachtel mit den Einnahmen des Abends aufbewahrte. Auf dem Tresen stand ein Glaskrug mit einem handgeschriebenen Zettel, auf dem um eine Spende für die Familien in Nordirland inhaftierter IRA-Angehöriger gebeten wurde; daraus fischte der kleinere von beiden die Scheine, während er die Münzen nicht anrührte.

Während er damit beschäftigt war, hielt sein Partner die Morisseys mit vorgehaltener Waffe in Schach und forderte sie auf, ihre Taschen zu leeren. Er nahm das Bargeld aus ihren Brieftaschen; Tim Pat nahm er außerdem ein loses Bündel Geldscheine ab. Der kleinere stellte darauf eben mal die Zigarrenkiste ab und ging zu einem gerahmten Aer-Lingus-Poster der Cliffs of Moher. Als er es von der Wand nahm, kam dahinter ein Wandsafe zum Vorschein. Er schoss das Schloss auf, nahm eine kleine Stahlschatulle heraus, klemmte sie sich ungeöffnet unter den Arm, packte dann auch noch die Zigarrenkiste und rannte durch die Tür und polternd die Treppe hinunter.

Sein Partner hielt die Morisseys weiter in Schach, bis er das Haus verlassen hatte. Er richtete seine Automatik genau auf Tim Pats Brust, und einen Augenblick lang dachte ich, er würde abdrücken. Er war es, der die zwei Schüsse in die Decke abgefeuert hatte, und es war kaum anzunehmen, dass er Tim Pat aus dieser Entfernung verfehlen würde. Aber es gab nichts, was ich dagegen hätte unternehmen können.

Doch der Augenblick verstrich. Der Mann mit der Automatik atmete durch den Mund aus, dann zog er sich rückwärts zur Tür zurück und stürmte die Treppe hinunter.

Niemand rührte sich.

Schließlich beriet sich Tim Pat flüsternd mit einem seiner Brüder; es war der, der unten am Eingang gestanden hatte. Der Bruder nickte und ging zu dem offenen Wandsafe. Er schloss ihn und hängte das Poster von den Cliffs of Moher wieder an seinen alten Platz zurück.

Nachdem Tim Pat kurz mit seinem anderen Bruder gesprochen hatte, räusperte er sich und ergriff das Wort. »Meine Herren«, begann er und strich sich mit seiner mächtigen Pranke den Bart glatt. »Meine Herren, wenn ich vielleicht einen Augenblick Ihre Aufmerksamkeit in Anspruch nehmen dürfte, um mich zu dem Vorfall zu äußern, dessen wir gerade alle Zeuge wurden. Zwei gute Freunde von uns sind eben hier aufgetaucht, um uns um ein bescheidenes Darlehen von ein paar Dollar zu bitten – ein Ansinnen, dem wir selbstverständlich nur zu bereitwillig nachgekommen sind. Keiner der hier Anwesenden hat sie erkannt oder von ihrem Erscheinen auch nur Notiz genommen und würde sie entsprechend auch keinesfalls wiedererkennen, sollten sich unsere Wege, so Gott will, jemals wieder kreuzen.« Seine Fingerspitzen betupften seine breite Stirn und schickten sich dann an, neuerlich seinen Bart zu striegeln. »Meine Herren«, fuhr er fort, »es wäre meinen Brüdern und mir eine Ehre, wenn Sie so freundlich wären, den nächsten Drink auf Kosten des Hauses zu sich zu nehmen.«

Und dann gaben die Morisseys eine Runde aus. Bourbon für mich. Einen Jameson für Billie Keegan, Scotch für Skip, Brandy für Bobby und einen Scotch sour für seine Flamme. Ein Bier für den Kerl von CBS und einen Brandy für Eddie, den Barkeeper. Ringsum wurden frische Drinks gebracht – für die Polizisten, für die schwarzen Politiker, für einen bunt zusammengewürfelten Haufen aus Kellnern, Barkeepern und Nachtvögeln. Niemand stand auf und ging – nicht, nachdem die Morisseys eine Runde ausgegeben hatten und draußen auf der Straße vielleicht noch ein paar maskierte Ganoven mit ihren Schießeisen die Gegend unsicher machten.

Der glattrasierte Neffe und zwei der Brüder servierten die Drinks. Tim Pat stand, die Arme über seiner weißen Schürze verschränkt, mit ausdrucksloser Miene am Tresen. Nachdem alle einen frischen Drink vor sich stehen hatten, flüsterte einer der Brüder Tim Pat etwas ins Ohr und deutete auf den Glaskrug, der bis auf ein paar Münzen leer war. Tim Pats Miene verdüsterte sich.

»Meine Herren«, ergriff er neuerlich das Wort, worauf es unverzüglich still im Raum wurde. »Wie ich leider feststellen muss, wurden eben in der allgemeinen Überstürzung auch Spendengelder entwendet – Spendengelder, die für die notleidenden Familien politischer Gefangener in Nordirland gedacht waren. Was unseren privaten Verlust betrifft - meinen eigenen und den meiner Brüder –, so wollen wir darüber kein Wort mehr verlieren, aber wenn ich an diese armen Frauen und Kinder denke, die kein Geld haben, um Lebensmittel zu kaufen ...« Er hielt inne, um Atem zu schöpfen und schließlich leiser fortzufahren: »Wenn Sie den Krug freundlicherweise unter Ihnen herumgehen lassen würden, und sollte jemand unter Ihnen die Güte haben, mit einer kleinen Spende das Schicksal dieser Armen erleichtern zu wollen, so dürfte ihm Gottes Gnade gewiss sein.«

Ich blieb vielleicht noch eine halbe Stunde, jedenfalls nicht viel länger. Außer dem Bourbon auf Kosten des Hauses kippte ich noch einen, und dann war genug. Billie und Skip gingen auch, als ich aufstand. Bobby und seine Flamme wollten noch eine Weile bleiben, Vince war bereits gegangen, und Eddie war an einen anderen Tisch übergewechselt, wo er sich an eine große Brünette heranzumachen versuchte, die im O'Neal's bediente.

Der Himmel wurde bereits hell, doch über den Straßen lag noch die Stille des anbrechenden Tages. Skip sagte: »Das beste Geschäft dürften an diesem Abend wohl die notleidenden Frauen und Kinder Nordirlands gemacht haben. So viel dürften Frank und Jesse wohl kaum aus dem Topf genommen haben, und die Leute haben sich ja mächtig ins Zeug gelegt, um den Verlust wieder wettzumachen.«

»Frank und Jesse?«

»Na, die beiden Banditen mit ihren roten Tüchern vorm Gesicht. Frank und Jesse James, meine ich. Das waren doch nur Dollarscheine und höchstens ein paar Fünfer, die die beiden aus dem Krug geholt haben, und dann haben die Gäste mit Zehnern und Zwanzigern nur so um sich geworfen, damit die armen notleidenden Frauen und Kinder im Norden nicht das Nachsehen haben.«

»Wie hoch schätzt du den Verlust der Morisseys?«, wandte sich Billie an mich.

»Woher soll ich das wissen. Dieser Safe könnte voller Versicherungspolicen und Bilder ihrer Heiligen Mutter Gottes gewesen sein, auch wenn mich das ziemlich wundern würde. Ich würde jedenfalls wetten, dass die beiden genügend abgesahnt haben, um eine ordentliche Ladung Waffen an ihre kriegslüsternen Kumpel in Belfast und Londonderry zu schicken.«

»Glaubt ihr, die beiden Räuber waren von der IRA?«

»Quatsch«, schnaubte Skip und schnippte seine Zigarette in den Rinnstein. »Wenn du mich fragst, dann gehören die Morisseys dem Verein an. Und ich glaube, dass dorthin ihr ganzes Geld wandert. Ich würde sagen ...«

»Hey, ihr da! Wartet mal kurz, ja?«

Wir drehten uns um. Ein Mann namens Tommy Tillary winkte uns von der Eingangstreppe zum Haus der Morisseys zu. Er war ein stämmiger Kerl, mit dicken Backen, einem Mordsbrustkasten und auch einem Mordsbauch. Er trug einen leichten, burgunderroten Blazer und eine weiße Hose. Sogar eine Krawatte hatte er um, aber man sah ihn eigentlich fast immer mit Krawatte.

Die Frau in seiner Begleitung war klein und zierlich; ihr hellbraunes Haar wies einen leichten Rotschimmer auf. Sie trug enge, verblichene Jeans und eine rosa Bluse mit hochgekrempelten Ärmeln. Sie wirkte sehr müde und ein bisschen angetrunken.

»Ihr kennt doch sicher Carolyn?«, stellte uns Tillary seine Begleiterin vor. Und nachdem wir sie alle begrüßt hatten, fuhr er fort: »Mein Wagen steht gleich um die Ecke. Ich kann euch gern nach Hause bringen.«

»Ach, an so einem schönen Morgen«, winkte Billie ab, »kann ich auch genauso gut zu Fuß nach Hause gehen, Tommy.«

»Wenn du meinst.«

Skip und ich lehnten ebenfalls dankend ab. »Noch ein bisschen den Alkohol ausschwitzen«, sagte Skip. »Damit sich die nötige Bettschwere einstellt.«

»Seid ihr sicher? Es macht mir wirklich nichts aus, euch nach Hause zu fahren.« Wir waren sicher. »Würde es euch dann vielleicht was ausmachen, uns bis zum Wagen zu begleiten? Ist doch schließlich kein Wunder, wenn einem nach dieser Vorstellung von eben ein bisschen zweierlei wird, findet ihr nicht auch?«

»Aber klar, Tom.«

»Wirklich ein schöner Morgen, hm? Wird sicher wieder ein verdammt heißer Tag, aber im Augenblick ist es noch angenehm kühl. Also ich kann euch schwören, dass ich echt dachte, der Kerl würde – wie heißt er doch gleich wieder? – Tim Pat über den Haufen knallen. Habt ihr den Blick von der Type gesehen?«

»Ja.« Billie nickte. »Kurz hatte ich auch den Eindruck, dass diesem Kerl der Finger am Abzug gewaltig gejuckt hat.«

»Ich habe schon befürchtet, dass jeden Augenblick eine Mordsknallerei losgeht, und mich nach einem Tisch umgesehen, hinter dem ich in Deckung gehen könnte. Verdammt klein, die Tische da oben, findet ihr nicht auch? Nicht gerade viel, um dahinter in Deckung zu gehen.«

»Allerdings nicht.«

»Und ich gebe ja nun, weiß Gott, nicht gerade das kleinste Ziel ab, was? Was paffst du denn da, Skip? Camels? Könnte ich vielleicht eine haben? Weißt du, ich rauche nämlich diese Filterzigaretten, und zu so vorgerückter Stunde können die einem manchmal ganz schön lasch vorkommen. Danke. Habe ich mir das eigentlich nur eingebildet, oder waren da nicht auch ein paar Herren von der Polizei unter den Gästen?«

»Das waren sie allerdings.«

»Die müssen ihre Kanonen doch auch nach Dienstschluss mit sich rumtragen, oder täusche ich mich da?«

Diese Frage war speziell an mich gerichtet, weshalb ich ihm bestätigte, dass es eine Vorschrift besagten Inhalts gäbe.

»Man könnte doch eigentlich meinen, dass einer von denen zumindest Anstalten hätte machen können, es denen zu zeigen.«

»Meinst du, es auf eine Schießerei mit den beiden Ganoven ankommen lassen?«

»Na ja, etwas in der Art zumindest.«

»Eine verdammt effektive Methode, ein paar Leute um die Ecke zu bringen«, warf ich ein. »Mitten unter einem Haufen Leute loszuballern.«

»Wahrscheinlich wäre die Gefahr von Querschlägern ziemlich groß, oder?«

»Wie kommst du ausgerechnet darauf?«

Überrascht über den unvermutet scharfen Tonfall in meiner Stimme, sah er mich an. »Wie soll ich schon auf so was kommen? Einfach so eben. Ich meine, allein wie dieser Kerl in die Decke geschossen hat; da hätte doch auch eine Kugel abprallen und allen möglichen Schaden anrichten können. Oder etwa nicht?«

»Doch«, nickte ich. Ein Taxi mit einem Fahrgast auf dem Vordersitz fuhr an uns vorbei. »Ganz gleich, ob im Dienst oder nicht, würde ein Polizist in so einer Situation nie etwas unternehmen, solange nicht jemand anderer loszuballern begonnen hat. Vermutlich saßen da oben vorhin mehrere Bullen rum, die bereits ihre Hand an ihrer Dienstwaffe hatten; vor allem gegen Ende zu. Wenn dieser Knilch Tim Pat abgeknallt hätte, hätte er auf dem Weg zur Tür vermutlich einigen Kugeln ausweichen dürfen. *Falls* jemand freies Schussfeld auf ihn gehabt hätte.«

»Und falls noch jemand nüchtern genug gewesen wäre, um geradeaus schauen zu können«, warf Skip ein.

»Klingt durchaus einleuchtend«, meinte Tommy nachdenklich. »Bist du nicht mal eingeschritten, Matt, als sie vor ein paar Jahren eine Bar überfallen haben? Wenn mich nicht alles täuscht, hat jemand mal etwas in der Art erzählt.«

»Das war ein bisschen anders«, erwiderte ich. »Die hatten damals bereits den Mann hinterm Tresen erschossen, bevor ich eingeschritten bin. Und ich habe auch nicht in der Kneipe loszuballern angefangen, sondern bin ihnen auf die Straße hinaus gefolgt.« Und während ich darauf meinen Erinnerungen an diese Geschichte nachhing, überhörte ich die nächsten paar Sätze der Unterhaltung. Jedenfalls sagte Tommy gerade, als ich mich wieder den anderen zuwandte, dass er eigentlich fast damit gerechnet hätte, dass es an diesem Abend zu einem Überfall kommen würde.

»Heute Nacht war doch eine Menge los bei den Morissey's«, meinte er. »Lauter Nachtarbeiter, Leute, die ihre eigenen Läden dichtgemacht hatten und die Tageseinnahmen noch mit sich herumtrugen. Ich war ehrlich gesagt überrascht, dass sie nicht den Hut rumgehen lassen haben.«

»Vermutlich hatten sie's eben doch etwas eilig.«

»Ich habe zwar nur ein paar Hunderter eingesteckt, aber auch die würde ich lieber behalten, als sie so einem Heini mit 'nem Rotztuch vor der Visage in den Rachen zu stopfen. Wirklich ein erleichterndes Gefühl, nicht ausgeraubt zu werden; da kann man dann ruhig etwas großzügiger sein, wenn sie den Klingelbeutel rumgehen lassen. Ich habe doch tatsächlich einen Zwanziger für die Witwen und Waisen springen lassen, ohne auch nur zweimal nachzudenken.«

»Das war doch ein abgekartetes Spiel«, meldete sich Billie Keegan zu Wort. »Die Jungs mit den Tüchern vorm Gesicht sind doch nur gute Freunde der Familie, die diese Nummer regelmäßig alle paar Wochen abziehen, um die Spenden ein bisschen hochzutreiben.«

»Jetzt mach aber mal 'nen Punkt.« Diese Vorstellung ließ Tommy in schallendes Gelächter ausbrechen. »Das wäre ja echt ein Ding. Ah, da steht ja meine Karre schon. Habt ihr es euch inzwischen nicht doch anders überlegt? Niemand, der sich nach Hause chauffieren lassen will?«

Wir blieben alle unserem Entschluss treu, zu Fuß zu gehen. Tommy fuhr einen dunkelbraunen Buick Riviera mit weißen Ledersitzen. Er hielt Carolyn den Schlag auf, ging dann um den Wagen herum und Schloss die Fahrertür auf, nicht ohne dabei über ihr Unvermögen, sich über den Sitz zu beugen und ihm die Tür aufzumachen, eine Grimasse zu schneiden.

Nachdem sie losgefahren waren, sagte Billie: »Die beiden waren heute schon bis um eins, halb zwei im Armstrong's. Eigentlich hatte ich nicht damit gerechnet, ihnen später noch mal zu begegnen. Ich hoffe nur, dass er nicht noch mal nach Brooklyn zurückfährt.«

»Wohnen sie denn dort?«

»*Er* wohnt dort«, korrigierte Billie Skip. »Sie lebt hier gleich in der Nähe. Aber er ist verheiratet. Trägt schließlich 'nen Ring.«

»Ist mir noch nie aufgefallen.«

»Die Kleine war schon ganz schön zu, findet ihr nicht auch? Als ich die beiden früher gehen sah, dachte ich natürlich, er würde sie nach Hause bringen – wenn ich mir's recht überlege, hat er das vermutlich auch getan. Sie hatte doch früher noch ein Kleid an, Matt, oder nicht?«

»Ich weiß nicht mehr.«

»Ich könnte wetten, dass sie ein Kleid anhatte. Jedenfalls Bürokleidung und keine Jeans mit einem einfachen Hemd wie eben. Er hat sie wohl nach Hause gebracht, 'ne Nummer geschoben, worauf sie Durst gekriegt haben, und nachdem um diese Zeit bereits alle Läden dicht hatten, schaut man eben schnell mal bei den Morisseys vorbei. Was sagst du dazu, Matt? Hätte ich etwa nicht das Zeug zum Detective?«

»Du machst dich zumindest nicht schlecht.«

»Er hat wieder das gleiche angezogen, aber sie hat sich frische Sachen rausgeholt. Die Frage ist jetzt nur, ob er nach Hause zu seiner Frau fährt oder bei Carolyn schläft und dann im Büro mit denselben Sachen wie gestern antanzt. Aber ich meine, wen kümmert das schon?«

»Das wollte ich dich auch gerade fragen«, raunzte Skip.

»Tja, aber eines, was Tommy vorhin zur Sprache gebracht hat, habe ich mich auch schon die ganze Zeit gefragt. Warum haben die beiden vorhin nicht auch bei den Gästen abkassiert? Da waren doch nicht wenige dabei, die mindestens ein paar Hunderter einstecken hatten, und ein paar sicher noch wesentlich mehr.«

»Das wäre die Sache doch nicht wert gewesen.«

»Immerhin reden wir von ein paar tausend Dollar.«

»Ich weiß«, nickte Skip. »Aber wir reden auch von zwanzig Minuten mehr Zeit, und das in einem Raum voller Besoffener mit weiß Gott wie vielen Kanonen. Ich möchte wetten, dass du zu besagtem Zeitpunkt bei Morissey's fünfzehn Knarren hättest zählen können.«

»Ist das dein Ernst?«

»Das ist nicht nur mein voller Ernst, sondern ich würde sogar sagen, dass diese Schätzung noch verdammt niedrig angesetzt ist. Da waren schon mal locker drei oder vier Typen von der Polizei. Dann Eddie Grillo, direkt an unserem Tisch.«

»Eddie läuft mit einer Knarre rum?«

»Eddie verkehrt mit ein paar Leuten, mit denen keineswegs zu spaßen ist, ganz zu schweigen von dem Kerl, dem der Laden gehört, in dem er arbeitet. Dann war da noch ein gewisser Chuck – eigentlich kenne ich ihn kaum –, der im Polly's Cage arbeitet ...«

»Ich weiß, wen du meinst. Der hat auch 'ne Kanone?«

»Entweder das oder er hat ständig einen Steifen. Du würdest dich wundern, wenn du wüsstest, wer alles eine Knarre einstecken hat. Du brauchst nur mal irgendwo reinzugehen und die Leute aufzufordern: Raus mit den Brieftaschen. Und dann kannst du ja mal nachzählen, wie viele von denen stattdessen ihre Kanone rausholen. Doch zurück zum Thema. Die zwei haben das Ganze doch in – sagen wir mal – höchstens fünf Minuten durchgezogen. Nee, wenn ich mir's recht überlege, haben die keine fünf Minuten gebraucht, angefangen von dem Zeitpunkt, als die Tür aufgeflogen ist und der eine in die Decke geballert hat, bis sie dann abgehauen sind und Tim Pat seine Ansprache gehalten hat.«

»Damit hast du allerdings nicht ganz unrecht.«

»Außerdem wäre das sowieso nur ein besseres Trinkgeld gewesen, was sie den Gästen noch abgeknöpft hätten.«

»Glaubst du, der Safe war so schwer? Wie viel war deiner Meinung nach da drinnen?«

Skip zuckte mit den Achseln. »Zwanzigtausend vielleicht.«

»Im Ernst?«

»Zwanzigtausend, fünfzig – such dir 'ne Zahl aus.«

»IRA-Geld, wie du früher gesagt hast.«

»Na, für was, glaubst du, geben die das wohl sonst aus, Bill? Ich weiß zwar nicht, wie viel die Morisseys einnehmen, aber der Laden ist doch sieben Tage die Woche gerappelt voll. Und da muss doch was hängenbleiben. Das Haus haben sie ihnen wahrscheinlich mehr oder weniger nachgeworfen; sie brauchen keine Miete zu zahlen und wohnen auch noch drin, und Angestelltengehälter fallen bei denen auch nicht an. Darüber hinaus würde es mich sehr wundern, wenn die auch nur 'ne Steuererklärung abgeben, davon, dass sie irgendwelche Steuern zahlen, mal ganz zu schweigen, wenn sie nicht gerade angeben, dass dieses Kasperletheater im Erdgeschoss einen Gewinn abwirft, den sie dann versteuern. Denen bleiben doch pro Woche an die zehn bis zwanzig Riesen, und was, meinst du wohl, machen die mit der ganzen Kohle?«

»Es wird sie sicher einiges an Schmiergeldern kosten, nicht dichtmachen zu müssen«, warf ich ein.

»Na gut, aber doch nicht gleich zehntausend die Woche. Außerdem fahren die Jungs keine dicken Schlitten und gehen nie aus. Wo sollen die also ihr Geld auf den Kopf hauen, zumal mir auch noch nicht aufgefallen ist, dass Tim Pat irgendeinem schnuckeligen jungen Ding die dicken Klunker kauft oder einer seiner Brüder den Koks kiloweise von der Tischkante schnupft.«

»Wer weiß, welchen geheimen Lastern die sonst noch frönen«, brummte Billie Keegan dazwischen.

»Mir hat Tim Pats kleine Ansprache gut gefallen – und vor allem seine Idee, eine Lokalrunde zu schmeißen. Soweit ich weiß, war das das erste Mal, dass die Morisseys mal das ganze Lokal freigehalten haben.«

»Scheißiren«, knurrte Billie.

»Mensch, Keegan, du bist ja schon wieder besoffen.«

»Gott sei Dank hast du recht.«

»Was meinst du, Matt? Hat Tim Pat Frank und Jesse erkannt?«

Ich dachte kurz nach. »Ich weiß nicht. Was er danach gesagt hat, lief jedenfalls in etwa darauf hinaus: ›Haltet ihr euch da raus; das regeln wir schon alleine.‹ Vielleicht irgendwas Politisches.«

»So ist es«, platzte Billie heraus. »Dahinter stecken die Reform-Demokraten.«

»Oder die Protestanten«, warf Skip ein.

»Komisch«, widersprach ihm Billie. »Wie Protestanten sahen die aber nicht aus.«

»Oder eben irgendeine andere IRA-Splittergruppe. Da gibt's doch alle möglichen Richtungen, oder nicht?«

»Hast du vielleicht schon mal einen Protestanten gesehen, der sich sein Taschentuch vors Gesicht bindet«, konterte Billie. »Die haben sie gewöhnlich in ihre Brusttaschen stecken ...«

»Mensch, Keegan.«

»Scheißprotestanten«, schimpfte Billie weiter.

»Scheiß auf Billie Keegan«, zischte Skip zurück. »Komm, Matt, wir bringen die alte Rauschkugel lieber mal auf schnellstem Weg nach Hause.«

»Scheißkanonen«, stolperte Billie in seinem Suff plötzlich wieder über dieses Thema. »Da willst du dir in aller Ruhe noch einen kleinen Schlaftrunk genehmigen, und plötzlich fuchtelt dir so ein Hosenscheißer mit seiner Kanone vor der Nase rum. Hast du eigentlich 'ne Knarre, Matt?«

»Wo denkst du hin, Billie?«

»Ehrlich nicht?« Er stützte sich mit der Hand an meiner Schulter ab. »Aber du bist doch bei der Polizei.«

»Das war ich mal.«

»Na ja, dann bist du jetzt eben so'n Privatschnüffler. Heutzutage haben doch sogar schon diese Schmalspursheriffs, die einem an jeder Buchhandlung sagen, man soll seine Aktentasche am Eingang abgeben, so'n Ding einstecken.«

»Das ist doch alles nur Schau.«

»Du meinst also, die knallen mich nicht über den Haufen, wenn ich mit der neuen Modern Library-Ausgabe von *The Scarlet Letter* einfach, ohne zu zahlen, aus dem Laden spaziere? Das hättest du mir sagen sollen, bevor ich für den

Schmöker zwanzig Dollar hingeblättert habe. Und du trägst also wirklich keine Waffe?«

»Wieder eine zerstörte Illusion, was?«, bemerkte Skip hämisch.

»Wie ist das eigentlich mit deinem Schauspielerfreund?«, wandte Billie sich nun ihm zu. »Wie hält's der mit den kleinen Ballermännern?«

»Meinst du Ruslander?«

»Der würde dich doch, ohne mit der Wimper zu zucken, hinterrücks erschießen«, stichelte Billie weiter.

»Wenn Ruslander mit einer Schusswaffe rumliefe«, erwiderte Skip, »dann höchstens mit so 'ner Attrappe aus der Requisite, mit der man außer Platzpatronen nichts abfeuern kann.«

»Der würde dich hinterrücks abknallen«, beharrte Billie auf seinem Standpunkt. »Wie dieser – wie heißt dieser Revolverheld gleich wieder? – Bobby the Kid.«

»Du meinst wohl Billy the Kid.«

»Wer bist du eigentlich, mir zu sagen, was ich meine? Hat er nun eine oder nicht?«

»Eine was?«

»Eine Kanone, verdammt noch mal. Wovon reden wir eigentlich die ganze Zeit.«

»Mensch, Keegan, frag bitte bloß mich nicht, wovon wir die ganze Zeit reden.«

»Soll das heißen, dass du auch die ganze Zeit nicht mitgekommen bist? Also, so was.«

Billie Keegan wohnte in einem Hochhaus in der Fifty-sixth, nicht weit von der Eighth. Er straffte die Schultern, als wir uns dem Eingang näherten, und machte einen durchaus nüchternen Eindruck, als er den Türsteher grüßte. »Matt, Skip«, verabschiedete er sich von uns. »Man sieht sich.«

»Keegan ist schon in Ordnung«, versicherte mir Skip, während wir unseren Weg allein fortsetzten.

»Macht einen sympathischen Eindruck.«

»Vor allem war er auch nicht annähernd so betrunken, wie er getan hat. Er wollte uns nur ein bisschen provozieren, uns aus der Reserve locken.«

»Klar.«

»Im Miss Kitty's haben wir übrigens auch 'ne Knarre hinterm Tresen. In dem Laden, in dem ich davor angestellt war, wurden wir mal überfallen. Ich stehe gerade hinterm Zapfhahn – die Bar war in der Second Avenue irgendwo in den Eighties –, und da kommt dieser Typ reinmarschiert – ein Weißer – und hält mir seine Kanone unter die Nase und holt sich das Geld aus der Registrierkasse. Die Gäste hat er auch ausgenommen. Waren damals vielleicht nur fünf oder sechs, aber er hat sie alle schön brav ihre Brieftaschen rausrücken lassen. Wenn ich mich recht entsinne, hat er ihnen sogar ihre Uhren abgenommen. Super, hm?«

»Tja.«

»Die ganze Zeit, als ich in Vietnam bei den Special Forces den Helden gespielt habe, habe ich kein einziges Mal eine Kanone von der falschen Seite gesehen. Solange dieser Typ noch am Machen war, war ich eigentlich ganz ruhig, aber danach habe ich eine Stinkswut gekriegt, wenn du verstehst, was ich meine. Ich war stocksauer. Und dann bin ich auch prompt losgezogen und hab mir eine Kanone besorgt, und die habe ich seitdem immer griffbereit, wenn ich hinterm Tresen stehe. Damals in dieser Bar, und jetzt im Miss Kitty's. Ich finde übrigens immer noch, dass Hufeisen und Handgranaten der bessere Name gewesen wäre.«

»Hast du auch einen Waffenschein?«

Er schüttelte den Kopf. »Bei meinem Job muss man nicht unbedingt Hellseher sein, um rauszubekommen, wo man problemlos eine Wumme kriegt. Nachdem ich zwei Tage lang ein bisschen rumgefragt habe, war ich am dritten um hundert Dollar ärmer. Seit wir unseren eigenen Laden aufgemacht haben, sind wir erst einmal überfallen worden. An dem Abend stand gerade John hinterm Tresen; er hat die Kanone schön liegen gelassen, wo sie war, und brav die Moneten rausgerückt. Die Gäste hat der Typ in Ruhe gelassen. John meinte, der Kerl wäre ein Junkie gewesen. Jedenfalls hat er erst gar nicht an die Knarre gedacht, und dann war der Kerl auch schon wieder draußen bei der Tür. Wer weiß, ob er wirklich nicht daran gedacht hat oder sich einfach nur dagegen entschieden hat. Vielleicht hätte ich es genauso gemacht. Das weiß man vorher nie.«

»Allerdings nicht.«

»Hast du wirklich keine Kanone mehr gehabt, seit du bei der Polizei aufgehört hast? Es heißt doch immer, dass man sich richtig nackt fühlt ohne, wenn man mal daran gewöhnt war.«

»Auf mich trifft das nicht zu. Für mich war es eher so, als wäre ich endlich eine Last los.«

»Herr im Himmel, so nimm bitte diese schwere Bürde von mir, hm? Hast dich danach wohl echt ein bisschen leichter gefühlt, wie?«

»So in etwa.«

»Aha. Das sollte doch nicht zufällig irgendwas bedeuten – ich meine, als er plötzlich mit den Querschlägern anfing?«

»Wer? Ach so, Tommy.«

»Tough Tommy Tillary. Ein ausgemachtes Schlitzohr, aber kein übler Kerl. Tough Tommy – das ist etwa so, als würdest du irgendso einen Hünen Tiny nennen. Nee, sicher war das nur so dahingesagt.«

»Glaube ich auch.«

»Tough Tommy hat übrigens noch 'nen Spitznamen.«

»Telephone Tommy.«

»Oder Tommy Telephone. Schwatzt den Leuten übers Telefon irgendwas auf. Hätte nie gedacht, dass ausgewachsene Männer so was machen. Ich habe mir immer eingebildet, das wäre was für Hausfrauen, die nichts mit ihrer Zeit anzufangen wissen und denen es deshalb nichts ausmacht, wenn sie auf einen Stundenlohn von fünfunddreißig Cents kommen.«

»Tommys Job scheint jedenfalls ganz lukrativ zu sein.«

»Muss wohl so sein. Du hast ja selbst den Wagen gesehen, mit dem der durch die Gegend fährt. Wir haben zwar nicht zu sehen bekommen, wie sie ihm die Tür aufgemacht hat, aber den Wagen haben wir gesehen. Kommst du noch auf einen Sprung mit hoch, Matt? Auf eine kleine Schlafmütze. Ich kann mit Scotch und Bourbon aufwarten, und etwas zu essen dürfte ich auch noch im Kühlschrank haben.«

»Ich geh lieber schon mal nach Hause, Skip. Trotzdem vielen Dank.«

»Keine Ursache.« Er zog an seiner Zigarette. Er lebte im Parc Vendome, ein paar Häuser weiter von meinem Hotel auf der anderen Straßenseite. Er warf seine Zigarette weg, und als wir uns dann die Hände schüttelten, krachten einen Block weiter fünf oder sechs Schüsse.

»Herr im Himmel«, entfuhr es Skip. »Waren das nun Schüsse oder ein halbes Dutzend Knaller? Könntest du das jetzt mit Sicherheit sagen?«

»Nein.«

»Ich auch nicht. Wahrscheinlich Knaller, wenn man bedenkt, was wir heute für einen Tag haben. Oder die Morisseys haben Frank und Jesse geschnappt. Heute haben wir doch den zweiten? Den zweiten Juli, meine ich.«

»Ich glaube schon.«

»Das kann ja einen Sommer geben.«

Kapitel 2

Das alles liegt einige Zeit zurück.

Es war im Sommer 1975, und, in einem größeren Zusammenhang betrachtet, erschien diese Zeit in der Erinnerung als eine Phase, in der sich nichts Besonderes ereignete. Nixons Rücktritt fiel in das Jahr zuvor, und die Olympischen Spiele und die Zweihundertjahrfeier bescherte uns erst das darauffolgende Jahr.

Mittlerweile residierte im Weißen Haus Präsident Ford, dessen Anwesenheit dort durchaus etwas Tröstliches und Beruhigendes, wenn auch nicht übermäßig Überzeugendes hatte. Im Gracie Mansion wohnte von Amts wegen ein gewisser Abe Beame, bei dem ich mich jedoch nie ganz des Eindrucks erwehren konnte, dass er genauso wenig davon überzeugt war, wirklich Bürgermeister der Stadt New York zu sein, wie Gerry Ford daran glaubte, Präsident der Vereinigten Staaten von Amerika zu sein.

Als sich Ford im Verlauf dieser Zeit einmal herabließ, der Stadt New York in einer finanziellen Krisensituation unter die Arme zu greifen, lautete die Schlagzeile der *News* dazu: »*Ford an New York: Tot umfallen!*«

Ich kann mich noch gut an diese Schlagzeile erinnern, wenn ich auch nicht mehr weiß, ob sie vor, während oder nach besagtem Sommer von allen Zeitungsständen prangte. Mir sprang die Schlagzeile sofort in die Augen. Ich las damals regelmäßig die *News*; meist besorgte ich mir schon auf dem nächtlichen Nachhauseweg eine Ausgabe oder studierte sie dann spätestens nach einem kurzen Gang zum Zeitungsstand an der Ecke zum Frühstück. Inzwischen lese ich die *Times* was ich übrigens damals auch tat, wenn ich gerade für einen Fall gewisse Hintergrundinformationen benötigte, und häufig besorgte ich mir im Lauf des Nachmittags auch noch eine *Post*. Für die Auslandsmeldungen und den ganzen politischen Kram habe ich mich eigentlich noch nie sonderlich interessiert, wobei das im Grunde genommen bis auf den Sportteil und die lokalen Polizeiberichte für alles gilt. Trotzdem war ich immer einigermaßen im

Bild, was sich in der Weltgeschichte alles tat, wobei schon komisch ist, wie wenig ich davon jetzt noch in Erinnerung habe.

Was bei mir aus dieser Zeit hängen geblieben ist? Drei Monate nach dem Überfall im Morissey's schlug Cincinnati in einer Serie von sieben Spielen die Red Sox. Daran erinnere ich mich noch, und an Fisks Homerun im sechsten Spiel oder an Pete Rose, der bei keinem Spiel fehlte, als ob das Überleben der Menschheit von seinen Pitches abhinge. Keines der New Yorker Teams schaffte es in die Playoffs, aber darüber hinaus könnte ich nicht sagen, wie sie abgeschnitten haben, auch wenn ich mir mindestens ein halbes Dutzend Spiele im Stadion angesehen habe. Ein paarmal nahm ich meine Jungen ins Shea mit und einmal auch ins Yankee Stadium; und verschiedentlich ging ich auch mit ein paar Freunden hin. Einmal sah ich mir mit Billie Keegan ein Spiel der Yankees an, das sie dann abbrechen mussten, weil ein paar Idioten plötzlich anfingen, alles mögliche Zeug aufs Spielfeld zu werfen.

Spielte Reggie Jackson in diesem Jahr schon für die Yankees? Nein, er war damals noch in Oakland, und ich kann mich noch erinnern, wie damals die Mets ganz schön schlecht dastanden. Aber wann hat ihn Steinbrenner dann eigentlich für die Yankees eingekauft?

Und sonst noch? Was war mit Boxen?

Hatte Ali in diesem Sommer einen Kampf? Ich hab mir damals den zweiten Kampf gegen Norton angesehen, aus dem Ali mit einem gebrochenen Kiefer als unverdienter Punktsieger hervorging – aber das war schon im Jahr zuvor, oder nicht? Und dann habe ich Ali im Garden auch mal ganz aus der Nähe gesehen; ich hatte einen Platz ziemlich nahe am Ring. Earnie Shavers hat damals Jimmy Ellis gleich in der ersten Runde ausgeschaltet. Ich kann mich noch genau an den Schlag erinnern, mit dem er Ellis auf die Bretter schickte, und ich glaube auch jetzt noch den Gesichtsausdruck seiner Frau vor mir sehen zu können, die zwei Reihen von mir saß; aber wann war das gewesen?

Jedenfalls nicht 75; da bin ich mir ganz sicher. Trotzdem muss ich mir in diesem Sommer ein paar Kämpfe angesehen haben. Die Frage ist nur, wer gegen wen angetreten ist.

Aber ist das denn so wichtig? Wohl kaum. Und wenn doch, bräuchte ich nur in die nächste Stadtbibliothek zu gehen und im *Times*-Index oder in einem Weltalmanach für das fragliche Jahr nachzusehen. Aber an das, worauf es wirklich ankommt, kann ich mich bereits wieder bestens erinnern.

Skip Devoe und Tommy Tillary. Ihre beiden Gesichter sind es, die ich vor mir sehe, wenn ich an den Sommer 75 zurückdenke. Die beiden waren sozusagen die Fixpunkte, um die sich die Ereignisse dieser speziellen Phase drehten.

Waren sie Freunde von mir?

Das waren sie – mit einer Einschränkung. Sie waren Kneipenbekanntschaften. Ich sah sie – und auch meine anderen Bekannten damals – selten anderswo als an einem Ort, an dem wildfremde Menschen sich versammelten, um mehr oder weniger große Mengen Alkohol in sich hineinzuschütten. In dieser Zeit trank ich natürlich noch, wobei ich mich damals noch in einem Stadium befand, in dem ich mir zumindest einbilden konnte, dass mich der Alkohol mehr beflügelte, als er mir schadete.

Ein paar Jahre zuvor war meine Welt wie von einer unsichtbaren Macht gesteuert so weit zusammengeschrumpft, dass sie nur noch aus den paar Blocks rund um den Columbus Circle bestand. Nach zwölf Jahren Ehe hatte ich meiner Frau und meinen zwei Söhnen den Rücken gekehrt und war von Syosset – das liegt auf Long Island – in mein Hotel gezogen, das wiederum in der West Fifty-seventh Street zwischen Eighth und Ninth Avenue lag. Fast zur gleichen Zeit hatte ich auch meinen Abschied bei der Polizei eingereicht, mit der ich etwas genauso lang verheiratet gewesen war wie mit meiner Frau, um am Ende dann auch ebenso viel davon zu haben. Ich kam einigermaßen über die Runden, und indem ich anderen Leuten alle möglichen Gefallen erwies, konnte ich, wenn auch in unregelmäßigen Abständen, einen Scheck nach Syosset schicken. Ich war kein Privatdetektiv – dazu hätte ich eine Lizenz benötigt und Steuererklärungen ausfüllen müssen. Nein, ich tat allen möglichen Leuten alle möglichen Arten von Gefallen, und sie gaben mir dafür Geld, sodass ich pünktlich meine Miete zahlen konnte und immer Geld für was zu trinken hatte; und gelegentlich konnte ich auch Anita und den Jungen einen Scheck schicken.

Wie gesagt, war meine Welt geographisch auf ein erstaunliches Maß zusammengeschrumpft, wobei sie sich innerhalb dieses Bereiches wiederum vorwiegend auf das Zimmer beschränkte, in dem ich schlief, und auf die Bars, in denen ich den überwiegenden Teil der Zeit verbrachte, in der ich mich im Wachzustand befand. Dazu gehörte unter anderem das Morissey's, wenn ich dort auch nicht allzu häufig verkehrte. Meistens hatte ich schon gegen eins, zwei die nötige Bettschwere, und wenn ich hin und wieder mal durchhielt, bis die betreffende Bar gerade schloss, machte ich doch nur in den seltensten Fällen eine Nacht durch.

Meine Kragenweite war da schon eher das Miss Kitty's, Skip Devoes Laden.

Im selben Block wie mein Hotel lag das Polly's Cage mit seinen rot gemusterten Bordelltapeten und seiner Stammkundschaft aus Feierabendpichlern, die sich bis spätestens zehn, halb elf merklich ausgedünnt hatten; und das McGovern's, ein trister, langer Schlauch von einer Kneipe mit nackten Glühbirnen an der Decke und Gästen, von denen keiner je ein Wort sagte. Dort schaute ich manchmal an einem anstrengenden Morgen vorbei, um schnell einen zu heben, und die Hand des Barkeepers zitterte öfters als nicht, wenn er mir einschenkte.

Im selben Block gab es auch zwei französische Restaurants; sie lagen direkt nebeneinander. Das eine davon, das Mont-St.-Michel, war ausnahmslos zu drei Vierteln leer. Im Lauf der Jahre habe ich dort gelegentlich mal eine Frau zum Abendessen ausgeführt, und hin und wieder schaute ich für einen Drink an der Bar auch allein vorbei. Das Lokal nebenan hatte einen besseren Ruf; entsprechend ging auch das Geschäft besser. Ich glaube nicht, dass ich je meinen Fuß über seine Schwelle gesetzt habe.

Dann war da noch das Slate in der Tenth Avenue; dort verkehrten eine Menge Polizisten aus Midtown North und vom John Jay College; dorthin ging ich, wenn mir nach dieser Sorte Publikum war. Sie hatten dort ganz passable Steaks, und auch die Einrichtung war gemütlich. In Martin's Bar am Broadway, Ecke Sixtieth, gab es die Drinks zu annehmbaren Preisen und außerdem einen großen Farbfernseher über der Bar, weshalb ich gern dorthin ging, um mir ein Baseballspiel anzuschauen.

Dann war da noch O'Neal's Baloon gegenüber dem Lincoln Center – einem alten Gesetz zufolge, das im Eröffnungsjahr der Bar noch immer Gültigkeit hatte, durfte sich ein Lokal nicht Saloon nennen, und da die Besitzer das nicht wussten, als sie das Schild bestellten, ließen sie einfach nur den ersten Buchstaben ändern. Ich schaute dort hin und wieder nachmittags vorbei, aber an den Abenden war mir das Publikum eine Spur zu schick und in. Dann das Antares und Spiro's, ein Grieche an der Ecke Ninth und Fifty-seventh. Nicht unbedingt meine Szene – eine Menge Kerle mit Mordsschnurrbärten, die Ouzo in sich hineinkippten –, aber da ich nun mal jede Nacht auf dem Nachhauseweg dort vorbeikam, schaute ich hin und wieder auf einen kleinen Zwischenschoppen rein.

Meine Zeitungen kaufte ich in der Regel in dem Kiosk an der Ecke Fifty-seventh und Eighth, der rund um die Uhr offen hatte. Gelegentlich holte ich sie mir auch bei der Pennerin, die sie auf dem Gehsteig vor dem 400 Deli verscherbelte. Sie kaufte die Zeitungen für einen Quarter am Kiosk – ich glaube, sie kosteten damals alle einen Vierteldollar, oder vielleicht die *News* auch nur zwanzig Cents – und verkaufte sie zum selben Preis; auch eine Art, seinen Lebensunterhalt zu verdienen. Manchmal gab ich ihr einen Dollar und sagte ihr, den Rest könne sie behalten. Ihr Name war Mary Alice Redield, aber das sollte ich erst einige Jahre später erfahren, als sie von einem Kerl erstochen wurde.

Dann waren da ein Cafe, das sich Red Flame nannte, und der 400 Deli; außerdem ein paar Pizzabuden, die ganz in Ordnung waren, und ein Stehimbiss, in dem es Käsesteaks gab, die sich meines Wissens kein Gast zweimal antat.

Es gab einen Spaghettiladen, der Ralph's hieß, und ein paar chinesische Restaurants. Und schließlich ein thailändisches Lokal, für das Skip Devoe schwärmte. Außerdem hatte den Winter zuvor das Joey Farrell's in der Fifty-eighth Street aufgemacht. Es gab damals also, weiß Gott, jede Menge Kneipen.

Die Hauptrolle spielte allerdings eindeutig das Armstrong's.

Was sage ich, der Laden war sozusagen mein Wohnzimmer. Ich hatte mein Hotelzimmer zum Schlafen, und ich hatte andere Bars und Lokale, wo ich mich aufhalten konnte, aber ein paar Jahre lang war das Jimmy Armstrong's mein Zuhause. Leute, die nach mir suchten, wussten, dass sie mich dort finden konnten, und manchmal riefen sie erst im Armstrong's an, bevor sie es im Hotel versuchten. Der Laden machte so gegen elf auf; tagsüber stand ein Filipino namens Denis hinterm Tresen. Gegen sieben wurde er von Billie Keegan abgelöst, der den Laden dann je nach der Anzahl der Gäste und seiner Laune zwischen drei und vier dichtmachte. (Das galt nur für die Werktage. An den Wochenenden hatten sie dort andere Barkeeper, die im Übrigen rasch wechselten.)

Ähnliches traf auch auf die Bedienungen zu. Sie bekamen ein Engagement als Schauspielerin oder trennten sich von ihrem Freund oder lernten einen neuen kennen oder zogen nach Los Angeles oder kehrten nach Sioux Falls nach Hause zurück oder zerstritten sich mit dem Kerl aus Santo Domingo in der Küche oder wurden gefeuert, weil sie ein bisschen zu auffällig in die eigene Tasche gearbeitet hatten, oder gingen einfach so oder wurden schwanger. Jimmy selbst ließ sich in diesem Sommer nicht allzu häufig in seinem Laden blicken. Ich glaube, das war nämlich in dem Jahr, in dem er in North Carolina ein Stück Land kaufen wollte.

Was gäbe es über den Laden sonst noch zu sagen? Ein langer Tresen auf der rechten Seite, wenn man hereinkam; links die Tische, mit blau-weiß karierten Tischdecken. Die Wände mit dunklem Holz vertäfelt. An den Wänden ein paar Bilder und gerahmte Anzeigen aus alten Zeitschriften. Die Rückwand zierte ein Hirschkopf, der dort reichlich fehl am Platz wirkte; mein Stammplatz war genau unter dem Ding, damit ich es nicht anzuschauen brauchte.

Das Publikum war ein ziemlich gemischter Haufen. Ärzte und Schwestern aus dem Roosevelt Hospital gleich gegenüber. Professoren und Studenten vom Fordham College. Leute aus den Fernsehstudios – CBS war nur einen Block weiter, und von ABC war es auch nur ein kleiner Spaziergang. Und dann natürlich alle möglichen Leute, die in der Nähe wohnten oder ein Geschäft hatten. Ein paar Orchestermusiker. Ein Schriftsteller. Zwei libanesische Brüder, die gerade ein Schuhgeschäft eröffnet hatten.

Nicht zu viele Jugendliche. Anfangs hatten sie im Armstrong's noch eine Musikbox mit einer ganz passablen Auswahl an Jazz und Country-Blues, aber dann rangierte Jimmy den Kasten aus und ersetzte ihn durch eine Stereoanlage und Kassetten mit klassischer Musik. Damit hielt er sich die jüngeren Jahrgänge vom Hals, sehr zur Zufriedenheit der Bedienungen übrigens, die dem jungen Volk nicht gerade wohlgesonnen waren, weil sie ewig sitzen blieben, wenig bestellten und kaum Trinkgeld gaben. Zudem wurde dadurch der allgemeine Geräuschpegel merklich heruntergeschraubt, sodass für Leute, die sich auf gepflegtes Marathon-Trinken verlegt hatten, die Voraussetzungen optimal waren.

Und das war ja auch der Grund, weshalb ich dort verkehrte. Ich passte zwar immer auf, dass ich nicht absackte, aber so richtig betrunken wollte ich, von einigen wenigen Ausnahmen abgesehen, auch gar nicht werden. Ich streckte meinen Bourbon meistens mit Kaffee und verlegte mich erst gegen Ende des Abends auf die Sache an sich. Ich konnte dort in Ruhe meine Zeitung lesen, einen Hamburger oder eine richtige Mahlzeit essen und mich so viel oder so wenig unterhalten, wie mir gerade zumute war. Zwar hielt ich mich nicht täglich rund um die Uhr dort auf, aber es gab kaum einen Tag, an dem ich meinen Fuß nicht zumindest einmal über die Schwelle setzte. Und es gab auch Tage, an denen ich wenige Minuten, nachdem Denis aufgemacht hatte, im Armstrong's auftauchte, um dann immer noch dort herumzusitzen, wenn Billie sich daranmachte, den Laden zu schließen. Jeder braucht schließlich ein Zuhause.

Kneipenbekanntschaften.

Ich lernte Tommy Tillary im Armstrong's kennen. Er war dort Stammgast und ließ sich mindestens drei bis vier Tage die Woche blicken. Ich kann mich nicht mehr erinnern, wann ich das erste Mal auf ihn aufmerksam wurde, aber es dürfte ziemlich schwer sein, sich im selben Raum mit ihm aufzuhalten und ihn zu übersehen. Er war ein Prügel von einem Kerl und hatte eine kräftige Stimme. Er war kein Rabauke, aber sobald er einmal das entsprechende Quantum intus hatte, mangelte es seiner Stimme nicht an der nötigen Tragweite.

Er aß eine Menge Rindfleisch und trank eine Menge Chivas Regal, was beides seine Spuren in seinem Gesicht hinterließ. Er muss an die Mitte vierzig gewesen sein. Jedenfalls bekam er allmählich Hängebacken, und seine Gesichtshaut erblühte in einem feinen, roten Filigran geplatzter Äderchen.

Ich fand nie heraus, wieso sie ihn eigentlich Tough Tommy nannten. Vielleicht hatte Skip recht, dass der Spitzname ironisch gemeint war. Tommy Telephone wurde er wegen seines Jobs genannt. Er arbeitete als Anlageberater und wickelte seine Geschäfte ausschließlich telefonisch von einem Büro im Wall Street-Bezirk ab. Meines Wissens wechseln die Leute in dieser Sparte sehr häufig die Arbeitsplätze. Die Fähigkeit, wildfremden Menschen ihre mehr oder weniger sauer verdienten Dollars für irgendwelche Investitionen aus der Tasche zu locken, ist ein nicht gerade weit verbreitetes Talent, und diejenigen, die sich glücklich schätzen können, im Besitz dieser seltenen Gabe zu sein, haben in der Regel keine Probleme, eine neue Anstellung zu finden, sodass sie meistens häufig den Arbeitsplatz wechseln.

Im besagten Sommer arbeitete Tommy für die Firma Tannahill & Company und verkaufte in ihrem Auftrag Anteile an Grundbesitzsyndikaten. Ich nehme an, dass er sie hierfür mit gewissen Steuervorteilen und der Aussicht auf eine erhebliche langfristige Wertsteigerung köderte. Zumindest schloss ich das aus gewissen Äußerungen Tommys, der sich sonst im Armstrong's nie über dieses Thema ausließ. Eines Abends bekam ich mit, wie ihn ein Geburtshelfer aus dem Roosevelt Hospital auszuquetschen versuchte, wie er sein Geld anlegen sollte. Tommy versuchte ihn erst mit einer witzigen Bemerkung abzuwimmeln.

Aber der Arzt ließ nicht locker. »Nein, das ist mein voller Ernst. Schließlich verdiene ich inzwischen so gut, dass ich mir langsam über solche Dinge Gedanken machen sollte.«

Tommy zuckte mit den Achseln. »Haben Sie eine Visitenkarte?« Hatte der Doktor nicht. »Dann schreiben Sie mir mal Ihre Telefonnummer auf, und wann ich Sie am besten erreichen kann. Wenn Sie unbedingt Ihr Geld loswerden wollen, dann rufe ich Sie bei Gelegenheit mal an und bete Ihnen meine Leier runter. Aber ich warne Sie – am Telefon bin ich unwiderstehlich.«

Als sie sich ein paar Wochen später wieder zufällig begegneten, beklagte sich der Arzt, dass Tommy ihn nicht angerufen hätte.

»Also so was, dabei hatte ich es doch fest vor«, erwiderte Tommy. »Das werde ich mir jetzt aber gleich noch mal notieren.«

Er war der geborene Unterhalter und hatte immer ein paar gute Witze auf Lager. Es gab also immer was zu lachen mit ihm. Einige seiner Witze waren ganz schön beleidigend, aber aus seinem Mund klangen sie eigentlich nicht böse gemeint. Wenn ich gerade in der Stimmung war, mich an meine Tage bei der Polizei zu erinnern, war er ein aufmerksamer Zuhörer, und wenn ich eine witzige Geschichte zum Besten gab, lachte er mindestens so schallend wie jeder andere.

Insgesamt war er für meinen Geschmack jedoch etwas zu laut und gut gelaunt. Er redete eine Spur zu viel und konnte einem manchmal ganz schön auf die Nerven gehen. Wie bereits gesagt, tauchte er mindestens drei bis vier Abende im Armstrong's auf, und bei etwa jeder zweiten Gelegenheit war sie dabei. Carolyn Cheatham, seine süße Carolyn mit dem leichten Südstaatenakzent, der wie gewisse Küchenkräuter stärker zur Geltung kam, wenn er mit Alkohol in Berührung kam. Manchmal erschienen sie Arm in Arm. Manchmal war er schon da, und sie kam nach. Sie wohnte in der Nähe und arbeitete in Tommys Büro, wobei ich annahm – falls ich mir mal die Mühe machte, mir darüber den Kopf zu zerbrechen –, dass diese kleine Büroromanze dem Zweck gedient hatte, Tommy im Armstrong's einzuführen.

Er interessierte sich für Sport. Er wettete auch nicht gerade wenig – meistens auf Baseball, manchmal auch auf Pferde – und ließ es einen wissen, wenn er gewonnen hatte. Er war eine Spur zu freundlich, zu unterschiedslos leutselig, wobei manchmal ein frostiger Glanz in seinen Augen seine die ganze Welt in die Arme schließende Gutmütigkeit Lügen strafte. Er hatte kalte, kleine Augen, und um seinen Mund machte sich ein Anflug von Weichheit und Schwäche bemerkbar, der jedoch nie auf seine Stimme übergriff.

Man konnte sich unschwer vorstellen, dass er übers Telefon verdammt überzeugend wirkte.

Skip Devoes Vorname war eigentlich Arthur, aber mit Ausnahme Bobby Ruslanders habe ich nie gehört, dass ihn jemand so nannte. Das konnte sich nur Bobby rausnehmen. Sie kannten sich schon seit der Volksschule und waren im selben Block in Jackson Heights aufgewachsen. Skip war auf den Namen Arthur Jr. getauft, wurde aber schon früh nur mit seinem Spitznamen gerufen.

Als ich ihn mal fragte, wie er zu seinem Spitznamen gekommen wäre, erzählte er mir: »Ich hatte einen Onkel, der bei der Navy war und danach einen richtigen Spleen hatte. Ein Bruder meiner Mutter. Er hat mir immer Matrosenanzüge und Spielzeugboote mitgebracht, wenn er uns besuchen kam. Ich hatte eine ganze Flotte von den Dingern. Außerdem hat er mich immer Skipper genannt, und irgendwann haben das dann plötzlich alle getan. Ich hätte es schlimmer treffen können. Wir hatten einen in unserer Klasse, den sie Wurm nannten. Frag mich nicht, warum. Stell dir vor, die nennen den armen Teufel immer noch so. Liegt er gerade mit seiner Alten im Bett, und sie: ›Äh, Wurmie, steck ihn tiefer rein.‹«

Skip war Mitte dreißig, etwa meine Größe, aber schlank und sehnig. An Unterarmen und Handrücken hatte er deutlich hervortretende Adern. Im Gesicht hatte er kein Gramm Fett, und die Haut passte sich genau dem Verlauf der Knochen an, sodass er tief eingefallene Backen hatte. Er hatte eine Hakennase, und seine durchdringenden blauen Augen wiesen bei der richtigen Beleuchtung einen leicht grünlichen Schimmer auf. Das alles, zusammen mit seinem selbstsicheren, lockeren Auftreten, machte ihn bei den Frauen sehr beliebt, und er hatte selten Schwierigkeiten, abends eine Begleiterin für den Nachhauseweg zu finden, wenn ihm danach war. Aber er lebte allein und ohne eine feste Beziehung und schien auf Dauer die Gesellschaft von Männern vorzuziehen. Er war entweder verheiratet gewesen oder hatte zumindest mit einer Frau zusammengelebt; doch seitdem diese Beziehung vor ein paar Jahren in die Brüche gegangen war, schien er nicht geneigt, sich neuerlich auf ein solches Abenteuer einzulassen.

Tommy Tillary wurde Tough Tommy genannt und legte auch ein gewisses Machogehabe an den Tag. Dagegen war Skip Devoe tatsächlich ein harter Bursche, wenn ihm das auf den ersten Blick auch keineswegs anzusehen war. Er ließ es nicht raushängen.

Er war beim Militär gewesen, nicht, wie man vielleicht aufgrund der Präkonditionierung durch seinen Onkel hätte denken können, bei der Navy, sondern bei der Eliteeinheit der Army, den Green Berets. Er meldete sich gleich nach der High School freiwillig und wurde in den Jahren der Kennedy-Ära schnurstracks nach Südostasien verfrachtet. Von dort kehrte er irgendwann gegen Ende der sechziger Jahre wieder zurück, besuchte noch einmal ein College, um das Studium dann aber sehr schnell wieder an den Nagel zu hängen und stattdessen in einer Singles-Bar in der Upper East Side als Zapfer anzufangen.

Nach ein paar Jahren legten er und John Kasabian ihre Ersparnisse zusammen, unterzeichneten einen langfristigen Mietvertrag für einen pleite gegangenen Haushaltswarenladen, steckten ihr ganzes Geld in die Renovierung der Räume und eröffneten Miss Kitty's.

Gelegentlich sah ich Skip zwar auch in seiner eigenen Kneipe, aber öfter im Armstrong's, wo er regelmäßig vorbeischaute, wenn er nicht arbeitete. Er war ein angenehmer, unproblematischer Gesellschafter, den nichts so leicht aus der Ruhe brachte.

Vor allem hatte er ein ganz gewisses Etwas, und wenn ich es mir genauer überlege, dürfte es wohl darin bestanden haben, dass man bei Skip das Gefühl hatte, dass er mit so ziemlich jeder Situation fertig wurde, ohne deswegen viel Aufhebens zu machen. Er erweckte den Eindruck eines Mannes der Tat, der rasch, aber trotzdem überlegt zu einer Entscheidung kam. Vielleicht hatte er sich diese Eigenschaft in Vietnam durch das Tragen einer grünen Mütze angeeignet, oder vielleicht dichtete ich sie ihm auch nur an, weil ich wusste, dass er dort gekämpft hatte.

Am häufigsten hatte ich diese Eigenschaft bei Kriminellen angetroffen. Ich kenne ein paar Ganoven, die sie hatten, Typen, die Banken und Geldtransporter ausraubten. Und da war noch dieser Fernfahrer, der für eine Umzugsfirma arbeitete; er hatte auch dieses gewisse Etwas. Ich lernte ihn kennen, nachdem er seine Frau mit ihrem Liebhaber im Bett überrascht und beide mit bloßen Händen umgebracht hatte, als er eines Tages etwas früher als geplant von einer Tour zurückgekommen war.

Kapitel 3

Über den Überfall bei den Morisseys stand zwar nichts in der Zeitung, aber während der nächsten paar Tage wurde im Viertel viel darüber geredet. Der angebliche Verlust Tim Pats und seiner Brüder nahm im Lauf der Tage immer astronomischere Ausmaße an. Jedenfalls hörte ich von Summen zwischen zehn- und hunderttausend Dollar. Da jedoch diesbezüglich nur die Morisseys und die beiden Täter genauere Auskünfte hätten geben können und damit von beiden Seiten kaum zu rechnen war, schien eine Zahl so gut wie die andere zu sein.

»Ich glaube, dass sie etwa fünfzigtausend eingesackt haben«, sagte mir Billie Keegan in der Nacht des vierten Juli. »Das ist die Zahl, die immer wieder genannt wird. Versteht sich von selbst, dass inzwischen so mindestens jeder zweite dabeiwar, als es passiert ist.«

»Wie meinst du das?«

»Ich meine damit, dass mir inzwischen mindestens drei Leute versichert haben, sie wären dabei gewesen, als es passiert ist; und ich war ja nun wirklich dabei und kann dir schwören, dass sie es nicht waren. Und gerade diese Burschen wissen natürlich auch noch ein paar besonders farbige Details zu erzählen, die mir irgendwie entgangen sein müssen. Oder kannst du dich etwa daran erinnern, dass einer der beiden Ganoven eine Frau verprügelt hat?«

»Ohne Scheiß jetzt?«

»Tja, haben die mir erzählt. Und einer der Morisseys hat eine Kugel abgekriegt, allerdings nur eine Fleischwunde. Ich fand das Ganze auch so schon aufregend genug, aber vermutlich wird so was noch wesentlich dramatischer, wenn man nicht dabei war. Na ja, nicht umsonst heißt es wohl, dass man zehn Jahre nach dem Aufstand von 1916 in Dublin kaum einen Mann gefunden hat, der nicht dabei gewesen ist. Dieser glorreiche Montagmorgen, an dem dreißig tapfere Männer in dieses Postamt reinmarschiert und zehntausend wieder herausgekommen sind. Was denkst du, Matt? Klingen fünfzig Riesen in etwa richtig in deinen Ohren?«

Da Tommy Tillary auch dabei gewesen war, ging ich davon aus, dass er es überall in der Gegend herumposaunen würde. Vielleicht tat er es auch. Ich sah ihn ein paar Tage danach nicht mehr, und als ich ihn dann wieder traf, verlor er nicht ein Wort über den Überfall. Stattdessen verriet er jedem, der es hören wollte, seine todsichere Methode, zu Geld zu kommen. Man brauchte im Baseball nur gegen die Mets und die Yankees zu wetten, und schon war man ein reicher Mann.

Anfang der nächsten Woche tauchte Skip schon am Nachmittag im Armstrong's auf, wo ich bereits an meinem Stammplatz unter dem Hirschkopf saß. Er holte sich an der Bar ein dunkles Bier und setzte sich damit zu mir. Als Erstes erzählte er mir, dass er die Nacht zuvor bei den Morisseys gewesen war.

»Ich war seit dem Überfall nicht mehr da«, sagte ich.

»Tja, bei mir war es gestern auch das erste Mal wieder. Sie haben inzwischen die Decke reparieren lassen. Tim Pat hat sich nach dir erkundigt.«

»Nach mir?«

»Mhm.« Er steckte sich eine Zigarette an. »Er wäre dir sehr dankbar, wenn du mal bei ihm vorbeischauen könntest.«

»Weswegen?«

»Das hat er nicht gesagt. Du bist doch Detektiv? Vielleicht will er, dass du was für ihn herausfindest. Und was, glaubst du, könnte das sein?«

»Damit will ich nichts zu tun haben.«

»Mir brauchst du das nicht zu erzählen.«

»Das hätte mir gerade noch gefehlt, mich in irgend so einen irischen Kleinkrieg einzumischen.«

Skip zuckte mit den Achseln. »Du brauchst ja nicht hinzugehen. Er hat gesagt, du könntest jederzeit nach acht Uhr abends vorbeikommen.«

»Bis dahin schlafen sie wohl.«

»Falls sie überhaupt mal schlafen.«

Er nahm einen kräftigen Schluck Bier und wischte sich mit dem Handrücken den Schaum von der Oberlippe.

»Du warst also gestern Abend da?«, erkundigte ich mich. »Wie war's denn?«

»Wie es immer ist. Dass sie die Decke ausgebessert haben, habe ich dir schon erzählt. Tim Pat und seine Brüder waren wieder wie üblich der Charme in Person. Ich habe ihm nur gesagt, ich würde es dir ausrichten, wenn ich dich das nächste Mal sehe. Alles andere bleibt dir überlassen.«

»Also, ich glaube nicht, dass ich hingehen werde.«

Aber am nächsten Abend, so gegen zehn, halb elf, dachte ich mir, was soll's, und ging doch hin. Im Erdgeschoss probte die Theatergruppe gerade *Ein gewiefter Bursche* von Brendan Behan. Die Premiere sollte Donnerstagabend sein. Ich drückte auf die Klingel der Morisseys und wartete, bis einer der Brüder nach unten kam und die Tür einen Spaltbreit öffnete, um mir zusagen, dass sie erst um zwei aufmachen würden. Darauf sagte ich, ich sei Matthew Scudder, und Tim Pat hätte mich zu sprechen gewünscht.

»Ach so, natürlich, ich hab' Sie in dem schlechten Licht nur nicht erkannt«, sagte er. »Kommen Sie rein. Ich werde ihm gleich sagen, dass Sie da sind.«

Ich wartete im Schankraum im ersten Stock. Ich suchte die Decke nach ausgebesserten Einschusslöchern ab, als Tim Pat hereinkam und noch ein paar zusätzliche Lichter einschaltete. Er war gekleidet wie üblich; nur seine Schürze hatte er sich noch nicht umgebunden.

»Schön, dass Sie gekommen sind«, begrüßte er mich. »Etwas zu trinken? Sie trinken doch Bourbon, oder?«

Er schenkte zwei Gläser ein, worauf wir uns an einen Tisch setzten. Es könnte der gewesen sein, gegen den sein Bruder gestürzt war, als er durch die Tür getaumelt kam. Tim Pat hielt sein Glas gegen das Licht, setzte es an und leerte es in einem Zug.

Dann begann er: »Sie waren doch in der Nacht des Überfalls hier.«

»Ja.«

»Einer dieser netten Jungs hat seine Mütze vergessen. Bedauerlicherweise hat ihm aber seine Mutter kein Namensschild reingenäht, sodass wir sie ihm nicht zurückgeben können.«

»Aha.«

»Wenn ich nur wüsste, wer er ist und wo ich ihn finden kann, würde ich schon dafür sorgen, dass er bekommt, was ihm von Rechts wegen zusteht.«

Das kann ich mir gut vorstellen, dachte ich.

»Sie waren doch bei der Polizei.«

»Das ist lange her.«

»Vielleicht hören Sie zufällig mal was. Die Leute reden doch viel – oder nicht? –, und es soll nicht Ihr Schaden sein, Augen und Ohren ein bisschen aufzusperren.«

Ich sagte nichts.

Er strich mit seinen Fingerspitzen durch seinen Bart. Dann fuhr er, den Blick auf einen Punkt über meiner rechten Schulter geheftet, fort: »Meinen Brüdern und mir wäre es ein Vergnügen, für die Namen und den Verbleib besagter zweier junger Herren, die uns neulich einen Besuch abgestattet haben, zehntausend Dollar auf den Tisch zu blättern.«

»Nur, um diese Mütze ihrem rechtmäßigen Besitzer zurückgeben zu können?«

»Wir haben schließlich unsere Prinzipien«, entgegnete er. »Ist nicht Ihr George Washington meilenweit durch den Schnee gestapft, nur um einem Kunden einen Penny zurückzugeben?«

»Ich glaube, das war Abraham Lincoln.«

»Natürlich. George Washington war der, der zu seinem Vater gesagt hat: ›Ich kann nicht lügen.‹ Die Heroen dieser Nation haben es schon immer mit der Ehrlichkeit gehabt.«

»Hatten sie zumindest mal.«

»Und dann noch der Präsident persönlich, wie er uns versichert hat, er wäre kein Betrüger.« Er schüttelte seinen mächtigen Schädel. »Wie dem auch sei – glauben Sie, Sie können uns in dieser Angelegenheit behilflich sein?«

»Ich begreife nicht recht, in welcher Weise ich Ihnen behilflich sein sollte?«

»Sie waren doch hier und haben die beiden selbst gesehen.«

»Sie hatten sich Tücher vors Gesicht gebunden und ihre Mützen tief in die Stirn gezogen. Übrigens könnte ich schwören, dass beide ihre Mützen noch aufhatten, als sie ihren Abgang gemacht haben. Glauben Sie nicht, dass Sie vielleicht zufällig die Mütze von jemand anderem gefunden haben?«

»Vielleicht hat der Betreffende sie auf dem Weg nach unten auf der Treppe verloren. Geben Sie uns Bescheid, Matt, falls Ihnen was zu Ohren kommen sollte?«

»Warum nicht?«

»Sind Sie irischer Abstammung, Matt?«

»Nein.«

»Ich hätte wetten können, dass einer Ihrer Vorfahren aus Kerry sein muss. Die Leute aus Kerry haben es nämlich so an sich, eine Frage immer mit einer Frage zu beantworten.«

»Ich weiß leider nicht, wer meine Vorfahren waren, Tim Pat.«

»Falls Ihnen was zu Ohren kommen sollte ...«

»Falls mir was zu Ohren kommt.«

»Am Preis haben Sie nichts auszusetzen? Finden Sie den in Ordnung?«

»Nichts daran auszusetzen«, entgegnete ich. »Der Preis ist in Ordnung.«

Die Summe ließ sich tatsächlich sehen. Das sagte ich auch zu Skip, als ich ihn das nächste Mal traf.

»Er wollte sich damit nicht meine Dienste erkaufen«, fuhr ich fort. »Das Ganze ist wohl eher als eine Art Belohnung gedacht. Zehn Riesen für den Mann, der ihm sagt, wer die beiden sind und wo sie zu finden sind.«

»Und?«

»Meinst du, ich soll mich auf die Suche nach den beiden machen? Ich habe dir doch neulich schon gesagt, dass ich keine Lust habe, zwischen sämtliche irische Fronten zu geraten. Nein danke, ohne mich.«

Er schüttelte den Kopf. »Angenommen, du kämst ihnen auf die Schliche, ohne ihnen hinterherschnüffeln zu müssen? Du gehst zum Beispiel eben mal um die Ecke, um dir eine Zeitung zu holen, und siehst sie zufällig.«

»Wie sollte ich sie denn erkennen?«

»Na, wie oft begegnet man schon zwei Kerlen mit einem roten Rotztuch vor der Nase? Nein, jetzt mal ganz im Ernst – angenommen, du würdest sie wiedererkennen. Oder jemand ließe dir gewisse Informationen zu diesem Thema zukommen. Du hattest doch früher deine Informanten, oder nicht? Angenommen, einer von denen würde dir diesbezüglich so einen kleinen Floh ins Ohr setzen.«

»Klar hat jeder Polizist seine Spitzel. Ohne die hättest du gleich einpacken können. Trotzdem verstehe ich ...«

»Las doch mal beiseite, wie du es rausfinden könntest. Geh einfach nur mal davon aus, es wäre so. Würdest du es machen?«

»Was machen?«

»Na, die beiden hinhängen – um die zehn Riesen einzustreichen.«

»Ich weiß doch gar nichts über sie.«

»Also gut, gehen wir mal davon aus, dass du natürlich nicht wissen kannst, ob es sich bei den beiden um ausgekochte Halunken oder zwei kreuzbrave Messdiener handelt. Doch wo soll da letztlich schon der Unterschied sein? Blutgeld wäre es in jedem Fall, oder nicht? Sobald die Morisseys herausfinden, wer die beiden sind, stehen sie doch schon in einem Einmachglas auf dem Küchenregal bei ihnen.«

»Zumindest nehme ich nicht an, dass Tim Pat ihnen eine Einladung zur Taufe zustellen lassen möchte.«

»Oder sie auffordern, der Gesellschaft vom Heiligen Namen Jesu beizutreten. Also, was ist? Wärst du dazu in der Lage?«

Ich schüttelte den Kopf. »Das kann ich so nicht beantworten. Das hinge unter anderem davon ab, wer die beiden sind und wie dringend ich gerade Geld bräuchte.«

»Ich glaube nicht, dass du es tun würdest.«

»Ich eigentlich auch nicht.«

»Was mich betrifft – ich würde mich hüten.« Er stippte die Asche von seiner Zigarette. »Aber es gibt genügend Leute, die nichts lieber täten.«

»Es gibt Leute, die bringen einen für wesentlich weniger um.«

»Darauf kannst du einen lassen.«

»An besagtem Abend waren doch auch ein paar Polizisten bei den Morisseys«, spann ich den Faden weiter. »Was wettest du, dass die von der Belohnung wissen?«

»Keinen Cent.«

»Angenommen, ein Polizist findet raus, wer die beiden waren. Was könnte der schon groß tun? Es gibt doch gar kein Verbrechen. Keine Straftat, die zur Anzeige gebracht wurde. Außerdem keine Zeugen, nichts. Aber er kann die zwei Typen Tim Pat aushändigen und dafür ein halbes Jahresgehalt einstreichen.«

»In dem Wissen, dass er sich der Beihilfe zum Mord schuldig gemacht hat.«

»Ich wollte damit nicht sagen, dass es jeder täte. Aber du sagst doch selbst, dass die beiden nicht gerade Musterknaben sein dürften; und wenn sie nicht schon sowieso jemanden um die Ecke gebracht haben, kannst du sicher sein, dass sie den Finger verdammt locker am Abzug haben. Wer sagt dir außerdem, dass die Morisseys sie wirklich umlegen würden. Vielleicht wollen sie ihnen nur ein paar Knochen brechen, sie ein bisschen einschüchtern. Vielleicht wollen sie nur ihr Geld zurück, mehr nicht. Du kannst es doch auch von der Seite sehen.«

»Und auch noch daran glauben?«

»Die meisten glauben, was sie glauben wollen.«

»Das ist allerdings richtig«, nickte ich.

Da gelangt man nun im Kopf zu einer Entscheidung, und dann geht der Körper los und macht das genaue Gegenteil. Ich wollte also mit Tim Pats Problem nicht das Geringste zu tun haben, und plötzlich ertappe ich mich dabei, wie ich durch die Gegend streife wie ein Köter, der an jedem Laternenpfahl schnüffeln muss. Noch in derselben Nacht, in der ich Skip gesagt hatte, ich wollte mich auf nichts einlassen, lande ich schließlich in einem Laden in der Seventy-second Street namens Poogan's Pub an einem der hinteren Tische, um einem winzigen schwarzen Albino namens Danny Boy Bell einen Stolichnaya mit Eis auszugeben. Ein kleiner Plausch mit Danny Boy konnte äußerst lehrreich sein, denn es gab niemand, der besser informiert war, was sich in Unterweltkreisen gerade tat. Natürlich hatte auch er von dem Überfall im Morissey's gehört. Und er wusste, dass hinsichtlich der Höhe der geraubten Summe mehrere Wetten abgeschlossen worden waren; er selbst tippte übrigens auf eine Zahl zwischen fünfzig- und hunderttausend.

»Wer immer auch die beiden waren«, führte er dazu weiter aus, »hauen sie ihre Beute nicht in irgendwelchen Bars auf den Kopf. Wenn mich nicht alles täuscht, haben dabei die Iren ihre Hand im Spiel, Matthew. Und damit meine ich richtige Iren – keine eingewanderten. Ich hab mich zwar mal ein bisschen im Herzen von Westy Country umgesehen, hab dabei aber nicht den Eindruck gewonnen, als hätten die Westies ihr Konto eben mal auf Tim Pats Kosten aufgestockt.«

Die Westies sind ein lose organisierter Haufen von Ganoven und Killern, meistens irischer Herkunft, die schon seit der Jahrhundertwende ihr Hauptquartier in der Hell's Kitchen hatten. Vielleicht auch schon länger, seit den Zeiten der großen Kartoffelpest in Irland.

»Ich weiß nicht«, warf ich ein. »Bei einer Summe dieser Höhe ...«

»Wenn diese zwei wirklich Westies wären oder wenn sie sonst aus der Gegend hier wären, wäre das doch keine acht Stunden ein Geheimnis geblieben. In diesem Fall gäbe es inzwischen in der Tenth Avenue keinen Menschen mehr, der das nicht wüsste.«

»Damit hast du allerdings recht.«

»Ich kann nur immer wieder sagen: Das ist irgend so eine irische Geschichte. Du warst doch selbst dabei. Demnach müsstest du das eigentlich am besten wissen. Sie hatten rote Tücher umgebunden?«

»Ja, rote Halstücher.«

»Eine Schande. Wenn sie wenigstens grün oder orange gewesen wären, hätte man es zumindest als eine Art politischer Äußerung betrachten können. Kein Wunder, dass die Morisseys so eine großzügige Belohnung ausgesetzt haben. Ist das der Grund, der dich hierherführt?«

»Keineswegs«, winkte ich ab. »Wo denkst du hin?«

»Du willst dich also nicht auch so ganz nebenbei mal ein bisschen umhören?«

»Ganz sicher nicht.«

Freitagnachmittag saß ich mal wieder trinkender Weise im Armstrong's und kam bei dieser Gelegenheit mit zwei Krankenschwestern am Nebentisch ins Gespräch. Sie hatten für diesen Abend Karten für eine Off-off-Broadway-Vorstellung. Dolores konnte nicht, und Fran wollte unbedingt, aber sie wusste nicht so recht, ob sie allein gehen sollte, und außerdem hatten sie ja nun mal zwei Karten.

Und worum hätte es sich bei besagtem kulturellem Ereignis sonst handeln sollen als um Brendan Behans *Gewieften Burschen*. Das Ganze hatte nicht das Geringste mit dem Überfall im Morissey's zu tun, sah man einmal davon ab, dass die Proben zu dem Stück im Erdgeschoss desselben Hauses stattgefunden hatten; außerdem war das Ganze nicht meine Idee gewesen. Trotzdem fand ich mich schließlich dabei wieder, wie ich auf einem wackligen Klappstuhl saß und mir Behans Stück über inhaftierte Kriminelle in Dublin ansah und mich nebenbei auch noch die ganze Zeit fragte, was ich hier eigentlich zu suchen hatte.

Nach der Vorstellung landeten Fran und ich zusammen mit ein paar anderen Leuten – unter ihnen auch zwei Mitglieder der Theatertruppe – im Miss Kitty's. Eine der Schauspielerinnen, ein zierliches, rothaariges Mädchen mit riesigen grünen Augen, war Frans Freundin Mary Margaret; sie war übrigens auch der Grund, weshalb Fran das Stück hatte unbedingt sehen wollen. Soweit zu Frans Gründen – doch was waren meine?

Im Lauf der Unterhaltung kam das Gespräch auch auf den Überfall. Ich hatte das Thema weder angeschnitten noch mich groß an der Diskussion beteiligt, wenn ich mich auch nicht ganz heraushalten konnte, da Fran den anderen erzählte, dass ich früher mal bei der Polizei war; unweigerlich wollten darauf natürlich alle meine professionelle Meinung zu dem Ganzen hören. Ich enthielt mich in meinem Kommentar jeglicher verfänglicher Spekulationen und verschwieg auch tunlichst, dass ich Zeuge des Vorfalls gewesen war.

Skip, der hinterm Tresen stand, hatte wegen des Freitagabendansturms beide Hände voll zu tun, sodass ich ihm zur Begrüßung nur kurz zuwinkte. Der Laden war gerammelt voll und unangenehm laut, wie das an Wochenenden so üblich war, aber nachdem alle anderen meinten, sich das unbedingt antun zu müssen, war ich eben auch mitgekommen.

Fran wohnte in der Sixty-eighth zwischen Columbus und Amsterdam. Ich begleitete sie nach Hause, und an der Tür verabschiedete sie sich dann von mir: »Wirklich nett von dir, Matt, dass du mitgekommen bist. Das Stück war doch gar nicht so übel, hm?«

»Kann man so sagen.«

»Ich fand Mary Margaret jedenfalls sehr gut. Sei mir bitte nicht böse, Matt, wenn ich dich nicht noch nach oben einlade, aber ich bin ganz schön kaputt, und außerdem muss ich morgen früh raus.«

»Schon gut«, erwiderte ich. »Ich übrigens auch.«

»Die Pflichten als Detective?«

Ich schüttelte den Kopf. »Nee, als Vater.«

Am nächsten Morgen setzte Anita die Jungs in den Zug, und ich holte sie in Corona am Bahnhof ab. Dann gingen wir ins Shea Stadium, um die Mets gegen die Astros verlieren zu sehen. Die Jungen fuhren im August vier Wochen in ein Zeltlager und freuten sich schon riesig darauf. Wir mampften Hot Dogs, Erdnüsse und Popcorn. Sie tranken Coke, ich genehmigte mir ein paar Biere. An diesem Tag lief gerade eine große Werbeaktion, und die Jungen bekamen kostenlose Mützen oder Fähnchen; was genau, weiß ich nicht mehr.

Nach dem Spiel fuhr ich mit ihnen mit der U-Bahn in die Stadt, wo wir uns im Loew's in der 83rd einen Film ansahen. Nach dem Kino kauften wir uns auf dem Broadway eine Pizza, und dann nahmen wir uns ein Taxi zu meinem Hotel, wo ich sie in einem Doppelbettzimmer unter meinem einquartierte. Nachdem sie sich schlafen gelegt hatten, ging ich in mein Zimmer hoch. Eine Stunde später schaute ich noch mal bei ihnen rein. Sie schliefen fest. Ich schloss die Tür wieder ab und ging ins Armstrong's gleich um die Ecke. Ich blieb nicht lange, höchstens eine Stunde. Dann kehrte ich ins Hotel zurück, schaute noch mal nach den Jungs und ging nach oben schlafen.

Am nächsten Morgen genehmigten wir uns ein gigantisches Frühstück mit Pfannkuchen, Schinken und Würstchen. Danach fuhr ich mit ihnen ins Museum of the American Indian in Washington Heights. In New York gibt es sicher mehrere Dutzend Museen – man braucht nur seine Frau zu verlassen, um sie der Reihe nach kennenzulernen.

In Washington Heights überkam mich ein leicht komisches Gefühl. Hier hatten vor ein paar Jahren zwei Kerle eine Bar überfallen, in der ich mir nach Dienstschluss gerade ein paar Drinks genehmigte, und dabei den Barkeeper erschossen.

Ich folgte ihnen auf die Straße hinaus. Dazu muss man sagen, dass es in Washington Heights eine Menge Hügel gibt. Sie rannten den Hügel runter. Ich feuerte hinter ihnen her und erwischte sie auch beide. Aber ein Schuss ging daneben und prallte so unglücklich von einem Laternenpfahl ab, dass er ein kleines Mädchen namens Estrellita Rivera tötete.

So etwas kommt immer wieder mal vor. Wie in solchen Fällen üblich, kam ich vor einen polizeilichen Untersuchungsausschuss, von dem mir allerdings bestätigt wurde, dass an meinem Vorgehen nicht das Geringste auszusetzen gewesen war.

Kurz darauf reichte ich jedoch meinen Abschied ein und quittierte meinen Dienst bei der Polizei.

Ich könnte nicht behaupten, dass ein Ereignis das andere nach sich gezogen hat. Ich kann nur sagen, dass das eine zum anderen geführt hat. Ich hatte unabsichtlich den Tod eines unschuldigen Kindes verschuldet, und danach war für mich irgendwie nichts mehr wie früher. Das Leben, das ich bis dahin ohne Klage hingenommen hatte, schien mir mit einem Mal nicht mehr akzeptabel. Vermutlich löste der Tod dieses kleinen Mädchens in meinem Leben eine gravierende Wende aus, die längst überfällig gewesen war. Aber letztlich könnte ich auch das nicht mit Sicherheit behaupten. Nur, dass eins zum anderen geführt hatte.

Wir fuhren zur Penn Station. Ich sagte den Jungen, wie gut es mir mit ihnen gefallen hätte, und sie versicherten mir, dass es ihnen ebenfalls Spaß gemacht hätte. Dann setzte ich sie in einen Zug nach Hause und rief ihre Mutter an, mit welchem Zug sie kommen würden. Sie sagte, sie würde sie abholen, um nach kurzem Zögern noch hinzuzufügen, ob ich ihr in nächster Zeit nicht vielleicht etwas Geld schicken könnte. Mache ich, versprach ich ihr.

Ich hatte noch nicht aufgehängt, als ich unwillkürlich an Tim Pats zehntausend Dollar Belohnung denken musste, um jedoch schon im nächsten Augenblick, über mich selbst verwundert, den Kopf zu schütteln.

Trotzdem fand ich am darauffolgenden Abend keine Ruhe. Ich ertappte mich dabei, wie ich plötzlich im Village eine ganze Reihe Bars abklapperte; in jeder blieb ich nur auf einen Drink. Ich nahm den A-Train zur West Fourth Street, fing im McBell's an und arbeitete mich von dort langsam nach Westen vor. Jimmy Day's, 55, Lion's Head, George Hertz's, Corner Bistro. Ich redete mir ein, dass ich lediglich ein paar Drinks brauchte, um nach dem Wochenende mit meinen Söhnen, das mich doch innerlich etwas aufgewühlt hatte, wieder zur Ruhe zu kommen, zumal unser Besuch in Washington Heights auch noch andere missliche Erinnerungen wachgerufen hatte.

Aber ich kannte mich natürlich. In Wirklichkeit hatte ich, wenn auch eher halbherzig, längst angefangen, meine Ermittlungen nach den beiden Kerlen anzustellen, die den Überfall auf die Morisseys verübt hatten.

Schließlich landete ich in einer Schwulenbar, die sich Sinthia's nannte. Kenny, der Besitzer, schmiss den Laden ganz allein und bediente seine Kundschaft, die sich ausschließlich aus Männern zusammensetzte, von denen die meisten in Levis und gerippten Tank Tops waren. Kenny war ein schlanker, drahtiger Bursche mit blond gefärbtem Haar und einem Gesicht, das so gekonnt geliftet war, dass man ihn auf höchstens achtundzwanzig geschätzt hätte, auch wenn Kenny mindestens schon doppelt so viele Jahre auf dem Buckel hatte.

»Matthew!«, begrüßte er mich. »Ihr könnt ab sofort unbesorgt sein, Mädels. Der starke Arm des Gesetzes hat seine schützende Hand nun auch über die Grove Street gelegt.«

Natürlich wusste er absolut nichts von dem Überfall im Morissey's. Einmal ganz abgesehen davon, dass er nicht einmal das Morissey's kannte. Kein Homosexueller musste das Village verlassen, um nach der Sperrstunde noch ein gemütliches Plätzchen zu finden, wo er etwas zu trinken bekam. Aber die beiden Kerle, die den Überfall verübt hatten, hätten durchaus schwul sein können, und falls sie ihre Beute irgendwo auf den Kopf hauten, dann vielleicht in den Bars in der Christopher Street. Außerdem ging man bei Ermittlungen einfach so vor; man hörte sich ein bisschen um, brachte gleichzeitig sein Anliegen unter die Leute und wartete ab, ob man irgendeine Rückkoppelung erhielt.

Aber wozu das Ganze? Wofür vergeudete ich eigentlich meine kostbare Zeit?

Ich weiß nicht, wie es weitergegangen wäre – ob ich am Ball geblieben wäre oder das Handtuch geschmissen hätte, ob ich mit etwas fündig geworden wäre, das mich weitergebracht hätte, oder ob ich schließlich endgültig aufgegeben hätte, nachdem ich längere Zeit einer falschen Fährte gefolgt war. Das Ganze schien jedenfalls zu nichts zu führen, aber so ist es ja meistens; man strampelt sich ab, ohne dass sich auch nur im Geringsten ein Erfolg abzeichnet, und dann hat man plötzlich Glück und stößt auf eine heiße Spur. Vielleicht wäre etwas in der Art passiert. Vielleicht auch nicht.

Stattdessen passierte inzwischen einiges andere, das mich nachhaltig von Tim Pat Morissey und seinen Rachegelüsten ablenkte.

Unter anderem brachte jemand Tommy Tillarys Frau um.

Kapitel 4

Dienstagabend lud ich Fran zum Abendessen in das thailändische Restaurant ein, für das Skip Devoe so schwärmte. Als ich sie hinterher nach Hause begleitete, schauten wir noch für ein paar Verdauungsdrinks ins Joey Farrell's. An ihrer Haustür schützte Fran wieder mal einen früh beginnenden Arbeitstag vor, worauf ich mich von ihr verabschiedete. Auf dem Weg zurück ins Armstrong's legte ich mehrere Zwischenstopps ein. Meine Stimmung war nicht gerade bestens, und daran konnte auch ein Bauch voll fremdländischen Essens nicht viel ändern. Vermutlich sprach ich deshalb wohl auch dem Bourbon etwas ausgiebiger zu, bis ich mich schließlich zwischen eins und zwei etwas schwankend auf den Heimweg machte. Vorher besorgte ich mir noch eine *Daily News* und setzte mich damit, bereits in Unterwäsche, auf den Rand meines Betts, um die neuesten Nachrichten zu überfliegen.

Auf einer der hinteren Seiten las ich von einer Frau aus Brooklyn, die im Zug eines Einbruchs umgebracht worden war. Ich war müde und gut abgefüllt, sodass mir der Name nichts sagte.

Doch als ich am nächsten Morgen aufwachte, wollte irgendetwas, halb Traum, halb Erinnerung, nicht aufhören, mir durch den Kopf zu schwirren. Ich setzte mich im Bett auf, griff nach der Zeitung und schlug die Meldung nach.

Margaret Tillary, siebenundvierzig, war im Schlafzimmer ihres Hauses in der Colonial Road erstochen worden; offensichtlich hatte sie einen Einbrecher auf frischer Tat ertappt. Ihr Mann, der Anlageberater Thomas J. Tillary, hatte Verdacht geschöpft, als er seine Frau am Dienstagnachmittag mehrmals vergeblich anzurufen versuchte. Er verständigte daraufhin eine in der Nähe wohnende Verwandte, die nachsehen ging und die Tote entdeckte.

»Das ist an sich ein ruhiges Viertel«, wurde in diesem Zusammenhang ein Anwohner zitiert. »So etwas kommt hier in der Regel nicht vor.« Eine polizeiliche Quelle wies jedoch auf die zunehmende Einbruchsrate in dieser Gegend hin, und ein anderer Anwohner deutete vage an, dass in diesem Viertel neuerdings irgendwelche »zwielichtigen Elemente« ihr Unwesen trieben.

Tillary ist nun nicht gerade ein weit verbreiteter Name. In Brooklyn, nicht weit von der Brooklyn Bridge, gibt es eine Tillary Street, aber ich habe keine Ahnung, nach welchem Kriegshelden oder Warzenbesprecher sie benannt ist und ob der Betreffende gar mit Tommy verwandt war. Es gibt im Telefonbuch von Manhattan eine Reihe Tillerys, die jedoch ausnahmslos mit *e* geschrieben werden. Thomas Tillary, Anlageberater, Brooklyn – das hörte sich ganz so an, als könnte es nur Telephone Tommy sein.

Ich duschte, rasierte mich und ging frühstücken. Dabei dachte ich über das nach, was ich in der Zeitung gelesen hatte, und versuchte mir einen Reim darauf zu machen. Irgendwie kam mir das Ganze höchst unwirklich vor. Ich kannte Tommy nicht sehr gut, und seine Frau hatte ich überhaupt nicht gekannt; ich hatte nicht einmal gewusst, wie sie hieß, nur, dass sie irgendwo in Brooklyn existierte.

Ich betrachtete meine linke Hand, den Ringfinger. Kein Ring, keine Spuren. Ich hatte den Ehering, den ich jahrelang getragen hatte, anlässlich meines Umzugs von Syosset nach Manhattan abgelegt. Noch Monate später war die Stelle an meinem Finger zu sehen gewesen, wo ich den Ring getragen hatte, bis mir eines Tages auffiel, dass plötzlich nichts mehr davon zu sehen war.

Tommy trug einen Ehering. Einen schlichten Goldreifen, vielleicht einen halben Zentimeter breit. Außerdem trug er noch am kleinen Finger seiner rechten Hand einen Ring; ich nahm an, dass es sich dabei um einen von diesen Highschool-Ringen handelte. Plötzlich konnte ich mich genau an das Ding erinnern, während ich im Red Flame über meinem Kaffee saß. Ein Klassenring mit einem blauen Stein an seinem rechten kleinen Finger, und an seinem linken Ringfinger der schlichte Ehering aus Gold.

Ich wusste nicht recht, wie mir dabei zumute war.

Am selben Nachmittag ging ich in die Kirche St. Paul's und zündete für Margaret Tillary eine Kerze an. Seit ich mich im Ruhestand befand, hatte ich die Kirchen für mich entdeckt. Wenn ich dort auch nicht betete oder einer Messe beiwohnte, suchte ich doch hin und wieder eine auf, um einfach eine Weile in dem Dämmerlicht und der Stille zu sitzen, die dort herrschten. Manchmal zündete ich für Leute, die gerade gestorben waren, eine Kerze an – oder auch für Leute, die schon eine Weile tot waren, mir aber gerade durch den Kopf gingen. Ich habe keine Ahnung, wieso ich eigentlich darauf kam oder weshalb ich es mir zur Regel gemacht hatte, ein Zehntel von allem, was ich einnahm, für die Armen in den Opferstock der erstbesten Kirche zu stecken, die ich gerade aufsuchte.

Ich saß in einer der hinteren Bänke und hing meinen Gedanken über den Tod nach. Als ich die Kirche wieder verließ, regnete es leicht. Ich überquerte die Ninth Avenue, um mich im Armstrong's vor dem Regen in Sicherheit zu bringen. Dennis stand hinterm Tresen. Ich bestellte einen Bourbon, leerte ihn in einem Zug und ließ mir dann, zusammen mit einem Kaffee, gleich noch einen kommen.

Während ich den Bourbon in meinen Kaffee schüttete, fragte mich Dennis, ob ich schon von Tillary gehört hätte. Ich sagte, ich hätte die Meldung in der *News* gelesen.

»In der *Post* von heute Nachmittag steht auch was über den Mord. Allerdings nichts großartig Neues. Sie nehmen an, dass es vorgestern Nacht passiert ist. Er ist in der fraglichen Nacht offensichtlich nicht zu Hause gewesen, sondern am Morgen danach gleich ins Büro gekommen. Und nachdem er seine Frau dann mehrmals vergeblich anzurufen versucht hat, um sich zu entschuldigen, hat er sich dann langsam Sorgen zu machen begonnen.«

»Stand das in der Zeitung?«

»So in etwa. Das wäre demnach vorgestern Nacht gewesen. Solange ich noch hier war, hat er sich jedenfalls hier nicht blicken lassen. Haben Sie ihn denn gesehen?«

Ich versuchte mich zu erinnern. »Ich glaube schon. Vorgestern Abend, doch, ich glaube, er war mit Carolyn hier.«

»Der Südstaatenschönheit?«

»Genau.«

»Was in der jetzt wohl vorgeht?« Er zwirbelte mit Daumen und Zeigefinger die Spitzen seines buschigen Schnurrbarts. »Vermutlich wird sie von schrecklichen Gewissensbissen geplagt, dass ihr Wunsch plötzlich in Erfüllung gegangen ist.«

»Glauben Sie, dass sie Tommys Frau den Tod gewünscht hat?«

»Wer kann das schon sagen? Jedenfalls dürfte so was hin und wieder im Kopf eines Mädchens rumspuken, das mit einem verheirateten Mann geht. Aber was weiß ich schon von solchen Dingen; ich bin schließlich nicht verheiratet.«

Das Interesse der Zeitungen an dem Vorfall ließ in den nächsten paar Tagen rapide nach. Die Todesanzeige erschien in der *News* vom Donnerstag. Margaret Wayland Tillary, geliebte Gattin von Thomas Tillary, Mutter des verstorbenen James Alan Tillary, Tante von Mrs. Richard Paulsen. Für den Abend desselben Tages war eine Totenwache angesetzt; die Trauerfeierlichkeiten sollten am darauffolgenden Nachmittag im Bestattungsinstitut Walter B. Cooke, Ecke Fourth und Bay Ridge Avenue, stattfinden.

Später am Abend erzählte mir Billie Keegan: »Ich habe Tillary seitdem nicht mehr gesehen, wobei ich mir auch keineswegs sicher bin, ob wir den guten Tommy jemals wiedersehen werden.« Er schenkte sich ein Glas JJ&S ein, den zwölf Jahre alten Jameson, den sonst niemand bestellte. »Ich möchte sogar wetten, dass wir ihn nie mehr mit ihr sehen werden.«

»Mit seiner Freundin?«

Er nickte. »Ich kann mir nicht vorstellen, dass die beiden so schnell vergessen werden können, dass er bei ihr war, als seine Frau zu Hause in Brooklyn erstochen wurde. Wenn er doch nur zu Hause gewesen wäre, wo er auch hingehört – dadi dadamm, dadi dadamm. Du turtelst mal eben ein bisschen mit 'ner anderen rum, damit sie dich mal kurz drüber lässt – nur eben so, für ein paar vergnügte Stunden. Ich glaube allerdings, dass einem ziemlich schnell die Lust vergeht, wenn einem dann wegen so eines Techtelmechtels plötzlich die Frau umgebracht wird.«

Darüber dachte ich kurz nach, um schließlich zu nicken. »Heute Abend war Totenwache«, sagte ich.

»Ja? Warst du dort?«

Ich schüttelte den Kopf.

»Ich kenne auch niemanden, der hingegangen ist.«

Ich ging, bevor sie schlossen. Ich genehmigte mir noch einen im Polly's und einen zweiten im Miss Kitty's. Skip wirkte angespannt und abwesend. Ich setzte mich an die Bar und versuchte den Mann, der neben mir stand, zu ignorieren, ohne dabei einen feindseligen Eindruck zu erwecken. Er wollte mir unbedingt erklären, wie sämtliche Probleme der Stadt zu Lasten des letzten Bürgermeisters gingen. Nicht, dass ich diesbezüglich gänzlich anderer Meinung gewesen wäre, aber ich wollte einfach nichts davon hören. Ich trank aus und ging zum Ausgang. Auf halbem Weg rief Skip meinen Namen. Ich drehte mich um, worauf er mich zu sich winkte.

Ich kehrte an die Bar zurück. »Im Augenblick ist gerade nicht der richtige Zeitpunkt«, gab er mir zu verstehen, »aber ich hätte dich gern möglichst bald gesprochen.«

»Ach?«

»Dich um einen Rat bitten; vielleicht springt sogar ein kleiner Auftrag für dich dabei raus. Bist du morgen Nachmittag im Jimmy's?«

»Wahrscheinlich«, antwortete ich. »Wenn ich nicht zum Begräbnis gehe.«

»Wer ist denn gestorben?«

»Tillarys Frau.«

»Ach, die Trauerfeier ist schon morgen? Und du willst hingehen? Ich wusste gar nicht, dass du Tommy so nahe stehst.«

»Tue ich auch nicht.«

»Weshalb gehst du dann hin? Aber was rede ich eigentlich? Geht mich schließlich nichts an. Ich werde jedenfalls so gegen zwei, halb drei im Armstrong's nach dir sehen. Wenn du nicht da bist, versuche ich's eben ein andermal.«

Ich war da, als er am nächsten Tag gegen halb drei auftauchte. Ich hatte eben zu Mittag gegessen und saß nun über meiner Tasse Kaffee, als Skip hereinkam und vom Eingang aus seine Blicke durch das Lokal schweifen ließ. Als er mich entdeckte, kam er auf mich zu und setzte sich zu mir.

»Bist du also doch nicht gegangen«, sagte er. »Ist ja auch kein Tag für ein Begräbnis. Ich komme gerade vom Training im Club; kam mir allerdings ein bisschen doof vor, nachher noch in der Sauna zu hocken. Diese ganze Scheiß-stadt ist doch nichts als eine riesige Sauna. Was trinkst du denn da – deinen berühmten Kentucky-Kaffee?«

»Nein, nur Kaffee.«

»Das geht doch nicht an.« Er drehte sich um und winkte nach der Bedie-nung. »Für mich ein Prior Dark«, bestellte er, »und für meinen Kumpel hier etwas für seinen Kaffee.«

Sie brachte mir einen Bourbon und ihm ein Bier. Er schenkte es sich behut-sam in sein zur Seite geneigtes Glas, begutachtete die dicke Krone, nahm einen Schluck und stellte das Glas ab.

»Könnte sein, dass ich ein Problem am Hals habe«, begann er.

Als ich nichts darauf erwiderte, fuhr er fort: »Das bleibt doch unter uns, ja?«

»Klar.«

»Kennst du dich ein bisschen im Kneipengeschäft aus?«

»Nur vom Konsumentenstandpunkt aus.«

»Das genügt. Demnach weißt du jedenfalls, dass in diesem Geschäft alles bar abgewickelt wird.«

»Klar.«

»Inzwischen akzeptieren zwar immer mehr Lokale auch Kreditkarten, aber wir nehmen nur Bargeld. Wenn wir jemanden kennen, akzeptieren wir selbstverständlich auch einen Scheck, aber an sich wird bei uns alles bar abgewickelt. Ich würde sagen, fünfundneunzig Prozent unseres Umsatzes kommen in bar rein. Wahrscheinlich ist dieser Anteil eher sogar noch höher.«

»Und?«

Er holte eine Zigarette heraus und klopfte damit gegen seinen Daumennagel. »Es ist mir schrecklich unangenehm, darüber zu sprechen«, druckste er herum.

»Dann lass es bleiben.«

Er steckte sich die Zigarette an. »Natürlich streicht jeder erst mal einen gewissen Anteil schwarz ein; der erscheint erst gar nicht in der Buchführung, wird auch auf kein Konto eingezahlt; kurzum, dieser Anteil existiert einfach nicht. Ein Dollar, den du nicht angibst, ist gut und gern seine zwei reguläre Dollar wert, weil du ihn nämlich nicht zu versteuern brauchst. Kannst du mir so weit folgen?«

»So schwer ist das doch nun wirklich nicht zu verstehen Skip.«

»Jeder macht das so, Matt. Der Zeitungskiosk, der Laden um die Ecke – jeder, der seine Geschäfte in bar abwickelt. Das gehört in Amerika schon fast zum guten Ton. Selbst der Präsident würde die Steuer kräftig übers Ohr hauen, wenn er es sich leisten könnte.«

»Der letzte hat's ja auch getan.«

»Erinnere mich nicht an den. Dieses Arschloch brächte es doch tatsächlich noch fertig, es einem zu vergällen, die Steuer zu bescheißen.« Er zog heftig an seiner Zigarette. »Wir haben vor ein paar Jahren unseren Laden aufgemacht; seitdem hat sich John um die Buchführung gekümmert. Ich kommandiere die Angestellten rum, stelle das neue Personal ein und werfe das alte raus, während er sich um den Einkauf und die Buchführung kümmert. Bisher hat das ganz gut geklappt.«

»Und?«

»Langsam könnte ich wirklich mal zum Thema kommen, wie? Also, wir hatten von Anfang an eine doppelte Buchführung – eine für uns und eine fürs Finanzamt.« Seine Miene verdüsterte sich, und er schüttelte den Kopf. »Ich konnte das nie verstehen. Mein Standpunkt war schon immer: Eine Buchführung, und zwar die getürkte, genügt. Aber John bestand darauf, auch über unsere wirklichen Einnahmen Buch zu führen, damit wir auch wissen, wie der Laden läuft. Kannst du das verstehen? Schließlich zähle ich jeden Abend mein Geld und weiß von daher, was ich einnehme; wozu brauche ich da eine eigene Buchführung. Aber da nun er mal das Geschäftliche erledigt und sich mit so was besser auskennt, sage ich – meinetwegen, wenn du unbedingt meinst.«

Er griff nach seinem Glas und nahm einen Schluck Bier. »Und jetzt sind sie verschwunden.«

»Die Bücher?«

»Samstagmorgen macht John immer die Buchführung für die vergangene Woche. Letzten Samstag war noch alles in Ordnung. Und dann will er vorgestern kurz mal was nachprüfen und die Bücher rausholen, als plötzlich keine Bücher mehr da sind.«

»Sind sie beide verschwunden?«

»Nein, nur die mit den Schwarzeinnahmen, die ehrlichen.« Er nahm einen weiteren Schluck Bier und wischte sich mit dem Handrücken den Mund ab. »Erst hat er einen Tag damit verbracht, sich mit Valium vollzustopfen und halb durchzudrehen, bis er mir schließlich gestern davon erzählt hat. Und seitdem bin ich am Durchdrehen.«

»Ist es denn richtig schlimm, Skip?«

»Allerdings. Das könnte uns das Genick brechen.«

»Im Ernst?«

Er nickte. »Das waren unsere gesamten Geschäftsaufzeichnungen, seit wir den Laden aufgemacht haben. Und das Geschäft lief von Anfang an gut. Ich weiß zwar nicht, warum eigentlich, aber anscheinend fühlen sich die Leute bei uns wohl. Und ich kann dir sagen, wir haben beide erst mal kräftig den Rahm abgeschöpft. Falls die Bücher in die falschen Hände gelangen, sind wir *geliefert*. Wir können uns unmöglich auf ein Versehen rausreden; schließlich steht ja alles schön schwarz auf weiß da, einschließlich der Einnahmen, die wir in unserer Steuererklärung angegeben haben. Aus dem Schlamassel reißt dich keine Ausrede mehr raus; du kannst sie höchstens noch fragen, ob sie wollen, dass du in Atlanta oder in Leavenworth einsitzt.«

Darauf saßen wir eine Weile schweigend da. Ich nahm einen Schluck von meinem Kaffee. Er steckte sich eine frische Zigarette an und blies den Rauch an die Decke. Aus den Lautsprechern rieselte leise Musik – etwas Kontrapunktisches mit Holzbläsern.

»Und was soll ich jetzt tun?«, brach ich schließlich das Schweigen.

»Herausfinden, wer sie geklaut hat – und sie wieder zurückbringen.«

»Vielleicht hat John sie in einem Anfall von Zerstreutheit lediglich irgendwo verlegt. Er könnte sie doch ...«

Skip schüttelte den Kopf. »Ich habe gestern das ganze Büro auf den Kopf gestellt. Sie sind weg – daran gibt es nichts zu rütteln.«

»Und du meinst, sie sind einfach verschwunden? Keinerlei Spuren gewaltsamen Eindringens? Wo hattet ihr die Bücher übrigens aufbewahrt? Waren sie weggeschlossen?«

»In der Regel sollten sie weggeschlossen sein, was John aber manchmal vergessen hat. Er hat sie dann einfach herumliegen lassen oder in eine Schreibtischschublade gepackt. Man wird mit so was im Lauf der Zeit eben etwas nachlässig. Nachdem jahrelang alles glatt gelaufen ist, nimmst du das Ganze irgendwann nicht mehr so ernst, und das erst recht, wenn du sowieso mal gerade in Eile bist. Erst sagt er, er hätte die Bücher letzten Samstag weggeschlossen, aber im gleichen Atemzug kommt er dann auch schon damit an, er wüsste es nicht mehr mit Sicherheit. Er macht das schließlich jeden Samstag – jedes Mal der gleiche routinemäßige Ablauf –, und wie soll er da einen Samstag vom anderen unterscheiden; in der Erinnerung verschwimmen sie doch alle ineinander. Aber was zählt das letztlich schon. Die Bücher sind weg – verschwunden.«

»Demnach hat sie jemand weggenommen.«

»Ganz richtig.«

»Wenn der Betreffende damit zum Finanzamt geht ...«

»Können wir jetzt schon unser Testament machen. Nicht mehr und nicht weniger. Uns am besten gleich ein Grab neben der Frau von – wie heißt er gleich wieder? – reservieren lassen. Ach ja, Tillary.«

»Hat sonst noch was gefehlt, Skip?«

»Wie es scheint, nicht.«

»Demnach hatte es der Dieb ausschließlich auf die Bücher abgesehen. Er hat sich Zutritt zu eurem Büro verschafft, die Bücher an sich genommen und sich aus dem Staub gemacht.«

»Ganz so sieht es jedenfalls aus.«

Ich ließ mir das Ganze kurz durch den Kopf gehen. »Falls es sich dabei um jemanden handelt, der euch aus irgendeinem Grund eins auswischen will – jemand, den ihr gefeuert habt, zum Beispiel ...«

»Ja, daran habe ich auch schon gedacht.«

»Falls der Betreffende tatsächlich zur Steuerfahndung gehen sollte, weißt du Bescheid, wenn zwei Kerle in Anzügen vor der Tür stehen und ihre Ausweise zücken. Die beschlagnahmen dann eure sämtlichen Unterlagen, sperren eure Konten und warten vermutlich noch mit einer ganzen Reihe anderer angenehmer Überraschungen auf.«

»Sprich ruhig weiter, Matt. Mir ist die Laune sowieso schon gründlich verdorben.«

»Wenn es niemand war, der euch eins auswischen wollte, dann ist es jemand, der sich mal gern auf die Schnelle ein paar Dollar verdienen will.«

»Indem er die Bücher zum Verkauf anbietet.«

»Mhm.«

»Und zwar uns.«

»Ihr bietet euch dafür zumindest als Erste an.«

»Das habe ich mir auch schon gedacht. Kasabian übrigens auch. Warte erst mal ab, hat er gemeint. Warte erst mal ab. Und wenn sich dann jemand bei uns meldet, können wir ja immer noch sehen. Aber warte einfach erst mal ab. Wird man eigentlich auch bei Steuerhinterziehungen gegen eine Kaution wieder auf freien Fuß gesetzt?«

»Natürlich.«

»Na ja, dann kann ich notfalls immer noch abhauen. Alles hinter mir lassen, den Staaten für immer den Rücken kehren und den Rest meines Lebens damit verbringen, in Nepal an irgendwelche Hippies Haschisch zu verhökern.«

»Jetzt mal nicht gleich den Teufel an die Wand.«

»Na, ich weiß nicht.« Er betrachtete nachdenklich seine Zigarette, um sie dann im letzten Rest seines Biers zu ersäufen. »Ich hasse es, wenn das einer bei mir macht«, bemerkte er abwesend. »Wenn die Gläser zurückkommen und die Zigarettenstummel drin rumschwimmen. Widerlich.« Er sah mich fast flehentlich an. »Kannst du in dieser Sache irgendwas für mich tun? Natürlich nur gegen die entsprechende Bezahlung.«

»Ich wüsste nicht, was – zumindest im Augenblick noch nicht.«

»Demnach bleibt mir also vorerst nichts anderes übrig, als abzuwarten. Das habe ich schon immer am meisten gehasst – herumzusitzen und nichts tun zu können. In der Schule bin ich die 400 m gelaufen. Damals war ich noch etwas leichter. Geraucht habe ich allerdings schon damals wie ein Schlot – ich hab schon mit vierzehn angefangen –, aber in dem Alter hält man ja noch einiges aus. So einen jungen Burschen kann einfach nichts umbringen; deshalb bilden die sich ja auch alle ein, sie würden ewig leben.« Er machte sich daran, eine frische Zigarette aus der Packung zu fummeln, schob sie aber wieder zurück. »Ich bin damals für mein Leben gern Rennen gelaufen, aber ich kann dir sagen, die Warterei, bis es dann endlich an den Start ging, die hat mich jedes Mal von Neuem fix und fertig gemacht. Ein paar von den anderen haben vor Aufregung regelrecht gekotzt. Musste ich zwar nie, aber genau so habe ich mich gefühlt. Ich ging pinkeln, und fünf Minuten später dachte ich, ich müsste schon wieder.« Er schüttelte den Kopf über seine Erinnerungen. »Und in Vietnam war es genau das gleiche – das Warten auf den Einsatz. Der Einsatz selbst hat mir nie was ausgemacht, obwohl es eine Menge Dinge gab, die einem was hätten ausmachen sollen. Manchmal wird mir erst jetzt, im Nachhinein, noch ganz anders, wenn ich an bestimmte Situationen zurückdenke; aber als ich mittendrin gesteckt habe, war das überhaupt nicht so.«

»Das kann ich gut verstehen.«

»Aber dieses Warten, bevor es dann richtig losging – das war die Hölle.« Er schob seinen Stuhl zurück. »Was bin ich dir schuldig, Matt?«

»Wofür? Ich habe doch nichts getan?«

»Für deinen Rat.«

Ich winkte ab. »Wenn du unbedingt meinst«, schlug ich vor, »kannst du mich ja auf einen Kaffee mit Schuss einladen.«

»Gut.« Er stand auf. »Kann sein, dass ich in nächster Zeit noch mal auf deine Hilfe angewiesen sein werde.«

»Du weißt ja, wo ich zu finden bin.«

Er blieb noch kurz am Tresen stehen, um sich mit Dennis zu unterhalten, bevor er endgültig ging. Ich ließ mir Zeit mit meinem Kaffee. Als ich ihn leergetrunken hatte, war gerade zwei Tische weiter eine Frau gegangen, die ihre Zeitung auf dem Stuhl hatte liegen lassen. Ich las sie und bestellte mir eine zweite Tasse Kaffee – mit einem Schuss Bourbon zum Süßen.

Als sich das Lokal langsam mit Feierabendgästen zu füllen begann, winkte ich die Bedienung an meinen Tisch. Ich drückte ihr einen Dollar in die Hand und bat sie, die Drinks auf meine Rechnung setzen zu lassen.

»Für die hat doch der Herr vorhin schon bezahlt«, klärte sie mich auf.

Sie war neu und kannte Skip deshalb nicht namentlich. »Das hätte er aber nicht tun sollen«, entgegnete ich. »Außerdem habe ich noch was bestellt, nachdem er gegangen ist. Setzen Sie's also auf meine Rechnung, ja?«

»Das müssen Sie mit Dennis klären.«

Bevor ich darauf noch etwas erwidern konnte, war sie bereits abgerauscht, um eine Bestellung aufzunehmen. Ich trat an die Bar und nickte Dennis zu. »Sie sagt, meine Rechnung wäre schon bezahlt.«

»Sie sagt die Wahrheit«, grinste er zurück. Dennis lächelte oft, als amüsierte ihn vieles von dem, was er sah. »Devoe hat für Sie gezahlt.«

»Das sollte er eigentlich nicht. Außerdem habe ich noch was bestellt, nachdem er gegangen ist, und als ich das auf meine Rechnung setzen lassen wollte, hat sie gesagt ich soll mich an Sie wenden. Soll das etwa heißen, dass meine Rechnung nicht mehr existiert?«

Dennis' Grinsen wurde noch breiter. »Sie können selbstverständlich jederzeit wieder eine haben, wenn Ihnen danach ist, aber im Moment haben Sie gerade keine. Das hat Mr. Devoe erledigt – alles wieder auf null zurückgedreht.«

»Und wie hoch bin ich in der Kreide gestanden?«

»Achtzig Dollar und ein paar Zerquetschte. Wenn Sie wollen, kann ich den genauen Betrag selbstverständlich gern nachsehen. Soll ich?«

»Nein.«

»Er hat mir hundert Dollar gegeben, um Ihre Rechnung zu begleichen, und was Sie heute noch trinken sollten; der Rest war als Trinkgeld für Lyddie und als Seelentröster für meinen Kummer gedacht. Man könnte nun natürlich geltend machen, dass Ihre letzte Bestellung dadurch nicht mehr gedeckt ist. Aber mein untrüglicher Gerechtigkeitssinn sagt mir, dass dem keineswegs so ist.« Ein neuerliches Grinsen. »Sie sind uns also nichts schuldig.«

Was hätte ich dagegen schon vorbringen sollen. Außerdem, wenn ich bei der Polizei eines gelernt hatte, dann war das, zu nehmen, was die Leute mir gaben.

Kapitel 5

Ich ging in mein Hotel zurück und erkundigte mich an der Rezeption nach Post oder irgendwelchen Anrufen. Doch offensichtlich wollte niemand etwas von mir. Der Mann an der Rezeption, ein schlaksiger Schwarzer aus Antigua, meinte, die Hitze mache ihm nichts aus, aber das Meer und die kühle Brise fehle ihm sehr.

Ich ging nach oben und duschte. In meinem Zimmer war es unerträglich heiß. Es hatte zwar eine Klimaanlage, aber irgendetwas an der Kühlung war defekt. Sie wälzte zwar die warme Luft um und versah sie mit einer unverkennbar chemischen Duftkomponente, aber an der Hitze und der Luftfeuchtigkeit änderte das herzlich wenig. Ich hätte sie ausschalten und das Fenster öffnen können, aber die Luft draußen war auch nicht besser. Ich legte mich aufs Bett und muss wohl eine Stunde oder so weggedämmert sein. Jedenfalls zog es mich gleich wieder unwiderstehlich unter die Dusche, als ich aufwachte.

Ich gab meinem Drang nach, und danach rief ich Fran an. Ihre Mitbewohnerin ging dran. Ich fragte, ob Fran zu sprechen wäre, und wartete dann, wie es mir schien, eine Ewigkeit, bis sie endlich an den Apparat kam.

Ich schlug vor, gemeinsam Abendessen und danach vielleicht noch ins Kino zu gehen, falls wir noch Lust hatten. »Oh, tut mir leid, Matt«, wimmelte sie mich ab. »Ich habe für heute Abend schon was anderes vor. Vielleicht ein andermal, ja?«

Als ich aufhängte, tat es mir bereits leid, überhaupt angerufen zu haben. Ich warf einen kurzen Blick in den Spiegel und gelangte zu der Überzeugung, dass ich eigentlich keine Rasur nötig hatte. Also zog ich mich nur an und verließ das Zimmer.

Auf der Straße war es drückend schwül, aber in ein paar Stunden würde es bestimmt abkühlen. Bis dahin gab es genügend Bars in der näheren Umgebung, deren Klimaanlagen besser funktionierten als meine.

Seltsamerweise schlug ich gar nicht so schlimm zu. Ich war ziemlich schlechter Stimmung, muffig und gereizt, was mich in der Regel dazu verleitete, ziemlich schnell und unkontrolliert zu trinken. Aber an diesem Abend war ich von einer eigenartigen inneren Rastlosigkeit erfüllt, sodass ich es nirgendwo lange aushielt. In ein paar Bars ging ich sogar nur rein und gleich wieder raus, ohne etwas bestellt zu haben.

Irgendwann wäre ich fast in eine Schlägerei geraten. In einem Laden in der Tenth Avenue rempelte mich ein grobschlächtiger Kerl, der ziemlich besoffen war und dem ein paar Zähne fehlten, etwas unsanft an und goss mir den Inhalt seines Glases über, um sich dann auch noch an der Art zu stoßen, in der ich seine Entschuldigung entgegennahm. Das Ganze war eine lächerliche Lappalie, aber der Kerl suchte offenbar Streit, wobei ich nicht übel geneigt gewesen wäre, ihm diesbezüglich entgegenzukommen. Doch dann packte ihn einer seiner Freunde von hinten am Arm, und ein anderer stellte sich zwischen uns, sodass auch ich mich wieder beruhigte und aus dem Staub machte.

Ich trottete die Fifty-seventh hinunter. Vor dem Holiday Inn standen ein paar schwarze Nutten auf dem Gehsteig herum. Ich schenkte ihnen mehr Beachtung als üblich. Eine von ihnen – mit einem Gesicht wie eine Ebenholzmaske, suchte den Blickkontakt mit mir. Ich spürte Wut in mir aufsteigen, ohne zu wissen, auf was oder wen ich wütend war.

Ich ging weiter zur Ninth, in Richtung Armstrong's. Ich war keineswegs überrascht, Fran dort anzutreffen. Fast war es, als hätte ich regelrecht damit gerechnet, dass sie da sein würde. Sie saß an einem Tisch im hinteren Teil und hatte mir den Rücken zugekehrt, sodass sie mich nicht hereinkommen sah.

Sie saß an einem Zweiertisch, und der Kerl, der ihr Gesellschaft leistete, gehörte nicht zu dem Kreis von Personen, die ich kannte. Er hatte blondes Haar, auffallend helle Augenbrauen und ein offenes, junges Gesicht; er trug ein schieferblaues, kurzärmeliges Hemd mit Schulterklappen. Man nennt so was, glaube ich, Safari-Look. Er paffte eine Pfeife und hatte ein Bier vor sich stehen. Fran trank etwas Rotes in einem überdimensionalen Stielglas.

Vermutlich ein Tequila Sunrise. Die waren in diesem Jahr gerade schwer in.

Ich stellte mich an die Bar, und da stand Carolyn. Die Tische waren alle besetzt, während am Tresen reichlich Platz war, was für Freitagabend eher ungewöhnlich war. Rechts von ihr, in Richtung Tür, standen ein paar Biertrinker, die sich über Baseball unterhielten. Links von ihr waren gleich drei Hocker frei.

Ich ließ mich auf dem mittleren nieder und bestellte einen Bourbon – einen Doppelten mit Wasser extra. Billie schenkte mir ein und sagte etwas übers Wetter. Ich nahm einen Schluck und warf einen kurzen Blick zu Carolyn hinüber.

Sie schien nicht auf Tommy oder sonst jemanden zu warten und erweckte auch nicht den Eindruck, als wäre sie erst vor ein paar Minuten reingeschneit gekommen. Sie trug gelbe Shorts und eine limettengrüne, ärmellose Bluse. Ihr hellbraunes Haar hatte sie so gekämmt, dass es ihr kleines Fuchsgesicht einrahmte. Sie trank etwas Dunkles aus einem Schnapsglas.

Jedenfalls war es kein Tequila Sunrise.

Ich nahm einen weiteren Schluck Bourbon und warf gegen meinen Willen einen verstohlenen Blick zu Fran hinüber. Ich war eifersüchtig und zugleich wütend über meine Eifersucht. Wir hatten uns zweimal verabredet, ohne dass zwischen uns eine besondere Anziehung bestanden hätte, ganz zu schweigen davon, dass es richtig gefunkt hätte; ich hatte sie lediglich an zwei Abenden nach Hause begleitet. Und heute hatte ich sie, relativ spät, angerufen, und sie hatte gesagt, sie hätte schon was anderes vor, und da saß sie nun mit ihrem Vorhaben und trank Tequila Sunrise.

Worüber regte ich mich eigentlich auf?

Ich dachte, ihm sagt sie sicher nicht, dass sie am nächsten Tag früh raus muss. Und ich hätte wetten können, dass sich unser Bubi mit seinem Phallussymbol zwischen den Zähnen nicht schön brav an der Haustür verabschieden würde.

In diesem Augenblick sprach mich von links eine Stimme mit einem weichen Südstaatenakzent an. »Ich habe Ihren Namen vergessen.«

Ich sah auf.

»Wenn mich nicht alles täuscht, sind wir schon miteinander bekanntgemacht worden«, fuhr sie fort. »Aber ich kann mich nicht mehr an Ihren Namen erinnern.«

»Ich bin Matthew Scudder«, erwiderte ich. »Sie haben vollkommen recht. Tommy hat uns miteinander bekannt gemacht. Sie sind Carolyn.«

»Carolyn Cheatham. Haben Sie ihn in letzter Zeit mal gesehen?«

»Tommy? Nicht, seit das mit seiner Frau passiert ist.«

»Ich hab ihn seitdem auch nicht mehr gesehen. Waren Sie bei der Beerdigung?«

»Nein. Ich wollte eigentlich hingehen, hab's aber dann doch nicht geschafft.«

»Weshalb hätten Sie auch gehen sollen? Sie kannten sie doch wahrscheinlich gar nicht, oder?«

»Nein.«

»Ich auch nicht.« Sie lachte – kein sehr fröhliches Lachen. »Stellen Sie sich das mal vor, ich hab seine Frau nie kennengelernt. Ich wollte heute Nachmittag eigentlich auch hingehen, aber dann hab' ich's doch nicht gemacht.« Sie biss auf ihre Unterlippe. »Warum laden Sie mich nicht auf einen Drink ein, Matt? Oder ich kann auch Ihnen einen ausgeben, aber setzen Sie sich doch ein bisschen näher, damit ich nicht so brüllen muss. Bitte?«

Sie trank Amaretto mit Eis, einen süßlichen Mandellikör, der wie ein flüssiges Dessert schmeckt, aber fast so stark wie Whiskey ist.

»Er hat mich gebeten, nicht zu kommen«, fuhr sie fort, nachdem ich nähergerutscht war. »Ich meine, zum Begräbnis. Es war irgendwo in Brooklyn; für mich ist Brooklyn wie Ausland, aber aus dem Büro sind eine Menge Leute hingegangen. Ich hätte also nicht unbedingt wissen müssen, wie man dorthin kommt; ich hätte ohne weiteres mit jemandem aus dem Büro mitfahren können. Aber er hat mich gebeten, nicht zu kommen – es wäre nicht richtig.«

Ihre bloßen Arme überzog ein zarter, goldblonder Flaum. Ihr Parfüm roch dezent nach irgendwas Blumigem, mit einem Hauch Moschus.

»Er meinte, es wäre irgendwie nicht richtig«, fuhr sie fort. »So etwas wäre eine Sache des Respekts vor den Toten, hat er gemeint.« Sie griff nach ihrem Glas und starrte hinein. »Respekt.« Sie lachte bitter. »Der muss gerade von Respekt reden. Was weiß der schon von Respekt, ganz gleich, ob den Toten gegenüber oder den Lebenden? Ich wäre doch sowieso nur eine unter all den anderen Büroangestellten gewesen. Wir arbeiten beide bei Tannahill und sind, was die anderen betrifft, nichts weiter als Freunde. Meine Güte, was waren wir denn jemals auch anderes als Freunde.«

»Das müssen Sie am besten wissen.«

»Ach, *Scheiße*.« Sie ließ das Wort genüsslich im Mund zergehen. »Ich will damit nicht sagen, dass ich nicht mit ihm ins Bett gegangen bin; das wollte ich damit bestimmt nicht sagen.« Sie nahm dabei einen übertrieben ordinären Tonfall an. »Aber was war zwischen uns schon mehr, als dass wir eben, wenn es bei ihm ging, einen draufgemacht haben – immer eitel Freude, Sonnenschein. Er war schließlich verheiratet und ist fast jeden Abend schön brav heim zu Mama.« Sie nahm einen Schluck von ihrem Amaretto. »Und das war durchaus in Ordnung so, glauben Sie mir. Welche Frau wollte schließlich schon morgens mit Tommy Tillary im selben Bett aufwachen? Meine Güte, Matthew, hab ich meinen Drink nun umgeschüttet oder getrunken?«

Wir kamen beide überein, dass sie ein wenig zu schnell trank. Und gerade dieses süße Zeug war in der Hinsicht besonders heimtückisch, hielt sie sich selbst vor. Dieses miese Gesöff von Amaretto passte genau zu einer Stadt wie New York. Das war nicht wie der Bourbon, mit dem sie groß geworden war. Bei Bourbon wusste man wenigstens, wie man dran war. Ich machte sie darauf aufmerksam, dass ich ein ausgesprochener Bourbonliebhaber war, was sie erfreut zur Kenntnis nahm. Es hat wohl schon so manches Bündnis auf belangloseren Gemeinsamkeiten gefußt; jedenfalls besiegelte sie das unsere mit einem Schluck aus meinem Glas. Ich reichte es ihr, worauf sie ihre zierliche Hand auf meine legte, um das Glas zu stabilisieren, bevor sie behutsam daran nippte.

»Bourbon ist eher ein bisschen vulgär«, erklärte sie darauf. »Wenn du weißt, was ich meine.«

»Ich dachte immer, es wäre das Getränk für echte Gentlemen.«

»Eher für den Gentleman, der sich mal in die Gosse begeben will. Zu dreiteiligen Anzügen mit Krawatten und teuren Privatschulen passt Scotch besser. Bourbon ist eher für einen alten Knacker, der mal die Sau rauslassen will. Bourbon passt zu einer stickig heißen Nacht wie dieser, wenn es einen nicht stört, dass einem der Schweiß in Strömen runterrinnt.«

Kein Mensch war am Schwitzen. Wir waren in ihrer Wohnung und saßen in ihrem abgesenkten Wohnzimmer, das einen knappen halben Meter unter dem übrigen Wohnungsniveau lag, auf der Couch. Die Wohnung befand sich in einem Art-Deco-Apartmenthaus in der Fifty-seventh, nur ein paar Häuser westlich von der Ninth. Auf dem gläsernen Couchtisch stand eine Flasche Maker's Mark aus dem Laden um die Ecke. Ihre Klimaanlage lief; sie war leiser und wirkungsvoller als meine. Wir tranken den Whiskey aus *On the rocks*-Gläsern, allerdings ohne Eis.

»Du warst bei der Polizei«, sagte sie. »Ob er mir das wohl erzählt hat?«

»Könnte durchaus sein.«

»Und jetzt arbeitest du als Detektiv?«

»So könnte man es nennen.«

»Jedenfalls bist du kein Einbrecher. Das wäre doch was, wenn ich heute Abend von einem Einbrecher erstochen würde? Er ist bei mir, und sie wird umgebracht. Und dann ist er bei ihr, und ich werde umgebracht. Allerdings kann ich mir nicht vorstellen, dass er im Augenblick bei ihr ist. Sie liegt inzwischen längst unter der Erde.«

Ihre Wohnung war nicht sehr groß, aber gemütlich. Die Einrichtung strahlte eine schlichte Eleganz aus; die Opart-Drucke an den Wänden hatten schlichte Aluminiumrahmen. Durch das Fenster konnte man das grüne Kupferdach des Parc Vendome sehen.

»Wenn hier jetzt ein Einbrecher reinkäme«, fuhr sie fort, »stünden meine Chancen besser als ihre.«

»Weil ich hier bin?«

»Mhm«, säuselte sie. »Mein großer, starker Beschützer.«

Wir küssten uns. Ich hob ihr Kinn leicht an und küsste sie, worauf wir in einen behutsamen Clinch gingen. Ich sog den Duft ihres Parfüms ein, spürte ihre Zartheit. Nachdem wir uns eine Weile aneinandergedrückt hatten, lösten wir unsere Umarmung wie auf ein Kommando, um nach unseren Gläsern zu greifen.

»Selbst wenn ich allein wäre«, nahm sie die Unterhaltung mit derselben Beiläufigkeit wieder auf, mit der sie auch nach ihrem Glas gegriffen hatte, »könnte ich mich auch allein zur Wehr setzen.«

»Du hast wohl einen schwarzen Gürtel in Karate.«

»Der einzige Gürtel, den ich habe, ist mein Nietengürtel, passend zu meiner Handtasche. Nein, mein Lieber, ich werde dir gleich mal zeigen, womit ich mich verteidigen würde.«

Die Couch wurde von zwei modernen, mattschwarzen Rollschränkchen flankiert. Sie beugte sich über mich, um in der oberen Schublade des Schränkchens auf meiner Seite nach etwas zu tasten. Während sie dabei über meinen Schoss gestreckt lag, kamen zwischen dem Bund ihrer gelben Shorts und ihrer grünen Bluse ein paar Zentimeter goldbrauner Haut zum Vorschein. Ich legte meine Hand auf ihren Hintern.

»Jetzt las das doch, Matthew! Ich vergesse sonst ganz, was ich dir eigentlich zeigen wollte.«

»Macht doch nichts.«

»Und ob. Hier, schau mal.«

Sie setzte sich mit einer Schusswaffe in der Hand auf. Sie hatte denselben mattschwarzen Überzug wie die Rollschränkchen. Es war ein Revolver, vermutlich ein 32er. Ziemlich klein, ganz schwarz, mit einem drei Zentimeter langen Lauf.

»Leg das Ding lieber wieder weg«, riet ich ihr.

»Ich weiß, wie man damit umgeht. Ich bin in einem Haus voller Schusswaffen aufgewachsen. Gewehre, Schrotflinten, Handfeuerwaffen. Mein Vater und meine beiden Brüder waren passionierte Jäger. Rebhühner, Fasane. Manchmal auch Enten. Ich kenne mich mit Schusswaffen aus.«

»Ist die da geladen?«

»Was würde mir das Ding schon groß nützen, wenn nicht. Ich kann doch damit nicht einfach nur auf den Einbrecher deuten und *Peng* sagen. Er hat sie geladen, bevor er sie mir gegeben hat.«

»Du hast die Kanone von Tommy?«

»Mhm.« Sie streckte den Arm aus und visierte quer durch den Raum einen unsichtbaren Einbrecher an. »Peng«, sagte sie. »Munition hat er mir keine dagelassen, nur die Waffe. Wenn ich also demnächst einen Einbrecher abknalle, werde ich ihn danach um frische Munition bitten müssen.«

»Wofür hat er dir das Ding gegeben?«

»Nicht zum Entenjagen.« Sie lachte. »Zu meinem Schutz. Ich hab ihm erzählt, dass ich manchmal etwas Angst hätte, so ganz allein in dieser Stadt, und dann hat er eines Tages das Ding da angebracht. Er hat gesagt, er hätte es für sie gekauft, zu ihrem Schutz, aber sie hätte nichts davon hören wollen; nicht einmal in die Hand nehmen wollte sie das Ding.« Sie hörte zu sprechen auf und begann zu kichern.

»Was ist daran so komisch?«

»Das ist es doch, was sie alle sagen. ›Meine Frau will das Ding nicht mal in die Hand nehmen.‹ Ach was, Matt, ich hab' nur eine etwas schmutzige Fantasie.«

»Ist doch nicht weiter schlimm.«

»Ich hab doch gesagt, Bourbon wäre ein ordinäres Getränk, weckt das Tier im Manne. Du könntest mich doch zur Abwechslung mal küssen.«

»Und du könntest endlich diese blöde Kanone weglegen.«

»Hast du etwa was dagegen, eine Frau zu küssen, die eine Kanone in der Hand hat?« Sie rollte sich herum und legte den Revolver in die Schublade zurück. »Ich hab sie in meinem Nachtkästchen«, erklärte sie dazu, »damit ich sie jederzeit griffbereit habe, falls mal Not am Mann sein sollte. Das Sofa lässt sich nämlich im Handumdrehen in ein Bett verwandeln.«

»Das glaube ich dir nicht.«

»Tatsächlich nicht? Soll ich dir's beweisen?«

»Ich würde schon sagen.«

Und so taten wir also, was Erwachsene tun, wenn sie sich allein in einem kuscheligen Bett wiederfinden. Das Sofa entpuppte sich tatsächlich als ein recht passables Bett, auf dem wir uns, der Raum nur von ein paar Kerzen auf Chiantiflaschen erleuchtet, aneinander kuschelten. Aus dem Radio kam leise Musik. Sie hatte einen anschmiegsamen Körper, einen begierigen Mund und eine wundervoll zarte Haut. Sie gab eine Menge enthusiastischer Laute von sich und machte ein paar sehr gekonnte Bewegungen, und danach stöhnte sie etwas.

Nachher unterhielten wir uns noch eine Weile und tranken etwas Bourbon, bis sie über kurz oder lang eingeschlafen war. Ich deckte sie mit dem Laken und einer leichten Baumwolldecke zu. Ich hätte auch schlafen können, aber stattdessen zog ich mich an und ging nach Hause. Denn welche halbwegs vernünftige Frau sollte schon an Matt Scudders Seite aufwachen wollen?

Auf dem Weg in mein Hotel legte ich einen kleinen Zwischenstopp in einem syrischen Delikatessenladen ein, um mir zwei Flaschen Molson Ale zu kaufen. Ich ließ mir die Flaschen gleich von dem Verkäufer aufmachen. Damit ging ich dann auf mein Zimmer, wo ich es mir, die Füße auf dem Fensterbrett, vor dem Fenster gemütlich machte und die erste Flasche leer trank.

Ich dachte über Tillary nach. Wo er wohl gerade steckte? In dem Haus, in dem sie gestorben war? Oder war er bei Freunden oder Verwandten untergekommen?

Ich stellte ihn mir auf einer Kneipentour oder mit Carolyn im Bett vor, während gerade ein Einbrecher seine Frau erstach, und überlegte, was angesichts dessen wohl in ihm vorgehen mochte – das heißt, falls er sich darüber überhaupt Gedanken machte.

Und dann wandten sich meine Gedanken plötzlich Anita zu, wie sie dort draußen in Syosset mit den Jungen allein war. Einen Augenblick bekam ich Angst um sie; ich glaubte sie vor mir zu sehen, wie sie vor einer unsichtbaren Bedrohung zurückwich. Ich erkannte diese Angst als irrational und unbegründet und konnte sie nach einer Weile auch als das sehen, was sie tatsächlich war – nämlich etwas, das ich mir mit nach Hause gebracht hatte, etwas, das nun an mir hing wie Carolyn Cheathams Parfüm. Ich schleppte sozusagen stellvertretend Tommy Tillarys schlechtes Gewissen mit mir herum.

Das hatte mir gerade noch gefehlt. Seine Schuldgefühle konnten mir gestohlen bleiben. Davon hatte ich selbst genug.

Kapitel 6

Das Wochenende verlief ruhig. Ich telefonierte mit meinen Söhnen, aber diesmal kamen sie nicht in die Stadt. Am Samstagnachmittag verdiente ich mir einen Hunderter, indem ich einen der Inhaber des Antiquitätenladens ein Stück die Straße runter begleitete. Wir nahmen ein Taxi in die East Seventy-fourth Street, wo wir aus der Wohnung seines verflossenen Geliebten ein paar Kleidungsstücke und persönliche Dinge abholten. Der ehemalige Lover war sicher seine fünfzehn bis zwanzig Kilo zu schwer und ganz schön verbittert.

»Also Gerald, das ist ja nun wirklich die Höhe«, legte er los. »Hast du dir tatsächlich einen Leibwächter genommen, oder soll das schon mein Nachfolger sein? In beiden Fällen weiß ich nicht recht, ob ich das als Kompliment oder Beleidigung auffassen soll.«

»Oh, ich bin mir sicher, dass du die Lösung dieses Rätsels früher oder später selbst herausfinden wirst«, konterte Gerald.

Im Taxi zurück zur West Side gestand er mir dann: »Ich habe diesen Wichser tatsächlich geliebt, Matthew, aber mich soll auf der Stelle der Teufel holen, wenn ich mir noch vorstellen könnte, weshalb eigentlich. Vielen Dank übrigens auch fürs Mitkommen, Matthew. Ich hätte mir natürlich auch so eine Schlägertype für fünf Dollar die Stunde anheuern können, aber Sie glauben gar nicht, wieviel es ausgemacht hat, dass Sie dabei waren. Haben Sie gemerkt, wie er schon kurz davorstand zu behaupten, die Händel-Lampe würde ihm gehören? Einen feuchten Dreck hat sie ihm gehört. Als ich ihn kennengelernt habe, hatte er noch nie was von Händel gehört – weder von den Lampen noch von dem Komponisten. Das einzige, wovon der was verstand, war handeln. Wenn Sie jetzt ihn begleitet hätten, wäre er durchaus imstande, Sie anstatt der vereinbarten hundert Dollar auf fünfzig herunterzuhandeln. Damit will ich natürlich nicht im Geringsten andeuten, dass ich das nun versuchen möchte. Nein, nein, Matthew, Sie waren Ihre hundert Dollar wert, und zwar jeden Cent davon.«

*   *   *

Sonntagabend kam Bobby Ruslander auf der Suche nach mir ins Armstrong's. Skip wollte mich sprechen, richtete er mir aus. Er wäre im Miss Kitty's, und ob ich nicht auf einen Sprung vorbeischauen wollte, falls ich gerade Zeit hätte? Ich hatte Zeit, und so machte ich mich mit Bobby auf den Weg.

Inzwischen war es nicht mehr ganz so heiß; Samstagabend hatte die Hitze-welle ihren Höhepunkt überschritten. Es hatte ein wenig geregnet, und die auf-geheizten Straßen waren merklich abgekühlt. Als wir an einer Fußgängerampel warteten, raste ein Löschzug der Feuerwehr vorbei. Das Jaulen der Sirene wurde langsam leiser, und Bobby sagte: »Eine ganz schön verrückte Geschichte. «

»Was? «

»Er wird dir gleich selbst alles erzählen. «

Während wir die Straße überquerten, fuhr er fort: »So habe ich ihn wirklich noch nie gesehen, wenn du weißt, was ich meine. Sonst ist Arthur doch immer supercool, durch nichts aus der Ruhe zu bringen. «

»Niemand außer dir nennt ihn Arthur. «

»So hat ihn noch nie jemand genannt. Schon als wir noch Kinder waren, hat ihn kein Mensch Arthur genannt. Alle nennen ihn immer nur Skip; und ich, sein bester Freund, ich nenne ihn bei seinem richtigen Namen. «

Als wir ins Miss Kitty's kamen, warf Skip Bobby ein Gläsertuch zu und bat ihn, ihn kurz zu vertreten. »Er ist zwar ein lausiger Barkeeper«, verkündete er, »aber wenigstens wirtschaftet er nicht zu viel in die eigene Tasche. «

»Denkst du«, konterte Bobby.

Wir gingen ins Büro, wo Skip die Tür hinter uns Schloss. Die Einrichtung bestand aus zwei alten Schreibtischen mit Drehstühlen, einem normalen Stuhl, einer Garderobe, einem Aktenschrank und einem uralten Monstrum von ei-nem Safe, der höher war als ich. »Da drinnen hätten die Bücher sein sollen. « Er deutete verdrießlich auf den Safe.

»Aber dazu sind wir beide, John und ich, natürlich zu gerissen. Schließlich ist das doch der Ort, wo man sie zu allererst vermuten würde, oder nicht? Folg-lich bewahren wir da drinnen nur einen Tausender in bar und allen möglichen Papierkram auf – den Mietvertrag für die Bar zum Beispiel, unseren Geschäfts-vertrag, Johns Scheidungsunterlagen, lauter solchen Kram. Wirklich großartig. Das ganze Gerümpel haben wir behalten, aber das, worauf es ankommt, haben wir einfach hier rumliegen lassen, dass es jeder, der hier reinkam, nur einzuste-cken brauchte. «

Er zündete sich eine Zigarette an. »Den Safe haben wir zusammen mit der Bar übernommen«, fuhr er fort. »Die letzte Erinnerung daran, dass das hier früher mal eine Haushaltswarenhandlung war. Der Transport von dem Kasten hätte mehr gekostet, als er wert war; also haben wir ihn geerbt. Ein ganz schönes Monstrum, was? Da drinnen könnte man glatt 'ne Leiche wegschließen, wenn gerade mal zufällig eine rumliegen sollte. Jedenfalls käme dann niemand auf die Idee, sie zu stehlen. Er hat angerufen – dieser Sack, der die Bücher geklaut hat.«

»Ja?«

Er nickte. »Er will Geld. ›Ich habe da was, das Ihnen gehört, und Sie können es gern zurückhaben.‹«

»Hat er einen Preis genannt?«

»Nein. Er wollte sich wieder melden.«

»Hast du die Stimme erkannt?«

»Natürlich nicht. Irgendwas an ihr klang allerdings faul.«

»Wie meinst du das?«

»Na ja, als ob es nicht seine richtige Stimme gewesen wäre, als ob er sie irgendwie verstellt hätte. Jedenfalls habe ich sie nicht erkannt.« Er verschränkte seine Finger und streckte die Arme aus; die Knöchel knackten. »Ich soll hier rumsitzen und warten, bis er wieder anruft.«

»Wann hat er das erste Mal angerufen?«

»Vor ein paar Stunden. Er hat mich hier in der Kneipe angerufen. Der Abend fing also schon mal gut an, kann ich dir sagen.«

»Zumindest wendet er sich erst an dich, anstatt das Zeug gleich ans Finanzamt zu schicken.«

»Ja, habe ich mir auch schon gedacht. Auf diese Weise können wir zumindest noch etwas unternehmen. Wenn er tatsächlich gleich zum Finanzamt gegangen wäre, hätten wir nur zusehen können, wie das Schicksal seinen Lauf nimmt.«

»Hast du schon mit deinem Partner gesprochen?«

»Nein. Ich habe ihn in seiner Wohnung zu erreichen versucht, aber er war nicht zu Hause.«

»Und jetzt sitzt du hier wie auf Kohlen.«

»Das kannst du laut sagen. Allerdings habe ich vorher auch nichts anderes gemacht, oder glaubst du etwa, ich hätte mir vorher einen schönen Lenz gemacht?« Auf seinem Schreibtisch stand ein Wasserglas, das etwa zu einem Drittel mit einer bräunlichen Flüssigkeit gefüllt war. Er zog ein letztes Mal an seiner Zigarette und ließ sie dann in das Glas fallen. »Widerlich«, schnaubte er dazu. »Las dich bloß nicht von mir erwischen, Matt, dass du mal so was machst. Du rauchst doch nicht, oder?«

»Nein, bis auf wenige Ausnahmen.«

»Was du nicht sagst? Ab und zu paffst du doch mal eine, ohne es dir zur Angewohnheit zu machen? Ich kenne einen, der macht das mit Heroin so. Du kennst ihn übrigens auch. Aber diese kleinen Stinker«, er klopfte auf die Packung, »machen einen schneller süchtig als H. Möchtest du vielleicht jetzt gerade eine?«

»Nein danke.«

Er stand auf. »Die einzigen Dinge, auf die ich nicht süchtig werde«, sagte er, »sind die, die ich von Anfang an schon nicht sonderlich leiden konnte. Übrigens vielen Dank, dass du vorbeigekommen bist. Im Augenblick bleibt mir wohl nichts anderes übrig, als zu warten, aber ich wollte auf jeden Fall, dass du Bescheid weißt.«

»Klar«, erwiderte ich. »Ich möchte aber auch, dass dir klar ist, dass du mir deswegen nichts schuldig bist.«

»Wie meinst du das?«

»Ich meine damit, dass du nicht gleich wieder losrennst und meine Rechnungen bezahlst.«

»Bist du deswegen sauer?«

»Nein.«

»Ich hielt es zumindest für eine ganz gute Idee.«

»Das weiß ich auch durchaus zu schätzen. Trotzdem wäre es nicht nötig gewesen.«

»Schon möglich.« Er zuckte mit den Achseln. »Wenn man wie ich viel schwarz einsteckt, läuft man immer mit 'nem Haufen Bargeld in der Tasche rum. Das haut man dann für Sachen raus, die nirgendwo auftauchen. Na ja, was soll's? Aber ich werde dir doch wohl in meinem eigenen Laden einen ausgeben dürfen?«

»Daran wird dich niemand hindern.«

»Also, dann komm, bevor dieses Arschloch Ruslander noch die ganze Kneipe in den Ruin treibt.«

Jedes Mal wenn ich ins Armstrong's ging, fragte ich mich, ob ich wohl Carolyn treffen würde, wobei ich ausnahmslos eher erleichtert als enttäuscht war, wenn sie nicht da war. Ich hätte sie natürlich anrufen können, aber ich hatte das Gefühl, dass es durchaus in Ordnung war, wenn ich es nicht tat. Was Freitagnacht zwischen uns gewesen war, war offensichtlich genau das, was jeder von uns gewollt hatte, und damit war der Fall für mich erledigt. Eine positive Nebenerscheinung war außerdem, dass ich dadurch ganz gut über meinen kleinen Misserfolg mit Fran hinweggekommen war, und das Ganze sah mehr und mehr so aus, als hätte es sich dabei um nichts anderes gehandelt, als eine schlichte Folge altmodischer Geilheit. Vermutlich hätte eine halbe Stunde mit einem Strichmädchen denselben Zweck erfüllt, wenn auch auf weniger angenehme Weise.

Ich lief auch Tommy nicht über den Weg, was mir ebenfalls in keiner Weise unangenehm war.

Montagmorgen las ich dann in der *News*, dass sie zwei junge Puerto-Ricaner aus Sunset Park wegen des Tillary-Mords festgenommen hatten. In der Zeitung war das übliche Foto abgebildet – zwei schmächtige Jüngelchen mit zerzaustem Haar; einer von ihnen versuchte sein Gesicht vor der Kamera zu verbergen, während der andere trotzig grinste; und jeder war mit Handschellen an einen breitschultrigen, finster dreinblickenden Iren in Anzug und Krawatte gekettet. Den Fotos war eine kurze Bildunterschrift beigefügt, die einem sagte, wer die Guten und wer die Bösen waren, obwohl das eigentlich nicht nötig gewesen wäre.

Als ich nachmittags im Armstrong's saß, klingelte das Telefon. Dennis stellte das Glas ab, das er gerade polierte, und nahm den Hörer ab. »Eben war er noch hier«, sagte er.

»Ich sehe mal nach, ob er gerade gegangen ist.« Dann legte er die Hand über die Sprechmuschel und sah mich fragend an. »Sind Sie noch da?«, flüsterte er. »Oder sind Sie eben rausgegangen, ohne dass ich es mitbekommen habe?«

»Wer ist denn dran?«

»Tommy Tillary.«

Man kann nie wissen, was eine Frau einem Mann alles erzählt, oder wie der dann darauf reagiert. Ich war jedenfalls nicht sonderlich erpicht darauf, es herauszufinden, wenn es auch immer noch besser war, es übers Telefon als von Angesicht zu Angesicht zu erfahren. Ich nickte Dennis also zu, worauf er mir den Hörer über die Bar entgegenhielt.

»Tag, Tommy«, meldete ich mich. »Hier Matt Scudder. Tut mir leid wegen deiner Frau.«

»Danke, Matt. Mein Gott, ich habe das Gefühl, als läge das alles mindestens ein Jahr zurück. Dabei ist es erst - wie lange? - etwas mehr als eine Woche her.«

»Zumindest haben sie diese Scheißkerle geschnappt.«

Darauf trat eine kurze Pause ein, bevor er sagte: »Du hast wohl die Zeitung noch nicht gelesen?«

»Klar habe ich das. Zwei Puerto-Ricaner. Sogar ein Foto von ihnen war drin.«

»Du hast wohl nur die *News* von heute Morgen gelesen?«

»Wie gewöhnlich. Warum fragst du?«

»Aber nicht die *Post* von heute Nachmittag?«

»Nein. Wieso, was ist passiert? Können sie ihnen denn nichts anhängen?«

Er schnaubte verächtlich. »Ich dachte, du wüsstest Bescheid. Die Polizei ist heute Morgen bei mir vorbeigekommen, bevor ich in der *News* davon gelesen habe. Deshalb wusste ich nichts von der Festnahme. Scheiße. Das Ganze wäre wesentlich einfacher zu erklären, wenn du bereits im Bilde wärst.«

»Ich fürchte, ich kann dir nicht recht folgen, Tommy.«

»Die Bullen haben diese beiden Jüngelchen in ihrer Wohnung überrascht; die hatten dort meine halbe Wohnungseinrichtung rumliegen. Schmuck, von dem die Polizei meine Beschreibung hatte; eine Stereoanlage, deren Gerätenummer sie von mir hatten, und was weiß ich noch alles. Alles eindeutig identifizierbar. Ist das vielleicht nichts?«

»Ja und?«

»Jetzt haben die beiden den Einbruch zugegeben, aber nicht den Mord.«

»Das machen die doch immer so, Tommy.«

»Lass mich bitte erst mal ausreden, ja? Sie haben den Einbruch gestanden, aber zugleich behauptet, es wäre gar kein richtiger Einbruch gewesen, weil ich ihnen nämlich den ganzen Krempel gegeben hätte.«

»Und sie sind lediglich mitten in der Nacht vorbeigekommen, um alles abzuholen?«

»So in etwa. Nein, sie haben es so dargestellt, als sollten sie nur den Eindruck erwecken, als wäre bei mir eingebrochen worden, damit ich dann bei meiner Versicherung abkassieren kann. Ich hätte den Verlust höher angeben können, als er tatsächlich war, sodass beide Parteien auf ihre Kosten gekommen wären.«

»Wie hoch belief sich denn der tatsächliche Schaden?«

»Wenn ich das nur wüsste. In der Wohnung der beiden sind mindestens zweimal so viele Sachen aufgetaucht, als ich in meiner Anzeige angegeben habe. Von ein paar Sachen habe ich erst ein paar Tage später gemerkt, dass sie gefehlt haben, und dann gab es auch welche, auf die ich erst gekommen bin, als die Polizei sie in ihrer Wohnung sichergestellt hat. Und sie haben einiges mitgehen lassen, was nicht versichert war. Zum Beispiel Pegs Pelzmantel; wir wollten ihn eigentlich immer schon nachtragen lassen, haben es dann aber irgendwie verschwitzt. Und mit ein paar Schmuckstücken war es haargenau dieselbe Geschichte. Ich habe damals eine ganz gewöhnliche Standardversicherung abgeschlossen, die den Verlust natürlich nicht annähernd abdeckt. Unser Silberbesteck haben sie auch geklaut; wir haben es von Pegs Tante geerbt. Aber ich kann dir schwören, ich habe völlig vergessen, dass wir es überhaupt hatten, ganz zu schweigen davon, dass es natürlich auch nicht versichert war.«

»Klingt nicht gerade nach einem geschickt eingefädelten Versicherungsbetrug.«

»Natürlich nicht. Das Ganze ist vollkommen absurd. Doch der entscheidende Punkt kommt erst noch. Die beiden behaupten nämlich, Peg wäre gar nicht zu Hause gewesen, als sie bei uns eingebrochen haben.«

»Und?«

»Und dann hätte ich die Gelegenheit dazu genutzt, ihnen den Mord anzuhängen. Stell dir das mal vor! Ich wäre mit Peg nach Hause gekommen, hätte gesehen, dass jemand bei uns eingebrochen hatte, und dann hätte ich die Gelegenheit beim Schopf gepackt und sechs oder acht Mal oder wie oft auch immer auf Peg eingestochen, damit es so aussähe, als wäre sie von den Einbrechern umgebracht worden.«

»Wie konnten die Einbrecher bezeugen, dass du deine Frau erstochen hast?«

»Das konnten sie natürlich nicht. Sie behaupten lediglich, sie wären es nicht gewesen und Peg wäre auch nicht zu Hause gewesen, als sie bei uns eingebrochen haben, und ich hätte sie zu dem Einbruch angestiftet. Den Rest haben sich dann die Polypen zusammengereimt.«

»Und was haben sie gemacht – dich verhaftet?«

»Das wäre ja noch schöner. Sie kamen in das Hotel, in dem ich wohne. Es war ziemlich früh; ich kam gerade aus der Dusche. Ich wusste zu dem Zeitpunkt noch nicht mal, dass die beiden festgenommen worden waren, geschweige denn, dass sie den Mord mir anlasten wollten. Die Herren von der Polizei wollten nur mit mir sprechen, und während ich mich dann also mit ihnen unterhalte, geht mir langsam ein Licht auf, was die mir eigentlich anhängen wollen. Daher habe ich schließlich erklärt, ich würde ohne meinen Anwalt kein Wort mehr sagen. Rufe ich den also an, und der lässt gleich sein Frühstück stehen und kommt sofort vorbei, um mir zu raten, tatsächlich kein Wort mehr zu sagen.«

»Und sie haben dich nicht gleich mitgenommen?«

»Nein.«

»Aber so ganz abgenommen haben sie dir deine Geschichte auch nicht?«

»Natürlich nicht, zumal ich ihnen eigentlich gar keine aufgetischt habe. Kaplan wollte nicht, dass ich noch irgendetwas sage. Mitgenommen haben sie mich nur deshalb nicht, weil sie noch keine Anklage gegen mich vorliegen hatten, aber Kaplans Meinung nach kann das nicht mehr lange dauern. Sie haben mich aufgefordert, die Stadt bis auf weiteres nicht zu verlassen. Ist das noch zu fassen? Meine Frau ist tot, und dann lese ich plötzlich in der *Post* folgende Schlagzeile: ›Ehemann im Einbruchsmord unter Verdacht.‹ Stell dir das mal vor. ›Wir müssen Sie auffordern, die Stadt bis auf weiteres nicht zu verlassen.‹ Was denken die sich eigentlich? Dass ich eben mal kurz zum Forellenfischen nach Montana fahre? Wenn man diesen Quatsch in der Glotze sieht, denkt man, so redet doch kein vernünftiger Mensch. Aber vielleicht haben die's ja auch aus dem Fernsehen.«

Ich wartete, bis er endlich damit herausrückte, was er nun eigentlich von mir wollte. Er stellte meine Geduld auf keine sehr harte Probe.

»Weshalb ich übrigens anrufe«, fuhr er fort. »Kaplan ist der Meinung, wir sollten uns einen Privatdetektiv nehmen. Er geht davon aus, dass die zwei vielleicht vor ihren Freunden ein bisschen angegeben und ihnen von ihren Heldentaten erzählt haben; vielleicht lässt sich auf diese Weise beweisen, dass sie den Mord tatsächlich begangen haben. Er meint, nachdem die Polizei inzwischen vor allem damit beschäftigt ist, mir das Grab zu schaufeln, würden sie sich um solche Dinge kaum mehr kümmern.«

Ich erklärte ihm, dass ich dazu nicht ermächtigt war, weil ich keine Lizenz hatte und sich somit auch kein Mensch um irgendwelche Ermittlungsergebnisse meinerseits kümmerte.

»Das macht doch nichts«, ließ er nicht locker. »Ich habe Kaplan schon gesagt, dass ich vor allem jemanden haben möchte, dem ich trauen kann und der sich auch wirklich einsetzt. Ich kann mir zwar nicht vorstellen, dass die mir wirklich was anhängen können, Matt; schließlich kann ich angeben, wo ich dann und dann war, und daraus geht eindeutig hervor, dass ich nicht getan haben kann, was ich ihrer Meinung nach getan haben soll. Aber je länger sich dieses Theater hinzieht, desto mehr zehrt es an meinen Nerven. Ich möchte diese unangenehme Geschichte ein für alle Mal geklärt haben. Ich möchte, dass in den Zeitungen steht, das Ganze geht einzig und allein auf Kosten dieser beiden ausgekochten Jüngelchen, und ich habe mit all dem nicht das Geringste zu tun. Das ist mir sehr wichtig, und zwar nicht nur meinetwegen, sondern auch wegen meiner Mitarbeiter und Kunden, wegen meiner und Pegs Verwandtschaft und auch wegen aller Leute, die mir etwas bedeuten. Hör zu. Was hältst du davon? Du triffst dich mit mir und Kaplan in seinem Büro und hörst dir in Ruhe an, was mein Anwalt zu sagen hat. Du würdest mir damit einen Riesengefallen erweisen, Matt, und dein Schaden soll es ja nun auch nicht sein. Also, was hältst du davon, Matt?«

Er wollte also jemanden, dem er trauen konnte. Ob ihm Carolyn wohl gesagt hatte, wie vertrauenswürdig ich war?

Und was habe ich wohl geantwortet?

Ich habe ja gesagt.

Kapitel 7

Ich nahm einen Zug nach Brooklyn und traf Tommy Tillary in Drew Kaplans Kanzlei in der Court Street, ein paar Blocks von Brooklyns Borough Hall. Nebenan war ein libanesisches Restaurant. An der Ecke gab es neben einem Lebensmittelgeschäft, das sich auf Produkte aus dem Mittleren Osten spezialisiert hatte, einen Antiquitätenladen voller alter Eichenmöbel, Stehlampen und Bettgestelle. Vor dem Gebäude, in dem sich Kaplans Kanzlei befand, saß ein Mann ohne Beine auf einem Wägelchen. Die Zigarrenkiste vor ihm enthielt ein paar Münzen und Dollarscheine. Er trug eine Sonnenbrille mit einem Horngestell und hatte ein von Hand beschriftetes Schild vor sich aufgestellt, auf dem stand: »Lassen Sie sich durch die Sonnenbrille nicht täuschen. Bin nicht blind, habe nur keine Beine. «

Kaplans Kanzlei war mit Ledersesseln und Eichenholzaktenschränken eingerichtet, die aus dem Laden an der Ecke hätten stammen können. Sein Name war zusammen mit dem seiner Partner in altmodischer schwarzgoldener Schrift auf die Milchglasscheibe der Tür im Flur geschrieben. Gerahmte Diplome an den Wänden seines persönlichen Büros gaben darüber Aufschluss, dass er seinen B.A. am Adelphi und seinen LL.B. an der Brooklyn Law School erworben hatte. Ein Plexiglaswürfel auf seinem viktorianischen Eichenschreibtisch enthielt Fotos von seiner Frau und seinen kleinen Kindern. Ein bronzierter Gleisbolzen diente als Briefbeschwerer, und eine Wanduhr mit einem Pendel vertickte den Nachmittag.

Kaplan selbst wirkte in seinem superleichten, grauen Nadelstreifenanzug und der gelben, dezent gepunkteten Krawatte auf eine Weise, die durchaus dem letzten Schrei entsprach, konservativ gediegen. Ich schätzte ihn auf Anfang dreißig, was auch zu den Daten auf seinen gerahmten Diplomen passte. Er war kleiner als ich und natürlich wesentlich kleiner als Tommy, schlank und glatt rasiert; er hatte dunkles Haar und dunkle Augen und ein leicht schiefes

Lächeln. Sein Händedruck war mittelkräftig, sein Blick direkt, aber taxierend und berechnend.

Tommy trug seinen burgunderroten Blazer diesmal zu einer grauen Flanellhose und weißen Slippern. Um seine blauen Augen und seinen Mund hatten sich Spuren der Anspannung bemerkbar gemacht. Auch sein Gesicht wirkte fahl und eingefallen, als hätte sich alles Blut vor Angst daraus zurückgezogen.

»Wir wollen von Ihnen nicht mehr und nicht weniger«, setzte mir Kaplan ohne lange Vorrede auseinander, »als dass Sie in Herreras oder Cruz' Hosentasche – so heißen die beiden nämlich – einen Schlüssel finden, der zu einem Schließfach in der Penn Station gehört, in dem sich ein Messer mit den Fingerabdrücken der beiden sowie Spuren des Bluts von Mr. Tillarys Frau befindet.«

»Sie wollen ja nicht gerade wenig.«

Kaplan lächelte. »Sagen wir mal, das würde die Sache enorm vereinfachen – obwohl wir grundsätzlich gar nicht so schlecht dastehen. Das einzige, was die beiden zu ihren Gunsten vorbringen können, sind die eher dubiosen Zeugenaussagen von ein paar Südamerikanern, die mehr oder weniger ständig mit dem Gesetz in Konflikt geraten, seit sie ihrer tropischen Heimat den Rücken gekehrt haben – und schließlich haben sie noch etwas angeführt, was seitens Tommys ein hinreichendes Motiv abgäbe.«

»Und das wäre?«

Ich sah Tommy an, als ich diese Frage stellte, doch er wich meinem Blick aus. Kaplan antwortete für ihn: »Eine Dreiecksgeschichte und ein starkes finanzielles Interesse. Margaret Tillary hat im Frühjahr nach dem Tod einer Tante ein beachtliches Vermögen geerbt. Die Immobilie ist zwar noch nicht zum Verkauf angeboten worden, aber ihr Wert dürfte sich mindestens auf eine halbe Million belaufen.«

»Aber wegen der ganzen Abgaben und Steuern bleibt am Ende deutlich weniger übrig«, warf Tommy ein.

»Dazu kommt noch die Lebensversicherung in Höhe von ...«, Kaplan zog seine Unterlagen zu Rate, »hundertfünfzigtausend Dollar – eine Summe, die sich im Fall eines Unglücksfalls auf dreihunderttausend verdoppelt. Demnach wären wir inzwischen also bei sieben- bis achthunderttausend Dollar als Motiv für einen Mord.«

»Da hörst du mal den Anwalt reden«, wandte sich Tommy leicht betreten an mich.

»Zugleich hat Tommy gerade einen kleinen finanziellen Engpass. Letztes

Jahr hat ihn beim Wetten das Glück etwas im Stich gelassen, und jetzt sitzen ihm sogar die Buchmacher schon im Nacken.«

»Nicht, dass die Sache der Rede wert wäre«, beeilte Tommy sich einzuflechten.

»Ich stelle Ihnen den Sachverhalt jetzt einfach mal so dar, wie das die Polizei täte«, fuhr Kaplan fort. »Tommy steht bei verschiedenen Leuten in der Kreide; auch mit den Ratenzahlungen für seinen Buick ist er etwas in Rückstand geraten. Und dann fängt er auch noch mit einem Mädchen aus dem Büro ein Techtelmechtel an, treibt sich nach Büroschluss in allen möglichen Bars mit ihr rum und kommt an manchen Abenden gar nicht mehr nach Hause ...«

»Aber wirklich nur äußerst selten, Drew. Ich bin fast jedes Mal noch nach Hause gefahren, und wenn ich auch keine Zeit mehr hatte, um mich ein Stündchen hinzulegen, habe ich zumindest noch schnell geduscht und mich umgezogen und dann mit Peg gefrühstückt.«

»Was gab's denn zum Frühstück? Dexamyl?«

»Manchmal schon. Ich musste schließlich ins Büro, meine Arbeit erledigen.«

Kaplan ließ sich auf die Kante seines Schreibtischs nieder und überkreuzte die Beine. »Jedenfalls genügt das als Motiv«, erklärte er. »Dabei halten sie es jedoch nicht der Mühe wert, auch ein paar andere Dinge zu berücksichtigen. Zum einen, dass er seine Frau geliebt hat – und wie viele Ehemänner nehmen es mit der Treue schon so genau? Wie heißt es doch so schön? Neunzig Prozent betrügen ihre Frau, und die restlichen zehn Prozent geben es nur nicht zu. Zweitens hat er zwar Schulden, aber nicht in einem Umfang, dass ihm gleich das Wasser bis zum Hals stünde. Er ist schließlich jemand, der, übers Jahr verteilt, ganz gut verdient, wenn die Einkünfte auch nicht regelmäßig eingehen. Bei Tommy ist es schon seit Jahren so, dass auf ein paar fette Monate immer wieder auch ein paar magere folgen.«

»An so was gewöhnt man sich«, warf Tommy ein.

»Dazu kommt noch, dass sich eine halbe Million natürlich nach einem Haufen Geld anhört. Aber, wie Tommy bereits angedeutet hat, wird davon nach Abzug aller Steuern und sonstigen Abgaben gar nicht mehr so wahnsinnig viel übrigbleiben, zumal ein Teil davon auch noch für die Hypothek auf seinem Haus herhalten muss. Wenn ein Mann, der ganz gut verdient, eine Lebensversicherung in Höhe von hundertfünfzigtausend Dollar abschließt, ist daran nichts Ungewöhnliches, zumal einem das die Versicherungsfritzen ständig aufzuschwatzen versuchen. Sie wissen sehr genau, wie sie einem die Sache schmackhaft machen können, sodass einem erst gar nicht in den Sinn kommt, dass eine dermaßen hohe Absicherung im Falle einer Person, von der man für sein Auskommen in keiner Weise abhängig ist, eigentlich vollkommen überflüssig ist.« Er breitete die Hände aus. »Außerdem wurde die Versicherung vor zehn Jahren abgeschlossen. Dabei handelt es sich also um nichts, was er eben mal vor einer Woche schnell eingefädelt hat.«

Er stand auf und trat ans Fenster. Tommy hatte den Briefbeschwerer vom Schreibtisch genommen und klatschte damit – bewusst oder unbewusst – im Takt des Pendelschlags der Uhr in seine Handfläche.

»Einer der Mörder, Angel Herrera«, fuhr Kaplan fort, »hat letzten März oder April verschiedene Arbeiten in Tillarys Haus vorgenommen. Er hat beim Frühjahrsputz geholfen, altes Gerümpel aus Dachboden und Keller entfernt, hier was repariert, da eine Kleinigkeit ausgebessert – Sie wissen ja selbst, was in einem Haus so alles anfällt. Nach Herreras Aussagen wusste Tommy demnach, wie er sich mit ihm in Verbindung setzen konnte, um den Einbruch vorzutäuschen. Und infolgedessen wussten Herrera und sein Kumpel Cruz auch, was es in dem Haus zu holen gab und wie sie sich dazu Zutritt verschaffen konnten.«

»Wie haben sie das übrigens angestellt?«

»Sie haben die Scheibe des Hintereingangs eingeschlagen, durch die Öffnung gegriffen und die Tür von innen geöffnet. Sie behaupten allerdings, Tommy hätte ihnen die Tür offen gelassen und die Scheibe nachträglich wahrscheinlich selbst eingeschlagen. Sie behaupten ja auch, sie hätten das Haus mehr oder weniger unangetastet hinterlassen.«

»Dabei sah es dort aus, als wäre ein Tornado hindurchgefegt«, erklärte Tommy wutschnaubend. »Allein von dem Anblick hätte einem übel werden können.«

»Sie stellen es so dar, dass Tommy die Verwüstungen selbst angerichtet hat, nachdem er seine Frau umgebracht hat. Nur erweist sich das als verdammt unglaubwürdig, wenn man die Sache einer genaueren Überprüfung unterzieht. Die Zeitangaben passen nämlich überhaupt nicht zusammen. Sie sind um Mitternacht in das Haus eingedrungen, und die Rechtsmediziner haben den Todeszeitpunkt zwischen zweiundzwanzig Uhr abends und vier Uhr früh angesetzt. Nun ist Tommy an besagtem Abend erst gar nicht aus dem Büro nach Hause gekommen. Er hat bis nach fünf gearbeitet und ist dann mit seiner Freundin Abendessen gegangen. Danach hat er zusammen mit ihr verschiedene Bars aufgesucht.« Er warf seinem Klienten einen kurzen Blick zu. »Wir können wirklich von Glück reden, dass er nicht viel von Heimlichtuerei hält. Sein Alibi stünde jedenfalls auf wesentlich wackligeren Beinen, wenn er die ganze Zeit hinter geschlossenen Vorhängen in ihrer Wohnung mit ihr verbracht hätte.«

»Aber was Peg anbelangt, habe ich es keineswegs an der nötigen Diskretion mangeln lassen«, machte Tommy geltend. »In Brooklyn war ich ganz der gute Ehemann. Was ich in der Stadt getrieben habe, hat sie nie erfahren.«

»Nach Mitternacht wird es allerdings mit seinem Alibi etwas problematischer«, fuhr Kaplan fort. »Für diesen Zeitraum ist seine Freundin seine einzige Entlastungszeugin, da sie nämlich nun tatsächlich in ihrer Wohnung waren – bei zugezogenen Vorhängen.«

Die Vorhänge hätten sie sich sparen können, dachte ich, weil in die Wohnung niemand reinsehen konnte.

»Und dann ist da noch ein Zeitfenster, für das auch sie nicht geradestehen kann.«

»Sie ist irgendwann eingenickt«, sprach Tommy für Kaplan weiter, »aber ich konnte nicht schlafen. Also bin ich noch mal losgezogen, um mir ein paar hinter die Binde zu kippen. Aber ich war nicht lange weg, und als ich zurückkam, ist sie aufgewacht. Mit einem Hubschrauber hätte ich es vielleicht in dieser Zeit nach Bay Ridge raus und wieder zurück schaffen können. Aber in einem Buick – ausgeschlossen.«

»Die Sache ist die«, übernahm Kaplan wieder. »Selbst angenommen, die Zeit hätte ausgereicht oder man schenkt der Aussage der Freundin gar keinen Glauben, sondern nur denen der unparteiischen Augenzeugen, wie hätte er das Ganze denn überhaupt machen sollen? Gehen wir mal davon aus, er kommt irgendwann nach zwölf, nachdem Cruz und Herrera bereits wieder das Weite gesucht haben, und jedenfalls vor vier Uhr früh nach Hause – laut Aussage des Rechtsmediziners muss der Tod, wie bereits gesagt, vor vier Uhr früh eingetreten sein. Wo soll sie dann die ganze Zeit gewesen sein? Laut Herrera und Cruz war niemand zu Hause. Wo soll er sie also aufgespürt haben, um sie umzubringen? Wie soll er das angestellt haben, oder glauben Sie etwa, er hat sie die ganze Nacht im Kofferraum seines Autos durch die Gegend gefahren?«

»Er könnte sie umgebracht haben, bevor die beiden angerückt sind«, gab ich zu bedenken.

»Und dieser Kerl soll für mich arbeiten«, schnaubte Tommy. »Ich und mein Instinkt.«

»Das haut nicht hin«, erklärte mir Kaplan. »Erstens wäre es schon allein aufgrund der Zeitangaben unmöglich. An Tommys Alibi für die Zeit von acht Uhr abends bis Mitternacht ist nicht zu rütteln; er ist mehrfach zusammen mit dem Mädchen in der Öffentlichkeit gesehen worden. Laut rechtsmedizinischem Befund ist die Frau bis zehn Uhr abends auf jeden Fall noch am Leben gewesen; das ist definitiv der früheste Zeitpunkt, zu dem sie umgebracht worden sein kann. Aber selbst abgesehen von der zeitlichen Komponente hätte er sie unmöglich schon vorher ermordet haben können. Oder können Sie sich vorstellen, dass die beiden das ganze Haus ausräumen und dabei die tote Frau im Schlafzimmer übersehen? Und *dass* sie im Schlafzimmer waren, steht außer Zweifel; sie befanden sich im Besitz gestohlener Gegenstände aus diesem Raum, und wenn mich nicht alles täuscht, haben sie dort auch Fingerabdrücke hinterlassen. Der Polizei ist die Leiche von Margaret Tillary im Schlafzimmer schließlich auch nicht entgangen, zumal eine Leiche nun wirklich nicht so leicht zu übersehen ist.«

»Vielleicht war sie irgendwo versteckt.« Ich dachte dabei an Skips Safe. »Vielleicht in einen Schrank gesperrt, in dem sie nicht nachgesehen haben.«

Er schüttelte den Kopf. »Die Frau wurde erstochen. Sie hat eine Menge Blut verloren, und das hat natürlich Spuren hinterlassen. Das Bett war voll davon und der Teppich im Schlafzimmer auch.« Wir vermieden beide, Tommy anzusehen. »Demnach kann sie also nicht woanders getötet worden sein. Sie wurde an Ort und Stelle erstochen, und wenn nicht von Herrera, dann eben von Cruz; jedenfalls nicht von Tommy.«

Ich suchte nach einer Schwachstelle in seiner Argumentation, ohne jedoch eine zu finden. »Allerdings begreife ich nicht recht, wozu ihr eigentlich mich braucht«, warf ich ein. »Die Anklage gegen Tommy steht doch auf ziemlich wackligen Beinen.«

»Ganz richtig. Sie steht sogar auf so wackligen Beinen, dass gar keine Anklage gegen ihn vorliegt.«

»Demnach ...«

»Die Sache ist die«, erklärte mir der Anwalt. »Sie brauchen mit so einer Geschichte nur in die Nähe eines Gerichtssaals zu kommen und gehen als Verlierer wieder heim, selbst wenn sie den Prozess gewinnen. Weil nämlich für den Rest Ihres Lebens keiner Ihrer Bekannten vergessen wird, dass Sie mal wegen Mordes an Ihrer Frau vor Gericht gestanden haben. Da interessiert es keinen, dass Sie mangels Beweisen freigesprochen worden sind. Alle werden nur denken, irgendein jüdischer Anwalt hätte den Richter gekauft oder die Geschworenen für dumm verkauft.«

»Und wenn ich mir einen italienischen Anwalt nehme«, warf Tommy ein, »denken sie, er hätte dem Richter mit dem Tod gedroht und die Geschworenen verprügeln lassen.«

»Außerdem«, gab Kaplan zu bedenken, »kann man nie so richtig vorhersagen, wie die Geschworenen entscheiden. Vor allem dürfen Sie in diesem Zusammenhang nicht außer Acht lassen, dass Tommys Alibi darauf fußt, dass er zum Zeitpunkt des Einbruchs bei einer anderen Frau war. Zwar handelt es sich dabei um eine Arbeitskollegin, weshalb sie daran nicht unbedingt etwas Anstößiges finden müssten, aber haben Sie schon diesen Artikel in der *Post* gelesen? Den Geschworenen ist durchaus zuzutrauen, dass sie Ihnen Ihr Alibi nicht abnehmen, weil ihre Freundin schon mal einen kleinen Meineid schwören könnte, wenn so viel auf dem Spiel steht, und dann stehen Sie als der große Erzbösewicht da, weil Sie sich mit einer anderen zwischen den Laken gewälzt haben, während Ihre Frau zu Hause umgebracht wurde.«

»Wenn Sie noch länger so weitermachen«, klagte Tommy, »glaube ich am Ende selber noch an meine Schuld.«

»Zudem dürfte es nicht gerade einfach werden, die Sympathien der Geschworenen für ihn zu gewinnen. Er ist ein großer, gut aussehender Bursche, der sich elegant kleidet – jedenfalls die Sorte Mann, die man in einer Bar gern sieht. Aber wie wird er vor Gericht dastehen? Er ist Anlageberater, wickelt seine Geschäfte per Telefon ab – ein durchaus respektabler Beruf; ruft einen an und rät einem, wie man sein Geld am besten anlegt. Nichts daran auszusetzen. Das heißt allerdings auch, dass jeder Trottel, der mal hundert Dollar durch einen ›todsicheren‹ Aktientipp verloren hat oder sich übers Telefon ein Zeitschriftenabonnement hat aufschwätzen lassen, von Anfang an schlecht auf Tommy zu sprechen ist, bevor er ihn überhaupt zu Gesicht bekommen hat. Ich kann Ihnen nur eines sagen: Ich möchte unter allen Umständen vermeiden, dass wir je einen Gerichtssaal betreten müssen. Dass ich den Prozess, sollte es tatsächlich zu einem kommen, gewinnen würde, steht vollkommen außer Zweifel – schlimmstenfalls bedürfte es dazu vielleicht noch einer Berufungsverhandlung, was ich jedoch für ausgeschlossen halte. Jedenfalls handelt es sich hier um einen Fall, der erst gar nicht zur Verhandlung kommen sollte, und deshalb hätte ich die ganze Angelegenheit am liebsten schon bereinigt, bevor die erste Eingabe an die Geschworenen vorliegt ...«

»Demnach erwarten Sie von mir also ...«

»Dass Sie der Sache auf den Grund gehen und irgendetwas – egal was – herausfinden, das Herrera und Cruz in Misskredit bringt. Was das nun genau sein soll, kann ich Ihnen natürlich nicht sagen. Am besten wäre selbstverständlich, wenn Sie mit Blutspuren aufwarten könnten, Flecken auf ihrer Kleidung, irgendetwas in der Art. Die Sache ist, ich weiß einfach nicht, was sich in diesem Fall zu Tommys Entlastung heranziehen ließe. Sie waren doch schließlich mal bei der Polizei und übernehmen auch jetzt noch den einen oder anderen Auftrag in dieser Richtung. Sie können sich in den einschlägigen Kreisen unauffällig ein bisschen umhören – kennen Sie sich eigentlich in Brooklyn ein wenig aus?«

»Teils, teils. Ich habe gelegentlich dort gearbeitet.«

»Verirren werden Sie sich dort also nicht.«

»Sicher nicht. Aber glauben Sie nicht, Sie wären mit jemandem, der Spanisch spricht, besser bedient? Ich kann zwar genügend Spanisch, um mir in einer Bodega ein Bier zu bestellen, aber damit hat sich's dann auch.«

»Tommy möchte, dass sich der Sache jemand annimmt, dem er vertrauen kann; er wollte sich partout nicht davon abbringen lassen, dabei auf Sie zurückzugreifen. Und wie ich inzwischen selbst sehen kann, hatte er damit vermutlich recht. Eine persönliche Beziehung ist in so einem Fall wesentlich mehr wert als ein akzentfreies: ›Me llamo Matteo y como está usted ?‹«

»Ganz meine Meinung«, fiel Tommy ein. »Matt, ich weiß, dass ich auf dich zählen kann, und das ist viel wert.«

Ich fühlte mich versucht, ihm zu erwidern, das Einzige, worauf er zählen könnte, wären seine Finger, aber weshalb sollte ich mir selbst die Aussicht auf ein ordentliches Honorar vermasseln? Sein Geld war auch nicht schmutziger als das anderer Leute. Ich war mir nicht sicher, ob ich ihn mochte, aber andererseits hatte es mich noch nie gestört, für jemanden zu arbeiten, den ich nicht leiden konnte. Auf diese Weise hätte ich wenigstens kein so schlechtes Gewissen, wenn ich nicht das Gefühl hatte, alles in meiner Macht Stehende getan zu haben.

Zudem sah ich auch gar nicht, was ich viel für ihn hätte tun können. Die Anklage, die unter Umständen gegen ihn erhoben würde, stand auf viel zu wackligen Beinen, als dass ein Staatsanwalt, auch ohne meine Mithilfe, sonderlich weit damit gekommen wäre. Ich fragte mich bereits, ob Kaplan vielleicht die Sache nur deshalb so anheizte, um dann ein entsprechend hohes Honorar abkassieren zu können, auch wenn sich die ganze Sache schon nächste Woche von selbst in Luft auflöste. Das war keineswegs ausgeschlossen, aber es sollte nicht mein Problem sein.

Also erklärte ich, es wäre mir eine Freude, ihnen behilflich zu sein, und tat meine Hoffnung kund, baldigst mit etwas Brauchbarem aufwarten zu können.

Tommy versicherte mir sein vollstes Vertrauen. Sicher könnte ich das.

»Nun noch zur Honorarfrage«, brachte Drew Kaplan den finanziellen Aspekt zur Sprache. »Vermutlich nehmen Sie einen Vorschuss, der dann gegen einen festen Tagessatz plus Spesen aufgerechnet wird. Oder rechnen Sie stündlich ab? Warum schütteln Sie den Kopf?«

»Ich habe keine Lizenz und demnach auch keinen offiziellen Status.«

»Das macht nichts. Wir können Sie in unserer Abrechnung als Berater aufführen.«

»Ich möchte aber nicht in Ihren Abrechnungen auftauchen«, erklärte ich. »Ich führe nicht Buch über meine Zeit und meine Ausgaben. Für meine Spesen komme ich aus eigener Tasche auf. Meine Bezahlung erfolgt in bar.«

»Und wie berechnen Sie dann Ihre Honorarforderungen?«

»Ich lasse mir einen der Sache angemessenen Vorschuss auszahlen. Und wenn ich dann finde, das Geld ist langsam aufgebraucht, melde ich mich einfach. Wenn Sie meine Forderungen für überhöht halten, brauchen Sie ihnen nicht nachzukommen. Ich bringe niemanden vor Gericht.«

»Scheint mir ein ziemlich riskantes Geschäftsgebaren«, lautete Kaplans Kommentar dazu.

»Ich betrachte so etwas ja auch nicht als Geschäft. Ich tue nur irgendwelchen Freunden einen Gefallen.«

»Und nehmen dafür Geld von ihnen?«

»Finden Sie es etwa nicht richtig, für einen Gefallen Geld zu nehmen?«

»Nein, eigentlich wüsste ich nicht, was daran auszusetzen sein sollte.« Er setzte eine nachdenkliche Miene auf. »Und wie viel erwarten Sie nun für diesen Gefallen?«

»Ich kann im Moment noch nicht sagen, wie sich die Sache entwickelt. Sagen wir mal, Sie geben mir heute fünfzehnhundert Dollar. Falls sich die Sache wider Erwarten in die Länge ziehen sollte, werde ich Ihnen Bescheid geben, wenn ich einen Zuschuss für gerechtfertigt halte.«

»Fünfzehnhundert«, nickte Kaplan. »Und natürlich weiß Tommy nicht, was er dafür zu erwarten hat.«

»Allerdings nicht«, pflichtete ich ihm bei. »Ebenso wenig wie ich.«

Kaplans Augen verengten sich etwas. »Für einen Vorschuss erscheint mir das ziemlich hoch«, brachte er vor. »Ich hätte eigentlich bereits ein Drittel dieser Summe für ausreichend gehalten.«

Unwillkürlich musste ich an meinen Antiquitätenfreund denken. Ob ich mich aufs Handeln verstand? Kaplan mit Sicherheit ja.

»So viel ist das keineswegs«, entgegnete ich. »Es ist ein Prozent der Versicherungssumme, die doch mit ein Grund ist, einen Privatdetektiv hinzuzuziehen. Schließlich wird die Versicherung erst zahlen, sobald hinsichtlich Tommys Unschuld keine Zweifel mehr bestehen.«

Kaplan machte einen leicht verdutzten Eindruck, als er zugab: »Das ist allerdings richtig, wenn es meines Wissens auch nicht der Grund war, Sie hinzuzuziehen. Früher oder später wird die Versicherung auf jeden Fall zahlen müssen. Ich fand Ihr Honorar auch nicht unbedingt zu hoch, mir schien die von Ihnen genannte Summe lediglich für einen Vorschuss etwas – nun ja – ungewöhnlich ...«

»Wir werden uns hier doch nicht um Matts Honorar streiten«, schaltete sich an dieser Stelle Tommy ein. »Ich finde deine Forderung vollkommen in Ordnung, Matt. Die Sache ist nur, dass ich im Moment etwas knapp bei Kasse bin, und jetzt auf die Schnelle fünfzehnhundert in bar aufzubringen ...«

»Vielleicht streckt es dir ja dein Anwalt vor«, schlug ich vor.

Darauf meinte Kaplan, so etwas wäre in der Regel nicht üblich. Also ging ich nach draußen ins Vorzimmer, damit die beiden sich ungestört einig werden konnten. Die Empfangsdame war in eine Ausgabe von *Fate* vertieft. Zwei handkolorierte Stiche in auf alt gemachten Rahmen zeigten Szenen aus dem Brooklyn des neunzehnten Jahrhunderts. Ich sah sie mir gerade an, als Kaplans Tür aufging und der Anwalt mich wieder in sein Büro winkte.

»Tommy wird aufgrund der ausstehenden Lebensversicherung und des geerbten Besitzes seiner Frau einen Kredit aufnehmen können«, gab er mir zu verstehen. »Und solange werde ich Ihnen die fünfzehnhundert vorstrecken. Ich will doch hoffen, dass Sie nichts dagegen haben, mir dafür eine Quittung auszustellen.«

»Keineswegs.« Ich zählte die Scheine – zwölf Hunderter und sechs Fünfziger, alle gebraucht. Anscheinend hat doch jeder etwas Bargeld zu Hause rumliegen. Sogar Anwälte.

Er schrieb eine Quittung aus, und ich setzte meine Unterschrift darunter.

Dann entschuldigte er sich noch einmal, dass er sich wegen meiner Honorarforderung etwas angestellt hätte. »Anwälte sind nun mal furchtbare Gewohnheitstiere, und deshalb lässt mein Reaktionsvermögen manchmal etwas zu wünschen übrig, wenn ich mich mit Situationen konfrontiert sehe, die etwas von der Norm abweichen. Ich hoffe, ich habe Sie damit nicht gekränkt. «

»Nicht im Geringsten.«

»Freut mich, das zu hören. Ich erwarte im Weiteren also keine schriftlichen Berichte oder detaillierte Bestandsaufnahmen hinsichtlich Ihres Vorgehens, möchte Sie aber dennoch bitten, mich über den Stand Ihrer Ermittlungen auf dem Laufenden zu halten und mir möglicherweise interessante Resultate umgehend mitzuteilen. Und scheuen Sie sich bitte nicht, eher ein Wort zu viel als zu wenig zu sagen. Oft lässt sich nur schwer sagen, was sich als brauchbar erweisen kann. «

»Das weiß ich selbst nur zu gut. «

»Natürlich. « Er begleitete mich zur Tür. »Ach, bevor ich's vergesse. Ihr Honorar beträgt übrigens nur ein halbes Prozent der Versicherungssumme. Wenn ich mich recht entsinne, habe ich nicht vergessen, Sie darauf hinzuweisen, dass sich die Versicherungssumme verdoppelt, wenn die Todesursache ein Unglücksfall ist. Und Mord gilt als solcher. «

»Ich weiß«, erwiderte ich. »Wenn ich mich auch schon immer gefragt habe, warum eigentlich. «

Kapitel 8

Das Sechsundachtzigste Revier liegt in der Sixty-fifth Street zwischen Third und Fourth Avenue, etwa an der Grenze zwischen Bay Ridge und Sunset Park. Im südlichen Abschnitt dieses Straßenzugs erhebt sich drohend eine gigantische neue Wohnanlage, verglichen mit der die Polizeiwache auf der gegenüberliegenden Straßenseite wie ein Relikt aus Picassos kubistischer Phase wirkt – ein Verhau aus ineinander verwinkelten Quadern, Vorsprüngen und kantigen Einbuchtungen. Der Bau hatte mich immer schon an das Gebäude erinnert, in dem das Dreiundzwanzigste Revier in East Harlem untergebracht war, und später erfuhr ich, dass beide Bauten vom selben Architekten stammten.

Das Gebäude war sechs Jahre alt; zumindest stand das auf einer bronzenen Gedenktafel neben dem Eingang, auf der außerdem der Architekt, der Polizeipräsident, der Bürgermeister und ein paar weitere Honoratioren Erwähnung fanden, die auf diese Weise nach unsterblichem Ruhm strebten. Ich stand da und studierte diese Inschrift, als erwartete ich von ihr die Antwort auf alle meine Fragen. Dann erst betrat ich das Gebäude und verlangte Detective Calvin Neumann zu sprechen. Der diensthabende Beamte telefonierte kurz und deutete dann auf die Tür des Bereitschaftsraums.

Das Innere des Gebäudes war sauber, geräumig und hell beleuchtet. Dennoch war es schon lange genug seiner Bestimmung übergeben worden, um hinsichtlich deren Natur keine Zweifel aufkommen zu lassen.

Die Einrichtung des Bereitschaftsraums bestand aus einer Wand grauer Aktenschränke, einer nicht minder langen Reihe von grün gestrichenen Spinden und einer Doppelreihe von Rücken an Rücken stehender Metallschreibtische. In einer Ecke lief ein Fernseher, dem niemand Beachtung schenkte. Die Hälfte der acht oder zehn Schreibtische waren besetzt. Am Eiswasserbehälter unterhielt sich ein Mann in einem Anzug mit einem Mann in Hemdsärmeln. In der Arrestzelle grölte ein Betrunkener auf Spanisch herum.

Einen der Detectives an den Schreibtischen kannte ich, aber ich konnte mich nicht mehr an seinen Namen erinnern. Er schaute nicht auf, als ich eintrat. Auch ein zweiter Polizist im hinteren Teil des Raums kam mir bekannt vor. Ich trat auf einen Mann zu, den ich nicht kannte, worauf er mit dem Finger auf Neumann zeigte. Er saß zwei Schreibtische weiter auf der anderen Seite.

Er tippte gerade einen Bericht, und ich blieb neben ihm stehen, bis er damit fertig war. Erst dann sah er zu mir auf, sagte: »Scudder?« und deutete auf einen Stuhl. Er drehte sich zu mir herum und machte eine wegwerfende Handbewegung in Richtung seiner Schreibmaschine.

»Ich möchte nicht wissen, wie viele Stunden ich schon damit verbracht habe, auf dieses blöde Ding einzuhämmern«, begann er. »Wahrscheinlich kann sich kein Außenstehender vorstellen, dass wir hier mehr oder weniger nur Sekretärinnenarbeit machen.«

»Tja, das ist einer der Punkte, der einen nicht gerade in seligen Erinnerungen schwelgen lässt.«

»Ich könnte jedenfalls liebend gern darauf verzichten.« Er gähnte ausgiebig. »Sie scheinen bei Eddie Koehler einen schweren Stein im Brett zu haben. Ich habe ihn angerufen - wie Sie mir vorgeschlagen haben. Er meinte, Sie wären okay.«

»Kennen Sie Eddie?«

Er schüttelte den Kopf. »Aber ich weiß, in welchem Ruf er als Lieutenant steht. Viel habe ich Ihnen leider nicht zu bieten, aber bitte, bedienen Sie sich. Vonseiten der Brooklyner Mordkommission werden Sie kaum dasselbe Entgegenkommen erwarten können.«

»Wie das?«

»Zuerst einmal haben sie sich den Fall sofort unter den Nagel gerissen. Ursprünglich ging die Sache an das Hundertvierer, was natürlich falsch war, weil nicht die dafür zuständig sind, sondern wir; aber so was kommt immer wieder vor. Und an diesem Punkt hat sich dann prompt das Morddezernat eingeschaltet und uns den Fall weggenommen.«

»Wie sind Sie dann überhaupt wieder ins Spiel gekommen?«

»Als einer meiner zuverlässigsten Informanten damit ankam, dass in den Bars in der Third unter dem Expressway neuerdings eine Menge geredet wird – unter anderem von einem Nerzmantel zu einem wirklich günstigen Preis; aber bloß nicht weitererzählen, weil die Sache nämlich nicht ganz koscher ist. Na ja, Juli ist ja nicht gerade die ideale Zeit, um in Sunset Park Pelzmäntel an den

Mann zu bringen. Wenn einer der *muchachos* seiner Angebeteten einen Nerz kauft, dann soll sie ihn gefälligst auch schon am gleichen Abend ausführen können. Mein Mann lässt mir gegenüber jedenfalls durchblicken, dass Miguelito Cruz die ganze Bude voller Krempel haben muss, den er verkaufen will, ohne dass jemand allzu viele Fragen stellt, woher er das Zeug hat. Der Pelz und ein paar andere Dinge, die er dabei erwähnt hat, haben mich dann unwillkürlich auf den Tillary-Mord in der Colonial Road gebracht. Jedenfalls hat das genügt, um den Richter einen Durchsuchungsbeschluss ausstellen zu lassen.«

Er strich sich mit der Hand durchs Haar. Es war braun, mit ein paar helleren, von der Sonne gebleichten Strähnen, und etwas unordentlich. Damals fingen die Polizisten gerade an, ihr Haar etwas länger zu tragen, und vor allem die Jüngeren kamen plötzlich mit Voll- und Schnurrbärten an. Neumann dagegen war glatt rasiert und hatte bis auf eine gebrochene Nase, die nicht mehr richtig zusammengewachsen war, regelmäßige Gesichtszüge.

»Das Zeug lag tatsächlich in Cruz' Wohnung rum«, fuhr er fort. »Er wohnt drüben in der Fifty-first, auf der anderen Seite des Gowanus Expressway. Ich habe die Adresse irgendwo rumliegen, wenn Sie sie haben wollen. Das sind ein paar ziemlich heruntergekommene Blocks drüben beim Bush Terminal-Lagerhaus, falls Sie wissen, wo das ist. Eine Menge unbebauter Grundstücke und Häuser mit vernagelten Fenstern und Türen – und auch solche, bei denen sich keiner mehr die Mühe gemacht hat, die Eingänge zu vernageln. Jedenfalls hausen dort eine Menge Fixer und ähnliches Gesindel. Die Gegend, in der Cruz wohnt, geht dagegen einigermaßen. Aber das werden Sie ja selbst sehen.«

»Lebt er allein?«

Er schüttelte den Kopf. »Mit seiner *abuela*. Seiner Großmutter. Ein verhutzeltes, altes Weibchen, spricht kein Wort Englisch; vermutlich gehört sie längst in ein Heim. Vielleicht bringen sie sie jetzt ins Marien-Heim; das liegt gleich um die Ecke. Da kommt die Alte aus Puerto Rico hier an, und bevor sie auch nur ein Wort Englisch lernt, landet sie auch schon in einem Altersheim mit einem deutschen Namen. Das nenne ich typisch New York.«

»Sie haben in Cruz' Wohnung Sachen gefunden, die Tillary gehören?«

»Eindeutig. Die Gerätenummer des Plattenspielers hat zum Beispiel genau gestimmt. Er hat natürlich alles abzustreiten versucht – er hätte den ganzen Kram gebraucht gekauft, von einem Kerl, den er in einer Bar kennengelernt hat, und natürlich weiß er seinen Namen nicht. Ist ja alles schön und gut, Miguelito, haben wir ihm darauf gesagt, nur ist in dem Haus, aus dem dieser Krempel kommt, eine Frau mit einem Messer ziemlich übel zugerichtet worden, weshalb es ganz so aussieht, als müsstest du dich auch noch wegen Mordes verantworten. Und schon gibt er den Einbruch zu, um freilich hartnäckig zu behaupten, dass er keine tote Frau gesehen hätte, als er das Haus ausgeräumt hat.«

»Er muss auf jeden Fall gewusst haben, dass eine Frau erstochen worden ist.«

»Natürlich, und zwar ganz unabhängig davon, wer sie nun tatsächlich auf dem Gewissen hat. Die Zeitungen hatten ausführlich über den Mord berichtet. Und dann sagt er erst, er hätte nichts darüber gelesen, und im nächsten Moment kommt er damit an, er hätte die Adresse nicht mit seinem Einbruch in Verbindung gebracht. Sie wissen ja selbst, wie sie einem ständig eine neue Geschichte auftischen.«

»Und was hat Herrera mit der ganzen Sache zu tun?«

»Die beiden sind Cousins oder sonst irgendwie verwandt. Herrera wohnt in einem möblierten Zimmer in der Forty-eighth zwischen Fifth und Sixth, nicht weit vom Park. Genauer gesagt, er hat dort gewohnt. Im Augenblick sind die beiden im Gefängnis von Brooklyn einquartiert, wo sie auch bleiben werden, bis sie in Sing-Sing ein Zimmer bekommen.«

»Sind sie denn beide schon vorbestraft?«

»Wäre fast ein Wunder, wenn nicht.« Er grinste. »Die typischen Halbstarken. Ein paar Jugendstrafen wegen Bandendelikten. Außerdem sind beide vor anderthalb Jahren einer Anklage wegen Einbruchs entgangen, weil ein Richter nicht die nötige Veranlassung für eine Hausdurchsuchung gegeben sah.« Er schüttelte den Kopf. »Diese beschissenen Spielregeln. Aber so ist es eben. In diesem Fall konnten sie also den Kopf noch aus der Schlinge ziehen, aber ein zweites Mal ging es ihnen dann doch an den Kragen, auch wenn sie nur eine Bewährungsstrafe bekommen haben. Beim nächsten Mal, wieder ein Einbruch, ist das Beweismaterial verschwunden.«

»Verschwunden? Einfach in Luft aufgelöst?«

»Es ging verloren oder wurde falsch eingeordnet. Ich weiß auch nicht. Jedenfalls war es plötzlich nicht mehr auffindbar. Es ist sowieso ein Wunder, dass in dieser Stadt überhaupt noch jemand hinter Gitter kommt. Man muss sich heutzutage richtig anstrengen, wenn man in den Knast will.«

»Die beiden haben also schon mehrere Einbrüche verübt.«

»Sieht ganz so aus. Ziemlich amateurhaft, ihr Vorgehen. Tür eintreten, Radio einpacken, abhauen und die Beute dann gleich um die nächste Ecke für fünf oder zehn Dollar verscherbeln. Cruz war schlimmer als Herrera. Herrera hat zumindest noch gelegentlich gearbeitet – als Lagerarbeiter oder irgendwas ähnlich schlecht Bezahltes. Was Miguelito betrifft, kann ich mir nicht vorstellen, dass er je einen regulären Job hatte.«

»Aber keiner von beiden hat doch vorher jemanden umgebracht?«

»Doch. Cruz.«

»Ach ja?«

Er nickte. »Bei einer Kneipenschlägerei einer; er hat sich mit einem anderen Kerl um eine Frau geprügelt.«.

»Davon stand aber nichts in der Zeitung.«

»Weil es nie zu einer Verhandlung kam. Es wurde nie Anklage gegen ihn erhoben, weil mindestens ein Dutzend Augenzeugen aussagten, der Tote wäre als erster mit einem gebrochenen Flaschenhals auf Cruz losgegangen.«

»Und womit hat Cruz sich zur Wehr gesetzt?«

»Mit einem Messer. Er behauptete, es wäre nicht seines gewesen. Zudem fanden sich mehrere Zeugen, die aussagten, jemand hätte es ihm zugeworfen. Und natürlich wusste niemand mehr, wer derjenige war, der es ihm zugeworfen hat. Wir hatten nicht einmal genügend Beweise, um ihm wegen unerlaubten Waffenbesitzes was anzuhängen, geschweige denn wegen Totschlags.«

»Aber in der Regel läuft Cruz mit einem Messer rum?«

»Eher dürften Sie ihn wahrscheinlich dabei erwischen, dass er ohne Unterhose aus dem Haus geht.«

Das war am frühen Nachmittag des Tages, nach dem ich von Drew Kaplan die fünfzehnhundert Dollar Vorschuss kassiert hatte. Am Vormittag hatte ich gleich nach dem Aufstehen Geld nach Syosset überwiesen. Außerdem zahlte ich schon mal im Voraus die Miete für August, beglich ein paar Schulden und fuhr schließlich nach Sunset Park.

Das liegt am Westrand von Brooklyn, oberhalb von Bay Ridge und südlich und westlich vom Green-Wood-Friedhof. Sunset Park kommt zur Zeit mehr und mehr in Mode; eine Menge Yuppies haben sich auf der Flucht vor den hohen Mieten in Manhattan hier eingekauft, weshalb immer mehr der alten Backsteinreihenhäuser gründlich saniert werden und das Viertel einen neuen Aufschwung erlebt. Damals hatte die Generation der Jungdynamischen diese Gegend jedoch noch nicht für sich entdeckt, und die Bewohner setzten sich vorwiegend aus Latinos und Skandinaviern zusammen. Der größte Prozentsatz von ersteren bestand aus Puerto-Ricanern, von letzteren aus Norwegern, wobei sich das Gleichgewicht langsam, aber unaufhaltsam vom kühlen europäischen Norden zum heißen lateinamerikanischen Süden verlagerte, von hell zu dunkel – eine Entwicklung, die sich jedoch schon seit Generationen abgezeichnet hatte und sehr langsam erfolgte.

Ich war vor meinem Besuch im Achtundsechzigsten Revier eine Weile in der Gegend herumgegangen, wobei ich mich vor allem auf die paar Blocks um die Fourth Avenue beschränkte, die Hauptdurchgangsstraße des Viertels. Als grobe Orientierungshilfe diente mir auf meiner Wanderung der Turm der Saint Michael's Church. Es gab in der Gegend kaum Häuser, die mehr als drei Stockwerke hatten, sodass die ovale Kirchenkuppel, ganz zu schweigen von dem sechzig Meter hohen Turm, schon von weitem zu sehen war.

Im Augenblick ging ich gerade auf der Third Avenue, über mir den schattenspendenden Expressway, in Richtung Norden. In der Nähe der Straße, in der Cruz wohnte, machte ich in ein paar Bars halt – mehr, um mir einen allgemeinen Eindruck von der Atmosphäre in diesem Viertel zu verschaffen, als Fragen zu stellen. In einer Bar bestellte ich mir einen einfachen Bourbon, ansonsten hielt ich mich an Bier.

Der Block, in dem Miguelito Cruz mit seiner Großmutter gelebt hatte, war genau so, wie Neumann ihn beschrieben hatte. Eine Menge unbebauter Grundstücke, eines von einem Wellblechzaun eingegrenzt, die anderen offen und von Unrat übersät. Auf einem spielten ein paar Kinder in der Karosserie eines ausgebrannten VW-Käfers. Auf der Nordseite des Blocks standen vier dreistöckige Backsteinhäuser nebeneinander. Die Gebäude links und rechts davon waren abgerissen worden, und die frisch freigelegten Seitenmauern waren im unteren Teil über und über mit Graffiti besprüht.

Cruz hatte in dem Haus gewohnt, das der Second Avenue am nächsten lag. Im Eingangsflur gab es eine Menge zerbrochener oder fehlender Fußbodenplatten, und die Farbe blätterte ab. An der Wand waren sechs Briefkästen angebracht, deren Schlösser aufgebrochen, repariert und wieder aufgebrochen worden waren. Klingeln gab es keine, ebenso wenig ein Schloss an der Eingangstür. Ich stieg die Treppe in den zweiten Stock hinauf. Es roch nach Küche, Ratten und Urin. Alle alten Häuser, in denen Arme lebten, riechen so. Ratten sterben in den Mauern, Kinder und Betrunkene pinkeln wild durch die Gegend. Das Haus, in dem Cruz gewohnt hatte, war keinen Deut anders als tausend andere.

Die Großmutter wohnte im obersten Stock, in einer makellos sauberen

Eisenbahnerwohnung voller Heiligenbilder und kerzenerhellter Andachts-ecken. Falls sie Englisch sprach, ließ sie mich das zumindest nicht wissen.

Als ich an der Wohnungstür gegenüber klopfte, rührte sich niemand.

So arbeitete ich mich dann weiter nach unten vor. Im ersten Stock, in der Wohnung direkt unter Cruz, wohnte eine sehr dunkelhäutige Latino-Frau mit, wie es schien, fünf Kindern unter sechs Jahren. Im Wohnraum liefen ein Fern-seher und ein Radio; auch das Radio in der Küche war an. Die Kinder wuselten ständig herum, und mindestens zwei von ihnen waren jeweils am Heulen oder Plärren. Die Frau zeigte sich durchaus hilfsbereit, aber ihr Englisch ließ einiges zu wünschen übrig, und vor allem war es in dem Chaos unmöglich, sich zu konzentrieren.

Auf der anderen Seite des Flurs reagierte niemand auf mein Klopfen. Da ich jedoch einen Fernseher laufen hörte, versuchte ich es weiter. Schließlich öffnete doch jemand. Ein enorm fetter Mann in Unterwäsche erschien in der Türöffnung, um sich ohne ein Wort wieder umzudrehen und in die Wohnung zurückzugehen, offensichtlich in der Annahme, ich würde ihm folgen. Er ging mir durch mehrere mit alten Zeitungen und leeren Bierdosen übersäte Räume ins Wohnzimmer voran, wo er sich in einen altersschwachen Ledersessel sinken ließ und sich sofort wieder der Quizsendung zuwandte, die im Fernseher lief. Offensichtlich war der Farbregler voll aufgedreht, da die Gesichter der Kandi-daten abwechselnd in grellem Rot oder Grün aufleuchteten.

Der Mann war weiß und hatte dünnes Haar, das ehemals blond gewesen sein dürfte, aber inzwischen ergraut war. Wegen seiner Fettmassen war es schwer, sein Alter zu schätzen; er dürfte zwischen vierzig und sechzig gewesen sein. Er hatte sich mehrere Tage nicht mehr rasiert und vermutlich auch nicht geduscht. Jedenfalls strömte der Kerl ein kräftiges Aroma aus, das sich mit dem Eigenge-ruch der Wohnung zu einer höchst aparten Duftnote verband. Trotzdem blieb ich und stellte ihm ein paar Fragen. Er hatte einen Sechserpack Bier mit noch drei vollen Dosen neben sich stehen, als ich eintrat. Er trank sie eine nach der anderen leer und tappte barfuß in die Küche, um einen frischen Sechserpack aus dem Kühlschrank zu holen.

Sein Name war Illing, Paul Illing, sagte er mir, und er hatte von der Sache mit Cruz gehört; es war ja im Fernsehen gekommen. Er hätte es natürlich schreck-lich gefunden, aber, nein, überrascht hätte es ihn keineswegs. Er lebte hier schon sein ganzes Leben lang, und früher wäre das mal ein respektables Vier-tel gewesen, mit anständigen Bewohnern, die sich selbst und ihre Nachbarn respektierten. Aber inzwischen war der Verfall unaufhaltsam vorangeschritten, und was sollte man dagegen schon unternehmen?

»Die hausen hier wie die Tiere«, versicherte er mir. »Sie würden es nicht glauben, wenn Sie es nicht selbst gesehen hätten.«

Angel Herreras möbliertes Zimmer befand sich in einem vierstöckigen Backsteinbau, dessen Erdgeschoss einen Münzwaschsalon beherbergte. Auf der Eingangstreppe fläzten zwei Männer Ende zwanzig und nuckelten an ihren in braunen Papiertüten steckenden Bierdosen. Ich fragte sie nach Herreras Zimmer, worauf sie mich prompt als Bullen abstempelten, was sich wiederum sofort in ihren Mienen und in ihrer Körpersprache widerspiegelte. Einer von ihnen riet mir, es im dritten Stock zu versuchen. Diesmal überlagerte unverkennbarer Marihuanadunst die üblichen Treppenhausgerüche. Im Flur im zweiten Stock stand eine zierliche Frau mit blitzenden schwarzen Augen. Sie hatte eine Schürze umgebunden und hielt eine zusammengefaltete Ausgabe des *Diario*, einer spanischsprachigen Zeitung, in der Hand. Ich fragte sie nach Herreras Zimmer.

»Zweiundzwanzig«, sagte sie und deutete nach oben. »Aber er ist nicht zu Hause.« Sie sah mich scharf an. »Wissen Sie, wo er ist?«

Ich nickte.

»Dann wissen Sie auch, dass er nicht hier ist. Seine Tür ist abgeschlossen.«

»Haben Sie einen Schlüssel?«

Sie musterte mich von oben bis unten. »Sind Sie von der Polizei?«

»War ich mal.«

Völlig unerwartet brach sie in schallendes Gelächter aus. »Sind Sie etwa gefeuert worden? Haben Sie neuerdings keine Arbeit mehr für Polizisten, weil alle Kriminellen im Gefängnis sitzen? Sie wollen sich also Angels Zimmer ansehen – kommen Sie, ich schließe Ihnen auf.«

Die Tür von Zimmer 22 war durch ein mickriges Vorhängeschloss gesichert. Die Frau fand den richtigen Schlüssel erst, nachdem sie bereits drei andere probiert hatte. Sie öffnete die Tür und trat vor mir ein. Von der Fassung mit der nackten Glühbirne an der Decke über dem Bett baumelte eine Schnur. Sie zog daran und ließ ein Rollo hoch, damit etwas Licht hereinkam.

Ich sah aus dem Fenster, ging im Zimmer herum und untersuchte den Inhalt des Schranks und der Kommode. Auf der Kommode standen mehrere Fotos in billigen Rahmen; ein paar Schnappschüsse lagen lose herum. Zwei verschiedene

Frauen, mehrere Kinder. Auf einem Foto blinzelten ein Mann und eine Frau in Badehose und Badeanzug, hinter ihnen Meeresbrandung, in die Sonne. Als ich das Foto der Frau zeigte, identifizierte sie den Mann darauf als Herrera. Ich hatte zwar in der Zeitung ein Foto von ihm gesehen – zusammen mit Cruz und zwei Polizisten –, aber darauf hatte er vollkommen anders ausgesehen als auf diesem Schnappschuss.

Die Frau, erfuhr ich, war Herreras Freundin. Bei der Frau, die auf einigen der anderen Fotos zu sehen war, handelte es sich um Herreras Frau in Puerto Rico. Ein anständiger Kerl, Herrera, versicherte mir die Frau. Er war höflich und zuvorkommend, hielt sein Zimmer sauber, trank nicht zu viel und stellte auch nachts sein Radio nicht zu laut. Und seine Kleinen liebte er über alles. Wenn er Geld hatte, schickte er ihnen welches nach Puerto Rico.

In der Fourth Avenue kam auf jeden Häuserblock durchschnittlich eine Kirche – norwegische Methodisten, deutsche Lutheraner, spanische Adventisten und eine Glaubensgemeinschaft, die sich Tabernakel von Salem nannte. Sie waren alle geschlossen, und das traf auch auf Saint Michael's zu, als ich es schließlich bis dorthin geschafft hatte. Ich ging in meiner Spendenpraxis ganz ökumenisch vor, wobei die Katholiken am besten wegkamen, und zwar aus dem einfachen Grund, dass sie länger offen hatten. Doch bis ich mich von der Frau, die mir freundlicherweise Herreras Zimmer gezeigt hatte, verabschiedet und in der Bar an der Ecke schnell einen gekippt hatte, war auch Saint Michael's so fest verschlossen wie die entsprechenden protestantischen Etablissements.

Zwei Blocks weiter, zwischen einer Bodega und einem Schönheitssalon, wand sich im Schaufenster einer Ladenkirche ein ausgemergelter Christus am Kreuz. Vor dem kleinen Altar im Innern waren ein paar lehnenlose Bänke aufgestellt, und auf einer davon saßen stumm und reglos zwei in Schwarz gehüllte Frauen.

Ich trat ein und ließ mich ebenfalls kurz auf eine Bank nieder. Ich hatte meine Hundertfünfzigdollarspende bereits in meiner Tasche abgezählt und hätte sie dieser Klitsche von einer Kirche nicht weniger gern zukommen lassen als irgendeinem imposanteren und länger bestehenden Unternehmen dieser Art; allerdings wusste ich noch nicht, wie ich mich meiner Spende auf möglichst unauffällige Weise entledigen könnte. Jedenfalls hatte ich bisher noch keinen Opferstock oder sonst ein für milde Gaben bestimmtes Behältnis ausmachen können. Andererseits wollte ich keine unnötige Aufmerksamkeit auf mich lenken, indem ich nach einem Geistlichen oder sonst jemandem fragte, dem ich das Geld persönlich aushändigen konnte. Und auf der Sitzbank, wo es der erste Beste hätte einstecken können, wollte ich es auch nicht liegen lassen.

Also verließ ich das bescheidene Gotteshaus um keinen Cent ärmer, als ich es betreten hatte.

Den Abend verbrachte ich in Sunset Park.

Ich könnte nicht behaupten, dass ich das als Arbeit betrachtete oder auch nur annähernd dachte, auf diese Weise etwas für Tommy Tillary tun zu können. Ich streifte durch die Straßen und klapperte schön brav eine Bar nach der anderen ab, ohne dass ich nach irgendetwas oder irgendjemand Bestimmtem suchte oder groß herumfragte.

Dabei geriet ich auch in eine dunkle Kaschemme, die sich Fjord nannte und im östlichen Abschnitt der Sixtieth Street lag. Die Wände zierte aller mögliche Seemannskram, der sich dort im Lauf der Jahre ziemlich willkürlich angehäuft zu haben schien – ein Stück Fischernetz, ein Rettungsring und seltsamerweise auch ein Footballwimpel der Minnesota Vikings. Auf dem einen Ende des Tresens stand ein Schwarzweißfernseher, der mit abgedrehtem Ton lief. Die Klientel setzte sich vorwiegend aus alten Männern zusammen, die, ohne viel zu reden, vor ihren Bieren mit Korn saßen und auf diese Weise den Abend totschlugen.

Als ich aus dem Fjord wieder auf die Straße hinaustrat, winkte ich einem Taxi und ließ mich nach Bay Ridge in die Colonial Raad fahren. Ich wollte mir das Haus ansehen, in dem Tommy Tillary gelebt hatte, das Haus, in dem seine Frau gestorben war. Allerdings wusste ich die genaue Adresse nicht. Wir fuhren gerade einen Abschnitt der Colonial Road entlang, der hauptsächlich von Apartmenthäusern gesäumt wurde; ich war mir jedoch ziemlich sicher, dass Tommy in einem eigenen Haus gewohnt hatte. Hin und wieder waren auch ein paar Einfamilienhäuser zwischen die düsteren Backsteinwohnblocks gezwängt, aber ich wusste weder die Hausnummer, noch die Querstraße. Deshalb sagte ich dem Taxifahrer, ich suchte nach dem Haus, in dem erst kürzlich eine Frau erstochen worden war. Darauf sah er mich nur verständnislos an. Er schien sich dadurch zusätzlich in seinem unterschwelligen Argwohn gegen mich bestätigt zu sehen, als ob er schon die ganze Fahrt über damit gerechnet hätte, dass ich plötzlich etwas völlig Unerwartetes tun würde.

Vermutlich war ich einfach nur ein bisschen betrunken. Auf der Fahrt zurück nach Manhattan wurde ich allmählich wieder etwas nüchterner. Er war nicht gerade begeistert, mich zu fahren, aber nachdem wir uns auf einen Preis von zehn Dollar geeinigt hatten, ließ er mich zufrieden in meinen Sitz zurücksinken. Er nahm den Expressway, und als wir die Kirche Saint Michael's passierten, sagte ich dem Fahrer, ich fände es nicht richtig, dass Kirchen abends schlössen; sie sollten rund um die Uhr geöffnet sein. Darauf erwiderte er nichts, und ich schloss die Augen, und als ich sie wieder aufschlug, hielt er gerade vor meinem Hotel.

An der Rezeption warteten mehrere Nachrichten auf mich. Tommy Tillary hatte zweimal angerufen und wollte, dass ich ihn zurückrief. Skip Devoe hatte einmal angerufen.

Es war zu spät, um Tommy noch anzurufen, und in Skips Fall vermutlich auch. In jedem Fall spät genug, um mich in die Falle zu hauen.

Kapitel 9

Am nächsten Tag fuhr ich noch mal nach Brooklyn raus, diesmal allerdings mit der U-Bahn. Ich stieg an der Bay Ridge Avenue aus. Die U-Bahnstation lag direkt gegenüber von dem Bestattungsinstitut, in dem die Trauerfeier für Margaret Tillary stattgefunden hatte. Begraben war sie dann im Green-Wood-Friedhof worden, der zwei Meilen weiter nördlich lag. Ich drehte mich um und sah die Fourth Avenue hinauf, als ließe ich meine Blicke dem Verlauf des Trauerzugs folgen. Dann ging ich auf der Bay Ridge Avenue in Richtung Westen und Wasser los.

Als ich an der Third Avenue nach links sah, konnte ich in der Ferne die Verrazano Bridge erkennen, die die Narrows zwischen Brooklyn und Staten Island überspannt. Ich ging durch ein besseres Viertel weiter als das, in dem ich gestern den Tag verbracht hatte, und an der Colonial Road bog ich dann nach rechts ab, bis ich auf Tillarys Haus stieß. Da ich die Adresse vor dem Verlassen des Hotels nachgesehen hatte, fand ich es diesmal problemlos. Es könnte eins der Häuser gewesen sein, die ich am Abend zuvor in meinem Tran angestarrt hatte. Der Eindruck, den die gestrige Taxifahrt in meinem Gedächtnis hinterlassen hatte, war in der Zwischenzeit mehr und mehr verblasst. Ich konnte mich nur noch sehr verschwommen daran erinnern, als sähe ich alles wie durch einen Schleier.

Das Haus konnte sich sehen lassen – drei Stockwerke, Ziegel-Holzbauweise und genau gegenüber von der Südostecke des Owl's Head Park gelegen. Das Haus war von vierstöckigen Backsteinwohnblöcken flankiert. Es hatte eine große Veranda, ein Vordach aus Blech und ein steiles Ziegeldach. Ich stieg die Stufen zur Veranda hinauf und drückte auf die Türklingel. Im Innern ertönte eine viertönige Glocke.

Niemand rührte sich. Ich versuchte die Tür; sie war abgesperrt. Das Schloss machte nicht gerade einen unüberwindlichen Eindruck, aber ich sah keine Veranlassung, mich daran zu versuchen.

Auf der linken Seite führte eine Zufahrt an einer ebenfalls versperrten Seitentür vorbei zur Garage, deren Tor durch ein Vorhängeschloss gesichert war. Die Einbrecher hatten eine Glasscheibe des Seiteneingangs eingeschlagen, die inzwischen durch ein mit Klebstreifen befestigtes Stück Karton ersetzt worden war.

Ich überquerte die Straße und ließ mich eine Weile auf einer Parkbank nieder. Dann ging ich zu einer Stelle, von der ich das Haus der Tillarys von einer Parallelstraße der Colonial Road von hinten einsehen konnte. Ich versuchte mir den Hergang des Einbruchs vorzustellen. Cruz und Herrera hatten einen Wagen benutzt, und ich fragte mich, wo sie ihn wohl abgestellt hatten. Auf der Zufahrt direkt neben dem Seiteneingang, wo er neugierigen Blicken entzogen war? Oder auf der Straße, von wo sie unverzüglich hätten losfahren können? Die Garage muss zum Zeitpunkt des Einbruchs offen gewesen sein; vielleicht hatten sie den Wagen auch dort abgestellt, damit ihn niemand in der Zufahrt sah und sich deswegen Gedanken machte.

Nach einem Mittagessen, das aus Würstchen, Bohnen und Reis bestand, war ich auf meiner Wanderung schließlich wieder vor den Pforten von Saint Michael's angelangt. Diesmal – es war noch Nachmittag – waren sie offen, und so saß ich eine Weile in einer der hinteren Bänke und zündete ein paar Kerzen an. Und meine hundertfünfzig Dollar schafften es endlich in den Opferstock.

Ich ging so vor, wie man in solchen Fällen eben vorgeht. Ich latschte durch die Gegend, klopfte an verschiedene Türen und stellte Fragen. Ich suchte noch einmal die Wohnungen der beiden – Herreras und Cruz – auf. Ich sprach mit Wohnungsnachbarn von Cruz, die tags zuvor nicht zu Hause gewesen waren, und ich unterhielt mich mit ein paar anderen Bewohnern des Hauses, in dem Herrera lebte. Dann stattete ich dem Achtundsechzigsten einen Besuch ab, um nach Cal Neumann zu sehen. Er war zwar nicht da, aber ich unterhielt mich mit ein paar von seinen Kollegen und ging dann sogar mit einem von ihnen einen Kaffee trinken.

Ich telefonierte auch ein bisschen herum, aber im Großen und Ganzen bestanden meine Aktivitäten darin, durch das Viertel zu wandern, mit allen möglichen Leuten zu sprechen, mir hin und wieder ein paar Notizen zu machen – also genau das, was man in solchen Fällen eben tut - und mir ansonsten über den Sinn meines Vorgehens nicht allzu viele Gedanken zu machen.

Mittlerweile hatte ich einiges an Daten angesammelt, ohne freilich abschätzen zu können, ob sie mich in irgendeiner Weise weiterbringen würden. Mir war nicht recht klar, wonach ich Ausschau halten sollte. Vermutlich versuchte ich nur, genügend Aktivität an den Tag zu legen und entsprechend umfangreiche Informationen zusammenzutragen, um sowohl mir selbst als auch Tommy und seinem Anwalt gegenüber das Honorar rechtfertigen zu können, das ich bereits eingestrichen und zum größten Teil auch ausgegeben hatte.

Am frühen Abend hatte ich dann die Schnauze voll. Ich nahm die U-Bahn nach Hause. An der Rezeption erwartete mich eine neuerliche Nachricht Tommy Tillarys, mit seiner Büronummer. Ich steckte den Zettel ein und ging kurz mal um die Ecke, wo Billie Keegan mir sagte, dass Skip nach mir suchte.

»Alle wollen sie plötzlich was von mir«, brummte ich.

»Ist doch schön, wenn die Leute hinter einem her sind«, versuchte er mich aufzumuntern. »Ich hatte einen Onkel, hinter dem sie in vier Staaten her waren. Angerufen hat übrigens auch jemand für dich. Wo hab ich nur den Zettel hin?« Nach kurzem Suchen reichte er mir ein Stück Papier. Wieder Tommy Tillary, diesmal allerdings eine andere Telefonnummer. »Was zu trinken, Matt? Oder wolltest du nur kurz mal reinschauen, um nach der Post und irgendwelchen Nachrichten zu sehen?«

In Brooklyn hatte ich es ziemlich ruhig angegangen; meistens hatte ich es mit ein paar Tassen Kaffee in Stehimbissen und Bodegas bewenden lassen, aufgelockert durch ein gelegentliches kleines Bierchen in einer Bar. Als ich mir also jetzt von Billie einen doppelten Bourbon einschenken ließ, ging er mir verdammt glatt runter.

»Wir haben heute schon nach dir Ausschau gehalten«, meinte Billie darauf. »Ein paar von uns sind zur Rennbahn rausgefahren. Ich dachte, vielleicht hättest du Lust gehabt mitzukommen.«

»Ich hatte zu tun. Außerdem stehe ich nicht sonderlich auf Pferde.«

»Macht aber Spaß«, grinste Billie, »wenn man das Ganze nicht zu ernst nimmt.«

Die letzte Telefonnummer, die mir Tommy Tillary hinterlassen hatte, entpuppte sich als die eines Hotels in Murray Hill. Nachdem sie den Anruf auf sein Zimmer durchgestellt hatten, fragte er mich, ob ich in seinem Hotel vorbeikommen könnte. »Weißt du, wo das ist, Matt? Thirty-seventh, Ecke Lex?«

»Müsste sich eigentlich finden lassen.«

»Sie haben hier eine richtig gemütliche kleine Bar. Würde dir bestimmt gefallen. Voller japanischer Geschäftsleute in Brooks-Brothers-Anzügen. Manchmal stellen sie ihre Scotches lange genug ab, um sich gegenseitig knipsen zu können. Dann lächeln sie und bestellen gleich wieder was zu trinken. Genau deine Kragenweite, würde ich sagen.«

Ich nahm mir ein Taxi, und als ich dort ankam, musste ich feststellen, dass Tommys Schilderung keineswegs übertrieben gewesen war. Die Cocktail Lounge, plüschig und schummrig, war vorwiegend von Japanern bevölkert. Tommy stand etwas abseits an der Bar, und als ich auf ihn zutrat, schüttelte er mir die Hand und stellte mich dem Barkeeper vor.

Wir gingen mit unseren Drinks an einen Tisch. »Verrückter Laden hier«, sagte er, als wir uns setzten. »Sieh dir das mal an. Du hast sicher gedacht, ich würde Witze machen, aber diese Kerle fotografieren wirklich wie die Irren. Ich würde nur gern mal wissen, was die mit den Fotos eigentlich machen. Bei dem Tempo, in dem die auf den Auslöser drücken, brauchen die doch ein eigenes Zimmer, nur um zu Hause ihre Fotos unterbringen zu können.«

»Wahrscheinlich haben sie gar keinen Film eingelegt.«

»Würde mich bei denen nicht wundern.« Er lachte. »Keinen Film in den Kameras. Vermutlich sind sie nicht mal richtige Japaner. Ansonsten bin ich meistens im Blueprint; das ist einen Block weiter in der Park Avenue. Und manchmal auch im Dirty Dick's; das ist so ein bisschen auf Pub gemacht. Aber heute Abend bin ich hier geblieben; ich wollte ja auch möglichst für dich erreichbar bleiben. Macht es dir was aus, oder sollen wir woanders hingehen?«

»Nein, nein, ist schon in Ordnung.«

»Bist du sicher? Ich habe nämlich noch nie einen Detektiv für mich arbeiten lassen, und deshalb möchte ich dich auch entsprechend bei Laune halten, wenn du verstehst, was ich meine.« Er grinste, um dann jedoch unverzüglich eine ernste Miene aufzusetzen. »Ich wollte nur wissen, ob du schon, na ja, ob du schon irgendwelche Fortschritte gemacht hast. Hast du schon irgendeine heiße Spur?«

Ich erzählte ihm einiges von dem, was ich in Erfahrung gebracht hatte. Als ich auf die Messerstecherei in der Bar zu sprechen kam, wurde er gleich ganz Ohr.

»Das ist ja großartig«, frohlockte er. »Das dürfte diesen Brüdern endgültig das Genick brechen.«

»Wie kommst du darauf?«

»Na, der Kerl scheint immerhin ganz gut mit dem Messer umgehen zu können, und er hat bereits jemanden getötet, ohne dafür belangt zu werden. Das lässt sich wirklich sehen, Matt. Wusste ich's doch gleich, dass du der richtige Mann dafür bis. Hast du Kaplan schon davon erzählt?«

»Nein.«

»Das sind genau die Art von Informationen, die er haben will, mit denen er was anfangen kann.«

Dessen war ich mir nicht so sicher. Drew Kaplan hätte eigentlich nicht unbedingt einen Detektiv hinzuziehen müssen, um in Erfahrung zu bringen, dass Mrs. Tillary nicht der erste Mensch war, den Miguelito Cruz auf dem Gewissen hatte. Zudem konnte ich mir nicht vorstellen, dass dieser Information vor Gericht sonderliches Gewicht beigemessen würde, falls sie dort überhaupt vorgebracht werden konnte. Wie dem auch sei, Kaplan hatte erklärt, ich sollte mit etwas aufwarten, das es ihm und seinem Klienten ersparen würde, überhaupt erst vor Gericht erscheinen zu müssen, wobei mir nicht recht klar war, wie ich in dieser Sache etwas in Erfahrung bringen sollte, dass sich als entlastend erweisen könnte.

»Du solltest Drew doch gleich Bescheid sagen, wenn du irgendwas Brauchbares entdeckt hast«, drängte Tommy. »Das gilt auch für Informationen, die zuerst nicht besonders wichtig aussehen. Aber oft erweist sich gerade so ein Detail als das entscheidende fehlende Teilchen, das plötzlich das Bild vollständig macht. Du weißt schon, was ich meine. Selbst wenn es für sich genommen nach gar nichts aussieht.«

»Klar, ich weiß, was du meinst.«

»Na also. Ruf ihn einfach einmal täglich an und gib ihm durch, was du alles rausgefunden hast. Ich weiß zwar, dass du nicht gern Berichte schreibst, aber regelmäßig mit ihm zu telefonieren, macht dir doch nichts aus, oder?«

»Nein, keineswegs.«

»Na wunderbar, Matt, sieht doch alles schon ganz gut aus. Ich hol uns mal Nachschub.« Er ging an die Bar und kam mit frischen Drinks zurück. »Dann warst du also in meinem Teil der Welt, wie? Wie war's denn da draußen?«

»In deinem Viertel hat's mir besser gefallen als in dem von Cruz und Herrera.«

»Das will ich doch hoffen. Hast du dir auch mein Haus angesehen?«

Ich nickte. »Um mir ein Bild davon zu machen. Hast du einen Schlüssel, Tommy?«

»Einen Schlüssel? Du meinst einen Hausschlüssel? Klar habe ich einen

Hausschlüssel; ich werde doch wohl noch einen Schlüssel für mein eigenes Haus haben. Warum? Du willst den Schlüssel für mein Haus?«

»Wenn es dir nichts ausmacht?«

»Was soll mir das noch ausmachen? In letzter Zeit konnte ich ja nun wirklich nicht über zu wenig Besuch klagen – die Polizei, die Heinis von der Versicherung, von meinen puerto-ricanischen Freunden erst gar nicht zu reden.« Er holte einen Schlüsselbund aus seiner Hosentasche, entfernte einen Schlüssel und reichte ihn mir. »Der ist für die Haustür«, sagte er. »Willst du den für den Seiteneingang auch? Durch den sind sie übrigens eingebrochen. Die eingeschlagene Scheibe ist mittlerweile durch ein Stück Pappe ersetzt worden.«

»Das habe ich heute Nachmittag gesehen.«

»Wozu brauchst du dann den Schlüssel? Du hättest doch nur den Karton abzureißen und dich selbst reinzulassen gebraucht. Bei der Gelegenheit hättest du dann auch gleich noch alles, was sich noch zu stehlen gelohnt hätte, zusammenpacken und in einem Kopfkissenbezug wegschleppen können.«

»Haben die beiden ihre Beute so abtransportiert?«

»Was weiß ich, wie sie den Krempel weggeschafft haben. So machen sie so was zumindest im Fernsehen immer. Meine Herren, sieh dir das mal an. Sie fotografieren sich gegenseitig, und dann tauschen sie die Kameras, und das Ganze fängt wieder von vorn an. In diesem Hotel wohnen nämlich eine Menge Japse, deshalb kommen sie auch immer hierher.« Er senkte den Blick auf seine Hände, die lose verschränkt vor ihm auf der Tischplatte lagen. Der Ring an seinem kleinen Finger war verrutscht. Er rückte ihn wieder zurecht. »Das Hotel ist nicht schlecht«, fuhr er fort, »aber ewig möchte ich hier nicht bleiben. Die Zimmermiete wird tageweise berechnet, und auf die Dauer summiert sich das ganz ordentlich.«

»Willst du wieder nach Bay Ridge rausziehen?«

Er schüttelte den Kopf. »Was soll ich denn in so einem riesigen Haus? Es war ja schon für uns zwei zu groß, und jetzt ich ganz allein? Ganz zu schweigen von den Erinnerungen, die damit verbunden sind.«

»Wieso hast du überhaupt für euch zwei ein so großes Haus gekauft?«

»Ursprünglich war es ja nicht für zwei gedacht.« Sein Blick verlor sich nachdenklich ins Unendliche. »Es war das Haus von Pegs Tante. Sie hat das Haus für uns gekauft. Als vor mehreren Jahren ihr Mann starb, bekam sie eine ziemlich hohe Lebensversicherung ausbezahlt, und wir suchten damals gerade ein

Haus oder eine größere Wohnung, weil das Baby unterwegs war. Wusstest du eigentlich, dass wir einen Jungen hatten, der dann gestorben ist?«

»So viel ich mich erinnern kann, stand diesbezüglich was in der Zeitung.«

»Ja, in der Todesanzeige. Das habe ich reingesetzt. Wir hatten einen Jungen – Jimmy. Er hatte einen angeborenen Herzschaden und war auch geistig behindert. Er starb, kurz bevor er sechs Jahre alt geworden wäre.«

»So etwas ist natürlich bitter.«

»Es war vor allem für sie schlimm. Jimmy hat nur die ersten Monate bei uns zu Hause gelebt. Dann wurde es erforderlich, ihn in einer Klinik unterzubringen. Außerdem sagten mir die Ärzte, hören Sie, Mr. Tillary, je mehr Ihre Frau an dem Jungen hängt, desto härter wird es sie treffen, wenn schließlich das Unvermeidliche eintrifft. Sie gaben Jimmy nämlich von Anfang an nur ein paar Jahre zu leben.«

Ohne etwas zu sagen, stand er vom Tisch auf, um neuerlich etwas zu trinken zu holen. »Wir haben also zu dritt in dem Haus gewohnt«, fuhr er schließlich fort. »Ich und Peg und die Tante; sie hatte im zweiten Stock eine Einliegerwohnung. Aber auch für drei Leute war in dem Haus eine Menge Platz; doch die zwei Frauen haben sich gegenseitig Gesellschaft geleistet. Und als die Tante dann starb, überlegten wir, ob wir vielleicht umziehen sollten, aber Peg hatte sich inzwischen an das Haus und die Gegend gewöhnt.« Er holte tief Luft und ließ die Schultern sinken. »Was soll ich also mit diesem Riesenhaus? Ist doch nur ein Klotz am Bein, ganz zu schweigen von der weiten Fahrt zur Arbeit und zurück. Sobald die ganze Sache geklärt ist, verkaufe ich das Haus und suche mir in der Stadt eine kleine Wohnung.«

»An welche Gegend hast du dabei gedacht?«

»Darüber habe ich mir noch keine Gedanken gemacht. Vielleicht irgendwo in der Nähe des Gramercy Park – oder in der Upper East Side. Jedenfalls nichts Großes; nur so eine kleine, gemütliche Wohnung.« Er schnaubte. »Ich könnte natürlich auch jederzeit bei – wie heißt sie gleich wieder? – einziehen. Du weißt schon – Carolyn.«

»Ja?«

»Weißt du, wir arbeiten in derselben Firma. Ich sehe sie jeden Tag im Büro.« Er seufzte. »Tja, und wie du selbst schon gemerkt haben wirst, habe ich mich in letzter Zeit vom Armstrong's und der ganzen Gegend etwas ferngehalten. Wollte erst mal abwarten, bis Gras über die Geschichte gewachsen ist.«

»Kann ich gut verstehen.«

Und dann kamen wir plötzlich auf das Thema Kirchen zu sprechen. Es muss wohl in dem Zusammenhang passiert sein, dass ich eine Bemerkung fallen ließ, Bars hätten vernünftigere Öffnungszeiten als Kirchen. »Die Kirchen müssen wegen der ständig zunehmenden Kriminalität so früh schließen«, meinte Tommy dazu.

»Als wir Kinder waren, Matt – hast du da mal gehört, dass jemand was aus einer Kirche gestohlen hat?«

»Ist damals sicher auch hin und wieder vorgekommen.«

»Natürlich ist es auch mal vorgekommen, aber wann hast du mal was davon gehört? Die Leute sind heute einfach anders – die haben vor nichts mehr Respekt. Natürlich gibt es noch diese Kirche in Bensonhurst; aber dort ist das was anderes.«

»Wie meinst du das?«

»Ich glaube jedenfalls, es war in Bensonhurst. Eine Riesenkirche – den Namen weiß ich allerdings nicht mehr. Irgendein Saint – na ja, du weißt schon.«

»Das engt den Kreis der in Frage kommenden Gotteshäuser jedenfalls deutlich ein.«

»Kannst du dich nicht mehr an diese Geschichte erinnern? Vor ein paar Jahren haben dort ein paar schwarze Jugendliche irgendwas vom Altar geklaut. Goldene Kerzenleuchter oder sonst was in der Art. Und dann stellt sich raus, dass dort Dominic Tuttos Mutter jeden Morgen zur Messe geht. Der Capo, nach dessen Pfeife halb Brooklyn tanzt – von dem hast du doch sicher schon gehört?«

»Ja, natürlich.«

»Die Sache spricht sich also rum, und eine Woche später stehen die Kerzenständer – oder was es sonst eben war – wieder auf dem Altar. Aber ich glaube, es waren Kerzenständer.«

»Ist ja auch egal.«

»Und die Bürschchen, die sie geklaut haben«, fuhr er fort, »waren plötzlich verschwunden. Tja, und soviel ich gehört habe – wie gesagt, ich hab's nur gehört, und in solchen Fällen kann man ja nie wissen. Ich war jedenfalls nicht dabei, und der Typ, der mir das Ganze erzählt hat, hat es auch wieder nur von jemand anderem gehört. Du weißt ja, wie es zu solchen Geschichten kommt.«

»Und was hast du jetzt gehört?«

»Es heißt, dass sie die zwei Nigger in Tuttos Keller gebracht und dort an Fleischerhaken aufgehängt haben.«

Zwei Tische weiter zuckte ein Blitzlicht auf. »Und dann haben sie ihnen bei lebendigem Leib die Haut abgezogen«, fuhr Tommy fort. »Aber wie gesagt, das ist nur eine Geschichte. Bei so was weiß man nie, was man davon halten soll.«

»Da hast du dir was entgehen lassen«, rügte mich Skip.

»Keegan und Ruslander und ich, wir sind heute Nachmittag in meinem Wagen zur Rennbahn rausgefahren.« Er imitierte die Sprechweise von W.C. Fields. »Haben am Zeitvertreib der Könige teilgehabt und unseren Beitrag zur Verbesserung der Rasse geleistet.«

»Ich hatte zu tun.«

»Ich hätte lieber auch arbeiten sollen. Keegan, dieser Trottel, hatte einen ganzen Sack von diesen kleinen Schnapsflaschen dabei, und davon hat er pro Rennen eine geköpft. Und dann hat er allein wegen ihrer Namen auf die Pferde gesetzt. Da war zum Beispiel diese Schindmähre Jill the Queen, die nichts mehr gewonnen hat, seit Victoria Königin war, und Keegan fällt plötzlich ein, dass er irgendwann in der zehnten Klase unsterblich in eine Jill verliebt war. Und prompt setzt er auf den Gaul.«

»Und er hat gewonnen.«

»Klar. Der Gaul hat eine Siegquote von zwölf zu eins oder etwas in der Richtung eingelaufen, und Keegan hatte zehn Dollar auf das Vieh gesetzt. Aber das Schönste kommt erst noch. Plötzlich fängt er damit an, er hätte sich getäuscht. ›Das Mädchen hieß Rita‹, fällt ihm plötzlich wieder ein. ›Jill hieß ihre Schwester. Ich hab' mich getäuscht.‹«

»Typisch Billie.«

»Und so ging es den ganzen Nachmittag weiter«, fuhr Skip fort. »Er setzt auf seine verflossenen Flammen und ihre Schwestern und kippt sich dabei aus diesen Miniflaschen gut und gern einen Liter Whiskey hinter die Binde, und Ruslander und ich, wir verlieren – ich weiß nicht, wie viel, einen Hunderter, vielleicht auch hundertfünfzig, und Billie Keegan geht am Ende um sechshundert Dollar reicher nach Hause und das alles nur, weil er auf die Namen seiner alten Freundinnen gesetzt hat.«

»Nach welcher Methode bist du und Ruslander denn vorgegangen?«

»Du kennst ja unseren Schauspieler. Zieht seine Schultern hoch und spricht wie so ein typischer Tippgeber aus dem Mundwinkel, um sich dann an ein paar

Kerle ranzumachen, die aussehen, als hätten sie von Pferden eine Ahnung. Und nach einer Weile kommt er dann mit einem Tipp zurück. Aber wahrscheinlich waren die Burschen, mit denen er sich unterhalten hat, auch Schauspieler.«

»Und ihr habt euch beide an die Tipps gehalten?«

»Wofür hältst du mich, Matt? Ich setze nach einer rein wissenschaftlichen Methode.«

»Liest du die Rennzeitung?«

»Aus dem Geschreibsel werde ich nicht schlau. Ich achte darauf, bei welchen Gäulen die Quoten fallen, wenn die ersten Einsätze eintrudeln, und außerdem gehe ich ein bisschen nach unten, um mir die Gäule aus der Nähe anzusehen und welcher dabei ordentlich was fallen lässt.«

»Das nennst du wissenschaftlich?«

»Na klar. Wer investiert sein sauer Erspartes schon in einen Gaul mit chronischer Verstopfung? Oder mit einem kräftigen Durchmarsch? Nein, ich nehme die Pferde, auf die ich setze, gründlich unter die Lupe.« Er konnte sich kaum mehr ein Grinsen verkneifen. »Da muss alles stimmen – inklusive Verdauung.«

»Und Keegan ist vollkommen verrückt.«

»Du sagst es. Der Mann spottet jedem wissenschaftlichen Fortschritt.« Er beugte sich vor und drückte seine Zigarette aus. »Mein Gott, wie ich dieses Leben liebe. Ich schwöre dir, dass ich dafür regelrecht geschaffen bin. Ich verbringe die eine Hälfte meines Lebens damit, in meiner eigenen Bar hinterm Tresen zu stehen, und die andere Hälfte stehe ich in anderer Leute Bars vor dem Tresen. Gelegentlich, an einem besonders schönen Nachmittag, fahr ich dann ein bisschen raus, um an Mutter Erdes Busen neue Kraft zu tanken und mich an Gottes Schöpfung zu erfreuen.« Er sah mich eindringlich an. »Ich liebe dieses Leben einfach«, fuhr er dann ruhig fort. »Und genau aus diesem Grund werde ich es diesen Wichsern gewaltig heimzahlen.«

»Hast du denn wieder von ihnen gehört?«

»Bevor wir zur Rennbahn rausgefahren sind. Sie haben uns ein Angebot gemacht; über irgendwelche Prozente wollten sie übrigens nicht mit sich reden lassen.«

»Wie viel?«

»Jedenfalls so viel, dass meine Wettverluste von heute Nachmittag dagegen Peanuts sind. Was juckt mich schließlich schon ein Hunderter mehr oder weniger? Zumal ich nie hohe Einsätze mache. Sobald zu viel Geld im Spiel ist, macht das Ganze keinen Spaß mehr – finde ich zumindest. Und die Summe, die diese Kerle von mir wollen, hat mir eindeutig den Spaß verdorben.«

»Und? Wirst du zahlen?«

Er griff nach seinem Glas. »Wir treffen uns morgen mit ein paar Leuten. Einem Anwalt und unserem Steuerberater. Das heißt, falls Kasabian bis dahin zu kotzen aufgehört hat.«

»Und dann?«

»Und dann werden wir entgegen aller bisherigen Misserfolge noch einmal probieren, ein paar Prozente herauszuschlagen, und schließlich zahlen. Was sonst werden uns der Anwalt und der Steuerberater schon sagen können? Vielleicht eine eigene Armee aufstellen? Einen Guerillakrieg vom Zaun brechen? Das ist in der Regel nicht die Sorte Antwort, die man von Anwälten und Steuerberatern kriegt.« Er klopfte eine Zigarette aus seinem Päckchen, tippte damit auf die Tischplatte, hielt sie hoch, um sie prüfend zu betrachten, klopfte sie noch einmal fest und steckte sie schließlich an. »Ich bin eine Maschine, die raucht und trinkt«, verkündete er hinter einer dicken Rauchwolke hervor. »Und ich kann dir sagen, dass ich weder eine Ahnung habe, was mir eigentlich an dem einen noch an dem anderen liegt.«

»Vor einer Minute hast du noch in den höchsten Tönen über dieses Leben geschwärmt.«

»Habe ich das? Kennst du den Witz von dem Kerl, der sich einen Volkswagen gekauft hat? Sein Freund fragt ihn, wie er die Karre findet. ›Tja, das ist, wie wenn du's deiner Alten mit der Zunge besorgst‹, sagt der VW-Fahrer. ›Ich bin verrückt danach, wenn ich mir auch nicht sonderlich viel darauf einbilde.‹«

Kapitel 10

Bevor ich am nächsten Morgen wieder nach Brooklyn fuhr, rief ich Drew Kaplan an. Seine Sekretärin teilte mir mit, er wäre gerade in einer Besprechung und ob er mich zurückrufen könnte? Ich sagte, ich würde es später noch einmal versuchen. Als ich das vierzig Minuten später tat, ich kam gerade in Sunset Park aus der U-Bahn, war er gerade mittagessen. Ich sagte ihr, ich würde später anrufen.

An diesem Nachmittag gelang es mir, die Bekanntschaft einer Frau zu machen, die mit Angel Herreras Freundin befreundet war. Sie hatte ausgeprägte Indio-Gesichtszüge und eine von Akne zerfurchte Gesichtshaut. Sie meinte, es wäre ein Jammer, dass Herrera ins Gefängnis musste, während es für ihre Freundin vermutlich nur ein Segen war, weil Herrera sie nie geheiratet und mir ihr zusammengelebt hatte; er betrachtete sich nach wie vor mit seiner Frau in Puerto Rico verheiratet. »Seine Frau hat sich zwar von ihm scheiden lassen, aber davon will er nichts wissen«, erzählte sie mir. »Deshalb möchte meine Freundin wenigstens schwanger von ihm werden, aber er schwängert sie nicht – von Heiraten ganz zu schweigen. Was soll sie also mit so einem Kerl? Für sie ist es auf jeden Fall besser, wenn er für eine Weile aus dem Verkehr gezogen wird.«

Als ich Kaplan, diesmal von einer Telefonzelle aus, neuerlich zu erreichen versuchte, hatte ich endlich Glück. Ich holte mein Notizbuch heraus und gab ihm durch, was ich bisher herausgefunden hatte. Nicht, dass sich damit, soweit ich das beurteilen konnte, etwas hätte anfangen lassen, wenn man einmal von der Tatsache absah, dass Cruz bereits einmal wegen Totschlags festgenommen worden war – was im Übrigen auch etwas war, worüber Kaplan, wie er selbst sofort zugab, längst Bescheid hätte wissen müssen. »Das herauszufinden, wäre weiß Gott nicht Ihre Aufgabe gewesen. Damit hätten eigentlich sie herausrücken müssen. Doch selbst wenn sich damit vor Gericht nichts anfangen lässt, gibt es doch Mittel und Wege, sich diese kleine Information zunutze zu machen. Möglicherweise haben Sie sich Ihr Honorar bereits mit dieser scheinbar unbedeutenden Entdeckung verdient, womit ich Sie damit selbstverständlich keinesfalls davon abbringen möchte, mit Ihren Ermittlungen fortzufahren.«

Trotzdem war mir, als ich aufgehängt hatte, nicht mehr danach, weiter herumzuschnüffeln. Ich ging ins Fjord und genehmigte mir ein paar Drinks, bis ein schlaksiger, junger Bursche mit einer Menge blondem Haar und einem ebenso blonden Zapata-Schnurrbart hereinkam und mich unbedingt zu einer Flipperpartie animieren wollte. Ich hatte jedoch keine Lust, und nicht minder galt das für die anderen Gäste, sodass er sich schließlich allein über den Apparat hermachte. Die lärmende Betrunkenheit, die er dabei an den Tag legte, sollte wohl dem Zweck dienen, jemanden zu der trügerischen Annahme zu verleiten, man könne ihn im Handumdrehen vor die Tür setzen. Mich jedenfalls hatte er in kürzester Zeit vertrieben, und anstatt in einer anderen Bar Zuflucht zu suchen, ging ich den ganzen Weg zu Tommys Haus in der Colonial Raad zu Fuß.

Ich schloss mit seinem Schlüssel die Haustür auf. Als ich nach drinnen ging, erwartete ich halb, dass sich mir derselbe Anblick bieten würde wie der Verwandten, die Margaret Tillarys Leiche entdeckt hatte. Aber nachdem die Spurensicherung ihre Arbeit getan hatte, war im Haus längst saubergemacht und aufgeräumt worden.

Auf meinem Weg durch die Räume im Erdgeschoss stieß ich auch auf den Seiteneingang, der in einen schmalen Vorraum neben der Küche führte. Von dort ging ich wieder zurück in die Küche und ins Esszimmer und versuchte mich dabei in Cruz und Herrera hineinzuversetzen, wie sie sich in dem verlassenen Haus umgesehen hatten.

Nur war es nicht verlassen gewesen. Hatte sie geschlafen? Oder Fernsehen geschaut?

Ich stieg die Treppe hoch. Ein paar der Stufen knarzten vernehmlich. Hatten sie das auch in der Nacht des Einbruchs getan? Hatte Peg Tillary das Geräusch gehört und in irgendeiner Form darauf reagiert? Vielleicht hatte sie gedacht, Tommy käme nach Hause, und war aufgestanden, um ihm zur Begrüßung entgegenzukommen. Vielleicht hatte sie auch gespürt, dass es jemand anderer sein musste. Manche Leute erkennen einen am Schritt, und es ist nicht ungewöhnlich, dass so jemand sogar vom Geräusch der Schritte eines Fremden im Haus aufwacht.

Sie war im Schlafzimmer ermordet worden. Die Treppe rauf, Tür auf, und als dahinter eine Frau im Bett liegt, gleich mal ordentlich mit dem Messer drüber? Oder vielleicht war sie auch aus dem Schlafzimmer gekommen, weil sie dachte, es wäre Tommy. Oder sie hatte keineswegs erwartet, dass es Tommy wäre, sondern war dem Eindringling spontan entgegengetreten, wie man das immer wieder von Einbruchsopfern hört, die in ihrer Empörung über die Verletzung ihrer Privatsphäre den Eindringling gegen jede Vernunft zur Rede zu stellen versuchen, als würde sie ihre Entrüstung, einer Rüstung gleich, unverwundbar machen.

Und dann hatte sie vielleicht das Messer in seiner Hand gesehen und war in ihr Zimmer zurückgewichen. Sie hatte versucht, die Tür von innen abzuschließen, aber er war ihr zuvorgekommen, und als sie dann zu schreien angefangen hatte, war ihm gar keine andere Wahl geblieben, als …

Dabei sah ich ständig Anita vor mir, wie sie vor dem Messer zurückwich. Obwohl ich mich in Tommy Tillarys Haus befand, war es für mich, als spielte sich die Szene in unserem Schlafzimmer in Syosset ab.

Absurd.

Ich trat auf eine der Kommoden zu, zog die Schubladen heraus, schob sie wieder zurück. Ihre Kommode war lang und niedrig. Seine gehörte zur selben Garnitur wie das Bett, die Nachtkästchen und der Schminktisch mit dem Spiegel. Ich sah in die Schubladen seiner Kommode. Es waren noch eine Menge Kleidungsstücke darin, aber vermutlich hatte Tommy auch einiges zum Anziehen. Ich öffnete die Schranktür. Seine Frau hätte sich im Schrank verstecken können, wenn es dort auch ziemlich eng gewesen wäre. Auf dem Regalbrett waren mehrere Schuhkartons gestapelt; die Kleiderstange hing voll mit Anzügen und Sakkos. Tommy musste einiges an Kleidung mitgenommen haben; trotzdem hatte er mehr Klamotten zurückgelassen, als ich besaß.

Auf dem Schminktisch standen verschiedene Parfümflacons. Ich zog den Stöpsel von einem heraus und roch daran. Irgendein Veilchenduft.

Ich hielt mich ziemlich lange im Schlafzimmer auf. Es gibt Leute, die medial veranlagt sind und am Schauplatz eines Mordes gewisse Rückschlüsse auf dessen Hergang ziehen können. Vielleicht ist dazu sogar jeder imstande, nur sind sich solche Medien vielleicht deutlicher der Dinge bewusst, die sie in einem solchen Fall wahrnehmen. Was mich betrifft, gab ich mich keinen Illusionen hin, irgendwelche Vibrationen des Zimmers, der Kleidung oder der Möbel auffangen und daraus Rückschlüsse auf den Tathergang ziehen zu können. Der

Geruch ist die Sinneswahrnehmung, die am intensivsten im Gedächtnis haften bleibt, aber das Parfüm von Tillarys Frau erinnerte mich nur an eine Tante, die denselben blumigen Veilchenduft verströmt hatte.

Ich habe keine Ahnung, was ich mir eigentlich dabei dachte, als ich im Schlafzimmer von Tillarys Frau herumschnüffelte.

Es gab dort auch einen Fernseher. Ich schaltete ihn ein, um ihn gleich wieder auszuschalten. Sie könnte ferngesehen und den Einbrecher unter Umständen erst bemerkt haben, als er bereits im Zimmer stand. Aber hätte er dann den Fernseher nicht auch hören müssen? Weshalb hätte er in das Schlafzimmer kommen sollen, wenn er doch wusste, dass sich dort jemand aufhielt, und er sich ohne Schwierigkeiten unbemerkt aus dem Staub hätte machen können?

Natürlich könnte er auf eine Vergewaltigung spekuliert haben. Die Autopsie hatte jedoch keinerlei Spuren eines Sexualverbrechens zutage gefördert, was jedoch keineswegs hieß, dass ein solches nicht in der Absicht des Täters gestanden hatte. Vielleicht hatte er seinem sexuellen Drang bereits durch den Mord Erleichterung verschafft, oder wegen des vielen Bluts war ihm die Lust vergangen, oder ...

Tommy hatte in diesem Raum geschlafen, hatte mit dieser Frau, die nach Veilchen duftete, zusammengelebt. Ich kannte ihn aus der Kneipe, kannte ihn mit einem Mädchen im Arm und einem Glas in der Hand und einem lauten Lachen auf den Lippen. In einem Zimmer wie diesem, in einem Haus wie diesem hatte ich ihn dagegen nie kennengelernt.

Ich schaute noch in verschiedene andere Zimmer im Obergeschoss. Im Wohnzimmer standen auf einer Mahagoni-Kredenz mehrere Fotos in Silberrahmen, darunter ein steifes Hochzeitsfoto – Tommy im Smoking, die Braut in Weiß mit einem Bouquet in Rosa und Weiß. Tommy war auf dem Foto erstaunlich schlank und unglaublich jung. Sein Bürstenhaarschnitt wirkte für das Jahr 1975 höchst exotisch, vor allem zusammen mit der förmlichen Kleidung.

Margaret Tillary – sie könnte zum Zeitpunkt der Aufnahme durchaus noch Margaret Wayland gewesen sein – war eine große Frau mit selbst damals schon energischen Gesichtszügen gewesen. Während ich mir das Foto ansah, versuchte ich sie mir um einige Jahre gealtert vorzustellen. Vermutlich hatte sie im Lauf der Jahre, wie das die meisten Leute taten, ein paar Pfunde zugelegt.

Auf den meisten der anderen Fotos waren Leute abgebildet, die ich nicht kannte. Verwandte, nahm ich an. Von dem Sohn, von dem Tommy mir erzählt hatte, entdeckte ich keines.

Eine Tür führte in einen großen begehbaren Schrank für die Bettwäsche, die andere ins Bad. Eine dritte öffnete sich auf eine Treppe, die in den zweiten Stock hinaufführte. Dort oben gab es ein Schlafzimmer, aus dessen Fenster man einen herrlichen Ausblick auf den Park hatte. Ich zog mir einen Ledersessel mit einem Spitzendeckchen über der Rückenlehne heran und schaute auf den Verkehr in der Colonial Road und ein Baseballspiel im Park hinaus.

Ich stellte mir die Tante vor, wie sie wie ich in ihrem Sessel saß und die Welt durch ihr Schlafzimmerfenster beobachtete. Falls ich je ihren Namen gehört haben sollte, konnte ich mich jedenfalls nicht mehr daran erinnern. Und wenn ich an sie dachte, stieg vor meinem geistigen Auge das Bild einer Art Standardtante auf, eine Mixtur aus all den verschiedenen unbekannten Frauengesichtern unten aus dem Wohnzimmer mit verschiedenen Tanten von mir selbst. Sie weilte nicht mehr unter den Lebenden, diese namenlose, zusammengesetzte Tante, und nicht weniger galt dies für ihre Nichte, und über kurz oder lang würde das Haus verkauft werden, und andere Menschen würden darin leben.

Es wäre bestimmt mit einigem Aufwand verbunden, alle Spuren zu beseitigen, die darauf hindeuteten, dass hier einmal die Tillarys gewohnt hatten. Das Schlafzimmer und das Bad der Tante nahmen nur etwa ein Drittel der obersten Etage ein; den Rest nahm eine große, offene Fläche ein, auf der ausrangierte Möbelstücke sowie unzählige Kisten und Kartons abgestellt waren. Einige der Möbel waren mit Decken gegen den allgegenwärtigen Staub geschützt, andere nicht. Jedenfalls war alles von einer dünnen Staubschicht überzogen, und der ganze Raum war von typischem Dachbodengeruch erfüllt.

Ich ging zurück in das Schlafzimmer der Tante. Im Schrank und in der Kommode waren noch immer ihre Kleider, das Medizinschränkchen im Bad enthielt noch Toilettenartikel von ihr. Nachdem Tommy und seine Frau keine Verwendung für den Raum gehabt hatten, war es das einfachste für sie gewesen, alles zu lassen, wie es war.

Ich fragte mich, was Herrera wohl aus dem Haus geschafft haben könnte. Denn angeblich war er ursprünglich ins Haus der Tillarys gerufen worden, um irgendwelches alte Gerümpel aus Dachboden und Keller zu entfernen, sozusagen die Hinterlassenschaft der Tante zu entsorgen.

Ich setzte mich wieder in den Sessel am Fenster. Ich hatte den Staub aus dem Dachboden in meiner Nase, vermischt mit dem Geruch der Kleider der alten Frau – und dem Veilchenduft von Tommy Tillarys Frau, der die anderen Gerüche mehr und mehr verdrängte, bis er mir regelrecht unangenehm wurde. Es war, als röche ich inzwischen mehr meine Erinnerung an den Duft als den Duft selbst.

Auf der anderen Straßenseite warfen sich zwei Jungen einen Ball zu, während ein dritter versuchte, ihn abzufangen. Ich beugte mich vor und stützte mich mit den Ellbogen auf dem Heizkörper ab, um ihnen zuzusehen. Mir wurde ihr Spiel allerdings schneller langweilig als ihnen. Ich ließ den Sessel vor dem Fenster stehen, verließ den Raum und stieg die Treppe ins Erdgeschoss hinunter.

Im Wohnzimmer fragte ich mich, ob Tommy wohl etwas zu trinken im Hause hatte und wo seine Hausbar sein könnte, als sich ein paar Meter hinter mir jemand räusperte.

Ich erstarrte mitten in der Bewegung.

Kapitel 11

»Dachte ich mir's doch fast«, sagte eine Stimme, »dass das nur Matt Scudder sein kann. Warum setzt du dich nicht, Matt? Du bist ja totenbleich, als ob du gerade ein Gespenst gesehen hättest.«

Ich kannte die Stimme, wusste aber nicht, wem ich sie zuordnen sollte. Mein Atem saß noch immer irgendwo in meiner Brust fest, als ich mich umdrehte, und natürlich erkannte ich den Mann. Er saß in einem Polstersessel, der in einer dunklen Ecke des Raums stand. Er trug ein am Hals offenes, kurzärmeliges Hemd. Seine Krawatte hing aus der Tasche seiner Anzugjacke, die er über die Sessellehne geworfen hatte.

»Jack Diebold«, atmete ich erleichtert auf.

»Ganz genau. Wie geht's, wie steht's, Matt? Als Einbrecher gäbst du keine gute Figur ab, muss ich dir leider sagen. Du bist dort oben rumgetrampelt wie eine Herde Mustangs.«

»Du hast mich zu Tode erschreckt, Jack.«

Er lachte leise. »Nun, was hätte ich denn tun sollen, Matt? Eine Nachbarin hat angerufen, im Haus würde Licht brennen, blah, blah, blah, und da ich gerade nichts Besseres zu tun hatte und ich außerdem für den Fall zuständig bin, dachte ich mir, schaust du mal kurz vorbei. Übrigens habe ich mir schon gedacht, dass du es wärst. Ein Kollege vom Achtundsechzigsten hat mich kürzlich angerufen und bei dieser Gelegenheit auch fallen gelassen, dass du für dieses Arschloch Tillary arbeitest.«

»Neumann hat dich angerufen? Seit wann arbeitest du für die Brooklyner Mordkommission?«

»Ach, schon eine ganze Weile. Die haben mich zum Detective First befördert – meine Fresse, das ist nun auch schon wieder fast zwei Jahre her.«

»Herzlichen Glückwunsch.«

»Danke. Aber wie gesagt, ich kam also hierher, ohne zu wissen, dass du es bist. Die Treppe raufzustürmen, schien mir keine attraktive Option, also dachte ich mir, lässt du zur Abwechslung mal den Berg zum Propheten kommen. Ich wollte dich nicht erschrecken.«

»Das soll ich dir glauben?«

»Du bist direkt an mir vorbeigelatscht. Na ja, und verdammt komisch hast du dabei auch ausgesehen. Wonach hast du denn gerade gesucht?«

»Im Moment gerade? Nach seiner Hausbar.«

»Na, dann las dich von mir nicht bei deiner Suche stören. Ich kann ja schon mal ein paar Gläser besorgen, während du nach was Trinkbarem Ausschau hältst.«

Auf einem Sideboard im Speisezimmer standen zwei Kristallkaraffen. Kleine gravierte Silberplaketten identifizierten ihren Inhalt als Scotch und Rye. Man brauchte einen Schlüssel, um sie aus ihrem silbernen Halter herauszubekommen. Das Sideboard selbst enthielt in den Mittelschubladen Tischdecken und Servietten, auf der rechten Seite Gläser und auf der linken Whiskey und Liköre. Ich fand eine Flasche Wild Turkey und zwei Gläser. Ich zeigte Diebold die Flasche, und er nickte, und ich schenkte uns beiden ein.

Diebold war ein paar Jahre mein Vorgesetzter gewesen. Er war ein Hüne von einem Mann, dem allerdings ein paar Haare ausgegangen waren, seit ich ihn zum letzten Mal gesehen hatte. Nachdem er kurz sein Glas betrachtet hatte, prostete er mir zu und nahm einen Schluck.

»Ah, das tut gut«, seufzte er.

»Ja, nicht übel.«

»Was hast du denn da oben getrieben, Matt? Nach Anhaltspunkten gesucht?«

Ich schüttelte den Kopf. »Ich wollte mir nur einen Eindruck vom Tatort verschaffen.«

»Du arbeitest also für Tillary.«

Ich nickte. »Er hat mir den Schlüssel gegeben.«

»Ehrlich gesagt kümmert es mich einen feuchten Dreck, wie du hier reingekommen bist, und wenn es wie Santa Claus durch den Kamin gewesen wäre. Was sollst du denn eigentlich für ihn tun?«

»Ihm zu einer weißen Weste verhelfen.«

»Ihm zu einer weißen Weste verhelfen? Die hat dieser Saftsack doch schon längst. Was will er denn noch mehr? Kein Mensch wird ihm irgendwas anhängen können.«

»Du scheinst demnach zu glauben, dass er es war.«

Er bedachte mich mit einem säuerlichen Blick. »Ich glaube nicht, dass er es war«, knurrte Diebold, »wenn damit gemeint ist, dass er ihr mit einem Messer den Garaus gemacht hat. Ich dächte nichts lieber, als dass er es war, aber leider kann dieser Scheißkerl mit besseren Alibis aufwarten als jeder Mafiaboss. Er war mit seiner Dulcinea in allen möglichen Kneipen unterwegs, mindestens eine halbe Million Leute haben ihn gesehen, und er hat sogar eine Restaurantrechnung, die er mit Kreditkarte bezahlt hat.« Er trank sein Glas leer. »Trotzdem glaube ich, dass er dahintersteckt.«

»Meinst du, er hat die beiden dafür bezahlt, dass sie seine Frau umbringen?«

»Etwas in der Art.«

»Aber die beiden stehen doch für derlei Aufträge nicht gerade im Branchenfernsprechbuch.«

»Natürlich nicht. Cruz und Herrera, Auftragsmorde für das Sunset-Park-Syndikat, Todesart nach Wunsch.« Er schüttelte frustriert den Kopf. »So was ist nun leider gar nicht deren Art.«

»Trotzdem denkst du, er hat sie dazu angestiftet.«

Er stand auf, nahm mir die Flasche aus der Hand und schenkte sich sein Glas halb voll. »Ich glaube eher, er hat es so hingedreht, dass im Nachhinein der Eindruck entstand, sie wären es gewesen.«

»Und wie?«

Er schüttelte ärgerlich den Kopf. »Wenn ich nur der Erste gewesen wäre, der die beiden verhört hat. Die Jungs vom Achtundsechzigsten haben die beiden aufgrund eines Einbruchshaftbefehls festgenommen; deshalb wussten sie noch nicht, woher der ganze Krempel war, als sie in Cruz' Wohnung auftauchten. Und dann hatten sie dummerweise auch schon mit der Presse gesprochen, bevor ich die beiden zwischen die Finger bekam.«

»Und?«

»Zuerst einmal haben sie natürlich alles abgestritten. ›Ich hab das Zeug von einem Bekannten gekauft.‹ Du kennst die Leier ja selbst zur Genüge.«

»Und ob.«

»Dann wussten sie natürlich nichts von einer ermordeten Frau. Das war selbstverständlich absoluter Unsinn. Schließlich war in der Presse und im Fernsehen ausführlich darüber berichtet worden. Schließlich haben sich die beiden darauf geeinigt, dass keine Frau im Haus war, als sie dort zugange waren, und außerdem wären sie nie in den ersten Stock hochgegangen. Das ist natürlich alles schön und gut, nur haben sie auf der Kommode im Schlafzimmer, am Schminktischspiegel und an verschiedenen anderen Stellen deutlich sichtbar Fingerabdrücke hinterlassen.«

»Ihr habt im Schlafzimmer ihre Fingerabdrücke gefunden? Das wusste ich gar nicht.«

»Vielleicht hätte ich dir das auch gar nicht sagen sollen. Nur sehe ich nicht recht ein, welchen Unterschied das letztlich machen soll. Ja, wir haben Fingerabdrücke gefunden.«

»Die von Herrera oder die von Cruz?«

»Macht das denn einen Unterschied?«

»Weil ich Cruz für denjenigen halte, der sie erstochen hat.«

»Wieso ausgerechnet er?«

»Wegen seines Vorstrafenregisters, und weil er immer ein Messer bei sich trug.«

»Ein Klappmesser. Damit ist die Frau aber nicht umgebracht worden.«

»Ach?«

»Sie wurde mit einem Ding ermordet, dessen Klinge etwa fünfzehn Zentimeter lang und fünf bis sechs Zentimeter breit war. Hört sich ziemlich genau nach einem Küchenmesser an.«

»Das allerdings bisher noch nicht aufgetaucht ist?«

»Nein. Sie hatte eine ganze Haushaltswarenhandlung in der Küche – mehrere Messersets. Na ja, wenn man zwanzig Jahre im gleichen Haus wohnt, sammeln sich schon einige Küchenmesser an. Tillary konnte nicht sagen, ob eines fehlte. Wir haben alle Messer im Labor untersuchen lassen; allerdings konnten sie an keinem Blutspuren feststellen.«

»Demnach denkst du also ...«

»Dass einer von den beiden in der Küche ein Messer eingesteckt hat, damit nach oben gegangen ist und sie umgebracht hat, um es anschließend in einen Gully oder in den Fluss oder sonst wohin zu werfen.«

»Er hat sich also in der Küche ein Messer geholt.«

»Oder schon eines mitgebracht. Cruz lief immer mit einem Klappmesser rum, aber vielleicht wollte er die Frau nicht mit seinem eigenen Messer umbringen.«

»Dabei gehst du immer davon aus, dass er bereits mit dem Vorhaben hierher kam, sie zu töten.«

»Wovon sollte ich denn sonst ausgehen?«

»Ich gehe davon aus, dass es ein Einbruch war und sie nicht wussten, dass die Frau im Haus war.«

»Natürlich willst du es so sehen, weil du diesen Dreckskerl raushauen willst. Er geht nach oben und nimmt ein Messer mit. Warum ein Messer?«

»Falls jemand oben ist.«

»Warum dann überhaupt nach oben gehen?«

»Vielleicht hat er es auf die Barschaft abgesehen. Viele Leute bewahren ihr Bargeld im Schlafzimmer auf. Er öffnete die Tür, sie ist im Schlafzimmer. Sie bricht in Panik aus, er auch ...«

»Und er bringt sie um.«

»Warum nicht?«

»Wenn du mich fragst, klingt das ebenso einleuchtend wie jede andere Version der Geschichte, Matt.« Er stellte sein Glas auf den Couchtisch. »Eine Sitzung mehr mit den beiden«, brummte er, »und sie hätten gesungen.«

»Gerade wenig haben sie doch sowieso schon nicht geredet.«

»Ich weiß. Aber das Wichtigste bei so einer Geschichte ist – das bekommen übrigens auch unsere Rekruten von Anfang an eingebläut –, dass man den Verdächtigen die Miranda-Escobedo-Leier so runterbetet, dass sie ihr nicht die geringste Bedeutung beimessen. ›Sie haben das Recht, die Aussage zu verweigern. Und jetzt erzählen Sie mir bitte mal schön, was wirklich passiert ist.‹ Nur noch ein Verhör, und die beiden hätten eingesehen, dass sie ihren Kopf am ehesten aus der Schlinge ziehen können, wenn sie gestehen, dass Tillary sie zu dem Mord angestiftet hat.«

»Das wäre doch gleichbedeutend mit einem Geständnis gewesen, dass sie die Frau tatsächlich umgebracht haben.«

»Natürlich. Aber sie haben sowieso schon von Mal zu Mal mehr zugegeben. Ich weiß nicht, aber ich bin der festen Überzeugung, dass ich ihnen noch mehr hätte herauskitzeln können. Aber sobald sie dann ihren Anwalt hinzugezogen haben, war es leider aus mit unserer gemütlichen kleinen Plauderstunde.«

»Warum traust du Tillary eigentlich so was zu? Bloß weil er ein fremdgegangen ist?«

»Das macht doch jeder Ehemann.«

»Meine Rede.«

»Diejenigen, die ihre Frau umbringen, sind die, die nicht fremdgehen, aber gerne möchten. Oder die Sorte Kerle, die an irgend so einem jungen, schnuckeligen Ding einen Narren gefressen haben und es heiraten wollen, damit sie's auch ja für immer für sich behalten können. Aber Tillary hat an niemandem einen Narren gefressen außer an sich selbst. Und dann sind da noch die Ärzte. Ärzte bringen ihre Frauen immer um ...«

»Dann ...«

»Dazu haben wir noch massenhaft Motive, Matt. Er war eine Menge Geld schuldig, das er nicht hatte. Und sie stand kurz davor, ihm den Laufpass zu geben.«

»Seine Freundin?«

»Seine Frau.«

»Das ist mir neu.«

»Von wem solltest du das denn auch wissen? Von ihm etwa? Sie hat mit einer Nachbarin darüber gesprochen, hatte auch schon einen Anwalt konsultiert. Nach dem Tod der Tante hat sich für sie einiges geändert. Zum einen hatte sie ihren Besitz geerbt, und außerdem hatte sie plötzlich niemanden mehr, der ihr Gesellschaft leistete. Über einen Mangel an Motiven können wir jedenfalls nicht klagen. Wenn allein das Motiv genügen würde, um einen Mann an den Galgen zu bringen, könnten wir schon losgehen, ein Seil zu besorgen.«

»Ist er ein Freund von dir?«, wollte Jack Diebold wissen. »Hast du dich deswegen der Sache angenommen?«

Es begann bereits zu dämmern, als wir gemeinsam das Haus verließen. Ich kann mich noch erinnern, dass es noch relativ hell war; es war im Juli, und entsprechend lang waren die Sommerabende. Als ich das Licht gelöscht und die Flasche Wild Turkey zurückgestellt hatte, die übrigens inzwischen fast leer war, hatte Diebold im Spaß gesagt, ich sollte lieber meine Fingerabdrücke von der Flasche und den Gläsern wischen.

Er war in seinem Privatwagen da, einem Ford Fairlane, der schon eine Menge rostige Stellen hatte. Wir fuhren in ein gemütliches Restaurant an der Auffahrt zur Verrazano Bridge, das er ausgesucht hatte. Er schien dort Stammgast zu sein, und ich ahnte bereits, dass man ihm nach dem Essen keine Rechnung präsentieren würde. Fast jeder Polizist kennt eine Reihe von Restaurants, in denen er mit ein paar kostenlosen Mahlzeiten rechnen kann. Manche Leute stört das, wobei ich noch nie verstehen konnte, warum eigentlich.

Wir speisten königlich – zuerst ein Krabbencocktail und dann Kalbsgeschnetzeltes mit gefüllten gebackenen Kartoffeln. »In unserer Jugend«, bemerkte Diebold dazu, »hätte noch kein Mensch das Geringste an so einem Essen auszusetzen gehabt. Wer hätte damals je ein Wort wie Cholesterin und ähnlichen Unsinn in den Mund genommen. Und neuerdings hört man plötzlich nichts anderes mehr.«

»Ich weiß.«

»Ich hatte einen Partner – ich weiß nicht, ob du ihn noch kanntest – Gerry O'Bannon. Erinnerst du dich noch an ihn?«

»Ich glaube nicht.«

»Er hatte so einen Gesundheitstick. Das Ganze fing damit an, dass er zu rauchen aufgehört hat. Ich selbst habe nie geraucht, weshalb ich auch nie damit aufhören musste. Er hat jedenfalls damit aufgehört, und dann ging's erst richtig los. Er konnte plötzlich gar nicht mehr aufhören mit dem Aufhören. Er hat ziemlich abgenommen, achtete mehr und mehr auf seine Ernährung, fing an zu joggen. Ich kann nur sagen, dass er immer schlimmer aussah – total eingefallen, richtig ungesund. Aber er war glücklich und schrecklich stolz auf sich. Auch für ein ordentliches Besäufnis war er nicht mehr zu haben; bestellte höchstens ein Bier, an dem er dann ewig rumgenuckelt hat, oder ist dann auf Mineralwasser umgestiegen. Dieses französische Zeug. Perrier.«

»Mhm.«

»Plötzlich fangen alle an, sich dieses Gesöff reinzuschütten; dabei ist es nur Mineralwasser und kostet mehr als Bier. Versuch dir mal darauf einen Reim zu machen. Und eines Tages hat er sich dann erschossen.«

»O'Bannon?«

»Ja. Ich will damit nicht sagen, dass das damit zusammenhing – ich meine, dass er abnahm und Mineralwasser trank und sich eine Kugel durch den Kopf jagte. Bei dem Leben, das man als Polizist führt, und bei dem, was man dabei alles zu sehen bekommt, ist es kein Wunder, dass so viele auf diese Weise ihren Abschied nehmen. Wenn du mich fragst, bedarf das keiner weiteren Erklärung, wenn du verstehst, was ich meine?«

»Ich glaube schon.«

Er sah mich an. »Klar«, brummte er dann. »Klar verstehst du das.« Und dann wechselten wir das Thema. Wir hatten beide eine Tasse Kaffe vor uns stehen, Diebold auch noch ein Stück heißen Apfelstrudel mit Sahne, und Diebold kam wieder auf Tommy Tillary zu sprechen und bezeichnete ihn dabei als einen Freund von mir.

»Na ja, Freund halte ich für etwas übertrieben«, hielt ich ihm entgegen. »Kneipenbekanntschaft träfe es wohl besser.«

»Ach ja, richtig – sie wohnt doch irgendwo bei dir in der Gegend. Die Freundin meine ich. Ihren Namen kann ich mir einfach nicht merken.«

»Carolyn Cheatham.«

»Wenn sie doch nur das einzige Alibi wäre, das er vorzuweisen hat. Aber selbst wenn er später noch ein paar Stunden allein losgezogen ist, was soll seine Frau während des Einbruchs gemacht haben? Etwa auf Tommy warten, bis er nach Hause kommt und sie umbringt? Ich meine, selbst wenn man das Ganze mal auf die Spitze treibt und annimmt, dass sie sich unterm Bett versteckt hat, während die beiden das Schlafzimmer ausgeräumt und überall ihre Fingerabdrücke hinterlassen haben, dann müsste sie doch gleich die Polizei angerufen haben, sobald sie weg waren, oder etwa nicht?«

»Er kann sie nicht umgebracht haben.«

»Ich weiß, und genau das ist es, was mich ganz verrückt macht. Was findest du eigentlich an dem Kerl?«

»Ach, so übel ist er nun auch wieder nicht. Schließlich werde ich dafür bezahlt, was ich tue. Ich tue ihm einen Gefallen, aber ich werde dafür bezahlt. Abgesehen davon verschwende ich damit nur meine Zeit und sein Geld, weil sowieso keine Anklage gegen ihn vorliegt.«

»Allerdings nicht.«

»Oder führt ihr vielleicht doch etwas im Schild?«

»Womit denn?« Er stopfte ein Stück Strudel in sich hinein und spülte es mit einem Schluck Kaffee hinunter. »Freut mich zu hören, dass du das Ganze wenigstens nicht umsonst machst. Nicht nur, weil ich dir ein paar leicht verdiente Dollar gönne; ich fände es auch schade, wenn du dich hier für nichts und wieder nichts auf etwas einlassen würdest.«

»Auf was sollte ich mich dabei einlassen?«

»Du weißt ganz genau, was ich meine.«

»Ist an der Sache irgendetwas faul, wovon ich nichts weiß, Jack?«

»Wie kommst du denn darauf?«

»Was hat er denn getan? Vom Polizeisportverein ein paar Baseballschläger geklaut? Wieso lässt du kein gutes Haar an Tommy Tillary?«

Er dachte kurz nach. Seine Kiefer mahlten, seine Stirn legte sich in Falten.

»Gut, dann will ich dir mal was sagen«, begann er schließlich. »Ich finde, man kann diesem Kerl nicht über den Weg trauen.«

»Natürlich nicht. Nicht umsonst dreht er irgendwelchen wildfremden Leuten übers Telefon Aktien oder was weiß ich an.«

»Nicht nur das. Ich weiß nicht, wie ich es ausdrücken soll, aber verdammt noch mal, du warst doch selbst bei der Polizei. Demnach müsstest du eigentlich selbst am besten wissen, dass man manchmal einfach so ein Gefühl hat.«

»Klar kenne ich das.«

»Und genau so ein Gefühl habe ich bei diesem Tillary. Irgendetwas an der Geschichte mit dem Tod seiner Frau ist faul.«

»Ich will dir mal sagen, woran das liegt«, sagte ich. »Er ist verdammt froh, dass sie tot ist, gibt sich aber alle nur erdenkliche Mühe, es sich nicht anmerken zu lassen. Er steckt finanziell ziemlich in der Klemme, und da kommt ihm der Tod seiner Frau äußerst gelegen. Aber das versucht er mit seinem scheinheiligen Getue zu überspielen, und genau das ist es, worauf du allergisch reagierst.«

»Daran ist zum Teil was Wahres.«

»Ich würde meinen, nicht nur zum Teil. Du spürst, dass er Schuldgefühle hat. Daran besteht auch kein Zweifel. Er hat Schuldgefühle. Einerseits ist er froh, dass sie tot ist, andererseits hat er natürlich, ich weiß nicht mehr wie viele Jahre, mit dieser Frau zusammengelebt, und wenn er auch fremdgegangen ist, hat er doch auch versucht, den treusorgenden Ehemann zu spielen ...«

»Sprich ruhig weiter; ich kann dir sehr gut folgen.«

»Und?«

»Das ist aber noch nicht alles.«

»Warum sollte denn unbedingt noch mehr daran sein? Also meinetwegen, er hat Cruz und – wie heißt er doch gleich wieder? ...«

»Hernandez.«

»Nein, nicht Hernandez. Verdammt noch mal, wie ...?«

»Angel. Auf jeden Fall irgendwas mit Angel.«

»Herrera. Vielleicht hat er die beiden tatsächlich dazu angestiftet, sein Haus auszurauben. Vielleicht hat er dabei sogar die Möglichkeit in Betracht gezogen, sie könnte ihnen dabei in die Quere kommen.«

»Und weiter? Ich höre.«

»Nur ginge das wirklich etwas zu weit. Ich glaube, er hat einfach Schuldgefühle, weil er ihr den Tod gewünscht hat oder auch nur froh darüber war, nachdem es passiert war, und du spürst natürlich instinktiv sein schlechtes Gewissen und denkst, er hätte es wegen des Mordes.«

»Nein, so ist es nicht.«

»Bist du sicher?«

»Ich bin nicht sicher, ob es überhaupt etwas gibt, dessen ich mir sicher bin. Ich wollte damit nur sagen, dass ich froh bin, dass du dafür bezahlt wirst. Hoffentlich kostest du ihn eine hübsche Stange Geld.«

»Das könnte ich nicht unbedingt behaupten.«

»Na, dann schröpf den Kerl noch ordentlich. Soll ihn die ganze Geschichte, wenn sonst schon nichts, wenigstens einen ordentlichen Batzen Geld kosten. Wir können ihm nämlich nicht das Geringste anlasten. Denn selbst, wenn die beiden wieder mit einer neuen Geschichte anrücken und den Mord gestehen, und dass er sie dazu angestiftet hat, würde das immer noch nicht ausreichen, um ihm etwas anzuhängen. Abgesehen davon, werden sie *nicht* mit einer neuen Version der Geschichte aufwarten. Wer würde schließlich schon von zwei solchen Trantüten einen Mord ausführen lassen, ganz zu schweigen davon, dass die sich auf so etwas auch nie einließen. Ich *weiß*, dass sie das nicht täten. Cruz ist eine miese Ratte, aber Herrera ist einfach nur ein dummer Trottel, und außerdem – ach, Scheiße.«

»Was?«

»Es macht mich jedenfalls ganz krank zu sehen, wie er ungestraft damit davonkommt.«

»Aber er war's nicht, Jack.«

»Mit *irgendwas* kommt er aber davon«, knurrte Diebold.

»Und das steht für mich außer Zweifel. Soll ich dir mal was sagen? Ich hoffe nur, dass der Kerl in seinem Schlitten – er fährt, glaube ich, einen Buick –, dass er mal bei Rot über eine Kreuzung fährt.«

»Ja einen Riviera.«

»Ich hoffe, dass er mal bei Rot über 'ne Kreuzung fährt und ich ihn dabei erwische. Das hoffe ich.«

»Ist es das, womit sich die Mordkommission neuerdings befasst? Mit Verkehrsdelikten?«

»Ich hoffe nur, dass das mal passiert«, brummte er stur. »Mehr nicht.«

Kapitel 12

Diebold bestand darauf, mich nach Hause zu fahren. Ich sagte zwar, ich könnte genauso gut die U-Bahn nehmen, aber davon wollte er nichts hören; es wäre bereits Mitternacht, und außerdem befände ich mich nicht mehr in einem Zustand, wie er für die Benutzung öffentlicher Verkehrsmittel erforderlich sei.

»Du kippst sonst noch aus den Latschen«, warnte er mich, »und der nächstbeste Penner, der gerade vorbeikommt, reißt sie sich unter den Nagel, und am Ende kannst du noch barfuß nach Hause laufen.«

Vermutlich hatte er damit nicht einmal so unrecht. Während der Fahrt nach Manhattan schlief ich nämlich tatsächlich ein, um erst wieder aufzuwachen, als er an der Ecke Fifty-seventh und Ninth hielt. Ich dankte ihm fürs Heimbringen und fragte ihn, ob er noch Lust hätte, kurz einen zu heben, bevor er sich wieder auf den Weg zurück nach Brooklyn machte.

»Danke, für heute reicht's mir«, winkte er ab. »Ich kann nicht mehr wie früher einfach mal eine Nacht durchmachen.«

»Ich glaube, ich hau mich auch schon in die Falle.«

Was ich aber dann doch nicht tat. Ich sah ihm kurz nach, als er losfuhr, und machte mich bereits auf den Weg in mein Hotel, aber nach ein paar Schritten überlegte ich es mir doch anders und nahm eine kleine Kurskorrektur in Richtung Armstrong's vor. Es war fast niemand mehr da. Billie winkte mich zu sich.

Ich ging an die Bar. Und da saß sie, ganz allein, am Ende des Tresens, und stierte in ihr Glas. Carolyn Cheatham. Ich hatte sie nicht mehr gesehen, seit ich damals mit ihr nach Hause gegangen war.

Während ich noch überlegte, ob ich etwas zu ihr sagen sollte oder nicht, sah sie auf, und unsere Blicke trafen sich. Ihr Gesicht war zu einer Maske hartnäckigen Kummers erstarrt. Sie blinzelte erst ein paarmal, bevor sie mich erkannte; dann geriet ein Muskel in ihrer Wange in Bewegung, und im selben Augenblick bildeten sich Tränen in ihren Augenwinkeln. Sie wischte sie mit

dem Handrücken fort. Sie hatte auch vorher schon geweint; vor ihr lag ein zu-
sammengeknülltes, mit Wimperntusche verschmiertes Papiertaschentuch auf
dem Tresen.

»Mein bourbontrinkender Freund«, begrüßte sie mich, und dann an Billie
gewandt: »Dieser Herr ist ein echter Gentleman. Würden Sie bitte meinem
Gentlemanfreund einen kräftigen Schluck Bourbon einschenken.«

Billie sah mich fragend an. Ich nickte, worauf er ein paar Fingerbreit Bourbon und eine Tasse Kaffee vor mich hinstellte.

»Ich habe dich meinen Gentlemanfreund genannt«, redete Carolyn nun
wieder auf mich ein, »aber das ist nicht ganz richtig.« Sie sprach jedes Wort
mit der typischen Sorgfalt eines Betrunkenen aus. »Du bist ein Gentleman *und*
ein Freund, aber kein Gentlemanfreund. Dagegen ist mein Gentlemanfreund
keines von beidem.«

Ich nahm einen Schluck von dem Bourbon, goss dann etwas davon in meinen Kaffee.

»Billie«, wandte sie sich nun wieder an Keegan. »Wissen Sie eigentlich, woran man erkennt, dass Mr. Scudder ein Gentleman ist?«

»Weil er jedes Mal in Gegenwart eines Huts seine Dame abnimmt.«

»Er ist ein Bourbontrinker.« Carolyn überhörte seine Bemerkung einfach.

»Und das macht ihn bereits zum Gentleman, Carolyn?«

»Jedenfalls macht es ihn zu was anderem als einem heuchlerischen, Scotch
trinkenden Schleimscheißer.«

Sie sprach zwar nicht sonderlich laut, aber ihren Worten haftete doch genügend Schärfe und Bitterkeit an, um die Unterhaltungen ringsum verstummen
zu lassen. Es waren nur noch drei oder vier Tische besetzt, aber die Leute, die
an ihnen saßen, entschieden sich alle für denselben Augenblick, um zu verstummen. Eine Weile war die Hintergrundmusik beunruhigend gut hörbar. Es war
eins der wenigen Stücke, die ich kannte – eins der Brandenburger Konzerte.
Es wurde im Armstrong's so oft gespielt, dass inzwischen sogar ich es erkannte.

»Angenommen, ein Mann trinkt irischen Whiskey, Carolyn«, brach Billie
das betretene Schweigen. »Zu was macht ihn das?«

»Zu einem Iren«, antwortete sie.

»Klingt zumindest einleuchtend.«

»Ich trinke Bourbon,« erklärte Carolyn darauf und schob ihr Glas einen
bedeutungsvollen Zentimeter vor. »Herrgott noch mal, ich bin schließlich eine
Dame.«

Billie sah erst mich, dann sie an. Als ich nickte, schenkte er ihr achselzuckend nach.

»Der geht auf mich«, sagte ich.

»Danke«, hauchte sie. »Danke, Matthew.« Ihre Augen wurden wieder feucht, und sie kramte ein frisches Papiertaschentuch aus ihrer Handtasche.

Sie wollte über Tommy sprechen. Er wäre furchtbar aufmerksam, erzählte sie. Rief ständig an, schickte Blumen. Hätte schließlich gerade noch gefehlt, dass sie im Büro eine Szene machte. Zudem konnte gut sein, dass er vor Gericht bezeugen musste, wo er die Nacht, in der seine Frau ermordet worden war, verbracht hatte. Schon allein deshalb musste ihm viel daran gelegen sein, es sich auf keinen Fall mit ihr zu verderben.

Aber trotzdem wollte er sich nicht mit ihr treffen. Wie hätte das schließlich ausgesehen? Das konnte er sich als frisch gebackener Witwer nicht leisten, zumal er sogar der Mittäterschaft am Tod seiner Frau beschuldigt wurde.

»Er schickt mir zwar Blumen, aber immer ohne eine Karte«, legte sie los. »Und wenn er mich anruft, immer nur aus einer Zelle. Dieser Hundsfott.«

»Vielleicht haben sie die Karte im Blumenladen nur vergessen.«

»Ich bitte dich, Matt! Fang jetzt du nicht auch an, dir irgendwelche Entschuldigungen für ihn auszudenken.«

»Außerdem wohnt er jetzt im Hotel. Demnach muss er doch von einer Zelle anrufen.«

»Er könnte von seinem Zimmer anrufen. Immerhin hat er mir gegenüber schon zugegeben, dass er nicht vom Hotel aus anrufen möchte, weil er Angst hat, an der Rezeption könnte jemand mithören. Und eine Karte hat er den Blumen deshalb nicht beigefügt, weil er nicht will, dass irgendwas Schriftliches von ihm bei mir auftaucht. Neulich ist er sogar abends in meine Wohnung gekommen, aber er wollte unter keinen Umständen mit mir gesehen werden; er wollte nicht mit mir ausgehen und ... oh, dieser Heuchler. Dieser Scotch trinkende Hundesohn.«

Billie winkte mich unauffällig zur Seite. »Ich wollte sie nicht raussetzen«, flüsterte er mir zu. »Ein nettes Mädchen, aber voll wie eine Standhaubitze. Irgendwann wird es sich aber nicht mehr umgehen lassen. Könntest du sie vielleicht nach Hause bringen?«

»Klar.«

Erst musste ich sie allerdings noch eine Runde ausgeben lassen. Davon wollte sie sich unter keinen Umständen abbringen lassen. Schließlich konnte ich sie aber doch zum Gehen bewegen. Es lag Regen in der Luft – man konnte es richtig riechen –, und als wir aus der klimatisierten Kühle des Armstrong's in die drückende Schwüle hinaustraten, die ein Sommergewitter ankündigt, ging ihr das merklich in die Knie. Sie klammerte sich mit einer Kraft, die ich fast die Kraft der Verzweiflung zu nennen versucht war, an meinem Arm fest, als ich sie nach Hause begleitete. Im Lift sank sie gegen die Rückwand zurück und spreizte die Beine.

»Oh, mein Gott«, stieß sie hervor.

Ich nahm ihr den Schlüssel ab und sperrte die Wohnungstür für sie auf. Ich führte sie nach drinnen, wo sie sich halb sitzend, halb liegend auf die Couch niederließ. Ihre Augen waren zwar geöffnet, aber ich konnte nicht erkennen, ob sie noch sonderlich viel sah. Ich musste mal kurz aufs Klo, und als ich von dort zurückkam, waren ihr die Augen zugefallen; außerdem schnarchte sie leise.

Ich zog ihr die Schuhe aus und hievte sie auf einen Sessel. Dann mühte ich mich eine Weile mit der Couch ab, bis sie sich in ein Bett verwandelt hatte, und legte sie darauf. Ich hielt es für besser, ihr Bluse und Hose ein wenig aufzuknöpfen, und da ich schon mal dabei war, zog ich sie gleich ganz aus. Währenddessen schlief sie wie eine Tote, und ich musste unwillkürlich daran denken, was mir ein Rechtsmediziner einmal über die Schwierigkeiten erzählt hatte, einen Toten aus- oder wieder anzuziehen. Diese Vorstellung ließ meinen Magen heftig rebellieren, und ich fürchtete schon, mir käme gleich alles hoch. Aber dann setzte ich mich, und nach einer Weile hatte sich mein Magen wieder beruhigt.

Ich deckte sie mit einer leichten Baumwolldecke zu und setzte mich wieder. Da war noch etwas, was ich eigentlich noch hatte tun wollen, aber es fiel mir nicht mehr ein. Während ich mir noch den Kopf zerbrach, was das wohl gewesen sein könnte, muss ich wohl selbst eingenickt sein. Ich kann mir nicht vorstellen, dass ich länger als ein paar Minuten geschlafen hatte – gerade lange genug, um mich in einem Traum zu verlieren, der in dem Moment, in dem ich die Augen wieder aufschlug, das Weite suchte.

Ich verließ die Wohnung. Die Tür hatte ein Schnappschloss. Zur zusätzlichen Absicherung gab es zwar noch einen Riegel, aber dafür benötigte man einen speziellen Schlüssel. Die Tür war allerdings auch durch das gewöhnliche Schloss hinreichend gesichert, sobald ich sie hinter mir zugezogen hatte. Nachdem ich das getan hatte, fuhr im Lift nach unten.

Der Regen ließ noch immer auf sich warten. An der Ecke zur Ninth Avenue trabte mit verbissener Miene ein Jogger an mir vorbei. Sein graues T-Shirt war klatschnass, und er machte den Eindruck, als befände er sich am Ende seiner Kräfte. Ich musste unwillkürlich an Diebolds Partner O'Bannon denken, der sich erst noch richtig in Form gebracht hatte, bevor er sich eine Kugel durch den Kopf jagte.

Und dann fiel mir auch ein, was ich in Carolyns Wohnung noch hatte tun wollen. Ich hatte eigentlich vorgehabt, ihr die kleine Kanone wegzunehmen, die Tommy ihr gegeben hatte. Wenn sie sich weiter dermaßen volllaufen ließ und in Depressionen verfiel, brauchte sie in ihrer Wohnung keinen geladenen Revolver herumliegen zu haben.

Aber die Tür war zu. Außerdem schlief sie tief und fest; sie würde also nicht aufwachen und sich umbringen.

Ich überquerte die Straße. Das Stahlgitter vor dem Eingang des Armstrong's war bereits zur Hälfte zugezogen, und die beiden Kugelleuchten über der Tür waren aus, aber drinnen brannte noch Licht. Ich trat auf die Tür zu und sah, dass die Stühle bereits auf den Tisch gestellt waren. Erst sah ich Billie nicht, doch dann entdeckte ich ihn auf einem Hocker am hinteren Ende des Tresens. Die Tür war abgeschlossen, aber als er mich bemerkte, stand er auf, um mich reinzulassen.

Er schloss die Tür hinter mir wieder ab, ging mit mir an die Bar und glitt hinter den Tresen. Ohne dass ich etwas gesagt hätte, goss er mir ein Glas Bourbon ein. Meine Hand legte sich um das Glas, ohne es jedoch vom Tresen zu nehmen.

»Der Kaffee ist leider schon aus«, sagte er.

»Das macht nichts. Ich wollte sowieso nichts mehr.«

»Ist soweit alles in Ordnung? Ich meine bei Carolyn?«

»Wenn man mal davon absieht, dass sie morgen mit einem kräftigen Kater aufwachen wird.«

»Das dürfte auf so ziemlich jeden zutreffen, den ich kenne«, brummte Billie. »Ich jedenfalls werde morgen auch einen Kater haben. Am besten bleibe ich gleich den ganzen Tag zu Hause und stopfe mich mit Aspirin voll.«

Jemand drosch gegen die Tür. Billie schüttelte den Kopf und machte ein paar energische abweisende Handbewegungen. Doch der Mann hieb weiter gegen die Tür. Billie schenkte ihm jedoch keine Beachtung.

»Kann der Kerl nicht sehen, dass wir längst dicht haben«, schimpfte er. »Steck dein Geld weg, Matt. Wir haben längst geschlossen, die Abrechnung ist gemacht, das ist eine kleine Privatparty.« Er hielt sein Glas gegen das Licht und betrachtete es prüfend. »Das nenne ich eine Farbe«, schwärmte er. »Carolyn war heute Abend ganz schön blau. Ein Bourbontrinker ist ein Gentleman und was, hat sie gleich wieder gesagt, ist ein Scotchtrinker?«

»Ich glaube, ein Heuchler.«

»Der hab ich dann aber rausgegeben. Zu was macht einen irischer Whiskey, habe ich sie dann gefragt. Zu einem Iren.«

»Ja, das hast du sie gefragt.«

»Außerdem macht er einen besoffen, aber auf eine angenehme Weise. Ich sehe zu, dass ich immer nur auf die allerangenehmste Weise betrunken werde. Ich kann dir sagen, Matt, das sind die schönsten Stunden. Da verzichte ich gern auf das Morissey's. Das ist wie so eine eigene kleine Kneipe, in der du nach der Sperrstunde noch einen heben kannst. Der Laden ist leer und dunkel, die Musik aus, die Stühle auf den Tischen, nur noch ein paar Leutchen, die dir Gesellschaft leisten, und der Rest der Welt einfach ausgesperrt. Kannst du dir was Schöneres denken?«

»Jedenfalls nicht übel.«

»Allerdings.«

Er schenkte mir nach. Ich konnte mich nicht erinnern, überhaupt etwas getrunken zu haben. »Weißt du, was mein Problem ist«, sagte ich. »Ich kann nicht nach Hause gehen.«

»Tja, das hat doch auch Thomas Wolfe gesagt: ›Du kannst nicht mehr nach Hause gehen.‹ Das ist unser aller Problem.«

»Nein, ich meine das vollkommen ernst. Meine Füße tragen mich stattdessen einfach in eine Kneipe. Ich war heute in Brooklyn, bin dann ziemlich spät und hundemüde zurückgekommen und wollte mich schon in die Falle hauen – ich war schon auf dem Weg in mein Hotel, und dann mache ich plötzlich einen kleinen Schlenker, und schon stehe ich hier. Und jetzt habe ich sie, Carolyn, gerade schlafen gelegt und musste mich richtig aufraffen, dass ich nicht auch gleich in ihrem Sessel wegknacke. Doch anstatt nach Hause zu gehen, wie das jeder halbwegs vernünftige Mensch getan hätte, trudle ich wie so 'ne blöde besoffene Brieftaube wieder hier ein.«

»Von wegen, Brieftaube – du bist eine Schwalbe, und das ist der sonnige Süden.«

»Meinst du? Na, ich weiß nicht.«

»Jetzt mach aber mal einen Punkt, Matt. Du bist doch ein prima Kerl, ein normal fühlendes menschliches Wesen. Eben auch nur so ein armer Schlucker, der nicht allein sein will, wenn die gelobte Kneipe schließt.«

»Die gelobte Kneipe?« Ich fing zu lachen an. »Soll das hier etwa die gelobte Kneipe sein?«

»Kennst du den Song nicht?«

»Was für einen Song?«

»Na, diesen Song von Dave Van Ronk. ›Und so verbrachten wir also wieder eine Nacht ...‹« Er brach ab. »Scheiße, ich kann einfach nicht singen; nicht mal die Melodie kriege ich richtig hin. ›Letzter Aufruf.‹ Von Dave Van Ronk. Kennst du den Song nicht?«

»Wovon redest du eigentlich die ganze Zeit?«

»Die Nummer musst du dir auf jeden Fall mal anhören. Unbedingt. Das ist es doch, worüber wir schon die ganze Zeit reden, und außerdem ist das meine Nationalhymne, wenn du so willst. Komm mit.«

»Wohin soll ich mitkommen?«

»Komm einfach.« Er stellte eine Umhängetasche der Piedmont Airlines auf den Tresen, kramte dann eine Weile im Flaschenschrank herum und kam schließlich mit zwei ungeöffneten Flaschen wieder hoch; eine mit dem zwölf Jahre alten irischen Jameson, den er immer trank, und eine mit Jack Daniel's. »Ist das in Ordnung?«, fragte er mich.

»In Ordnung für was?«

»Um es dir über den Kopf zu gießen und damit die schlechte Laune abzuwaschen. Ich wollte nur wissen, ob du das Zeug magst. Du hast bis jetzt Forester getrunken, aber ich kann keine ungeöffnete Flasche mehr finden, und es ist bekanntlich gegen das Gesetz, mit einer offenen Flasche auf die Straße zu gehen.«

»Tatsächlich?«

»Zumindest sollte es ein solches Gesetz geben. Ich klaue nie offene Flaschen. Würdest du mir jetzt bitte endlich diese einfache Frage beantworten? Ist Black Jack in Ordnung?«

»Natürlich. Was sollte daran nicht in Ordnung sein. Aber wohin zum Teufel willst du damit?«

»Zu mir nach Hause«, erklärte er. »Du musst dir unbedingt diese Platte anhören.«

»Für Barkeeper sind die Getränke frei«, erklärte er. »Sogar zu Hause. Eine positive Nebenerscheinung dieses Berufs. Andere Leute haben ihre Rente und können einmal im Jahr auf Kosten der Krankenkasse auf Kur gehen. Wir können dafür so viel saufen, bis wir überlaufen. Dieser Song ist einfach einsame Spitze, Matt.«

Wir waren in seiner Wohnung, einem L-förmigen Apartment mit Parkettboden und einem Kamin. Es lag im zweiundzwanzigsten Stock mit Blick nach Süden. Man hatte eine herrliche Aussicht auf das Empire State Building und auf das World Trade Center weiter hinten.

Die Wohnung war sehr spärlich möbliert. In der Schlafnische gab es ein weißes Plattformbett und eine Kommode, und in der Mitte des Wohnraums standen eine Couch und ein Sessel. Bücher und Platten füllten ein ganzes Regal und lagen stapelweise über den Boden verstreut. Auch die einzelnen Bestandteile einer Stereoanlage waren wahllos über den Raum verteilt; der Plattenspieler stand auf einem umgedrehten Bierträger, die Lautsprecherboxen auf dem Boden.

»Wo habe ich die Scheibe nur hin?«, murmelte Billie, während er zwischen den über den Boden verstreuten Platten und Büchern durch die Wohnung tappte.

Ich stellte mich ans Fenster und sah auf die Stadt hinaus. Ich trug zwar eine Uhr, warf aber absichtlich keinen Blick darauf, weil ich nicht wissen wollte, wie spät es war. Ich nahm an, dass es bereits gegen vier ging. Es regnete noch immer nicht.

»Hier.« Er hielt eine Plattenhülle hoch. »Dave Van Ronk. Schon von ihm gehört?«

Ich schüttelte den Kopf.

»Hat einen holländischen Namen, sieht aus wie ein Ire und hört sich auf den Bluesnummern wie ein waschechter Nigger an. Spielt übrigens auch hervorragend Gitarre. Bei dem Stück spielt er allerdings gar nichts. ›Letzter Aufruf.‹ Er singt das al fresco.«

»Na wunderbar.«

»*Nicht* al fresco. Wenn ich mir diesen Ausdruck bloß mal merken könnte. Wie heißt das, wenn man ohne Instrumentalbegleitung singt?«

»Ist doch egal.«

»Wie kann ich das nur immer wieder vergessen? Mein Gedächtnis ist wie ein Sieb. Aber das Lied ist einsame Klasse.«

»Falls ich es noch mal zu hören bekommen sollte.«

»A cappella. Jetzt hab ich's – a cappella. Sobald ich aufgehört habe, darüber nachzudenken, ist es mir wie von selbst eingefallen. Das Zen des Erinnerns. Wo habe ich doch gleich wieder mein Glas hingestellt?«

»Direkt hinter dir.«

»Ach ja, danke. Kannst du dich mit dem Jack Daniel's anfreunden? Bedien dich einfach, ja? Aber jetzt zu Dave Van Ronk. Hör dir das mal an. Hoppla, das war die falsche Rille. Es ist das letzte Stück auf der Platte. Was sollte danach auch noch kommen? Jetzt hör mal.«

> *Und so verbrachten wir wieder eine Nacht*
> *Voller Poesie und Posen*
> *Und jeder weiß, er ist allein,*
> *Wenn die gelobte Kneipe schließt.*

Die Melodie klang sehr irisch. Der Sänger sang tatsächlich ohne Begleitung; seine Stimme war rau, aber auf eine eigenartige Weise auch sanft.

»Und jetzt warte erst mal ab«, kündigte Billie die nächste Strophe an.

> *Und so leeren wir das letzte Glas,*
> *Ein jeder auf sein Freud und Leid,*
> *Und hoffen, dass der Suff so lange hält,*
> *Bis sie morgen wieder auf hat.*

»Einfach unglaublich«, schwärmte Billie.

> *Und wenn wir wieder angewankt kommen*
> *Wie gelähmte Tänzer,*
> *Weiß jeder, welche Frage er zu stellen hat.*
> *Und jeder weiß die Antwort.*

In der einen Hand hatte ich die Flasche, in der anderen das Glas. Ich schenkte mir ein. »Und jetzt, pass auf«, lenkte Billie meine Aufmerksamkeit auf die nächste Strophe.

> *Und so trinken wir den letzten Schluck,*
> *Der das Gehirn seziert,*
> *Bis Antworten nicht mehr zählen*
> *Und Fragen nicht mehr existieren.*

Billie gab zwar wieder einen Kommentar ab, aber ich achtete nur noch auf den Text des Songs.

Neulich ist mein Herz gebrochen.
Wird sich schon wieder richten.
Wäre ich schon bei meiner Geburt betrunken gewesen,
Hätte ich das Leid nie kennengelernt.

»Spiel das noch einmal«, sagte ich.
»Gleich. Erst kommt noch eine Strophe.«

Und so bringen wir den letzten Trinkspruch an,
Der nie ausgesprochen werden kann:
Auf das Herz, das klug genug ist,
Zu wissen, wenn es gebrochen besser dran ist.

»Und? Was sagst du jetzt?«, fragte mich Billie.
»Ich würde es gern noch mal hören.«
»›Spiel's noch mal, Sam. Du hast es für sie gespielt, also kannst du es auch für mich spielen. Wenn sie's aushalten kann, wird es mich wohl auch nicht umhauen.‹ Na, habe ich etwa zu viel versprochen?«
»Spiel's noch mal. Bitte.«
Wir hörten es uns noch ein paarmal an. Schließlich nahm er die Platte vom Teller und steckte sie in die Hülle zurück. Gleichzeitig fragte er mich, ob ich nun verstehen könnte, weshalb er mich unbedingt mit hier hoch hatte schleppen müssen, um mir die Platte vorzuspielen. Ich nickte.
»Hör zu«, sagte er dann, »du kannst gern hier schlafen, wenn du nicht mehr nach Hause gehen willst. Die Couch ist wesentlich bequemer, als sie aussieht.«
»Ich schaffe es schon noch nach Hause.«
»Na, ich weiß nicht. Regnet es eigentlich schon?« Er sah aus dem Fenster.
»Nein, aber es kann jeden Moment anfangen.«
»Ich werd's trotzdem riskieren. Ich wache lieber in meinem eigenen Bett auf.«
»Ich respektiere selbstverständlich den Wunsch eines Mannes, der so weit in die Zukunft vorausplanen kann. Glaubst du auch wirklich, dass du dich in dem Zustand auf die Straße hinauswagen kannst? Klar kannst du das. Warte, ich hol

dir noch schnell eine Tüte, damit du den JD mit nach Hause nehmen kannst. Oder hier, nimm die Umhängetasche; dann denken sie, du bist Pilot.«

»Nein, behalt das Ding lieber, Billie.«

»Was soll ich damit? Ich trinke keinen Bourbon.«

»Ich habe wirklich genug für heute.«

»Vielleicht ist dir noch nach einem kleinen Schlaftrunk. Oder vielleicht hast du auch beim Aufwachen etwas Durst. Stell dich nicht so an. Du kannst die Flasche in der Umhängetasche mitnehmen.«

»Eben vorhin hat mir jemand gesagt, es ist gegen das Gesetz, mit einer offenen Flasche auf die Straße zu gehen.«

»Das brauchst du doch nicht gleich so ernst zu nehmen. Du bist nicht vorbestraft – also wirst du mit Bewährung davonkommen. Und übrigens, Matt, schön, dass du noch mitgekommen bist.«

Auf dem Nachhauseweg hallten unablässig einzelne Zeilen des Songs in meinem Schädel wider. »Wäre ich schon bei meiner Geburt betrunken gewesen, hätte ich das Leid nie kennengelernt.« Allmächtiger.

Ich erreichte mein Hotel und ging nach oben, ohne mich an der Rezeption nach meiner Post zu erkundigen. Ich zog mich aus, warf die Kleider über den Stuhl, nahm noch einen Schluck aus der Flasche und legte mich ins Bett.

Gerade als ich wegzudämmern begann, fing es an zu regnen.

Kapitel 13

Es regnete das ganze Wochenende. Der Regen klatschte gegen mein Fenster, als ich Freitagnachmittag die Augen aufschlug. Aber es muss wohl das Telefon gewesen sein, das mich geweckt hatte. Ich setzte mich auf die Bettkante und beschloss, nicht dranzugehen, und nachdem es noch ein paarmal geläutet hatte, hörte es auch tatsächlich auf.

Ich hatte schreckliche Kopfschmerzen, und in meinem Magen rumorte es gewaltig. Ich legte mich wieder hin, um mich jedoch schleunigst wieder aufzurichten, als sich alles um mich herum zu drehen begann. Ich tastete mich ins Bad, um dort mit einem Glas Wasser ein paar Aspirin hinunterzuspülen, die mir jedoch sofort wieder hochkamen.

Jetzt erst fiel mir die Flasche ein, die Billie mir aufgedrängt hatte. Ich sah mich nach ihr um und fand sie schließlich in der Umhängetasche. Zwar konnte ich mich nicht erinnern, sie nach meinem letzten Schluck vor dem Schlafengehen dorthin zurückgestellt zu haben, aber das war schließlich nicht das einzige Detail des gestrigen Abends, an das ich mich nicht erinnern konnte. So war mir zum Beispiel auch entfallen, wie ich eigentlich von Billies Wohnung ins Hotel zurückgekommen war. Allerdings beunruhigte mich diese kleine Gedächtnislücke nicht sonderlich. Wenn man über Land fuhr, erinnerte man sich auch nicht an jede Reklametafel und jede Meile Highway. Weshalb sollte ich es demnach also mit den Minuten meines Lebens so genau nehmen.

Die Flasche war zu einem Drittel leer, und das überraschte mich. Ich konnte mich erinnern, dass ich ein Glas getrunken hatte, während ich mit Billie die Platte anhörte. Und dann hatte ich noch einen kleinen Schluck aus der Flasche genommen, bevor ich mich schlafen gelegt hatte. Eigentlich war mir jetzt gar nicht nach einem Schluck Bourbon, aber mit dem Wollen und Brauchen ist das so eine Sache, denn diesmal traf eindeutig letzteres zu. Ich goss mir also einen Fingerbreit in das Zahnputzglas und leerte es in einem Zug – schaudernd. Ich konnte zwar auch den Bourbon nicht bei mir behalten, aber immerhin brachte dieser erste Schluck meinen Magen so weit auf Vordermann, dass mir der zweite nicht mehr hochkam. Und als ich diesmal mit einem Glas Wasser ein paar Aspirin hinunterspülte, blieben sie auch, wo sie hingehörten.

Wäre ich schon bei meiner Geburt betrunken gewesen ...

Ich blieb in meinem Zimmer. Das Wetter bot mir einen hinreichenden Grund, keinen Fuß vor die Tür zu setzen, obwohl ich eigentlich keine Entschuldigung nötig hatte. Ich hatte die Sorte Kater, die ich zum Glück zur Genüge kannte, um ihr mit dem gebührenden Respekt zu begegnen. Wenn ich mich je im Leben so miserabel gefühlt hätte, ohne am Abend zuvor ordentlich gebechert zu haben, hätte ich mich auf der Stelle ins Krankenhaus einliefern lassen. Doch so verhielt ich mich möglichst ruhig und behandelte mich wie einen Mann mit einer schweren Krankheit, was, wie mir im Nachhinein klar wurde, mehr als nur metaphorischen Charakter hatte.

Etwas später an diesem Nachmittag klingelte neuerlich das Telefon. Ich hätte natürlich an die Rezeption durchgeben können, bis auf weiteres keine Anrufe durchzustellen, aber ich fühlte mich dem kurzen Anruf, dessen es zu diesem Zweck bedurft hätte, noch nicht gewachsen. Es erschien mir einfacher, das Telefon einfach so lange läuten zu lassen, bis es von selbst aufgab.

Am frühen Abend läutete es ein drittes Mal, und diesmal ging ich dran. Es war Skip Devoe.

»Ich suche schon die ganze Zeit nach dir«, meldete er sich. »Kannst du später mal vorbeikommen?«

»Bei dem Sauwetter habe ich keine Lust auszugehen.«

»Ja, im Augenblick schüttet es gerade wieder aus allen Löchern. Eine Weile hat der Regen schon nachgelassen, aber jetzt gießt es wieder kräftig. Der Wetterbericht sagt, dass es noch eine Weile so weiterregnen wird. Wir haben uns gestern mit diesen Kerlen getroffen.«

»So bald schon?«

»Nein, nicht, was du denkst – nicht mit den Erpressern. Mit dem Anwalt und dem Steuerberater. Unser Steuerberater ist mit einem, wie er das nennt, jüdischen Revolver bewaffnet. Weißt du, was das ist?«

»Ein Füllfederhalter.«

»Dann kennst du den also schon. Wie dem auch sei, sie haben uns nur bestätigen können, was wir sowieso schon wissen. Wirklich großartig, wenn man dabei auch noch bedenkt, dass sie uns für diesen guten Rat kräftig zur Kasse bitten werden. Wir haben keine andere Wahl. Wir müssen zahlen.«

»Damit hast du dich doch schon mehr oder weniger abgefunden.«

»Das heißt noch lange nicht, dass ich sonderlich glücklich darüber bin. Ich habe übrigens auch wieder mit dem Erpresser gesprochen, Mr. Telefon. Ich habe Telephone Tommy gesagt, wir bräuchten noch das Wochenende, um das Geld aufzutreiben.«

»Du hast Tillary davon erzählt?«

»Tillary? Wovon redest du eigentlich?«

»Du hast doch eben selbst gesagt ...«

»Ach so, jetzt verstehe ich, was du meinst. Mir selbst war das gar nicht bewusst, als ich es gesagt habe. Nein, natürlich nicht Tillary. Telephone Tommy habe ich nur so gesagt; genauso gut hätte ich Teddy oder sonst irgendeinen Namen mit T sagen können. Glaubst du, mir würde jetzt ein Name einfallen, der mit T anfängt. Weißt du ein paar Namen, die mit T anfangen?«

»Muss das jetzt wirklich sein?«

Darauf trat kurzes Schweigen ein. »Dir geht's wohl nicht so gut«, sagte er schließlich.

»Keegan hat mich noch mit zu sich nach Hause geschleppt – ein paar Platten anhören. Deshalb bin ich noch nicht so ganz auf dem Dampfer.«

»Keegan!« schnaubte Skip. »Wir sind ja nun weiß Gott alle keine Musterknaben, aber der bringt sich mit seiner Sauferei tatsächlich noch ins Grab.«

»Und mich dazu.«

»Das kannst du laut sagen. Hör zu, Matt, ich will dich nicht unnötig aufhalten. Ich wollte nur wissen, ob du dir Montag freihalten kannst? Den Tag und den Abend. Ich glaube nämlich, dass es am Montag so weit sein wird, und außerdem möchte ich das Ganze möglichst schnell hinter mich bringen, wenn es sich schon nicht vermeiden lässt.«

»Und was soll ich dabei tun?«

»Darüber können wir später reden, wenn deine Birne nicht mehr bloß vom Denken weh tut. Alles klar?«

Was hatte ich für Montag vor? Ich arbeitete zwar immer noch für Tommy Tillary, aber ich hatte nicht das Gefühl, dass es dabei auf einen Tag mehr oder weniger ankam. Außerdem hatte mich mein Gespräch mit Jack Diebold nur in meiner eigenen Auffassung bestärkt, dass ich sowieso nur meine Zeit und Tommy Tillarys Geld verschwendete, weil sie ihm nichts anhängen konnten.

Und Carolyns Schimpftiraden hatten mich auch nicht sonderlich motiviert, mich für Tommy ins Zeug zu legen oder ein allzu schlechtes Gewissen zu haben, wenn ich sein Geld nahm, ohne dafür mit großen Ergebnissen aufwarten zu können.

Zumindest gab es schon einiges, was ich Drew Kaplan erzählen konnte, wenn ich ihn das nächste Mal anrief. Und außerdem würden mir bis dahin auch noch ein paar andere Neuigkeiten über den Weg laufen, ohne dass ich stundenlang in den Bars und Bodegas von Sunset Park herumhängen musste.

Ich sagte Skip also für Montag zu.

Später an diesem Abend rief ich im Getränkemarkt gegenüber an. Ich bestellte zwei Flaschen Early Times und ließ dem Jungen, der sie mir bringen sollte, ausrichten, er sollte mir aus dem Delikatessenladen auch gleich noch einen Sechserpack Ale und ein paar Sandwiches mitbringen. Die Inhaber kannten mich und wussten deshalb, dass sich dieser Gang für den Botenjungen durchaus bezahlt machen würde. Folglich strafte ich meinen Ruf auch nicht Lügen, als er mir die Sachen aufs Zimmer brachte. Das war mir die Sache wert.

Mit den hochprozentigen Sachen ließ ich mir erst mal Zeit und trank stattdessen eine Dose Ale; dazu würgte ich ein Sandwich hinunter. Nachdem ich eine heiße Dusche genommen hatte, ging es mir schon wesentlich besser, und ich aß noch ein Sandwich, das ich mit einer weiteren Dose Ale hinunterspülte.

Danach legte ich mich schlafen, und als ich wieder aufwachte, schaltete ich den Fernseher ein und sah mir – ich glaube, es war *High Sierra* – Bogart und Ida Lupino an. Nicht, dass ich dem Film besonders aufmerksam gefolgt wäre, aber ich hatte zumindest so was wie Gesellschaft. Hin und wieder ging ich ans Fenster und schaute in den Regen hinaus. Ich verdrückte einen Teil des letzten Sandwichs, trank ein weiteres Ale und nippte zum ersten Mal vorsichtig an der Bourbonflasche. Als der Film zu Ende war, schaltete ich den Fernseher aus, nahm ein paar Aspirin und legte mich ins Bett.

Am Samstag ging es mir dann schon etwas besser. Ich brauchte zwar immer noch gleich nach dem Aufwachen was zu trinken. Aber diesmal goss ich mir nur wenig ein, und dieses Wenige blieb dann auch schon beim ersten Mal unten. Ich duschte, trank die letzte Dose Ale und ging ins Red Flame frühstücken.

Die Eier brachte ich nur zur Hälfte hinunter, aber die Kartoffeln und die doppelte Portion Roggentoast aß ich brav auf. Ich trank Unmengen Kaffee. Außerdem las ich Zeitung, oder zumindest versuchte ich es. Ich wurde nämlich nicht recht schlau aus dem, was ich las.

Nach dem Frühstück genehmigte ich mir im McGovern's einen kurzen Verdauungstrunk, um dann in St. Paul's vorbeizuschauen, wo ich vielleicht eine halbe Stunde in der wohltuenden Stille der Kirche saß.

Dann wieder zurück ins Hotel.

Ich sah mir im Fernsehen ein Baseballspiel und einen Boxkampf an; zwischendurch wurden immer wieder Ausschnitte von der Weltmeisterschaft im Armdrücken und von einer Wasserski-Showveranstaltung eingeblendet. Was die Mädels da auf ihren Wasserskiern vollführten, war sicher nicht einfach, aber auch nicht gerade sonderlich aufregend. Ich schaltete sie also aus und verließ das Zimmer. Ich ging ins Armstrong's und unterhielt mich mit ein paar Bekannten. Dann wanderte ich auf eine Schale Chilis Alarmstufe drei und ein paar Carta Blancas ins Joey Farrell's.

Bevor ich zum Schlafen ins Hotel zurückging, genehmigte ich mir noch einen Brandy zu meinem Kaffee. Ich hatte zwar genügend Bourbon auf dem Zimmer, um mich mühelos über den Sonntag zu retten, aber ich besorgte mir sicherheitshalber noch ein paar Bier, da kein Laden vor Sonntagmittag Bier verkaufen durfte. Das war auch so ein idiotisches Gesetz, von dem kein Mensch wusste, wozu es eigentlich gut sein sollte. Vielleicht standen die Kirchen dahinter, damit die Gläubigen der ungebremsten Bösartigkeit ihrer Samstagabendkater ausgeliefert blieben, wenn sie am Sonntagvormittag zum Gottesdienst kamen und ihre gequälten Herzen so bereitwilliger der Notwendigkeit öffneten, Buße zu tun.

Gemächlich vor mich hin süffelnd, sah ich noch eine Weile fern, bis ich irgendwann einschlief. Als ich wieder aufwachte, lief gerade ein Kriegsfilm. Ich duschte und rasierte mich und saß dann eine Weile in Unterwäsche herum, um mir das Ende des Kriegsfilms und den Anfang des nächsten Streifens anzusehen. Dabei trank ich so lange abwechselnd Bourbon und Bier, bis ich wieder schlafen konnte.

Als ich aufwachte, war es Sonntagnachmittag. Es regnete immer noch.

Gegen halb vier klingelte das Telefon. Ich nahm beim dritten Läuten ab und meldete mich.

»Matthew?« Eine Frauenstimme. Kurz dachte ich schon, es wäre Anita.

Doch dann sagte sie: »Ich habe dich schon vorgestern zu erreichen versucht, aber du bist nicht drangegangen.« Jetzt hörte ich den Südstaatenakzent.

»Ich wollte mich noch mal bei dir bedanken«, fuhr sie fort.

»Wofür denn, Carolyn?«

»Ich wollte dir danken, dass du dich wie ein Gentleman benommen hast«, fing sie wieder mit ihrer alten Leier an, lachte dazu aber selbstironisch. »Ein bourbontrinkender Gentleman. Dieses Thema scheint mich ja wirklich nicht loszulassen.«

»Soweit ich mich erinnere, hast du dich darüber erst kürzlich des Langen und Breiten ausgelassen.«

»Und auch über verschiedene andere Dinge. Ich habe mich bereits bei Billie für mein wenig damenhaftes Benehmen entschuldigt, aber er hat mir versichert, so schlimm wäre es gar nicht gewesen, aber das sagen Barkeeper immer, oder nicht? Jedenfalls möchte ich dir noch einmal ganz herzlich danken, dass du mich nach Hause gebracht hast.« Eine Pause. »Äh, haben wir eigentlich ...«

»Nein.«

Ein Seufzen. »Na, Gott sei Dank – aber nur, weil ich es hasse, wenn ich mich nicht mehr daran erinnern kann. Ich hoffe, ich war nicht zu ungenießbar, Matt.«

»Keineswegs, du hast dich ganz passabel gehalten.«

»Na, ich weiß nicht. Jedenfalls kann ich mich noch erinnern, dass ich ein paar nicht gerade nette Dinge über Tommy gesagt habe, Matthew. Ich habe ziemlich schlecht über ihn geredet, aber ich hoffe, dir ist klar, dass das nur am Alkohol lag.«

»Das war mir von Anfang an klar.«

»Weißt du, so schlecht behandelt er mich keineswegs. Er ist durchaus in Ordnung. Er hat natürlich seine Fehler. Doch wer hat die nicht. Ich kann also wirklich nicht klagen. Du darfst also bitte nicht so ernst nehmen, was ich neulich gesagt habe.«

Ich versicherte ihr, dass ich nie daran gezweifelt hätte, dass er sich ihr gegenüber anständig verhielte; außerdem wüsste ich selbst nicht mehr so genau, was sie an jenem Abend eigentlich alles gesagt hätte, da ich selbst schon ziemlich Schlagseite gehabt hätte.

*   *   *

Sonntagabend ging ich ins Miss Kitty's. Es regnete noch immer leicht.

Erst war ich noch kurz im Armstrong's, und im Miss Kitty's herrschte genau dieselbe Sonntagabendatmosphäre. Eine Handvoll Stammgäste und Leute aus dem Viertel verbreiteten eine Stimmung, die so ziemlich das genaue Gegenteil von »Gott sei Dank, endlich Feierabend« darstellte. Aus der Musikbox quakte irgendein junges Ding, dass sie nagelneue Rollschuhe hätte. Ihre Stimme schien sich vor allem in den Zwischenräumen zwischen den Tönen wohl zu fühlen und entdeckte ganz neue Noten auf der Tonleiter.

Den Mann hinterm Tresen hatte ich noch nie zuvor gesehen. Als ich ihn nach Skip fragte, deutete er nach hinten, wo das Büro war.

Dort traf ich Skip zusammen mit seinem Partner an. John Kasabian hatte ein rundes Gesicht, und seine Metallgestellbrille ließ seine tiefsitzenden, dunklen Augen grotesk vergrößert daraus hervortreten. Er war etwa in Skips Alter, sah aber jünger aus – eine Art eulenhafter Schuljunge. Er war an beiden Unterarmen tätowiert, was bei ihm eindeutig fehl am Platz wirkte.

Bei einem der Tattoos handelte es sich um ein konventionelles, wenn auch reißerisches Motiv – eine züngelnde Schlange, die sich um einen Dolch wand. Von der Spitze des Dolchs tropfte Blut. Die andere Tätowierung war etwas schlichter, fast originell – ein Kettenarmband, das sich um sein rechtes Handgelenk schlang. »Wenn es am linken Arm wäre«, hatte er sich dazu mal geäußert, »würde es wenigstens unter der Armbanduhr verschwinden.«

Ich weiß nicht, wie er wirklich über die Tattoos dachte. Er tat zwar so, als fände er sie ziemlich lächerlich – eine Jugendsünde, die er nun sein Leben lang mit sich herumtragen musste –, und manchmal schienen sie ihm richtig peinlich zu sein. Hin und wieder konnte ich mich jedoch nicht des Eindrucks erwehren, dass er auch stolz darauf war.

Außerdem kannte ich ihn nicht sonderlich gut. Er war nicht der umgängliche Typ wie Skip, hielt sich außerhalb der Arbeit selten in Bars auf – in seiner eigenen arbeitete er auch nur tagsüber –, und erledigte schon davor die Einkäufe. Außerdem sprach er dem Alkohol lange nicht in dem Maße zu wie Skip. Er war zwar einem kühlen Bier keineswegs abgeneigt, aber mit seinem Partner hätte er sich auf keinen Fall messen können.

»Matt«, begrüßte er mich und deutete auf einen freien Stuhl, »freut mich, dass Sie uns in dieser Sache helfen wollen.«

»Mal sehen, was ich tun kann.«

»Morgen Abend wird's ernst«, sagte Skip. »Wir sollen hier in diesem Raum warten. Punkt acht Uhr wird dann das Telefon läuten.«

»Und?«

»Dann erhalten wir unsere Anweisungen. Ich soll einen Wagen bereithalten. Das ist bereits Teil der Anweisungen.«

»Hast du denn einen Wagen?«

»Klar, habe ich einen Wagen. Kein Problem, ihn bereitzuhalten.«

»Hat John auch einen?«

»Ich werde ihn aus der Garage holen«, nickte John. »Glauben Sie, wir werden zwei Wagen brauchen, Matt?«

»Keine Ahnung. Er hat also gesagt, ihr sollt einen Wagen bereithalten und, wie ich annehme, auch das Geld ...«

»Ja. Direkt ein Wunder, dass er nicht vergessen hat, uns daran zu erinnern, hm?«

»Wohin ihr fahren sollt, hat er euch aber vermutlich noch nicht gesagt.«

»Leider nein.«

Ich überlegte kurz. »Was mir etwas Sorgen macht ...«

»Sie könnten uns in eine Falle locken. Wolltest du das sagen?«

»Ja.«

»Hab ich mir auch schon gedacht. Die brauchen uns nur irgendwohin locken, wo sie uns problemlos abknallen können. Ist ja schon schlimm genug, so viel blechen zu müssen, aber wer garantiert uns, dass wir wenigstens den entsprechenden Gegenwert dafür bekommen? Sie könnten uns genauso gut auch nur das Geld abnehmen und uns dann der Einfachheit halber einfach abknallen, weil die Gelegenheit gerade so günstig ist.«

»Weshalb sollten sie so etwas tun?«

»Was weiß ich. ›Tote reden nicht.‹ Heißt es nicht so?«

»Kann schon sein. Aber mit so einem Mord lenkt man einige Aufmerksamkeit auf sich.« Ich versuchte mich zu konzentrieren, musste jedoch feststellen, dass ich nicht so klar denken konnte, wie ich gern gewollt hätte. Ich fragte, ob ich ein Bier haben könnte.

»Ich bin vielleicht ein Gastgeber. Wie konnte ich das nur vergessen. Was möchtest du trinken, Matt? Bourbon, eine Tasse Kaffee?«

»Nein, nur ein Bier.«

Skip ging eins holen. Währenddessen fuhr sein Partner fort: »Ganz schön verrückt, diese Geschichte. Direkt unwirklich, wenn Sie wissen, was ich meine.

Gestohlene Bücher, Erpressung, eine Stimme am Telefon. Irgendwie einfach unwirklich.«

»Tja.«

»Das Geld entbehrt jeder Realität. Ich kann dazu einfach keinen Bezug herstellen. Die Summe ...«

Skip brachte mir eine Flasche Carlsberg und ein Pilsglas. Ich schenkte mir etwas Bier ein und runzelte scheinbar nachdenklich die Stirn. Skip zündete sich eine Zigarette an und wollte schon fast auch mir eine anbieten, um dann jedoch zu sagen: »Du rauchst ja gar nicht«, und die Zigaretten wieder einzustecken.

»Eigentlich bräuchten sie euch nur das Geld abzunehmen. Aber ganz auszuschließen ist diese Möglichkeit zumindest nicht.«

»Wieso?«

»Wenn sie die Bücher zum Beispiel gar nicht haben?«

»Aber wieso sollten sie die Bücher nicht haben? Sie sind doch weg, und da ist diese Stimme am Telefon.«

»Angenommen, irgendjemand hat zwar die Bücher nicht, weiß aber, dass sie euch abhandengekommen sind. Solange er euch nicht zu beweisen braucht, dass sie sich tatsächlich in seinem Besitz befinden, böte ihm dieses Wissen eine einfache Möglichkeit, euch ein paar Dollar abzuknöpfen.«

»Ein paar Dollar«, schnaubte Kasabian.

»Und wer soll dann die Bücher haben?«, warf Skip ein. »Die Steuerfahndung? Hältst du es für möglich, dass sie die Bücher schon die ganze Zeit haben und inzwischen eine Anklage gegen uns vorbereiten, ohne uns ein Sterbenswörtchen davon zu sagen? Und wir zahlen währenddessen an irgendeinen Kerl, der die Bücher gar nicht hat, ein gesalzenes Lösegeld.« Er stand auf und ging um den Schreibtisch herum. »Großartig«, zischte er mit zusammengebissenen Zähnen. »Einfach großartig. Besser hätte es gar nicht kommen können.«

»Das ist nur eine Möglichkeit, aber ich finde, dass wir uns auf jeden Fall dagegen absichern sollten.«

»Wie denn? Es ist bereits alles abgemacht für morgen.«

»Las dir einfach eine Seite des Geschäftsbuchs von ihm vorlesen, wenn er noch mal anruft.«

Skip starrte mich an. »Das ist dir eben gerade eingefallen? Eben jetzt? Warte, ich bin gleich wieder zurück.« Kasabian fragte ihn, wohin er wollte. »Noch zwei von diesen Carlsberg holen«, erwiderte Skip. »Dieses Gesöff scheint die

Gehirntätigkeit anzuregen. Ein Wunder, dass sie das noch nicht in ihrer Werbung gebracht haben.«

Skip kam mit zwei Flaschen zurück. Er ließ sich auf den Schreibtisch nieder und trank, mit den Beinen baumelnd, direkt aus der Flasche. Kasabian blieb auf seinem Stuhl sitzen und puhlte am Etikett herum. Sein Durst war offensichtlich nicht so überwältigend. Wir hielten also Kriegsrat und schmiedeten, so gut es ging, unsere Pläne. John und Skip wollten natürlich beide bei der Geldübergabe dabeisein, und ich wollte auch mitkommen.

»Warum nehmen wir eigentlich nicht auch Bobby noch mit?«, schlug Skip vor.

»Ruslander?«

»Er ist mein bester Freund; er weiß, worum es geht. Ich weiß zwar nicht, ob er eine große Hilfe ist, wenn es hart auf hart gehen sollte, aber von wem ließe sich das schon sagen? Ich werde natürlich bewaffnet sein, aber falls es sich um eine Falle handelt, werden vermutlich die anderen als erste das Feuer eröffnen, und dann wird mir meine Kanone auch nicht mehr viel nützen. Hast du jemanden, den du mitnehmen möchtest?«

Kasabian schüttelte den Kopf. »Ich habe erst an meinen Bruder gedacht«, sagte er schließlich. »Aber wozu soll ich Zeke in diese ganze Scheiße mit hineinziehen?«

»Das ist allerdings richtig. Matt, willst du jemanden mitnehmen?«

»Nein.«

»Ich habe noch an Billie Keegan gedacht«, sagte Skip. »Was haltet ihr davon?«

»Er ist zumindest immer ganz unterhaltsam.«

»Unterhaltsam! Als ob es dabei auf gute Unterhaltung ankäme. Was wir bräuchten, wäre schwere Artillerie und Unterstützung aus der Luft. Am besten schießen wir schon ein paar Granatwerfer auf ihre Stellung ein, sobald wir den Ort der Übergabe vereinbart haben. Erzähl Matt doch mal diese Story von den Bimbos und dem Granatwerfer, John.«

»Na, ich weiß nicht, ob das jetzt der richtige Zeitpunkt ist«, sagte Kasabian.

»Doch, erzähl sie ihm.«

»Das ist nur eine Geschichte, die ich mal erlebt habe.«

»Etwas, das er selbst erlebt hat. Hör gut zu.«

»Wann war das Ganze nur gleich wieder? Vielleicht vor einem Monat oder so. Ich war im Haus meiner Freundin – sie wohnt im West End; ich wollte ihren

Köter Gassi führen und komme also aus dem Haus, und da stehen auf der anderen Straßenseite diese drei Schwarzen. «

»Er macht also auf der Stelle kehrt und geht wieder ins Haus zurück«, schlug Skip als eine mögliche Fortsetzung der Geschichte vor.

»Nee, die haben nicht mal zu mir herübergeschaut«, korrigierte ihn Kasabian. »Sie hatten so Tarnjacken an, und einer von ihnen hatte auch 'ne Mütze auf. Sie sahen jedenfalls wie Soldaten aus. «

»Erzähl ihm, was sie getan haben. «

»Es ist ja wirklich kaum zu glauben, aber ich habe es wirklich gesehen – mit eigenen Augen. « Er nahm seine Brille ab und massierte sich den Nasenrücken. »Sie haben sich also umgeschaut, und falls sie mich bei dieser Gelegenheit bemerkt haben sollten, haben sie mit Sicherheit nicht den Eindruck gewonnen, dass sie von mir etwas zu befürchten hätten ... «

»So viel zu deren Menschenkenntnis«, bemerkte Skip.

»... und sie stellen also mitten auf dem Gehsteig diesen Granatwerfer auf, als hätten sie dieses Manöver schon tausendmal geübt. Und dann lädt einer das Ding, und sie feuern eine Salve auf den Hudson ab – einfach so. Sie hatten sich an einer Ecke postiert, von der sie den Fluss gut im Blick hatten. Um es einfach mal auszuprobieren. Und sie schenken mir noch immer keinerlei Beachtung. Und dann nicken sie sich zufrieden gegenseitig zu, nehmen den Granatwerfer wieder auseinander, packen alles zusammen und gehen in aller Ruhe damit nach Hause. «

»Das ist ja echt ein Ding. « Ich schüttelte den Kopf.

»Das Ganze ging so schnell und ohne jedes Getue ab«, fuhr John fort, »dass ich mich allen Ernstes gefragt habe, ob ich mir das Ganze nur eingebildet habe, als alles vorbei war. Aber ich habe es mir nicht eingebildet. «

»Hat die Salve denn einen rechten Lärm gemacht? «

»Eigentlich nicht. Nur so ein dumpfes Rumpsen, wie wenn man eben einen Granatwerfer abfeuert. Und falls die Granate explodiert ist, als sie auf dem Wasser aufgeschlagen ist, habe ich jedenfalls keinen Knall gehört. «

»Vielleicht ein Blindgänger«, warf Skip ein. »Möglicherweise wollten sie nur den Feuermechanismus testen, die Flugbahn checken. «

»Meinetwegen, aber wozu? «

»Das ist allerdings die Frage,« nickte er. »Andererseits kann man in dieser Stadt nie wissen, ob man nicht mal einen Granatwerfer braucht. « Skip setzte die Bierflasche an, nahm einen kräftigen Schluck und trommelte dabei mit den

Fersen gegen den Schreibtisch. »Na, ich weiß nicht«, fuhr er dann mit einem nachdenklichen Blick auf die Bierflasche fort. »Ich schütte mir das Zeug zwar rein, aber bis jetzt merke ich noch nicht, dass meine grauen Zellen besser funktionieren. Reden wir jetzt lieber mal übers Geld, Matt.«

Ich dachte, er meinte damit das Lösegeld. Doch er wollte wissen, wieviel ich für den Auftrag haben wollte. Ich wusste natürlich erst nicht, was ich darauf erwidern sollte, und faselte deshalb erst mal was von Freundschaftsdienst und so.

»Ach ja?«, schnitt er mir ziemlich schroff das Wort ab. »Davon lebst du doch, oder nicht? Freunden einen kleinen Gefallen zu erweisen?«

»Klar, aber ...«

»Du tust uns einen Gefallen. Kasabian und ich, wir hätten doch keine Ahnung, wie wir dabei vorgehen sollten. Stimmt's, John?«

Kasabian nickte.

»Ich werde Bobby nichts geben, wenn er mitkommt, zumal er auch nichts annehmen würde. Und falls Keegan mitmacht, dann auch nicht wegen des Geldes. Aber du bist ein Profi in solchen Dingen, und einem Profi steht auch ein entsprechendes Honorar zu. Tillary zahlt dich doch auch, oder etwa nicht?«

»Das ist was anderes.«

»Ach, und was soll dabei anders sein?«

»Du bist ein Freund von mir.«

»Und er nicht?«

»Nicht auf dieselbe Art. Genaugenommen, wird er mir eigentlich immer weniger sympathisch. Er ist ...«

»Er ist ein Arschloch«, erklärte Skip kurz und bündig. »Trotzdem sehe ich nicht ein, was das für einen Unterschied machen soll.« Er öffnete eine Schublade in seinem Schreibtisch, zählte einen Packen Scheine daraus ab und reichte sie mir. »Da«, sagte er. »Das sind schon mal fünfundzwanzig. Du kannst es ruhig sagen, wenn du das nicht für genug hältst.«

»Ich weiß nicht«, setzte ich zögernd an. »Fünfundzwanzig Dollar erscheinen mir an sich nicht besonders viel, aber ...«

»Das sind fünfundzwanzig Hunderter, du Blödmann.« Wir mussten alle lachen. »›Fünfundzwanzig Dollar erscheinen mir nicht besonders viel.‹ Hast du so was schon mal gehört, Johnny? Einen sauberen Komiker haben wir uns da an Land gezogen. Jetzt aber mal im Ernst, Matt, ist das angemessen?«

»Wenn du schon meine Meinung dazu wissen willst – ich finde es ein bisschen viel.«

»Weißt du eigentlich, wie hoch das Lösegeld ist?«

Ich schüttelte den Kopf. »Bis jetzt war ja auch jeder darauf bedacht, keine Zahlen zu nennen.«

»Na ja, wer spricht schließlich im Haus eines Gehängten schon von Stricken. Wir sollen fünfzig Riesen an diese Schweinehunde abdrücken.«

»Herr im Himmel«, entfuhr es mir.

»Der Name dieses Herrn ist in letzter Zeit bereits des Öfteren gefallen«, sagte Kasabian grinsend. »Ist das ein Freund von Ihnen, Matt? Könnte vielleicht nicht schaden, ihn morgen mitzubringen – natürlich nur, wenn er sonst noch nichts vorhat.«

Kapitel 14

Ich nahm mir vor, mich früh schlafen zu legen. Ich ging nach Hause und legte mich ins Bett, um mir dann bis vier Uhr früh klarzuwerden, dass das mit dem Schlafen wohl nichts würde. Ich hatte zwar genügend Bourbon herumstehen, um mir zu der nötigen Bettschwere zu verhelfen, aber das wollte ich nicht. Ich wollte möglichst keinen Kater haben, wenn wir mit den Erpressern zu tun hatten.

Ich stand auf und saß erst eine Weile herum, aber ich fand keine Ruhe, und im Fernsehen kam auch nichts Gescheites. Also zog ich mich an und machte einen kleinen Spaziergang. Ich war schon ein gutes Stück unterwegs, bis mir bewusst wurde, dass meine Füße mich schnurstracks ins Morissey's trugen.

Einer der Brüder hielt unten am Eingang Wache. Mit einem breiten Grinsen hielt er mir die Tür auf. Oben, vor dem eigentlichen Eingang zur Bar, saß ein weiterer Bruder. Seine rechte Hand war unter seiner weißen Metzgerschürze verborgen, und ich konnte mich des Eindrucks nicht erwehren, dass er darin eine Schusswaffe hielt. Seit Tim Pat mir von der von ihm und seinen Brüdern ausgesetzten Belohnung erzählt hatte, war ich nicht mehr im Morissey's gewesen, aber mir war zu Ohren gekommen, dass jeweils einer der Brüder am Eingang Wache hielt und sich somit jeder Neuankömmling beim Betreten des Lokals erst einmal mit einer geladenen Waffe konfrontiert sah. Hinsichtlich der genaueren Beschaffenheit dieser Schusswaffe gingen die Meinungen allerdings auseinander; sie reichten von einem Revolver über eine automatische Pistole bis zu einer abgesägten Schrotflinte. Was letztere Annahme betraf, war mein erster Gedanke, dass man schon reichlich verrückt hätte sein müssen, um in einem Lokal voller Leute mit einer Schrotflinte - ob mit abgesägtem Lauf oder nicht – herumzuballern; aber wer hatte bisher schon den Beweis für die geistige Zurechnungsfähigkeit der Morisseys erbracht?

Ich trat ein und ließ meinen Blick durch den Raum schweifen. Tim Pat entdeckte mich und winkte mich zu sich. Ich wollte eben auf ihn zugehen, als mir Skip Devoe von einem Tisch am Eingang zurief. Er saß dort mit Bobby Ruslander. Ich hob zum Zeichen, dass ich mich gleich zu ihnen gesellen würde, meine Hand, und gleichzeitig legte Bobby seine Hand an seine Lippen, und im nächsten Augenblick gellte der schrille Pfiff einer Polizeitrillerpfeife durch das Lokal, sodass es schlagartig totenstill wurde. Als Skip und Bobby daraufhin schallend loslachten, merkten die anderen Gäste, dass das Ganze lediglich ein Scherz gewesen war und keineswegs die Einleitung einer Razzia. Und nachdem einige der Anwesenden Bobby lauthals versichert hatten, er wäre ein Riesenarschloch, wurden die unterbrochenen Unterhaltungen wieder fortgesetzt, als ob nichts geschehen wäre. Ich folgte Tim Pat in den hinteren Teil des Lokals, wo wir uns an einem leeren Tisch gegenüberstanden.

»Sie haben sich ja gar nicht mehr hier blicken lassen, seit wir das letzte Mal miteinander gesprochen haben«, begrüßte er mich. »Gibt es irgendwas Neues?«

Ich sagte ihm, dass ich ihn diesbezüglich enttäuschen müsste. »Ich bin eigentlich nur hergekommen, um was zu trinken.«

»Und Ihnen ist nichts zu Ohren gekommen?«

»Rein gar nichts. Ich habe mich zwar ein bisschen umgehört, mit verschiedenen Leuten gesprochen, aber wenn über diese Geschichte irgendwas geredet würde, hätte ich mittlerweile bestimmt davon gehört. Wenn Sie mich fragen, Tim Pat, dann muss es sich dabei um irgendeine irische Angelegenheit handeln.«

»Eine irische Angelegenheit.«

»Was Politisches«, fügte ich hinzu.

»Dann hätte uns doch was zu Ohren kommen müssen. Irgend so ein Großmaul hätte bestimmt was hinausposaunt.« Seine Fingerspitzen spielten mit seinem Bart. »Sie wussten ganz genau, wo sie das Geld zu suchen hatten«, fuhr er nachdenklich fort. »Außerdem sind sie nicht einmal davor zurückgeschreckt, das Geld aus dem Spendentopf mitzunehmen.«

»Deshalb dachte ich ja auch ...«

»Wenn das Protestanten gewesen wären, wäre uns davon sicher schon was zu Ohren gekommen. Oder eine Splittergruppe unserer eigenen Partei.« Er grinste bitter. »Wir haben bekanntermaßen auch unsere innerparteilichen

Zwistigkeiten. In letzter Zeit haben sich immer mehr unterschiedliche Stimmen erhoben, die für sich in Anspruch nehmen, für unsere Sache zu sprechen.«

»Das ist auch mir nicht entgangen.«

»Wenn es sich dabei um eine ›irische Angelegenheit‹ gehandelt hätte«, er legte auf meinen Ausdruck besondere Betonung, »wäre es keinesfalls bei diesem einen Vorfall geblieben. Aber es ist bei diesem einen Mal geblieben.«

»Zumindest, soviel Sie wissen«, gab ich ihm zu bedenken.

»Natürlich«, nickte er. »Soviel ich weiß.«

Darauf setzte ich mich zu Skip und Bobby an den Tisch. Bobby trug ein graues Sweatshirt mit abgeschnittenen Ärmeln. Um den Hals hatte er eine blaue Plastiktrillerpfeife hängen.

»Der Herr Schauspieler stimmt sich auf seine nächste Rolle ein«, sagte Skip und deutete mit dem Daumen auf Bobby.

»Was du nicht sagst.«

»Ich habe ein Engagement für einen Werbespot«, weihte Bobby mich ein. »Ich spiele darin einen Basketballschiedsrichter, und die Jungs um mich rum sind alle einen Kopf größer; das ist mehr oder weniger der Witz an der ganzen Sache.«

»Aha, alle sind einen Kopf größer als du«, spöttelte Skip. »Und was wollen sie den Leuten damit andrehen? Falls es ein neues Deodorant ist, würde ich dir dringend raten, ein frisches Sweatshirt anzuziehen.«

»Nein, es geht um Solidarität.«

»Solidarität?«

»Ja, Schwarze, Weiße, Latinos, alle vereint im Sprung nach dem Korb. Irgend so eine neue Regierungskampagne für ein besseres Verständnis der einzelnen Rassen untereinander.«

»Wirst du dafür auch noch bezahlt?«, fragte Skip.

»Na klar, Mann. Soviel ich weiß, verlangt die Werbefirma nichts für den Spot, und die Fernsehsender bringen das Ganze auch umsonst, aber die echten Talente werden natürlich bezahlt.«

»Die Talente«, schnaubte Skip.

»Le talent, c'est moi«, verkündete Bobby.

Ich bestellte mir was zu trinken. Skip und Bobby hatten noch was. Skip zündete eine Zigarette an und nebelte uns mit einer Qualmwolke ein. Mein Drink kam, und ich nahm einen Schluck davon.

»Ich dachte, du wolltest heute früh zu Bett gehen«, sagte Skip. Ich entschuldigte mich damit, dass ich nicht hätte einschlafen können. »Wieso?«, wollte Skip wissen. »Wegen morgen?«

Ich schüttelte den Kopf. »Ich war einfach noch nicht müde. Unruhig.«

»Geht mir ganz ähnlich. Na, Schauspieler«, wandte er sich darauf wieder Bobby zu, »wann musst du denn morgen vorsprechen?«

»Eigentlich so gegen zwei.«

»Wieso eigentlich?«

»In der Regel sitzt man dann erst mal eine Ewigkeit rum. Jedenfalls soll ich morgen um zwei da sein.«

»Glaubst du, du bist früh genug fertig, um mitkommen zu können?«

»Das auf jeden Fall. Diese Werbefritzen dürfen doch den Fünfuhrachtundvierzig-Zug nach Scarsdale raus nicht verpassen. Erst ein paar kurze Drinks im Speisewagen, und dann mal sehen, wie Jason und Tracy heute in der Schule abgeschnitten haben.«

»Jason und Tracy haben doch gerade Ferien, Blödmann.«

»Na, dann ist er eben schon gespannt auf die Postkarte, die sie ihm aus dem Ferienlager geschickt haben. Sie sind nämlich in so einem besonders schicken Lager in Maine, wo die Karten an die Eltern von den Betreuern geschrieben werden, damit die lieben Kleinen nur noch ihren Servus druntersetzen müssen.«

Meine Jungen würden in ein paar Wochen auch ins Ferienlager fahren.

Nun zog Skip Bobby damit auf, dass er seinen Schönheitsschlaf bräuchte.

»Ich soll aussehen wie 'ne richtige Sportskanone«, bestätigte ihm Bobby.

»Wenn wir dich jetzt nicht bald nach Hause ins Bett schaffen, siehst du eher aus wie eine Rauschkugel.« Skip starrte kurz auf die Glut seiner Zigarette und ließ sie dann in den letzten Rest seines Bieres fallen. »Lasst euch von mir bloß nicht erwischen, dass ihr so was mal bei mir macht«, erklärte er dazu. »Ich warne euch.«

Draußen graute bereits der Morgen. Wir schlenderten gemächlich dahin, ohne viel zu reden. Bobby hüpfte und dribbelte, einen imaginären Basketball auftippend, ein paar Meter vor uns her, um dann einen unsichtbaren Gegenspieler zu täuschen und zum Wurf anzusetzen. Skip warf mir einen kurzen Blick zu und zuckte mit den Achseln. »Was soll man dazu sagen?«, brummte er. »Der Kerl ist mein Freund. Mehr gibt es dazu leider wirklich nicht zu sagen.«

»Du bist doch nur eifersüchtig.«, Nachdem er seinen Korb geworfen hatte, gesellte sich Bobby wieder zu uns. »Du hast zwar die richtige Größe, aber du bist einfach zu langsam. Dich trickst doch der kleinste Wicht, wenn er nur einigermaßen flink ist, dermaßen aus, dass du ohne Schuhe dastehst.«

»Ich weinte, weil ich keine Schuhe hatte«, deklamierte Skip feierlich, »und dann traf ich einen Mann, der keine Socken hatte. Von wem war das gleich wieder?«

Aus etwa einem Kilometer Entfernung hallte ein lautes Krachen zu uns herüber.

»Kasabians Granatwerfer«, meinte Bobby.

»Das ist wieder mal typisch für diesen miesen Kriegsdienstverweigerer«, schnaubte Skip verächtlich. »Kann einen Granatwerfer nicht von einem Pessar unterscheiden. Was sage ich denn – Pessar! Wie heißen die Dinger, mit denen die Apotheker ihre Kräuter zerreiben?«

»Wovon redet ihr eigentlich?«

»Einen Mörser«, sagte Skip. »Du könntest einen Granatwerfer nicht von einem Mörser unterscheiden. So klingt doch kein Granatwerfer.«

»Wenn du das sagst.«

»Das klang schon eher, als würden sie ein Haus sprengen«, fuhr er fort. »Allerdings ist es dafür ein bisschen zu früh. Die Nachbarn würden einen glatt abknallen, wenn man so früh schon mit dem Sprengen anfinge. Ich kann euch sagen: Ich bin echt froh, dass es endlich zu regnen aufgehört hat.«

»Ja, das hat wirklich gereicht.«

»Aber vermutlich war das wieder mal nötig. Das heißt es doch immer. Jedes Mal, wenn es aus allen Löchern gegossen hat, kommt einer damit an, das wäre auch dringend nötig gewesen. Weil sonst die Trinkwasserspeicher austrocknen oder wegen der Farmer oder sonst irgendein Quatsch.«

»Das nenne ich eine angeregte Unterhaltung«, höhnte Bobby. »Ich möchte mal sehen, in welcher anderen Stadt jemals eine so hochgeistige Unterhaltung geführt wird.«

»Ach, leck mich doch.« Skip zündete sich eine frische Zigarette an und begann zu husten. Sobald er seinen Hustenanfall unter Kontrolle hatte, zog er noch einmal an seiner Zigarette, und diesmal ging es ohne Husten. Das war wie ein Drink gleich nach dem Aufstehen, dachte ich. Solange er unten blieb, war alles in Ordnung.

»Aber die Luft ist angenehm nach einem kräftigen Regen«, fuhr Skip fort. »So richtig sauber.«

»Wie reingewaschen«, nickte Bobby.

»Kann schon sein.« Er sah sich um. »Eigentlich widerstrebt es mir, so was zu sagen«, erklärte er dann, »aber es sieht ganz so aus, als ob das ein herrlicher Tag würde.«

Kapitel 15

Sechs Minuten nach acht klingelte das Telefon auf Skips Schreibtisch. Billie Keegan hatte gerade von einem Mädchen erzählt, das er letztes Jahr während seines dreiwöchigen Urlaubs in Westirland kennengelernt hatte. Er unterbrach seine Erzählung mitten im Satz. Skip legte seine Hand auf das Telefon und sah mich an, worauf ich nach dem Apparat griff, der auf dem Aktenschrank stand. Er nickte einmal, ein kurzes Zucken des Kopfes, und dann nahmen wir gleichzeitig die Hörer ab.

»Ja«, meldete er sich.

Eine Männerstimme sagte: »Devoe?«

»Ja.«

»Haben Sie das Geld?«

»Ja.«

»Dann nehmen Sie mal einen Bleistift zur Hand und notieren sich Folgendes. Erst steigen Sie in Ihren Wagen und fahren zur ...«

»Moment mal«, unterbrach ihn Skip. »Erst müssen Sie mir schon beweisen, dass Sie auch haben, was Sie zu haben behaupten.«

»Wie meinen Sie das?«

»Lesen Sie mir die Eintragungen für die erste Woche im Juni vor – diesen Juni, Juni fünfundsiebzig.«

Darauf trat eine kurze Pause ein, bis sich die Stimme, etwas angespannt, wieder meldete: »Sie haben hier keine Befehle zu erteilen. Wir sind diejenigen, die sagen ›Fuß‹, und Sie haben gefälligst zu parieren.« Skip richtete sich kaum merklich in seinem Stuhl auf und beugte sich nach vorn. Ich hob meine Hand, um ihn zu bremsen, was auch immer er zu sagen beabsichtigte.

Und dann sagte ich: »Wir wollen uns lediglich vergewissern, dass wir auch mit den richtigen Leuten verhandeln. Wir sind durchaus gewillt zu kaufen, solange wir auch sicher sind, dass Sie zu verkaufen imstande sind. Sobald Sie uns das bestätigt haben, soll unserem Geschäft nichts mehr im Weg stehen.«

»Das ist doch nicht Devoe. Wer zum Teufel sind Sie?«

»Ich bin ein Freund von Mr. Devoe.«

»Haben Sie vielleicht auch einen Namen, Mr. Freund?«

»Scudder.«

»Scudder. Und Sie wollen, dass ich Ihnen was vorlese?« Skip wiederholte ihm, was er vorlesen sollte.

»Sie hören wieder von mir«, sagte der Anrufer, und dann wurde die Verbindung unterbrochen.

Den Hörer in der Hand, sah Skip zu mir herüber. Ich hängte auf. Skip wechselte seinen Hörer wie eine heiße Kartoffel von einer Hand in die andere. Ich musste ihm eigens sagen, ihn auf die Gabel zurückzulegen.

»Was sollte das nun wieder?«, fragte er.

»Vielleicht muss er sich erst mit seinen Partnern besprechen«, sagte ich. »Oder er muss erst die Bücher holen, damit er dir vorlesen kann, was du hören willst.«

»Und möglicherweise haben sie die Bücher gar nicht.«

»Das glaube ich nicht. In diesem Fall hätten sie uns sicher hinzuhalten versucht.«

»Nennst du das etwa nicht, einen hinhalten, wenn man einfach mitten im Gespräch aufhängt?« Er zündete sich eine Zigarette an und steckte die Packung in seine Hemdtasche zurück. Er trug ein kurzärmeliges, dunkelgrünes Arbeitshemd, auf dessen Brusttasche in gelber Farbe *Alvin's Texaco Service* gestickt war. »Warum hat der Scheißkerl aufgehängt?« sagte er vorwurfsvoll.

»Vielleicht hatte er Angst, wir könnten feststellen lassen, von wo er angerufen hat.«

»Könnten wir das denn?«

»So etwas ist verdammt schwierig, selbst wenn dir die Polizei und die Telefongesellschaft dabei helfen«, sagte ich. »Für uns kommt das gar nicht in Frage. Aber das müssen die nicht unbedingt wissen.«

»Vielleicht haben sie spitzgekriegt, wie wir heute Nachmittag den zweiten Apparat angeschlossen haben«, warf Kasabian ein. »Und jetzt denken sie, das wäre irgendeine Vorrichtung, um festzustellen, von wo sie angerufen haben.«

John und Skip hatten das zweite Telefon tatsächlich erst an diesem Nachmittag in ihrem Büro angeschlossen. Den zweiten Apparat hatten sie sich aus der

Wohnung von Kasabians Freundin ausgeliehen, damit Skip und ich den Anruf gleichzeitig entgegennehmen konnten. Während Skip und John also damit beschäftigt gewesen waren, hatte Bobby für seine Rolle als Basketballschiedsrichter in dem Solidaritätswerbespot vorgesprochen, und Billie Keegan hatte sich nach jemandem umgesehen, der ihn an diesem Abend im Armstrong's vertrat. Ich hatte die Zeit genutzt, um zweihundertfünfzig Dollar in einen Opferstock zu stecken, ein paar Kerzen anzuzünden und Drew Kaplan ein paar weitere Belanglosigkeiten durchzugeben. Und nun saßen wir alle fünf im Büro des Miss Kitty's und warteten darauf, dass das Telefon erneut klingelte.

»Der Kerl hatte einen leichten Südstaatenakzent«, sagte Skip. »Ist dir das auch aufgefallen, Matt?«

»Klang aber irgendwie nicht ganz hasenrein.«

»Findest du?«

»Ja, vor allem, als er hochging oder zumindest so tat, als würde er hochgehen. Diese Sache mit dem parieren, wenn er ›Fuß‹ sagt.«

»Er war nicht der einzige, der an diesem Punkt ein bisschen hochgegangen ist.«

»Ich weiß. Doch zuerst, als er sauer wurde, war der Akzent noch nicht da; erst als er das mit dem Parieren und Fuß gebracht hat, wurde er auffälliger – so, als wollte er absichtlich wie irgendein Hinterwäldler aus dem Süden klingen.«

Skips Stirn legte sich in Falten, während er sich an diesen Teil des Telefongesprächs zu erinnern versuchte. »Doch, du hast recht«, bestätigte er mir dann.

»War das derselbe Kerl, mit dem du auch vorher gesprochen hast?«

»Ich weiß nicht. Seine Stimme hat sich zwar auch damals schon nicht echt angehört, aber es war nicht dieselbe wie heute Abend. Vielleicht ist er Stimmenimitator oder so was.«

»Oder Synchronsprecher«, warf Bobby ein. »Für Solidaritätswerbespots.«

Das Telefon klingelte erneut.

Diesmal ersparten wir uns das Theater mit dem gleichzeitigen Abheben, da ich mich ja bereits zu erkennen gegeben hatte. Sobald ich den Hörer am Ohr hatte, sagte Skip: »Ja?«, und die Stimme von vorhin wollte wissen, was sie vorlesen sollte. Skip sagte es ihm, und darauf begann die Stimme, die Eintragungen abzulesen. Skip hatte die getürkte Buchführung vor sich liegen und verglich die Angaben.

Nach einer halben Minute brach die Stimme ab und fragte, ob wir nun zufrieden wären. Skip machte den Eindruck, als wollte er an letzterer Redewendung

Anstoß nehmen, aber stattdessen zuckte er nur mit den Achseln und nickte, sodass ich antwortete, wir hätten nun Gewissheit, dass wir mit den richtigen Leuten verhandelten.

»Dann notieren Sie sich jetzt, was Sie zu tun haben«, erklärte die Stimme. Und wir griffen beide nach unseren Stiften und notierten uns seine Richtungsangaben.

»Zwei Wagen«, sagte Skip. »Sie wissen nur, dass Matt und ich kommen. Wir beide nehmen also meinen Wagen. Und du, John, kommst mit Billie und Bobby nach. Was denkst du, Matt? Werden sie uns folgen?«

Ich schüttelte den Kopf. »Möglicherweise wird uns allerdings jemand beim Verlassen der Bar beobachten«, sagte ich. »Am besten, ihr drei geht schon mal voraus, John. Steht der Wagen bereit?«

»Ich habe ihn zwei Blocks weiter geparkt.«

»Ihr drei könnt also schon mal zum vereinbarten Treffpunkt vorausfahren. Bobby, du gehst mit Bill voraus. Und dann wartet ihr am Wagen. Es ist auf jeden Fall besser, wenn ihr nicht alle auf einmal rausgeht; könnte ja sein, dass jemand die Eingangstür im Auge behält. Ihr wartet also beim Wagen, und Sie, John, warten ein paar Minuten, bis Sie den beiden folgen.«

»Und dann fahren wir raus zur – wohin gleich wieder, in die Emmons Avenue?«

»In Sheepshead Bay. Wissen Sie, wo das ist?«

»So ungefähr. Ich weiß nur, dass das der Arsch der Welt von Brooklyn ist. Ich war da mal angeln, aber ich bin bei jemandem mitgefahren und habe deshalb nicht auf den Weg geachtet.«

»Sie können den Belt nehmen, den Share Parkway.«

»Gut.«

»Halt, da fällt mir was Besseres ein – nehmen Sie die Ocean Avenue. Vermutlich ist die Strecke sogar ausgeschildert.«

»Ich muss doch hier irgendwo einen Stadtplan haben«, schaltete sich Skip ein. »Ich hab' den doch erst kürzlich irgendwo rumliegen sehen.«

Er kramte eine Weile in seinem Schreibtisch herum und förderte schließlich einen Stadtplan zutage, den wir gemeinsam studierten. Bobby Ruslander beugte sich über Kasabians Schulter. Billie Keegan nahm einen Schluck von einem Bier, das jemand stehen gelassen hatte, und verzog das Gesicht. Wir einigten uns auf die kürzeste Strecke, und dann sagte Skip zu John, er könnte den Stadt-plan mitnehmen.

»Wenn ich diese Dinger nur wieder richtig zusammenfalten könnte«, stöhn-te Kasabian.

»Ist doch egal, wie du das blöde Ding zusammenfaltest«, tröstete ihn Skip. Er nahm seinem Partner den Stadtplan aus der Hand, riss das Stück heraus, das er brauchte, und warf den Rest in den Papierkorb. »Hier ist Sheepshead Bay«, sagte er dann. »Du willst doch nur wissen, wo du vom Parkway runter musst, oder? Wozu brauchst du also den restlichen Stadtplan?«

»Reg dich doch nicht gleich so auf«, fuhr ihn Kasabian an.

»Entschuldige, Johnny. Ich bin nur ein bisschen nervös. Hast du eine Kano-ne einstecken, Johnny?«

»Lass mich bloß damit in Frieden.«

Skip zog die Schreibtischschublade heraus und legte eine bläulich schim-mernde Automatik auf den Schreibtisch. »Die bewahren wir normalerweise hinter der Bar auf«, erklärte er mir, »falls wir uns eine Kugel durch den Kopf jagen wollen, wenn wir die abendlichen Einnahmen zählen. Du willst sie also nicht, John?« Kasabian schüttelte den Kopf. »Matt?«

»Ich glaube nicht, dass ich sie brauchen werde.«

»Du willst sie also auch nicht einstecken?«

»Lieber nicht.«

Er wog die Automatik in seiner Handfläche und überlegte, wo er sie am bes-ten unterbringen könnte. Es war eine 45er von der Sorte, wie sie Offiziere der Army trugen. Ein großes, schweres Ding, dessen Durchschlagskraft ausreichte, um einen Angreifer notfalls auch mit einer Schulterwunde zum Stehen zu brin-gen, wenn man nicht der beste Schütze war.

»Ein Gewicht hat das Ding«, schnaubte Skip. Er stopfte sich die Automatik in den Bund seiner Jeans, um dann stirnrunzelnd an sich hinabzusehen. Schließ-lich zog er sein Hemd heraus und ließ es über die Waffe hängen. Allerdings hat-te er nicht die Sorte Hemd an, die man normalerweise über der Hose trug, und entsprechend fadenscheinig sah das Ganze auch aus. »Meine Fresse«, stöhnte er, »wo soll ich das blöde Ding nur hinstecken?«

»Dir wird schon noch was einfallen«, tröstete ihn Kasabian. »Wir gehen inzwischen los. Finden Sie nicht auch, Matt?«

Ich stimmte ihm zu. Also gingen wir das Ganze noch einmal durch, während Keegan und Ruslander vorausgingen. Sie würden nach Sheepshead Bay fahren und schräg gegenüber von dem Restaurant parken. Dort würden sie bei ausgeschaltetem Motor und ohne Lichter warten und das Lokal im Auge behalten, bis wir eintrafen.

»Verhalten Sie sich auf alle Fälle ganz ruhig«, schärfte ich Kasabian ein. »Auch wenn Sie irgendetwas Verdächtiges bemerken, unternehmen Sie nichts. Notieren Sie sich lediglich die Autonummer oder sonst irgendwelche Details.«

»Soll ich ihnen folgen?«

»Woher wollen Sie wissen, wem Sie überhaupt folgen?« Er zuckte mit den Achseln. »Verlassen Sie sich einfach auf Ihren Instinkt«, riet ich ihm. »Bleiben Sie einfach in der Nähe und sperren Sie Ohren und Augen auf.«

»Gut.«

Nachdem er gegangen war, legte Skip einen Aktenkoffer auf den Schreibtisch und ließ die Verschlüsse aufschnappen. Mehrere Bündel gebrauchter Scheine füllten den Koffer. »So sehen also fünfzig Riesen aus«, sagte er kopfschüttelnd. »Nicht gerade berauschend, was?«

»Nur Papier.«

»Spürst du was beim Anblick von so viel Geld?«

»Eigentlich nicht.«

»Ich auch nicht.« Er legte die 45er auf die Scheine und schloss den Aktenkoffer wieder. Er ging allerdings nicht richtig zu. Also verteilte er die Geldscheine so, dass sie ein kleines Nest für die Pistole bildeten, und schloss den Koffer erneut.

»Nur, bis wir im Wagen sitzen«, erklärte er dazu. »Ich habe keine Lust, wie Gary Cooper in *High Noon* die Straße runterzulatschen.« Er steckte sein Hemd in seine Hose zurück. Auf dem Weg zum Wagen sagte er: »Eigentlich möchte man doch meinen, die Leute müssten mir alle hinterherstarren. Ich bin angezogen wie ein Automechaniker und laufe mit einem Aktenkoffer wie ein Banker durch die Gegend. Aber in New York kannst du in einem Gorillaanzug auf die Straße gehen, und kein Mensch nimmt Notiz von dir. Erinnere mich daran, dass ich die Automatik aus dem Koffer nehme, sobald wir im Wagen sitzen.«

»Gut.«

»Schlimm genug, wenn die uns dumm kommen und uns abknallen. Aber noch schlimmer wäre es, wenn sie dazu auch noch meine Kanone benützen würden.«

*   *   *

Sein Wagen stand in einer Garage in der Fifty-fifth Street. Er gab dem Parkwächter einen Dollar Trinkgeld, fuhr um die nächste Straßenecke und hielt neben einem Hydranten. Er öffnete den Aktenkoffer, nahm die Automatik heraus, überprüfte das Magazin und legte die Waffe zwischen uns auf den Vordersitz, um sich jedoch gleich darauf eines Besseren zu besinnen und sie in die Spalte zwischen Sitz und Rückenlehne zu klemmen.

Er fuhr einen Chevy Impala, schon einige Jährchen alt, lang und flach, und sehr weichgefedert. Er hatte eine weiß und beige Innenausstattung und sah aus, als wäre er nicht mehr gewaschen worden, seit er in Detroit vom Fließband gelaufen war. Der Aschenbecher quoll von Zigarettenstummeln über, und der Boden war mit Abfällen übersät.

»Die Karre ist das exakte Spiegelbild meines Lebens«, bemerkte Skip, als wir an der Tenth Avenue vor einer Ampel halten mussten. »Ein gemütliches Chaos. Was machen wir? Fahren wir die gleiche Strecke wie Kasabian?«

»Nein.«

»Weißt du einen besseren Weg?«

»Keinen besseren, aber einen anderen. Fahr vorerst weiter den West Side Drive runter, aber dann nehmen wir anstatt des Belt die normalen Straßen durch Brooklyn.«

»So brauchen wir etwas länger, oder?«

»Wahrscheinlich. Sie sollen ruhig ein Weilchen vor uns eintreffen.«

»Wie du meinst. Hast du dafür auch einen speziellen Grund?«

»So lässt sich unter Umständen leichter feststellen, ob wir beschattet werden.«

»Glaubst du denn, dass wir das werden?«

»Eigentlich besteht dafür kein Grund, da sie ja wissen, wohin wir fahren. Aber es lässt sich natürlich nicht mit Sicherheit sagen, ob wir es hier mit einem einzigen Mann zu tun haben oder einer ganzen Armee.«

»Das ist allerdings richtig.«

»Bieg an der nächsten Ecke rechts ab, dann kommen wir an der Fifty-sixth Street auf den Drive.«

»Gut. Matt? Wie steht's?«

»Wie meinst du das?«

»Lust auf einen kleinen Stärkungstrunk? Sieh mal im Handschuhfach nach. Da müsste eigentlich was drin sein.«

Tatsächlich lag im Handschuhfach eine kleine Flasche Black & White. Ich kann mich noch genau an diese Flasche erinnern; sie war aus grünem Glas und wie ein Flachmann leicht gekrümmt, sodass man sie bequem einstecken konnte.

»Ich weiß zwar nicht, wie es dir geht«, sagte er, »aber ich könnte jetzt einen Schluck vertragen. Gegen die Nervosität.«

»Also gut, einen kleinen«, stimmte ich ihm zu und öffnete die Flasche.

Wir nahmen den West Side Drive zur Canal Street, fuhren dann über die Manhattan Bridge nach Brooklyn und bogen von der Flatbush Avenue in die Ocean Avenue ein. Unterwegs mussten wir mehrmals bei Rot halten, und ich ertappte Skip dabei, wie er bei diesen Gelegenheiten immer wieder verstohlene Blicke zum Handschuhfach warf. Aber da er nichts sagte, rührten wir die Flasche Black & White nicht mehr an.

Er hatte während der ganzen Fahrt das Fenster heruntergekurbelt und den Arm nach draußen gestreckt; seine Fingerspitzen ruhten auf dem Dach und trommelten gelegentlich unruhig dagegen. Ab und zu unterhielten wir uns, und dann fuhren wir wieder eine Weile wortlos dahin.

Irgendwann begann Skip: »Ich möchte wirklich wissen, wem wir das zu verdanken haben, Matt. Es muss doch jemand sein, der mich näher kennt. Es muss jemand sein, der Zugang zu den Büchern hatte und sich einen Reim auf das machen konnte, was darin stand; und dann hat er die Gelegenheit beim Schopf ergriffen. Dafür kommt eigentlich nur jemand in Frage, der mal für mich gearbeitet hat. Doch wie soll der Betreffende an meine Bücher herangekommen sein? Wenn ich irgend so ein Arschloch gefeuert habe, einen ständig betrunkenen Barkeeper oder eine unfähige Bedienung, wie wollen die sich unbemerkt Zutritt zu meinem Büro verschafft haben, um dann ebenso unbemerkt mit den Büchern unterm Arm wieder rauszumarschieren? Kannst du dir das vorstellen?«

»So schwierig dürfte es nun auch wieder nicht sein, in euer Büro zu kommen, Skip. Jeder, der sich in eurem Laden ein bisschen auskennt, könnte sich auf dem Weg zur Toilette reinstehlen, ohne dass irgendjemand etwas merkt.«

»Kann schon sein. Vermutlich kann ich froh sein, dass sie mir dabei nicht auch noch in die Schreibtischschublade gepisst haben.« Er zog eine Zigarette aus dem Päckchen in seiner Brusttasche und klopfte damit gegen das Lenkrad. »Ich schulde Johnny fünf Riesen.«

»Wie das.«

»Wegen des Lösegelds. Er hat dreißigtausend aufgebracht, ich zwanzig. Sein Bankschließfach war besser bestückt als meines. Wenn ich mich nicht täusche, hat Johnny sicher noch mehr Geld auf die Seite gebracht; aber es ist natürlich auch nicht auszuschließen, dass die dreißigtausend seine ganze Altersvorsorge waren.«

Er bremste, um vor uns ein Taxi auf unsere Fahrspur überwechseln zu lassen. »Sieh dir mal dieses Arschloch an«, sagte er ohne Ärger. »Fahren die Leute überall so, oder gibt es so was nur in Brooklyn? Ich jedenfalls könnte schwören, dass sie plötzlich wie die Verrückten zu fahren anfangen, sobald du nur den Fluss überquert hast. Wovon haben wir eigentlich gerade geredet?«

»Von dem Geld, das Kasabian aufgebracht hat.«

»Ach ja. Er wird mir also während der nächsten paar Wochen einige Scheinchen extra abzwacken, bis die fünf Riesen abgezahlt sind. Matt, ich hatte zwanzigtausend Dollar in einem Bankschließfach, und die sind jetzt fein säuberlich in diesem Köfferchen verpackt – lieferfertig. In ein paar Minuten werden sie mir nicht mehr gehören und entbehren damit jeglicher Realität – wenn du weißt, was ich meine?«

»Ich glaube schon.«

»Ich meine damit nicht, dass es nur Papier ist. Wenn es nur Papier wäre, wären die Leute nicht so verrückt danach. Nein, nein, an der Sache ist schon etwas mehr dran. Aber es war nicht wirklich, als es im Tresorraum der Bank rumlag, und genauso wenig wird es wirklich sein, wenn es weg ist. Aber ich muss wissen, wem ich diesen kleinen Scherz zu verdanken habe, Matt.«

»Vielleicht finden wir es ja raus.«

»Ich muss es einfach wissen. Kasabian vertraue ich blind, weißt du? In diesem Geschäft kannst du nämlich gleich einpacken, wenn du deinem Partner nicht trauen kannst. Zwei Kerle im Kneipengeschäft, die sich ständig auf die Finger sehen – ich kann dir sagen, die gehen spätestens nach einem halben Jahr die Wände hoch. So was würde nie hinhauen. Die Stimmung, die in so 'ner Bar rüberkäme, würde sich nicht mal der mieseste Bowery-Penner bieten lassen. Außerdem könntest du deinem Partner dann dreiundzwanzig Stunden am Tag hinterherspionieren, und in der verbleibenden vierundzwanzigsten Stunde würde er dir alles stehlen, was nicht niet- und nagelfest ist. Bei uns kümmert sich Kasabian um die Einkäufe. Du kannst dir nicht vorstellen, was du alles mauscheln kannst, wenn du für einen Laden wie den unseren die Einkäufe machst.«

»Worauf willst du eigentlich hinaus, Skip?«

»Ich will darauf hinaus, dass ein kleiner Mann in meinem Ohr flüstert: Wäre doch eine prima Gelegenheit für Johnny, mich um zwanzig Riesen zu erleichtern. Nur erscheint mir das alles andere als einleuchtend, Matt. Einmal ganz abgesehen davon, dass ich ihm vertraue, gäbe es für ihn Hunderte von Möglichkeiten, mich auf einfachere und für ihn einträglichere Weise übers Ohr zu hauen, ohne dass ich auch nur merken würde, dass ich ordentlich gemolken worden bin. Trotzdem will dieser kleine Mann im Ohr sein Maul nicht halten, und ich möchte wetten, dass es John ganz ähnlich geht. Mir ist nämlich vorhin mal aufgefallen, wie er mich so komisch angesehen hat, und vermutlich habe ich ihn auch schon ein paarmal so angesehen, und ich meine, das ist doch wirklich kindisch. Das ist wesentlich schlimmer als der finanzielle Verlust. So was kann durchaus zur Folge haben, dass es mit einer Kneipe über Nacht abwärts geht.«

»Ich glaube, da vorne kommt langsam die Ocean Avenue.«

»Ja? Soll ich an der Ocean links abbiegen?«

»Nein, rechts.«

»Wirklich?«

»Ja.«

»In Brooklyn habe ich mich noch nie ausgekannt«, brummte er darauf. »Ich kann dir schwören, dieses Kaff wurde von den zehn Stämmen Israels gegründet. Sie haben den Weg zurück nicht mehr gefunden; also haben sie das Gelände hier gerodet, ihre Häuser hingestellt, Kanalisationsrohre und Stromleitungen verlegt – alles, was man braucht, um sich zu Hause zu fühlen.«

Die Restaurants in der Emmons Avenue sind auf Fisch und Meeresfrüchte spezialisiert. Das Lokal, in dem wir verabredet waren, nannte sich Carlo's Clam House und hatte ein rotes Neonschild mit einer sich öffnenden und schließenden Muschel.

Kasabian hatte schräg gegenüber von dem Restaurant geparkt. Wir hielten neben ihm an. Auf dem Beifahrersitz saß Bobby. Billie Keegan hatte sich allein auf den Rücksitz gefläzt. Hinterm Steuer saß selbstverständlich Kasabian.

»Das hat ja ganz schön gedauert«, begrüßte uns Bobby. »Falls sich da drinnen irgendwas tut, kann man es wenigstens von hier nicht sehen.«

Skip nickte und fuhr ein paar hundert Meter weiter, bis er den Wagen neben einem Hydranten parkte. »Hier wird man doch hoffentlich nicht abgeschleppt, oder?«, wandte er sich ratsuchend an mich.

»Ich glaube nicht.«

»Das hätte uns gerade noch gefehlt.« Er stellte den Motor ab, und nachdem wir einen kurzen Blick ausgetauscht hatten, wanderte seiner zum Handschuhfach weiter.

»Hast du Keegan gesehen?« fragte er. »Wie der sich auf dem Rücksitz breitgemacht hat?«

»Mhm.«

Du kannst Gift drauf nehmen, dass der schon kräftig zugelangt hat, seit sie losgefahren sind.«

»Schon möglich.«

»Wir warten damit lieber noch ein bisschen. Wir feiern erst hinterher.«

»Klar.«

Er schob die Automatik in seinen Hosenbund und drapierte sein Hemd darüber. »Wahrscheinlich ist das hier gerade so in Mode«, bemerkte er dazu, als er die Tür öffnete und sich den Aktenkoffer unter den Arm klemmte. »Sheepshead Bay, Heimat der losen Hemdzipfel. Nervös, Matt?«

»Ein bisschen.«

»Na, dann bin ich wenigstens nicht der Einzige.«

Wir überquerten die Straße und näherten uns dem Restaurant. Die Nacht war mild, und man spürte einen Hauch von Meer in der Luft. Für einen Moment fragte ich mich, ob nicht besser ich die Pistole hätte einstecken sollen. Mir war nicht recht klar, ob Skip wirklich davon Gebrauch machen würde, oder ob er sie lediglich zur psychischen Rückendeckung eingesteckt hatte. Ich hatte auch keine Ahnung, ob er überhaupt damit umgehen konnte. Er war zwar beim Militär gewesen, aber das hieß noch lange nicht, dass er etwas von Handfeuerwaffen verstand.

Ich jedenfalls konnte damit umgehen, von gewissen Querschlägern mal abgesehen.

»Sieh dir mal die Neonreklame an«, machte er mich auf die sich öffnende und schließende Muschel aufmerksam.

»Wenn das keine ausgemachte Sauerei ist. ›Jetzt wollen wir aber mal sehen, Süße, wie schön deine kleine süße Muschel aufgeht.‹ Sieht ziemlich leer aus da drinnen.«

»Wir haben ja auch Montagabend, und ziemlich spät ist es auch schon.«

»Für die hier ist wahrscheinlich ein Uhr mittags schon verdammt spät.

Mann, diese Knarre hat vielleicht ein Gewicht. Ein Gefühl ist das, als wäre mir die Hose schon bis auf die Knie runtergerutscht.«

»Willst du sie vielleicht doch lieber im Wagen lassen?«

»Das ist doch hoffentlich nicht dein Ernst, Matt. ›Das ist Ihre Waffe, Soldat. Sie könnte Ihnen das Leben retten.‹ Nein, nein, keine Sorge, ich bin nur ein bisschen nervös, das ist alles.«

»Na gut.«

Er erreichte die Tür als Erster und hielt sie mir auf. Das Lokal war nichts weiter als ein besserer Schnellimbiss – alles aus Resopal und rostfreiem Stahl, mit einer langen Esstheke auf der linken Seite und einzelnen Nischen mit Tischen auf der rechten Seite und an der Rückwand. An einem Tisch in der Nähe des Eingangs saßen vier Jüngelchen um die fünfzehn, sechzehn und stopften sich von einem großen Gemeinschaftsteller mit Fritten voll. Weiter hinten war eine grauhaarige Frau mit einer Menge Ringe an den Fingern in ein Buch mit einem Bibliotheksschutzeinband vertieft.

Der Mann hinterm Tresen war groß und fett und vollkommen kahlköpfig. Ich nahm an, dass er sich seinen Schädel rasierte. Auf seiner Stirn standen Schweißperlen, und sein Hemd hatte sich vom Schweiß dunkel verfärbt. Dabei war es in dem Lokal angenehm kühl; die Klimaanlage lief auf vollen Touren. An der Theke saßen zwei Gäste – ein rundschultriger Mann in einem kurzärmeligen, weißen Hemd, der wie ein gescheiterter Buchhalter aussah, und ein pummeliges Mädchen mit dicken Beinen und schlechter Haut. Am hinteren Ende der Theke machte die Bedienung gerade eine Zigarettenpause.

Wir nahmen an der Theke Platz und bestellten Kaffee. Auf dem Hocker neben mir hatte jemand die *Post* vom Nachmittag liegen gelassen. Skip griff danach und überflog sie kurz.

Er steckte sich eine Zigarette an und warf alle paar Sekunden einen verstohlenen Blick in Richtung Tür. Wir tranken beide unseren Kaffee. Schließlich griff Skip nach der Speisekarte, um sie kurz zu studieren. »Die haben vielleicht eine Auswahl.« Er stieß einen leisen Pfiff durch die Zähne aus. »Sag mir irgendwas, worauf du gerade Lust hast. Steht bestimmt hier drauf. Aber wozu sehe ich mir eigentlich diese blöde Speisekarte an. Ich würde ja doch keinen Bissen runterkriegen.«

Er steckte sich eine frische Zigarette an und legte das Päckchen auf die Theke. Ich nahm mir auch eine und steckte sie mir zwischen die Lippen. Er zog, ohne etwas zu sagen, die Augenbrauen hoch und gab mir Feuer. Ich machte zwei, drei Züge und drückte die Zigarette wieder aus.

Eigentlich muss ich das Telefon klingeln gehört haben, aber so richtig wurde es mir erst bewusst, als die Bedienung bereits abgenommen hatte. Gleich darauf kam sie nach vorn und fragte den rundschultrigen Mann, ob er Arthur Devoe wäre. Diese Vorstellung schien ihn zu verblüffen. Skip glitt von seinem Hocker und ging auf den Apparat zu. Ich trottete ihm hinterher.

Er griff nach dem Hörer, lauschte kurz hinein und winkte dann nach Papier und Bleistift. Ich zückte mein Notizbuch und schrieb auf, was er mir wiederholte.

Plötzlich ertönte vom Eingang her ausgelassenes Gelächter. Die Halbstarken hatten begonnen, sich mit Fritten zu bewerfen. Der Mann hinterm Tresen beugte sich über die Theke und sagte irgendetwas zu ihnen. Ich riss meinen Blick von ihnen los und konzentrierte mich darauf zu notieren, was Skip sagte.

Kapitel 16

Skip sagte: »Eighteenth Ecke Ovington. Weißt du, wo das ist?«

»Ich glaube schon. Die Ovington kenne ich jedenfalls; sie geht durch Bay Ridge. Aber die Eighteenth Avenue muss weiter westlich liegen. Vermutlich ist sie irgendwo drüben in Bensonhurst, etwas südlich vom Washington Cemetery.«

»Wie soll das jemand wissen? Hast du eben Eighteenth Avenue gesagt? Gibt es tatsächlich achtzehn Avenues?«

»Soviel ich weiß, gibt es sogar achtundzwanzig. Die Twenty-eighth Avenue ist allerdings nur zwei Blocks lang. Sie geht von Cropsey bis Stillwell.«

»Wo ist das denn?«

»In Coney Island. Gar nicht so weit von der Stelle, wo wir jetzt sind.«

Mit einer wegwerfenden Handbewegung tat er den Stadtteil und all seine unmöglich zu behaltenden Straßenzüge ab. »Du weißt jedenfalls, wo wir hin müssen«, sagte er. »Außerdem können wir uns ja noch von Kasabian den Stadtplan holen. Scheiße. Vermutlich ist das auf dem Teil, den ich rausgerissen habe, nicht mehr drauf.«

»Vermutlich nicht.«

»So was Blödes. Warum musste ich die Karte auch zerreißen?«

Inzwischen hatten wir das Lokal verlassen und standen vor dem Eingang. Die rote Neonmuschel hinter uns ging unbeirrt weiter auf und zu. »Ich blicke, ehrlich gesagt, nicht mehr durch, Matt«, gestand mir Skip. »Warum schicken sie uns erst hierher, um uns dann noch mal anzurufen und uns zu sagen, wir sollen zu dieser Kirche fahren?«

»Damit sie sich einen ersten Eindruck von uns verschaffen können, nehme ich an. Und um uns den Kontakt zu etwaigen Hintermännern zu erschweren.«

»Glaubst du, wir werden gerade beobachtet? Wie soll ich dann Johnny sagen, dass sie uns folgen sollen? Das sollten sie doch tun – uns folgen, oder?«

»Vielleicht sollten sie lieber nach Hause fahren.«

»Wieso das?«

»Weil sie wahrscheinlich entdeckt werden, wenn sie uns folgen. Und wenn wir ihnen sagen, was los ist, werden sie mit Sicherheit auf sie aufmerksam.«

»Du glaubst also, wir werden beobachtet?«

»Es ist zumindest nicht ausgeschlossen. Jedenfalls wäre das ein Grund, die Sache so abzuwickeln.«

»Scheiße«, fluchte Skip. »Ich kann doch Johnny nicht nach Hause schicken. Wenn ich ihn verdächtige, verdächtigt er mich umgekehrt sicher genauso, und ich kann unmöglich ... Angenommen, wir nehmen alle ein Auto?«

»Zwei wären aber besser.«

»Du hast doch gerade selbst gesagt, dass es mit zwei Autos nicht geht.«

»Wir können es ja mal so versuchen.« Damit nahm ich Skip am Arm und steuerte ihn nicht auf den Wagen zu, in dem Kasabian und die anderen warteten, sondern auf seinen Impala. Auf meine Anweisungen hin ließ Skip dann den Motor an, blinkte ein paarmal und fuhr zur nächsten Straßenecke, um dort rechts abzubiegen und nach ein paar hundert Metern anzuhalten. Wenige Minuten später kam Kasabian nach und blieb neben uns stehen.

»Du hast also recht gehabt«, nickte Skip mir zu, und zu den anderen drei sagte er anerkennend: »Ihr seid ja tatsächlich schlauer, als ich gedacht habe. Wir haben eben wieder einen Anruf gekriegt; die wollen sozusagen ein bisschen Schatzsuche mit uns spielen. Wir sollen zu einer Kirche in der Eighteenth Avenue fahren; die andere Straße weiß ich nicht mehr.« Er wandte sich mir zu.

»Die Ovington«, kam ich ihm zu Hilfe.

Niemand wusste, wo das war. »Fahrt uns einfach hinterher«, schlug ich vor. »Bleibt immer einen bis einen halben Block hinter uns, und wenn wir anhalten, dann fahrt einmal um den Block und parkt dann hinter uns.«

»Und wenn wir euch aus den Augen verlieren?«, fragte Bobby.

»Dann fahrt ihr nach Hause zurück.«

»Was?«

»Fahrt einfach hinter uns her«, sagte ich. »Ihr werdet uns schon nicht aus den Augen verlieren.«

Über die Coney Island Avenue und den Kings Highway erreichten wir den Bay Parkway, und dann kannte ich mich plötzlich nicht mehr aus; es dauerte ein paar Blocks, bis ich die Orientierung wiedergefunden hatte. Wir erreichten die Eighteenth Avenue und fanden auch schon bald die Kirche an der Ecke zur Ovington. In Bay Ridge verläuft die Ovington Avenue parallel zur Bay Ridge Avenue, und zwar einen Block weiter südlich. Auf der Höhe des Fort Hamilton Parkway verläuft sie immer noch parallel zur Bay Ridge Avenue, aber einen Block nördlich davon, wo man eigentlich die Sixty-eighth Street erwarten würde. So etwas passiert einem in Brooklyn ständig, und es kann einem die Orientierung gewaltig erschweren, selbst wenn man sich dort auskennt.

Direkt gegenüber der Kirche war Parkverbot, aber Skip scherte sich nicht darum. Er schaltete die Lichter aus und stellte den Motor ab. Wir blieben schweigend sitzen, bis Kasabian an uns vorüberfuhr und an der nächsten Ecke rechts abbog.

»Hat der uns überhaupt gesehen?«, brummte Skip missmutig, worauf ich sagte, dem müsste wohl so sein, da er sonst kaum an der nächsten Ecke abgebogen wäre. »Vermutlich hast du recht«, meinte Skip daraufhin wenig überzeugt.

Ich drehte mich um und sah durch das Rückfenster nach hinten. Ein paar Minuten später sah ich ihre Lichter auftauchen. Sie fanden einen halben Block hinter uns einen Parkplatz. Die Lichter gingen aus.

Die Straßen in dieser Gegend waren vorwiegend von großen Holzhäusern aus der Vorkriegszeit mit weiten Rasenflächen und hohen Bäumen gesäumt. »Sieht gar nicht nach New York aus hier«, meinte Skip dazu. »Mich erinnert das eher an irgend so ein verschlafenes Provinznest.«

»Weite Teile Brooklyns sehen so aus.«

»Teile von Queens auch. Nicht die Ecke, wo ich aufgewachsen bin, aber andere Viertel. Weißt du, woran mich das hier erinnert? An Richmond Hili. Kennst du Richmond Hill?«

»Nicht sehr gut.«

»Jedenfalls sehen dort die Häuser ganz ähnlich aus.« Er warf seine Zigarette aus dem Fenster. »Na, dann lass uns mal.«

»Mir gefällt das gar nicht.«

»*Dir* gefällt das gar nicht? Mir gefällt das ganz und gar nicht, seit diese verdammten Bücher verschwunden sind.«

»Ganz schön verlassen hier.« Ich schlug mein Notizbuch auf und überflog meine Aufzeichnungen. »An der linken Seite der Kirche soll eine Treppe zum Keller hinunterführen. Die Tür ist angeblich offen. Nicht einmal ein Licht brennt hier irgendwo. Oder siehst du eins?«

»Nee.«

»Also, das gefällt mir nicht. Bleib du mal besser hier, Skip.«

»Glaubst du, allein bist du sicherer?«

Ich schüttelte den Kopf. »Ich glaube nur, dass wir beide weniger zu befürchten haben, wenn wir bis auf weiteres getrennt vorgehen. Das Geld bleibt bei dir. Ich werde jetzt mal da runtergehen und sehen, welche Art von Empfang uns die bereiten wollen. Wenn ich den Eindruck gewinnen sollte, dass eine problemlose Übergabe gewährleistet ist, lasse ich sie dreimal kurz das Licht anmachen.«

»Was für ein Licht?«

»Irgendeins, das du sehen kannst.«

»Dann geht also dreimal kurz das Licht an, und ich bringe das Geld. Und was ist, wenn dir etwas an der Sache faul erscheint?«

»Dann sage ich ihnen, ich muss dich erst holen. Und dann komme ich zurück und wir fahren einfach wieder nach Hause.«

»Vorausgesetzt, wir finden jemals wieder zurück.« Er runzelte die Stirn. »Und was ist, wenn – ach, nichts.«

»Wenn was ist?«

»Na ja, was ist, wenn du nicht zurückkommst?«

»Dann wirst du schon irgendwie nach Manhattan zurückfinden.«

»Was machst du denn jetzt schon wieder?«

Ich hatte die Abdeckung der Innenbeleuchtung abgenommen und drehte das Birnchen heraus. »Falls sie uns beobachten«, erklärte ich Skip. »Ich möchte, dass sie es nicht gleich sehen, wenn ich die Tür aufmache.«

»Du denkst aber wirklich an alles. Nur gut, dass du kein Pole bist, sonst bräuchten wir jetzt mindestens fünfzehn Mann, um den Wagen zu drehen, während du die Birne festhältst. Möchtest du nicht doch die Kanone einstecken, Matt?«

»Eigentlich nicht.«

»›Mit bloßen Händen hat er's ganz allein mit einer ganzen Armee aufgenommen.‹ Nimm doch die blöde Knarre, Mann.«

»Na gut, dann gib schon her.«

»Und wie wär's vorher noch mit einer kleinen Erfrischung?«

Ich streckte meine Hand nach dem Handschuhfach aus.

Dann stieg ich aus und ging sofort runter. Den Wagen benutzte ich als Deckung zwischen mir und den Kellerfenstern der Kirche. Dann schlich ich zu Kasabians Wagen zurück und erzählte den anderen in groben Zügen, was inzwischen passiert war. Ich sagte Kasabian, er sollte im Wagen sitzen bleiben und den Motor starten, sobald er Skip die Kirche betreten sah. Die beiden anderen schickte ich zu Fuß um den Block. Falls die Erpresser sich durch einen Hinterausgang der Kirche und durch irgendwelche Hintergärten aus dem Staub machten, würden Bobby und Billie sie vielleicht sehen. Mir war zwar klar, dass sie wenig würden ausrichten können, aber vielleicht konnte wenigstens einer von ihnen mit einer Autonummer aufwarten.

Ich kehrte zum Impala zurück und erzählte Skip, was ich mit den anderen verabredet hatte. Dann schraubte ich die Birne wieder rein, und als ich nun die Wagentür erneut öffnete, ging im Innern das Licht an. Ich warf die Tür hinter mir zu und überquerte die Straße.

Die Automatik steckte in meinem Hosenbund; der Griff stand deutlich sichtbar hervor, sodass ich die Waffe jederzeit ziehen konnte. Lieber hätte ich das Ding in einem Holster an meiner Hüfte getragen, aber dazu war es jetzt zu spät. Die Pistole war mir beim Gehen hinderlich, sodass ich sie in die Hand nahm, als ich in das Dunkel neben der Kirche trat. Da ich mich jedoch so auch nicht wohler fühlte, steckte ich sie wieder in den Hosenbund zurück.

Die Treppe führte ziemlich steil nach unten. Betonstufen mit einem rostigen Eisengeländer, das in die Wand des Schachts eingelassen war. Ein paar der Halterungen waren offensichtlich locker. Ich hatte das Gefühl, in undurchdringliches Dunkel einzutauchen, als ich die Treppe hinunterstieg. An ihrem Ende befand sich eine Tür. Ich tastete eine Weile nach dem Türgriff und ließ dann eine Weile meine Hand darauf ruhen, um zu lauschen, ob dahinter etwas zu hören war.

Totenstille.

Ich drehte den Knopf und drückte die Tür nur so weit nach innen auf, dass ich mich vergewissern konnte, dass sie nicht abgeschlossen war. Dann zog ich sie wieder zu und klopfte dagegen.

Nichts rührte sich.

Ich klopfte ein zweites Mal. Diesmal hörte ich, wie sich im Innern jemand bewegte, und eine Stimme rief etwas Unverständliches. Ich drehte neuerlich am Türknopf und trat ein.

Die Zeit, die ich in dem stockdunklen Treppenschacht verbracht hatte, sollte mir nun zum Vorteil gereichen. Durch die Fenster an der Vorderseite drang schwaches Licht in den Keller, und meine Augen hatten sich bereits so weit an das Dunkel gewöhnt, dass ich in dem kaum wahrnehmbaren Lichtschein meine

Umgebung erkennen konnte. Ich befand mich in einem etwa zehn auf fünfzehn Meter großen Raum, in dem mehrere Tische und Stühle herumstanden. Ich zog die Tür hinter mir zu und drückte mich in das Dunkel entlang einer Wand.

»Devoe?«, fragte eine Stimme.

»Scudder«, erwiderte ich.

»Wo ist Devoe?«

»Im Wagen.«

»Das macht nichts«, schaltete sich eine zweite Stimme ein. Ich erkannte keine der beiden Stimmen als diejenige wieder, die ich am Telefon gehört hatte, aber die war ja auch entstellt gewesen, und wenn mich nicht alles täuschte, galt dies auch für diese beiden Stimmen. Sie klangen nicht gerade nach New York, wenn ich auch nicht hätte behaupten können, dass sie nach irgendeiner speziellen anderen Gegend klangen.

»Haben Sie das Geld dabei, Scudder?«, wollte die erste Stimme wissen.

»Nein, das ist noch im Wagen.«

»Bei Devoe.«

»Bei Devoe«, bestätigte ich.

Immer noch nur zwei Stimmen. Die eine befand sich im hinteren Teil des Raums, die andere etwas mehr rechts. Wenn ich sie auch im Dunkeln nicht sehen konnte, konnte ich mir anhand ihrer Stimmen doch ein ungefähres Bild von ihrem jeweiligen Standort machen. Einer von ihnen klang außerdem so, als ob er hinter etwas stünde – einem aufgestellten Tisch oder etwas Ähnlichem. Wenn sie aus dem Dunkel hervorgekommen wären und ich sie hätte sehen können, hätte ich meine Waffe ziehen und sie damit bedrohen können; wenn nötig, hätte ich sogar das Feuer auf sie eröffnen können. Aller Wahrscheinlichkeit hatten sie jedoch längst ihre Schusswaffen auf mich gerichtet, um mich über den Haufen zu schießen, bevor ich meine Automatik auch nur aus dem Hosenbund bekam. Und selbst wenn ich als Erster das Feuer eröffnete und beide erwischte, konnten irgendwo im Dunkeln noch weitere Schützen auf der Lauer liegen, die mich wie ein Sieb durchlöchert hätten, bevor ich überhaupt merkte, dass sie da waren.

Außerdem wollte ich niemanden abknallen. Ich wollte lediglich das Geld gegen die Bücher eintauschen und mich schleunigst wieder aus dem Staub machen.

»Sagen Sie Ihrem Freund, er soll das Geld bringen«, forderte mich eine der Stimmen auf. Wenn er in einen weicheren Südstaatenakzent verfallen wäre, hätte es sich durchaus um den Kerl am Telefon handeln können. »Es sei denn, er möchte, dass wir die Bücher ans Finanzamt schicken. «

»Das will er keineswegs«, entgegnete ich. »Aber er hat auch keine Lust, sich mit so viel Geld in so ein dunkles Loch zu wagen. «

»Was Sie nicht sagen? «

»Schalten Sie also erst mal ein Licht an. Wir wollen doch hier nicht im Dunkeln verhandeln. «

Darauf unterhielten sie sich kurz flüsternd. Ich hörte, wie sie sich bewegten. Und dann knipste einer von ihnen das Licht an, und an der Decke flackerten der Reihe nach mehrere Neonröhren auf.

Mich ließ nicht nur das aufzuckende, kalte Licht blinzeln, sondern auch das, was ich in seinem ersten Aufleuchten sah. Einen Moment dachte ich, irgendwelche Hippies oder Ökofreaks vor mir zu haben, bis mir bewusst wurde, dass sie sich verkleidet hatten.

Sie waren zu zweit, kleiner als ich und eher schmächtig. Sie trugen Vollbärte und eigenartige Struwwelpeterperücken, die ihnen tief in die Stirn hingen. Was zwischen Perücke und Bart noch von ihren Gesichtern frei blieb, war hinter einer Gesichtsmaske verborgen. Der größere von beiden, der das Licht eingeschaltet hatte, trug eine metallic-gelbe Perücke und eine schwarze Maske. Der andere, der hinter einem Tisch mit einem Stapel Stühle darauf in Deckung gegangen war, hatte sich mit einer braunen Perücke und einer weißen Maske verkleidet. Beide hatten schwarze Bärte, und der kleinere hielt eine Schusswaffe in der Hand.

In dem hellen Licht fühlten wir uns, glaube ich, alle drei plötzlich sehr verletzlich, fast nackt. Mir ging es jedenfalls so, und ihre verkrampfte Haltung ließ darauf schließen, dass es ihnen ähnlich ging. Der Kleinere, der mit der Waffe, hielt sie nicht direkt auf mich gerichtet, aber er zielte damit auch nicht gerade woandershin. Die Dunkelheit hatte uns alle in ihren Schutz genommen, und nun waren wir plötzlich auf einen Knopfdruck hin in feindseliges, kaltes Licht getaucht.

»Das Problem ist, dass wir voreinander Angst haben«, begann ich. »Sie haben Angst, wir könnten versuchen, die Bücher an uns zu bringen, ohne dafür zu zahlen. Und wir haben Angst, dass Sie uns das Geld abnehmen, ohne uns die Bücher zurückzugeben, um uns dann noch einmal damit erpressen zu können oder sie jemand anderem zuzuspielen. «

Der Größere der beiden schüttelte den Kopf. »Das ist ein einmaliges Geschäft.«

»Aber für beide Parteien. Wir zahlen nur einmal, und damit hat sich die Sache. Falls Sie von den Büchern eine Kopie angefertigt haben sollten, dann stampfen Sie die am besten gleich mal wieder ein.«

»Es gibt keine Kopien.«

»Gut. Haben Sie die Bücher hier?«

Daraufhin stieß der Kleine mit der dunklen Perücke einen dunkelblauen Wäschesack mit dem Fuß quer durch den Raum auf seinen Partner zu, der sich bückte, um ihn kurz in der Hand zu wiegen und dann wieder auf den Boden zurückzulegen. Ich sagte, der Sack könnte alles Mögliche enthalten, zum Beispiel schmutzige Unterhosen; sie sollten mir also gefälligst zeigen, was in dem Wäschesack war.

»Wenn wir das Geld zu sehen bekommen«, erklärte darauf der Größere, »kriegen Sie auch die Bücher zu sehen.«

»Ich will sie gar nicht aus der Nähe sehen«, erwiderte ich. »Nehmen Sie sie nur aus dem Sack. Dann sage ich meinem Freund, er soll das Geld bringen.«

Die beiden sahen sich gegenseitig an. Der mit der Schusswaffe zuckte mit den Achseln. Dann hielt er mich mit seiner Waffe in Schach, während sein Partner sich an der Schnur zu schaffen machte, mit der der Beutel zugebunden war. Schließlich zog er einen Aktenordner heraus, ähnlich dem, den ich auf Skips Schreibtisch hatte liegen sehen.

»In Ordnung,« nickte ich. »Und jetzt schalten Sie dreimal das Licht an und aus.«

»Für wen ist das Zeichen bestimmt?«

»Für die Küstenwache.«

Sie tauschten einen kurzen Blick aus, und dann schaltete der mit der blonden Perücke dreimal das Licht aus und an. Die Neonlampen an der Decke gingen flackernd an und aus. Dann standen wir alle drei etwas betreten herum und warteten, wie es uns schien, ziemlich lange. Ich begann mich schon zu fragen, ob Skip das Zeichen gesehen hatte oder ob ihm mittlerweile, allein im Wagen, die Nerven durchgegangen waren.

Doch dann hörte ich ihn endlich die Treppe herunterkommen. Ich rief nach draußen, er solle hereinkommen. Die Tür ging auf, und Skip kam mit dem Aktenkoffer in der linken Hand herein.

Er sah erst mich an, bevor er die zwei Typen mit ihren Perücken und Rauschebärten bemerkte.

»O Mann«, entfuhr es ihm.

»Beide Seiten haben jetzt einen Mann für die Übergabe«, sagte ich dann, »und einen Mann, um ihn zu decken. Deshalb kann es sich niemand erlauben, irgendwelche Dummheiten zu machen. Geld und Bücher werden gleichzeitig den Besitzer wechseln.«

Der Größere der beiden, der am Lichtschalter stand, fühlte sich daraufhin bemüßigt zu bemerken: »Sie scheinen in so was ja schon Erfahrung zu haben.«

»Zumindest hatte ich genügend Zeit, um mir über die Abwicklung unseres Geschäfts Gedanken zu machen. Skip, ich decke dich. Bring den Koffer hierher und stell ihn neben mir ab. Gut. Und jetzt stellst du mit einem unserer Freunde einen Tisch in der Mitte des Raums auf. Außerdem räumt ihr die Stelle rundherum frei.«

Die zwei tauschten neuerlich Blicke aus, und dann stieß, wie nicht anders zu erwarten, der Größere seinem Partner den Wäschesack zu und trat vor. Er fragte mich, was er tun solle, worauf ich ihm und Skip Anweisungen erteilte, wie sie die Tische und Stühle im Raum verteilen sollten.

»Na, was dazu wohl die Gewerkschaft sagen wird«, bemerkte er dann. Zwar waren sein Mund und seine Augen unter dem Bart und der Maske verborgen, aber ich hatte den Eindruck, dass er grinsen musste.

Jedenfalls stellten er und Skip dann auf meine Anweisungen hin in der Mitte des Raums, fast direkt unter der Deckenbeleuchtung, einen Tisch auf, der zweieinhalb Meter lang und gut einen Meter breit war. Dadurch wurde der Raum gewissermaßen in zwei Hälften geteilt.

Ich ging nun in die Knie und duckte mich hinter ein paar übereinander gestapelte Stühle. Im hinteren Ende des Raums ging der Kerl mit der Schusswaffe auf ähnliche Weise in Deckung. Ich rief Skip zurück, um den Koffer mit dem Geld zu holen, und forderte den Größeren mit der gelben Perücke auf, die Bücher zu holen. Mit betont vorsichtigen Bewegungen trug darauf jeder von beiden seinen Anteil an dem Geschäft auf den langen Tisch zu. Skip stellte den Koffer zuerst darauf ab und ließ die Schlösser aufschnappen. Der Mann mit der blonden Perücke ließ den Ordner aus dem Wäschesack gleiten, legte ihn behutsam auf den Tisch und trat dann mit leicht zur Seite gestreckten Händen zurück.

Ich ließ jeden ein paar Schritte zurückgehen und dann am Tisch die Plätze tauschen. Skip klappte den dicken Ordner auf, um sich zu vergewissern, dass er auch tatsächlich die Unterlagen enthielt, auf die es ihm ankam. Gleichzeitig öffnete sein Gegenüber den Aktenkoffer und entnahm ihm ein Bündel Geldscheine. Er fuhr mit dem Daumennagel über die Ränder der Scheine, legte sie in den Koffer zurück und nahm ein anderes Bündel heraus.

»An den Büchern ist nichts auszusetzen«, erklärte Skip. Er klappte den schweren Ordner zu, schob ihn in den Wäschesack, klemmte ihn sich unter den Arm und schickte sich an, auf mich zuzugehen.

In diesem Moment sagte der Kleine mit der Waffe: »Halt.«

»Wieso?«

»Bleiben Sie, wo Sie sind, bis er das Geld gezählt hat.«

»Ich soll hier stehen bleiben, bis er fünfzig Riesen abgezählt hat? Das ist doch wohl nicht Ihr Ernst.«

»Zähl nur mal grob durch«, wandte sich der mit der Waffe an seinen Partner. »Schau nach, ob es auch alles Geld ist. Wir wollen schließlich nicht mit einem Koffer voller Zeitungspapier nach Hause kommen.«

»Sie haben Nerven«, brummte Skip. »Glauben Sie im Ernst, ich würde Ihnen und Ihrer Scheißkanone mit einem Koffer voller Monopoly-Geld gegenübertreten? Außerdem könnten Sie das Ding ruhig mal woanders hinrichten. Auf die Dauer macht mich das nämlich ganz schön nervös.«

Darauf bekam er keine Antwort. Skip blieb also, auf den Fußballen balancierend, stehen, wo er war. Mein Rücken begann sich zu verkrampfen, und ich bekam langsam Schmerzen in meinem Knie. Die Zeit schien stillzustehen, während der Kerl mit der gelben Perücke die einzelnen Bündel mit den Geldscheinen darauf hin überprüfte, dass sie nicht aus Eindollarscheinen oder auf diese Größe zurechtgeschnittenem Papier bestanden. Vermutlich ging er dabei sogar mit ziemlicher Eile vor, aber trotzdem schien es eine Ewigkeit zu dauern, bis er endlich zufrieden war, den Kofferdeckel zuklappte und den Verschluss zuschnappen ließ.

»Gut«, sagte ich. »Und jetzt zu euch beiden ...«

»Einen Augenblick noch«, fiel mir Skip ins Wort. »Wir haben jetzt den Wäschesack und die den Aktenkoffer, nicht wahr?«

»Ja. Und?«

»Das ist doch nicht ganz gerecht. Dieser Aktenkoffer hat immerhin fast hundert Dollar gekostet, und außerdem ist er noch keine zwei Jahre alt. Was kann dagegen so ein Wäschesack schon wert sein? Ein paar Dollar vielleicht?«

»Worauf wollen Sie eigentlich hinaus, Devoe?«

»Sie könnten doch Ihrerseits noch was drauflegen«, schlug er vor, seine Stimme merklich angespannt. »Indem Sie mir zum Beispiel verraten, wer sich das alles so schön ausgedacht hat.«

Die beiden starrten ihn unverwandt an.

»Ich kenne Sie nicht«, fuhr Skip fort. »Keinen von Ihnen beiden. Sie haben mich um ein paar Dollar erleichtert – na schön, vielleicht muss Ihre kleine Schwester operiert werden oder etwas in der Art. Ich meine, jeder muss schließlich sehen, wie er über die Runden kommt.«

Keine Antwort.

»Irgendjemand muss die Sache eingefädelt haben – jemand, den ich kenne, jemand, der mich kennt. Sagen Sie mir nur, wer. Mehr will ich nicht.«

Darauf trat längeres Schweigen ein, bis schließlich der mit der braunen Perücke sagte: »Vergessen Sie das Ganze am besten so schnell wie möglich.« Bestimmt, endgültig. Skip ließ resigniert die Schultern hängen.

»Wir werden uns Mühe geben«, entgegnete er.

Und dann traten er und der Mann mit der gelben Perücke vom Tisch zurück – der eine mit dem Aktenkoffer, der andere mit dem Wäschesack. Skip bewegte sich auf die Kellertür zu, durch die er hereingekommen war, während der Mann mit der gelben Perücke durch einen mit einem Vorhang verhängten Durchgang im hinteren Teil des Raums verschwand. Skip hatte die Tür bereits geöffnet und wollte eben rückwärts in den Treppenschacht hinaustreten, als der Kerl in der dunklen Perücke sagte: »Halt.«

Seine langläufige Pistole schwang herum und zielte nun auf Skip, sodass ich einen Augenblick lang dachte, er würde schießen. Ich legte beide Hände um den Griff der 45er und visierte ihn an. Doch er schwenkte seine Waffe etwas zur Seite und sagte: »Wir gehen als erste. Bleiben Sie zehn Minuten hier und rühren Sie sich nicht von der Stelle. Verstanden?«

»In Ordnung«, erwiderte ich.

Er richtete die Pistole gegen die Decke und drückte zweimal ab. Die Leuchtstoffröhren über uns explodierten, sodass der Raum abrupt in vollkommenes Dunkel getaucht wurde. Obwohl die Schüsse verdammt laut waren und die explodierenden Leuchtstoffröhren sogar noch mehr Krach machten, konnten mich weder der Lärm noch das plötzliche Dunkel aus der Ruhe bringen. Ich behielt den Mann im Auge, während er sich, ein Schatten unter Schatten, durch die Tür zurückzog. Den Finger weiter am Abzug, behielt ich ihn unbeirrt im Visier meiner 45er.

Wir warteten nicht, wie sie von uns verlangt hatten, zehn Minuten. Stattdessen stürmten wir, Skip den Wäschesack mit dem Ordner unter den Arm geklemmt, ich die Automatik immer noch in der rechten Hand, sofort nach draußen. Bevor wir über die Straße zu Skips Impala rennen konnten, war Kasabian bereits auf uns zugebraust, um mit quietschenden Reifen neben uns anzuhalten. Wir sprangen auf den Rücksitz und forderten ihn auf, um den Block zu fahren, doch der Wagen hatte sich bereits wieder in Bewegung gesetzt, bevor wir ein Wort über die Lippen gebracht hatten.

Wir bogen links ab und dann noch einmal. In der Seventeenth Avenue sahen wir Bobby Ruslander, der sich keuchend an einem Baum am Straßenrand abstützte. Auf der anderen Straßenseite machte Billie Keegan ein paar gemächliche Schritte auf uns zu, um dann stehen zu bleiben, seine Hand schützend um ein Streichholz zu legen und sich eine Zigarette anzuzünden.

»Ich habe überhaupt keine Kondition mehr«, stieß Bobby außer Atem hervor. »Sie kamen aus dieser Einfahrt geschossen – sie müssen es gewesen sein –, sie hatten den Koffer mit dem Geld. Ich war vier Häuser weiter hinten, aber ich wollte ihnen nicht gleich hinterherrennen, weil nämlich einer von den beiden eine Kanone hatte.«

»Hast du denn die Schüsse nicht gehört?«

Hatte er nicht. Und auch die anderen hatten nichts bemerkt, was mich nicht weiter überraschte. Der Schütze mit der dunklen Perücke hatte eine kleinkalibrige Pistole gehabt, die zwar in dem geschlossenen Raum einen Heidenlärm verursacht hatte, der aber nicht sonderlich weit getragen hatte.

»Sie sind in einen Wagen gesprungen – er stand dort.« Bobby deutete auf eine Stelle am Straßenrand. »Und dann sind sie sofort losgefahren. Sobald sie im Wagen waren, bin ich losgerannt, um vielleicht das Nummernschild erkennen zu können. Ich bin gerannt, was das Zeug hielt, aber das Licht war so beschissen und ...« Er zuckte niedergeschlagen mit den Achseln. »Fehlanzeige.«

»Na ja, du hast es zumindest versucht«, tröstete ihn Skip.

»Ich bin wirklich völlig außer Form«, klagte Bobby weiter und klatschte mit der flachen Hand auf seinen Bauch. »Keine Kraft mehr in den Beinen, keine

Puste, und meine Augen sind auch nicht mehr die besten. Wenn ich tatsächlich bei einem Basketballspiel den Schiedsrichter machen müsste – mir ginge spätestens nach fünf Minuten die Luft aus.«

»Du hättest doch in deine Trillerpfeife blasen können«, schlug Skip vor.

»Das hätte ich allerdings tun können, wenn ich das blöde Ding eingesteckt gehabt hätte. Glaubst du, sie wären dann stehen geblieben und hätten sich kampflos ergeben?«

»Eher hätten sie dich abgeknallt«, sagte ich. »Ist ja nicht so schlimm, das mit der Autonummer.«

»Ich hab's zumindest versucht.« Er wandte sich Keegan zu. »Billie war im Grunde viel näher dran; aber keinen Mucks hat der getan. Saß nur unter dem Baum und hat an den Blumen geschnuppert.«

»Schon eher an der Hundescheiße«, korrigierte ihn Keegan. »Man muss sich schon mit den Aromen zufriedengeben, die gerade zur Hand sind.«

»Warst wohl wieder mit deinen Miniflaschen beschäftigt, was Billie?«

»Nur in Maßen.«

Ich fragte Bobby, ob er die Automarke hätte erkennen können. Er spitzte die Lippen, ließ die Luft durch sie entweichen und schüttelte den Kopf. »Irgend so eine Limousine jüngeren Datums. Heutzutage sind diese Kisten ja nicht mehr voneinander zu unterscheiden.«

»Das ist allerdings richtig«, pflichtete ihm Kasabian bei, und Skip nickte ebenfalls. Ich wollte eben eine andere Frage stellen, als Billie Keegan verkündete, es wäre ein Mercury Marquis gewesen, drei oder vier Jahre alt, schwarz oder dunkelblau.

Wir drehten uns unwillkürlich zu ihm um und starrten ihn entgeistert an. Ohne mit der Wimper zu zucken, fischte er dann ein Stück Papier aus seiner Hemdtasche und faltete es auseinander, um davon ausdruckslos abzulesen: »LJK-914. Könnt ihr damit was anfangen?« Und als wir ihn nur weiter wortlos anstarrten, fuhr er fort: »Das ist die Wagennummer. New Yorker Nummernschild. Ich habe mir vorher schon alle Wagenmodelle und Nummernschilder notiert, um mir die Zeit ein bisschen zu vertreiben. Außerdem schien mir diese Methode etwas einfacher, als wie ein vollgefressener Spaniel hinter irgendwelchen Autos herzuhecheln.«

»Da sag mal einer, Billie Keegan wäre nicht für eine Überraschung gut«, sagte Skip und trat auf Billie zu, um ihn zu umarmen.

»Seid also künftig etwas vorsichtiger mit eurem Urteil über den Mann, der sich den Schnaps schmecken lässt.« Keegan nahm eine seiner Miniflaschen aus der Hosentasche, schraubte den Verschluss ab, neigte den Kopf zurück und ließ den Whiskey in seinen Mund träufeln.

»Es kommt nur auf die richtige Wartung an«, sagte er, nachdem er die Flasche geleert hatte. »Das ist das ganze Geheimnis.«

Kapitel 17

Bobby war außer sich. Er schien fast gekränkt über Billies glänzende Idee. »Warum hast du das nicht gleich gesagt?«, hielt er ihm vor. »Dann hätte ich auch noch Nummern aufschreiben können, und wir hätten mehr Autos notieren können.«

Keegan zuckte mit den Achseln. »Ich hielt es für klüger, mit meinem Einfall noch hinterm Berg zu halten, damit ich nicht wie der letzte Trottel dagestanden hätte, wenn die einfach an allen Autos vorbeigerannt wären und in der Jerome Avenue den Bus genommen hätten.«

»Die Jerome Avenue liegt doch in der Bronx«, sagte jemand, worauf Billie erwiderte, er wüsste, wo die Jerome Avenue wäre; er hätte mal einen Onkel gehabt, der in der Jerome Avenue gewohnt hatte. Ich fragte, ob die beiden noch ihre Verkleidung getragen hätten, als sie in der Einfahrt auftauchten.

»Ich weiß nicht«, sagte Bobby. »Wie hätten sie denn aussehen sollen? Sie hatten jedenfalls so Masken auf.« Er machte mit Daumen und Zeigefinger kreisende Bewegungen vor seinen Augen.

»Hatten sie Bärte?«

»Natürlich hatten sie Bärte. Glaubst du etwa, die wären mittendrin mal kurz stehen geblieben, um sich zu rasieren?«

»Die Bärte waren nicht echt«, warf Skip ein.

»Ach so.«

»Hatten sie die Perücken auch noch auf? Eine dunkle, eine helle?«

»Ich glaube schon. Ich wusste nur nicht, dass das Perücken waren. Ich – es war ja nun wirklich nicht sonderlich hell, Arthur. Du siehst ja selbst, nur ein paar Straßenlaternen. Außerdem kamen sie aus dieser Einfahrt gestürzt und waren gleich bei ihrem Wagen. Die sind nicht lange stehengeblieben, um eine Pressekonferenz abzuhalten und für die Fotografen zu posieren.«

»Los, sehen wir lieber zu, dass wir hier wegkommen«, schlug ich darauf vor.

»Wieso? Mir macht es Spaß, hier mitten in der Nacht herumzustehen. Das erinnert mich an meine Jugend, als ich auch ewig auf der Straße vor unserem Haus rumgehangen bin. Hast du Angst, die Polizei könnte gleich auftauchen?«

»Immerhin sind Schüsse gefallen. Ausgeschlossen ist es also nicht.«

»Das ist allerdings richtig.«

Wir gingen auf Kasabians Wagen zu, stiegen ein und fuhren wieder einmal um den Block. Als wir an einer roten Ampel halten mussten, erklärte ich Kasabian, wie er am besten in die Stadt zurückkam. Wir hatten die Bücher wieder, wir hatten das Lösegeld bezahlt und wir waren alle noch am Leben. Abgesehen davon hatten wir allen Grund, Keegans Säuferfindigkeit zu feiern. Jedenfalls waren wir alle wesentlich besserer Stimmung, sodass ich Kasabian klar verständliche Richtungsangaben machen konnte und Kasabian sie ebenso problemlos verstand.

Als wir uns der Kirche näherten, sahen wir eine Handvoll Leute davor herumstehen – Männer in Unterhemden und Jugendliche, die auf etwas zu warten schienen. In der Ferne war bereits das Jaulen einer näherkommenden Polizeisirene zu hören.

Ich wollte Kasabian schon sagen, uns alle nach Hause zu fahren; wir könnten Skips Wagen ja auch am nächsten Tag holen. Aber da er neben einem Hydranten geparkt war, würde er ziemlich auffallen. Kasabian hielt also hinter dem Impala – möglicherweise hatte er die Schaulustigen und die Polizeisirene noch gar nicht in Zusammenhang miteinander gebracht –, und Skip und ich stiegen aus. Einer der Männer auf der anderen Straßenseite, kahlköpfig und bierbäuchig, sah zu uns herüber.

Ich rief ihm zu, was denn passiert wäre, worauf er wissen wollte, ob ich von der Polizei wäre. Ich schüttelte den Kopf.

»Jemand ist in die Kirche eingebrochen«, teilte er mir dann mit. »Jugendliche wahrscheinlich. Wir halten sämtliche Ausgänge besetzt, und die Polizei kommt ja schon.«

»Verdammte Rotzlöffel«, schimpfte ich, worauf der Mann lachte.

»Ich glaube, ich war eben nervöser als im Keller der Kirche«, gestand mir Skip, nachdem wir losgefahren waren. »Ich stehe mitten auf der Straße mit einem Wäschesack rum, als käme ich gerade von einem Einbruch, und dir ragt deine

Fünfundvierziger aus dem Hosenbund. Wenn einer von denen die Knarre gesehen hätte, hätten wir einpacken können.«

»Die hatte ich ganz vergessen.«

»Und dann sind wir noch aus einem Wagen voller Besoffener gestiegen. Ein weiterer Pluspunkt.«

»Keegan war der einzige, der besoffen war.«

»Und er war der einzige, der es wirklich gebracht hat. Das wäre durchaus mal eine Überlegung wert, findest du nicht auch? Weil wir gerade vom Trinken reden …«

Ich holte den Scotch aus dem Handschuhfach und schraubte die Verschlusskappe für ihn ab. Nachdem er einen kräftigen Schluck genommen hatte, reichte er die Flasche mir. Wir ließen sie darauf zwischen uns hin und her gehen, bis sie leer war und Skip brummte: »Scheiß auf Brooklyn«, und sie aus dem Fenster warf. Was mich betraf, hätte er das lieber bleiben lassen können – immerhin mussten wir mittlerweile eine kräftige Fahne haben, und zudem befanden wir uns zwar im Besitz einer Schusswaffe, aber nicht eines Waffenscheins –, aber ich sagte lieber nichts.

»Diese Typen haben das ziemlich professionell durchgezogen«, kam Skip schließlich wieder auf die Geldübergabe zu sprechen. »Die Verkleidungen, und wie sie die Sache abgewickelt haben. Warum hat der Kerl eigentlich die Lichter kaputtgeschossen?«

»Um uns ein bisschen aufzuhalten.«

»Im ersten Moment dachte ich, er würde mich erschießen. Matt?«

»Ja?«

»Warum hast du ihn eigentlich nicht abgeknallt?«

»Als er auf dich gezielt hat? Das hätte ich möglicherweise getan, aber ich hatte nicht das Gefühl, dass er abdrückt. Ich hatte ihn voll im Visier. Wie die Sache stand, hätte er höchstens auf dich geschossen, wenn ich auf ihn geschossen hätte.«

»Nein, ich meine danach. Nachdem er das Licht ausgeschossen hatte. Du hattest ihn weiter Visier. Du hattest doch die Waffe auch noch auf ihn gerichtet, als er durch die Tür verschwunden ist.«

Ich ließ mir mit der Antwort einen Augenblick Zeit. »Du wolltest doch das Lösegeld zahlen, damit deine Buchführung nicht in die Hände der Steuerfahndung fällt. Und was glaubst du, wäre wohl passiert, wenn wir wegen einer Schießerei in einer Kirche in Bensonhurst verhaftet worden wären?«

»Mein Gott, daran habe ich überhaupt nicht gedacht.«

»Außerdem hätten wir das Geld nicht zurückbekommen, wenn ich den Kerl abgeknallt hätte. Das hatte sein Partner, und der war längst über alle Berge.«

»Ach so. Daran habe ich gar nicht gedacht. Die Sache ist nur, dass *ich* ihn vermutlich über den Haufen geschossen hätte – nicht, weil es das Richtige gewesen wäre, sondern vor lauter Aufregung.«

»Man weiß vorher nie«, erwiderte ich darauf, »wie man in der Hitze des Gefechts reagiert.«

An der nächsten roten Ampel holte ich mein Notizbuch heraus und begann darin zu zeichnen. Skip wollte wissen, was ich mir da skizzierte.

»Ohren«, antwortete ich.

»Wieso das?«

»Das habe ich auf der Polizeiakademie gelernt. Die Ohrenform eines Menschen ist sehr charakteristisch, und doch sind die Ohren ein Körperteil, das selten verdeckt wird, wenn sich jemand unkenntlich machen will. Und nachdem von den Gesichtern der beiden ja nun wirklich nicht viel zu erkennen war, möchte ich mir ihre Ohren aufzeichnen, bevor ich vergesse, wie sie ausgesehen haben.«

»Du kannst dich noch erinnern, wie deren Ohren ausgesehen haben?«

»Zumindest habe ich versucht, sie mir einzuprägen.«

»Ach so, das ist was anderes.« Er zog an seiner Zigarette. »Ich könnte nicht einmal sagen, ob sie überhaupt Ohren hatten. Waren die nicht unter den Perücken verborgen? Vermutlich nicht – sonst würdest du jetzt nicht hier sitzen und versuchen, sie zu zeichnen. Gibt es denn auch für Ohren richtige Karteien? Ich meine, wie für Fingerabdrücke?«

»Ich möchte nur eine Möglichkeit haben, sie zu identifizieren«, antwortete ich. »Außerdem würde ich vermutlich ihre Stimmen wiedererkennen, falls sie heute Abend unverstellt gesprochen haben, und ich nehme fast an, dass das der Fall war. Was ihre Körpergröße betrifft, so dürfte der eine etwa eins fünfundsiebzig gewesen sein, der andere ein bisschen kleiner, falls er nicht nur deshalb etwas kleiner gewirkt hat, weil er ein Stück weiter hinten stand.« Ich schüttelte den Kopf. »Wenn ich nur noch wüsste, welches Paar Ohren zu welchem von den beiden gehört. Ich hätte das lieber gleich machen sollen. Solche Details vergisst man immer verdammt schnell.«

»Glaubst du denn, das spielt eine Rolle, Matt?«

»Wie ihre Ohren aussehen?« Ich überlegte kurz. »Vermutlich nicht«, musste ich zugeben. »Mindestens neunzig Prozent von dem, was man im Zug seiner Ermittlungen unternimmt, führt in der Regel zu nichts. Im Grunde genommen sind es sogar neunundneunzig Prozent – die Leute, mit denen man sich unterhält, die Fakten, die man überprüft. Aber wenn man oft genug bohrt, stößt man irgendwann auf das eine entscheidende Detail, das einem wirklich weiterhilft.«

»Vermisst du deine Arbeit eigentlich sehr?«

»Meinst du, bei der Polizei? Nur ab und zu.«

»Ich kann mir gut vorstellen, was einem daran manchmal fehlen kann«, meinte Skip. »Übrigens habe ich damit nicht nur auf die Ohren angespielt. Ich dachte eigentlich eher, ob das Ganze irgendeinen Sinn hat. Sie haben kräftig abkassiert und sind damit davongekommen. Glaubst du denn, die Autonummer wird uns weiterbringen?«

»Nein. Ich nehme an, sie waren so schlau, einen gestohlenen Wagen zu benutzen.«

»Hab ich mir auch schon gedacht. Ich hab nur nichts gesagt, weil ich euch nicht die Laune verderben wollte, und vor allem wollte ich auch Billie seinen Triumph nicht gleich wieder zunichtemachen. Aber nach all den Vorsichtsmaßnahmen, die die beiden getroffen haben – uns erst ein bisschen durch die Gegend scheuchen, und dann dieser ganze Mummenschanz –, also, ich kann mir eigentlich nicht vorstellen, dass die über eine lächerliche Autonummer stolpern.«

»Ausgeschlossen ist es trotzdem nicht.«

»Natürlich nicht. Vielleicht ist es für uns trotzdem besser, wenn sie den Wagen gestohlen haben.«

»Wie kommst du denn darauf?«

»Vielleicht werden sie damit gefasst – von irgendeinem aufmerksamen Verkehrspolizisten, der immer brav die Liste mit den gestohlenen Wagen studiert.«

»Allerdings dauert es eine Weile, bis ein gestohlener Wagen auf diese Liste kommt.«

»Wieso nicht? Vielleicht haben sie das Ganze schon im Voraus geplant. Weshalb sollten sie zum Beispiel die Karre nicht schon vor einer Woche gestohlen haben, um sie noch ordentlich aufzufrisieren? Was könnte den beiden eigentlich sonst noch angelastet werden? Kirchenschändung?«

»Meine Güte, das darf doch nicht wahr sein«, entfuhr es mir auf einmal.

»Was ist denn jetzt schon wieder?«

»Ausgerechnet in dieser Kirche.«

»Wieso?«

»Halt sofort an, Skip.«

»Wie bitte?«

»Fahr eben mal kurz an den Straßenrand, ja?«

»Ist das dein Ernst?« Er sah mich prüfend an. »Anscheinend wirklich.« Er hielt am Straßenrand.

Ich schloss die Augen, um den Schwall von wirren Gedanken, die plötzlich auf mich einstürmten, zu ordnen. »Die Kirche«, stieß ich heiser hervor. »Ist dir zufällig aufgefallen, was das für eine Kirche war?«

»Für mich sehen alle Kirchen gleich aus. Es war so ein, ich weiß auch nicht – Ziegelbau, oder waren es Steine? Aber ist das denn nicht völlig egal?«

»Ich meine, war es eine protestantische Kirche oder eine katholische oder was?«

»Woher soll ich das wissen?«

»Vor dem Eingang stand doch so ein Schaukasten mit weißen Steckbuchstaben auf schwarzem Grund, mit den Anfangszeiten der Gottesdienste und worum es in der Predigt geht.«

»Worum soll es da schon groß gehen? Ist doch immer das gleiche Lied. Du brauchst nur eine Liste von allen Dingen zu machen, die du gern tust, und dann erzählen sie dir, dass du gerade die nicht tun sollst.«

Wenn ich die Augen schloss, konnte ich das blöde Ding vor mir sehen, aber was auf der Tafel gestanden hatte, wollte mir partout nicht mehr einfallen. »Du hast jedenfalls nicht darauf geachtet?«

»Matt, ich bitte dich. Ich hatte genügend andere Dinge im Kopf. Und weshalb soll das Ganze auch plötzlich so wichtig sein.«

»War es eine katholische Kirche?«

»Ich weiß es nicht, verdammt noch mal. Hast du was gegen Katholiken? Haben dich in der Schule etwa die Nonnen mit einem Lineal verprügelt? ›Das ist für deine unkeuschen Gedanken, du kleiner Mistkerl.‹ *Zack!* Und schon gibt's eins auf die Finger. Würdest du mal kurz warten, Matt?« Ich hatte die Augen geschlossen, während ich mein Gedächtnis durchforstete, und war so mit mir selbst beschäftigt, dass ich Skip nicht antwortete. »Auf der anderen Straßenseite ist nämlich ein Getränkemarkt, und so sehr ich es auch hasse, mein

Geld in Brooklyn zu lassen, werde ich es trotzdem tun. Würdest du also so lange warten?«

»Klar.«

»Du kannst ja so tun, als wär's Messwein.«

Er kam mit einer Flasche Teacher's in einer braunen Papiertüte zurück. Ohne die Flasche aus der Tüte zu nehmen, schraubte er die Verschlusskappe ab, nahm einen kräftigen Schluck und reichte die Flasche dann mir. Ich hielt sie eine Weile einfach nur in der Hand, bevor ich daraus trank.

»Jetzt kannst du wieder losfahren«, sagte ich dann.

»Wohin?«

»Nach Hause. Zurück nach Manhattan.«

»Wir müssen also nicht zurück und noch einen Rosenkranz beten oder etwas in der Art?«

»Nein, es war irgend so eine Lutheranerkirche.«

»Und deshalb können wir nach Manhattan zurück?«

»Richtig.«

Er drückte den Anlasser und fuhr los. Als er mir die Hand entgegenstreckte, reichte ich ihm die Flasche. Er nahm einen Schluck und gab sie wieder mir.

»Ich möchte ja nicht neugierig sein, Detective Scudder«, begann er dann, »aber ...«

»Aber du möchtest wissen, was dieses Theater eben sollte?«

»Ja, genau.«

»Eigentlich schäme ich mich fast, es zu sagen«, druckste ich verlegen herum. »Es hat mit einer Geschichte zu tun, die mir Tillary vor ein paar Tagen erzählt hat. Ich weiß nicht mal, ob sie überhaupt wahr ist, aber es ging dabei um eine Kirche in Bensonhurst.«

»Eine katholische?«

»Muss wohl so sein.« Und dann erzählte ich ihm die Geschichte von den zwei jungen Schwarzen, die in die Kirche eingebrochen waren, in der die Mutter eines Mafia-Capo immer zur Messe ging, und was sie darauf mit den zwei Einbrechern gemacht hatten.

»Und das soll tatsächlich passiert sein?«, sagte Skip skeptisch.

»Keine Ahnung. Tommy hat auch gesagt, er hätte die Geschichte von einem Dritten gehört.«

»An Fleischerhaken aufgehängt und bei lebendigem Leib gehäutet?«

»Tutto ist so was durchaus zuzutrauen. Sie nennen ihn doch auch Dom, den Schlachter; soviel ich weiß, gehören ihm mehrere Schlachthöfe.«

»Meine Fresse, wenn das seine Kirche war …«

»Die seiner Mutter.«

»Wie auch immer. Wenn du die Flasche noch länger in der Hand hältst, schmilzt irgendwann noch das Glas.«

»Ach so, Entschuldigung.«

»Wenn das seine Kirche war – oder die seiner Mutter – oder wessen Kirche auch immer …«

»Wäre ich jedenfalls nicht sonderlich erpicht darauf, dass Tutto erfährt, dass wir heute Nacht dort waren, als die beiden die Deckenbeleuchtung ausgeschossen haben. Nicht, dass das nun gleich dasselbe wäre, wie ein paar goldene Kerzenständer mitgehen zu lassen – aber trotzdem könnte er die Sache persönlich nehmen. Wer kann schon sagen, wie er das aufnehmen würde?«

»Allmächtiger.«

»Aber es war mit Sicherheit eine protestantische Kirche, und seine Mutter ist bestimmt katholisch. Und selbst wenn es eine katholische Kirche gewesen wäre, gibt es sicher an die vier, fünf katholische Kirchen in Bensonhurst, wenn nicht sogar mehr.«

»Vielleicht sollten wir sie eines Tages zählen.« Er nahm einen kräftigen Zug von seiner Zigarette, hustete und warf sie aus dem Fenster. »Weshalb sollte jemand so etwas tun?«

»Meinst du …«

»Ich meine, zwei junge Burschen aufhängen und ihnen die Haut abziehen. Weshalb sollte jemand so etwas tun, wo die zwei jungen Kerle doch nur irgendwelchen Krempel aus 'ner Kirche gestohlen haben?«

»Mich darfst du das nicht fragen. Ich kann mir nur vorstellen, weshalb Tutto es getan haben könnte.«

»Und weshalb?«

»Um ihnen eine Lehre zu erteilen.«

Darüber dachte Skip eine Weile nach. »Das hat er wohl auch. Ich möchte wetten, diese beiden kleinen Hosenscheißer werden so schnell keine Kirche mehr ausrauben.«

Kapitel 18

Bis wir zu Hause ankamen, war die Flasche Teacher's leer. Allerdings hatte ich nicht sonderlich viel davon gesehen. Die meiste Zeit hatte Skip daran genuckelt, um schließlich die leere Flasche auf den Rücksitz zu werfen. Vermutlich warf er leere Flaschen nur auf der anderen Seite des Flusses aus dem Fenster.

Nach unserer Unterhaltung über Dom, den Schlachter, hatten wir nicht mehr viel gesprochen. Der Alkohol tat allmählich seine Wirkung und machte sich vor allem auch in Skips Fahrweise bemerkbar. Er fuhr mehrere Male bei Rot über eine Kreuzung und bog auch mal ziemlich rasant um eine Ecke, aber zumindest kam uns dabei niemand in die Quere, noch wurden wir von einer Verkehrsstreife angehalten. In diesem Jahr musste man schon eine Nonne überfahren, um in New York wegen einer Verkehrsübertretung belangt zu werden.

Nachdem wir vor dem Miss Kitty's gehalten hatten, beugte er sich vor und stützte sich mit den Ellbogen auf dem Lenkrad ab. »Unser Laden ist noch offen.« Er drehte sich zu mir herum. »Der Kerl, den ich für heute Abend als Vertretung angestellt habe, hat uns vermutlich um eine ähnliche Summe geschröpft wie diese beiden Kerle da draußen in Bensonhurst. Schaust du noch auf einen Sprung mit rein? Ich möchte die Bücher wegpacken.«

Im Büro machte ich ihn darauf aufmerksam, dass er den Ordner vielleicht lieber im Safe einschließen sollte. Er bedachte mich mit einem säuerlichen Blick und machte sich an der Kombination zu schaffen. »Aber nur für heute Nacht«, bemerkte er dazu. »Spätestens morgen früh wandert alles durch den Aktenvernichter. Ab sofort ist Schluss mit der ehrlichen Buchführung. Damit macht man sich nur angreifbar.«

Er legte den Ordner in den Safe und wollte eben die schwere Tür wieder schließen. Doch ich legte meine Hand auf seinen Arm, um ihn zurückzuhalten. »Vielleicht solltest du die auch noch wegschließen.« Ich reichte ihm die 45er.

»Kommt gar nicht in Frage. Was soll ich mit dem Ding im Safe? Soll ich bei einem Überfall vielleicht sagen: ›Könnten Sie sich bitte einen Moment gedulden, ich muss nur eben schnell meine Kanone aus dem Safe holen?‹ Nein, nein, die bleibt wie bisher hinter der Bar.« Er nahm sie mir ab und sah sich dann nach etwas um, worin er sie unauffällig hinter den Tresen schaffen konnte. Seine Wahl fiel auf eine weiße Papiertüte, die von den Sandwiches, die sie einmal enthalten hatte, mit Fettflecken übersät war. Skip nahm sie vom Schreibtisch und steckte die Automatik hinein. Dann schloss er die Safetür, drehte am Kombinationsschloss und drückte gegen den Türgriff, um sich zu vergewissern, dass das Schloss tatsächlich eingeschnappt war. »Und jetzt möchte ich dich noch gern auf einen Drink einladen.«

Wir gingen in die Bar, wo er sich hinter die Theke zwängte und zwei Gläser mit demselben Scotch füllte, den wir während der Fahrt getrunken hatten. »Oder hättest du lieber einen Bourbon?«, fiel ihm plötzlich ein. »Daran hätte ich eigentlich auch schon denken können, als ich unterwegs die Flasche gekauft habe.«

»Nein, nein, ist schon in Ordnung.«

»Sicher?« Darauf zog er sich zurück, um die Automatik an ihrem alten Platz hinterm Tresen zu verstauen. Der Barkeeper, den er nur für diesen Abend angestellt hatte, kam daraufhin auf ihn zu und wollte Verschiedenes mit ihm bereden, worauf Skip ihn für ein paar Minuten beiseite nahm. Als er wieder zurückkam, trank er sein Glas aus und sagte, er wollte den Wagen in die Garage fahren, bevor er abgeschleppt wurde; er wäre in ein paar Minuten wieder zurück. Oder wenn ich wollte, könnte er mich auch schon nach Hause fahren.

»Fahr ruhig schon mal los«, winkte ich ab. »Ich komme schon allein nach Hause.«

»Willst du heute lieber schon früh zu Bett gehen?«

»Wäre zumindest nicht die schlechteste Idee.«

»Allerdings nicht. Dann also bis morgen, falls du nicht mehr da bist, wenn ich zurückkomme.«

Ich ging nicht gleich nach Hause. Erst machte ich noch in ein paar anderen Bars Zwischenstation. Allerdings nicht im Armstrong's. Ich wollte meine Ruhe haben. Ich wollte mich nicht unterhalten, aber ich wollte mir auch keinen ansaufen. Ich weiß selbst nicht, was ich eigentlich wollte.

Als ich aus Polly's Cage kam, sah ich einen Wagen, der wie Tommys Buick aussah, in Richtung Westen langsam die Fifty-seventh runterfahren. Da ich die Person hinterm Steuer nicht erkennen konnte, ging ich dem Wagen ein Stück hinterher und sah, wie er auf halber Höhe des nächsten Blocks rückwärts in eine Parklücke stieß. Bis der Fahrer ausgestiegen war und den Wagen abgeschlossen hatte, war ich nahe genug herangekommen, um zu sehen, dass es Tommy war. Er trug Anzug und Krawatte und hatte zwei Pakete unter den Arm geklemmt. Bei einem davon schien es sich um einen Strauß Blumen zu handeln.

Ich beobachtete ihn beim Betreten des Hauses, in dem Carolyn wohnte.

Aus irgendeinem Grund überquerte ich die Straße, sobald er im Eingang verschwunden war, und stellte mich auf der gegenüberliegenden Seite auf den Gehsteig. Ich fasste ihr Fenster – oder zumindest, was ich dafür hielt – ins Auge. Dahinter brannte Licht. Ich stand eine ganze Weile herum, bis das Licht schließlich ausging.

Ich ging zur nächsten Telefonzelle und wählte die Nummer der Auskunft. Dort bestätigte man mir zwar, dass unter der von mir genannten Adresse eine Carolyn Cheatham wohnte, dass ihre Telefonnummer jedoch nicht im Telefonbuch stünde. Als ich darauf einhängte und gleich noch einmal dieselbe Nummer wählte, bekam ich ein anderes Mädchen der Auskunft an den Apparat. Jetzt bediente ich mich der Methode, mit der ein Polizist üblicherweise an eine nicht im Telefonbuch aufgeführte Nummer kommt. Als ich die Nummer schließlich hatte, notierte ich sie mir auf derselben Seite meines Notizbuchs, auf der ich auch die Ohren der beiden Maskierten skizziert hatte. Ich fand die Ohren eher unauffällig. Aus einer Menschenmenge wäre man damit jedenfalls nicht herausgestochen.

Ich steckte zehn Cents in den Schlitz und wählte Carolyns Nummer. Nachdem es vier oder fünf Mal angeläutet hatte, ging sie dran. Ich hatte keine Ahnung, was ich eigentlich anderes erwartet hatte. Als ich schwieg, sagte sie noch einmal hallo und hängte wieder ein.

Mein Rücken und meine Schulter fühlten sich schrecklich verkrampft an. Mir war nach einer ordentlichen Schlägerei; ich wollte Blut sehen. Einfach auf irgendwas eindreschen.

Woher kam plötzlich diese Wut? Ich wäre am liebsten raufgegangen, um ihn von ihr runterzuziehen und ihm ordentlich die Fresse zu polieren. Aber was um Himmels willen hatte er denn getan? Noch vor ein paar Tagen war ich sauer auf ihn gewesen, weil er sich nicht um sie gekümmert hatte. Und jetzt tobte ich, weil er sich um sie kümmerte.

War ich etwa eifersüchtig? Aber warum? Sie interessierte mich doch gar nicht.

Verrückt.

Ich begab mich an meinen alten Standort gegenüber ihrem Wohnungsfenster zurück. Das Licht war nicht wieder angegangen. Ein Krankenwagen rauschte mit jaulender Sirene die Ninth Avenue hinunter. Aus dem offenen Fenster eines Wagens, der an einer roten Ampel wartete, dröhnte laute Rockmusik. Die Ampel schaltete auf Grün, und der Wagen schoss davon. Die Sirene des Krankenwagens wurde leiser und war schließlich gar nicht mehr zu hören. Eine Weile schien sich vollkommene Stille über die Stadt zu legen. Doch im nächsten Moment war die Stille bereits verflogen, denn ich wurde mir wieder der zahllosen Hintergrundgeräusche bewusst, die nie vollständig verstummen.

Ich musste an diesen Song denken, den mir Keegan vor kurzem vorgespielt hatte. Allerdings konnte ich mich nur bruchstückhaft an ihn erinnern. Ich hatte mit der Melodie Schwierigkeiten, und auch der Text war mir größtenteils entfallen. Irgendetwas von einer Nacht voller Poesie und Posen. So konnte man es durchaus nennen. Und zu wissen, dass man ganz allein war, wenn die gelobte Kneipe schloss.

Auf dem Weg zurück ins Hotel kaufte ich mir noch ein paar Bier.

Kapitel 19

Das Sechste Revier befindet sich im Village in der West Tenth Street zwischen Bleecker und Hudson. Vor Jahren, als ich hier noch Dienst getan hatte, war es in einem alten Prachtbau untergebracht gewesen, der weiter westlich in der Charles Street lag. Inzwischen war dieses Gebäude jedoch in ein Apartmenthaus mit dem sinnigen Namen Gendarme umgewandelt worden.

Dagegen war die neue Polizeiwache in einem Gebäude untergebracht, das so schnell niemand in Wohnungen umwandeln würde. Ich fand mich dort kurz vor Dienstagmittag ein und steuerte, ohne an der Rezeption haltzumachen, direkt auf Eddie Koehlers Büro zu. Nach dem Weg brauchte ich niemanden zu fragen; ich wusste, wo es war.

Er blickte von dem Bericht auf, den er gerade las, und sah mich blinzelnd an. »So ist das also mit dieser Tür«, brummte er. »So ziemlich jeder könnte plötzlich durch sie hereingeschneit kommen.«

»Gut siehst du aus, Eddie.«

»Na, du weißt ja – das gesunde Leben. Nimm doch Platz, Matt.«

Ich setzte mich, worauf wir uns eine Weile unterhielten, und zwar über lange zurückliegende Zeiten. Nach einer Weile erinnerungsseligen Aufwärmens alter Geschichten sagte Eddie: »Du bist sicher rein zufällig in der Gegend, oder?«

»Ich hab grade wieder mal an dich gedacht, und dabei kam mir der Gedanke, du könntest vielleicht einen neuen Hut brauchen.«

»Bei so einem Wetter?«

»Na, vielleicht einen Panama. Mit 'ner schönen, breiten Krempe, um die Sonne abzuhalten.«

»Oder vielleicht auch einen Grubenhelm. Nur könnte es sein, dass hier im Viertel die Mädchen schmutzige Witze darüber machen würden.«

Ich hatte bereits mein Notizbuch gezückt. »Ich hätte da eine Autonummer. Ob du die vielleicht mal für mich überprüfen lassen könntest?«

»Du meinst bei der Zulassungsstelle?«

»Fürs erste wäre ich schon zufrieden, wenn du nachsehen könntest, ob sie auf der Liste der gestohlenen Wagen steht.«

»Worum dreht es sich denn? Ein Fall von Fahrerflucht? Möchte dein Klient wissen, wer ihn angefahren hat, damit er die Sache privat mit dem Betreffenden regeln kann, anstatt Anzeige zu erstatten?«

»Du hast wirklich eine blühende Fantasie.«

»Du hast also eine Autonummer, und ich soll als erstes nachprüfen, ob es sich dabei um einen gestohlenen Wagen handelt? Na, meinetwegen. Wie lautet die Nummer denn?«

Ich las sie ihm vor. Er notierte sie sich und schob dann seinen Stuhl zurück. »Bin gleich wieder da«, verabschiedete er sich und verließ den Raum.

Während er weg war, sah ich mir noch einmal meine Ohrenskizzen an. Ohren konnten wirklich ganz schön unterschiedlich aussehen. Die Sache ist nur, dass man es richtig trainieren muss, auf sie zu achten.

Eddie war nicht lange weg. Er kam durch die Tür und ließ sich in seinen Drehstuhl plumpsen. »Steht nicht auf der Liste«, teilte er mir mit.

»Könntest du dann doch mal bei der Zulassungsstelle anrufen?«

»Könnte ich, ist aber nicht nötig. So schnell kommen sie nämlich nicht auf die Liste. Ich habe noch mal nachgehakt, und wie sich herausgestellt hat, ist der Wagen tatsächlich gestohlen worden; er wird auf die nächste Liste gesetzt. Der Besitzer hat gestern Anzeige erstattet; der Wagen muss am späten Nachmittag oder frühen Abend gestohlen worden sein.«

»Das würde passen«, nickte ich.

»Ein Mercury, Baujahr dreiundsiebzig, stimmt's? Dunkelblau?«

»Ganz richtig.«

»War es das, was du wissen wolltest?«

»Wo wurde der Wagen gestohlen?«

»Irgendwo in Brooklyn. Ocean Parkway, eine hohe Nummer. Muss also ziemlich weit draußen sein.«

»Passt ebenfalls.«

»Tatsächlich? Warum?«

Ich schüttelte den Kopf. »Ach, nichts Besonderes. Ich dachte, der Wagen könnte mir weiterhelfen, aber nachdem er gestohlen ist, ist damit Sense.« Ich zückte meine Brieftasche und entnahm ihr einen Zwanziger und einen Fünfer, in Polizeikreisen der übliche Preis für einen Hut. Ich legte die Geldscheine auf

Eddies Schreibtisch, worauf er sie mit seiner Hand zudeckte, ohne sie an sich zu nehmen.

»Jetzt habe ich eine Frage«, sagte er stattdessen.

»Mhm?«

»Warum wolltest du das wissen?«

»Ach, nur so ʻne private Geschichte. Ich arbeite für einen Bekannten und möchte nicht darüber ...«

Er schüttelte den Kopf. »Warum blätterst du fünfundzwanzig Dollar für etwas auf den Tisch, das du übers Telefon umsonst bekommen hättest? Mein Gott, Matt, wie viele Jahre bist du eigentlich mit einer Dienstmarke rumgelaufen, um nicht mehr zu wissen, wie man von der Zulassungsstelle eine Auskunft bekommt? Du rufst dort an, nennst deinen Namen – oder weißt du tatsächlich nicht mehr, wie man so was macht?«

»Ich dachte, der Wagen wäre gestohlen.«

»Na gut, wenn du wissen willst, ob die Karre gestohlen ist, rufst du einfach auf irgendeinem Revier an. Du wärst ein Polizeibeamter auf Streife – oder sonst irgendwas – und hättest eben einen Wagen gesehen, der möglicherweise gestohlen ist, und ob sie das nicht mal für dich überprüfen könnten? Damit hättest du dir den weiten Weg hierher und vor allem auch den Preis für einen Hut sparen können.«

»Das wäre aber widerrechtliche Annahme der Identität eines Polizeibeamten gewesen.«

»Ach ja, wirklich?« Er tatschte auf die Scheine. »Und was ist das hier anderes als *Bestechung* eines Polizeibeamten, wenn wir uns schon so streng an die Vorschrift halten wollen. Ich muss schon sagen, du hast an der falschen Stelle Skrupel.«

Das Gespräch nahm eine zunehmend unangenehmere Wende. Noch vor weniger als zwölf Stunden hatte ich mich widerrechtlich als Polizeibeamter ausgegeben, um von der Auskunft Carolyn Cheathams nicht im Telefonbuch eingetragene Nummer herauszubekommen. »Vielleicht wollte ich dich einfach nur mal wiedersehen. Wie findest du diese Erklärung?«

»Na, ich weiß nicht. Vielleicht rostet auch nur dein Hirn langsam ein.«

»Das wäre auch eine Möglichkeit.«

»Vielleicht solltest du lieber nicht mehr so viel saufen und dich wieder wie ein normaler Mensch benehmen. Ist das zu viel verlangt?«

Ich stand auf. »Es war mir ein Vergnügen, Eddie.« Er hätte mir noch mehr zu diesem Thema zu sagen gehabt, aber mir war nicht danach, noch länger hier herumzusitzen und ihm zuzuhören.

Gleich in der Nähe gab es eine Kirche, Saint Veronica's, ein rotes Backsteinmonster in der Christopher Street, nicht weit vom Fluss. Auf der Eingangstreppe hatte es sich ein Penner gemütlich gemacht; in seiner Hand hielt er noch immer eine leere Flasche Night Train. Unwillkürlich durchzuckte mich der Gedanke, Eddie könnte in der Kirche angerufen haben, damit sie den Säufer auf die Treppe drapierten, sozusagen als drastisches abschreckendes Beispiel für mich. Ich wusste nicht recht, ob ich lachen oder weinen sollte.

Ich stieg die Treppe hinauf und betrat die Kirche. Das Innere wirkte höhlenartig und verlassen. Ich setzte mich in eine Bank und schloss eine Weile die Augen. Ich dachte an meine beiden Klienten, Tommy und Skip, und an meine erfolglosen Bemühungen. Bei Tommy war das nicht weiter schlimm, da er sowieso nicht auf meine Hilfe angewiesen war. Was Skip betraf, hatte ich vielleicht die Geldübergabe reibungslos abwickeln geholfen, aber darüber hinaus waren mir einige Fehler unterlaufen. Immerhin hätte ich und nicht Billie Keegan auf die Idee kommen sollen, sich die Autonummern schon vorher zu notieren.

Fast war ich froh, dass der Wagen sich als gestohlen erwiesen hatte. Keegans Hinweis würde uns also nicht weiterhelfen; entsprechend würde auch meine mangelnde Voraussicht in diesem Punkt weniger ins Gewicht fallen.

Das war wirklich keine Glanzleistung von mir gewesen. Aber zumindest hatte ich sie an der richtigen Stelle postiert. Sie hätten den Wagen nie gesehen, ganz zu schweigen von der Autonummer, wenn ich sie bei Kasabian im Auto hätte sitzen lassen.

Ich stand auf, steckte einen Dollar in den Opferstock und zündete eine Kerze an. Ein paar Meter neben mir kniete eine Frau. Als sie sich zu voller Größe aufrichtete, sah ich, dass es sich dabei um einen Transsexuellen handelte. Sie war einen halben Kopf größer als ich und hatte ein Gesicht, in dem sich lateinamerikanische und asiatische Züge mischten. Sie hatte breite Schultern und muskulöse Oberarme, und unter ihrem gepunkteten Top wölbten sich ausladende Brüste.

»Oh, hallo«, trällerte sie mich an.

»Hallo.«

»Sind Sie extra hierhergekommen, um für die heilige Veronica eine Kerze anzuzünden? Wissen Sie eigentlich Genaueres über sie?«

»Nein.«

»Ich auch nicht.« Sie zupfte sich eine Haarsträhne in die Stirn. »Aber ich stelle sie mir immer als die heilige Veronica *Lake* vor.«

Ich nahm den N-Train und fuhr zu der Kirche in der Ovington, Ecke Eighteenth Avenue hinaus. Das letzte Stück ging ich zu Fuß. Eine ziemlich abgehalftert aussehende Frau in einer farbfleckigen Jeans und einem Army-Hemd zeigte mir das Büro des Pastors. Als ich eintrat, war dort nur ein pummeliger junger Mann mit einem offenen, sommersprossigen Gesicht. Er hatte ein Bein über die Stuhllehne gelegt und stimmte eine Gitarre.

Ich fragte nach dem Pastor.

»Der bin ich«, antwortete er und richtete sich auf. »Kann ich Ihnen irgendwie behilflich sein?«

Ich sagte, ich hätte gehört, dass am Abend zuvor irgendwelche Rowdies im Keller der Kirche ihr Unwesen getrieben hätten. Er grinste mich an. »Ach, das meinen Sie? Jemand scheint die Deckenbeleuchtung kaputtgeschossen zu haben. Der Schaden hält sich in Grenzen. Wollen Sie sich mal ansehen, wo es passiert ist?«

Diesmal nahmen wir nicht die Treppe, die ich in der vergangenen Nacht im Dunkeln hinuntergetappt war. Wir stiegen eine Treppe im Innern des Kirchengebäudes hinunter und betraten den Kellerraum durch den mit einem Vorhang verhängten Durchgang, durch den unsere bärtigen Freunde das Weite gesucht hatten. Mittlerweile war dort aufgeräumt worden; die Stühle waren ordentlich aufeinandergestapelt, die Tische zusammengeklappt. Durch die Fenster fiel Tageslicht in den Raum.

»Das ist die Deckenlampe.« Er deutete nach oben. »Auf dem Boden lagen natürlich einige Glassplitter herum; aber die sind inzwischen aufgekehrt worden. Sie kennen doch sicher das Polizeiprotokoll.«

Darauf erwiderte ich erst einmal nichts, sondern sah mich nur weiter um.

»Sie sind doch von der Polizei, oder?«

Er war nicht misstrauisch. Er wollte lediglich sichergehen. Trotzdem hielt mich etwas davor zurück, ihm etwas vorzumachen. Vielleicht steckte mir der letzte Teil der Unterhaltung mit Eddie Koehler noch in den Knochen.

»Nein«, gab ich deshalb freimütig zu. »Bin ich nicht.«

»Ach so? Dann ist Ihr Interesse also ...«

»Ich war gestern Nacht hier.«

Er sah mich an und wartete, dass ich weitersprach. Ich fand, er war ein extrem geduldiger junger Mann. Man hatte bei ihm das Gefühl, dass er tatsächlich hören wollte, was man zu sagen hatte – und alles zu seiner Zeit. Vermutlich ist das für einen Geistlichen eine durchaus nützliche Eigenschaft.

»Ich war mal bei der Polizei«, begann ich darauf. »Jetzt bin ich Privatdetektiv.« Das war, genau genommen, nicht ganz richtig, wenn es der Wahrheit auch ziemlich nahe kam. »Ich war letzte Nacht im Auftrag eines Klienten hier, um eine gewisse Summe Bargeld gegen etwas einzutauschen, womit mein Klient erpresst wurde.«

»Aha.«

»Für die Übergabe wurde von der Gegenseite dieser Ort ausgewählt – von den Kriminellen, die meinen Klienten bestohlen haben. Sie haben übrigens auch die Deckenbeleuchtung zerschossen.«

»Aha«, lautete sein Kommentar auch diesmal wieder. »Wurde dabei auch ... auf jemanden geschossen? Die Polizei hat nach Blutspuren gesucht.«

»Nein, angeschossen wurde niemand. Es wurden nur zwei Schüsse abgefeuert, und die gingen beide in die Decke.«

»Na, was für ein Glück.« Er seufzte erleichtert. »Tja, Mr. ...«

»Scudder. Matthew Scudder.«

»Und ich bin Nelson Fuhrmann. Wir haben ganz vergessen, uns miteinander bekannt zu machen.« Er strich sich über die sommersprossige Stirn. »Die Polizei, nehme ich an, weiß von all dem natürlich nichts.«

»Das ist richtig.«

»Und es liegt vermutlich auch in Ihrem Interesse, dass das so bleibt.«

»Zumindest würde es für mich einiges vereinfachen.«

Er überlegte kurz und nickte dann. »Ich bezweifle ohnehin, dass ich noch einmal Gelegenheit bekommen werde, sie darüber in Kenntnis zu setzen, da sie mir wohl kaum einen zweiten Besuch abstatten dürften. Schließlich ist das doch mehr oder weniger eine Lappalie.«

»Vielleicht kommt noch mal jemand vorbei. Aber wundern Sie sich nicht, wenn sich niemand mehr blicken lässt.«

»Sie werden einen Bericht schreiben, und damit hat sich's.« Er seufzte erneut. »Aber Sie müssen doch einen Grund gehabt haben, Mr. Scudder, das Risiko einzugehen, dass ich der Polizei von Ihrem Besuch erzähle. Was haben Sie denn herauszufinden gehofft?«

»Ich wüsste gern, wer diese Männer waren.«

»Die Bösen?« Er lachte. »Ich weiß nicht, wie ich sie sonst nennen sollte. Wenn ich Polizist wäre, würde ich sie vermutlich als Straftäter bezeichnen.«

»Sie könnten sie ja auch Sünder nennen.«

»Aber das sind wir doch alle.« Er lächelte mich an. »Sie wissen also nicht, wer diese Männer waren?«

»Nein. Außerdem waren sie verkleidet – mit Perücken und falschen Bärten. Deshalb weiß ich nicht einmal, wie sie aussehen.«

»Ich verstehe nur nicht, wie ich Ihnen in diesem Punkt behilflich sein könnte. Sie nehmen doch nicht etwa an, dass sie etwas mit dieser Kirche zu tun haben?«

»Nein, ganz im Gegenteil. Ich bin mir sogar fast absolut sicher, dass das nicht der Fall ist. Aber immerhin haben sie für die Geldübergabe Ihre Kirche ausgesucht, Reverend Fuhrmann, und ...«

»Sie können mich ruhig Nelson nennen.«

»... und das lässt auf eine gewisse Vertrautheit mit den Räumlichkeiten hier und insbesondere diesem Kellerraum schließen. Haben die Herren von der Polizei irgendwelche Spuren gewaltsamen Eindringens entdeckt?«

»Meines Wissens nicht.«

»Hätten Sie was dagegen, wenn ich mir die Tür mal näher ansehe?« Ich untersuchte das Schloss der Tür, die zum Treppenschacht nach draußen führte. Falls sich daran jemand gewaltsam zu schaffen gemacht hatte, konnte ich jedenfalls keinerlei Anzeichen hierfür entdecken. Ich fragte den Pastor, ob noch andere Türen ins Freie führten, worauf er mich durch die einzelnen Kellerräume führte. Ich untersuchte sämtliche Türen, doch keine wies Spuren von Gewaltanwendung auf.

»Die Polizei meint, eine Tür müsste offen gewesen sein«, gab mir Fuhrmann zu verstehen.

»Das wäre eine logische Schlussfolgerung, wenn es sich hier um einen gewöhnlichen Fall von Vandalismus oder jugendlicher Zerstörungswut gehandelt hätte. Ein paar Jugendliche entdecken eine unverschlossene Tür, schleichen nach drinnen und reagieren sich dann mehr oder weniger heftig an der Einrichtung ab. Aber in diesem Fall war alles sorgfältig geplant. Unsere Sünder konnten also nicht darauf zählen, dass die Tür offen sein würde, es sei denn, Sie verfahren hier nach der Devise: Ein Haus des Gebetes hat den Trost und Zuspruch Suchenden zu jeder Tages- und Nachtzeit offen zu stehen.«

Er schüttelte den Kopf. »Nein, wir schließen natürlich jeden Abend alle

Türen ab. Das ist selbst in einem ruhigen Viertel wie diesem unerlässlich. Als gestern Nacht die Polizei hier eintraf, waren zwei Türen offen – diese hier und die Tür, die nach hinten führt. Und wir hätten mit Sicherheit nicht beide Türen unverschlossen gelassen.«

»Wenn eine Tür offen war, hätte doch die andere auch ohne einen Schlüssel von innen geöffnet werden können.«

»Ach so, das ist natürlich richtig. Trotzdem ...«

»Für diesen Raum gibt es doch sicher mehrere Schlüssel, Reverend. Er wird vermutlich von einer ganzen Reihe von Gruppen genutzt.«

»Natürlich«, bestätigte er mir. »Wir empfinden es als Teil unserer Aufgabe, unsere Räumlichkeiten anderen Gruppen zur Verfügung zu stellen, wenn wir selbst keine Verwendung für sie haben. Zudem ist die Miete, die wir dafür bekommen, ein wesentlicher Bestandteil unserer Einkünfte.«

»Demnach treffen sich hier also regelmäßig alle möglichen Gruppen?«

»Natürlich. Lassen Sie mich mal überlegen. Jeden Donnerstagabend treffen sich hier zum Beispiel die Anonymen Alkoholiker, und eine zweite AA-Gruppe haben wir dienstags hier – das ist ja heute Abend, fällt mir gerade ein. Und freitags – wer ist gleich wieder freitags hier? Jedenfalls hatte dieser Raum schon alle möglichen und unmöglichen Verwendungszwecke, seit ich hier bin. Mal hatten wir auch eine Theatergruppe, die hier regelmäßig geprobt hat. Einmal im Monat findet ein Pfadfindertreffen statt. Und gelegentlich treffen sich hier ... jedenfalls wird dieser Raum für die unterschiedlichsten Aktivitäten genutzt.«

»Montagabends finden aber keine Treffen statt?«

»Nein. Bis vor drei Monaten hat sich hier montags eine Frauengruppe getroffen, aber dann haben sie sich wohl darauf geeinigt, jede Woche im Haus einer anderen Teilnehmerin zusammenzukommen.« Er legte den Kopf auf die Seite. »Sie wollen damit also sagen, dass die, äh, Sünder irgendwie gewusst haben müssen, dass der Keller gestern Abend nicht belegt war.«

»Genau das habe ich damit gemeint.«

»Aber sie hätten doch zum Beispiel nur anzurufen und zu fragen gebraucht. Sie hätten doch einfach nur so tun müssen, als suchten sie einen Raum und wollten sich nur erkundigen, wann einer frei ist.«

»Haben Sie denn in letzter Zeit solche Anrufe bekommen?«

»Solche Anrufe bekommen wir ständig. Deshalb könnte ich mich schwerlich an einen bestimmten Anruf erinnern.«

*　　*　　*

»Warum kommen Sie eigentlich ständig hier an«, fragte mich die Frau, »und erkundigen sich nach Micky Maus?«

»Nach wem?«

Sie lachte. »Nach Miguelito Cruz. Miguelito bedeutet kleiner Michael. Wie Micky. Deshalb nennen ihn alle Micky Maus. Jedenfalls tue ich das.«

Wir befanden uns in einer puerto-ricanischen Bar in der Fourth Avenue, die zwischen ein Botanikfachgeschäft und einen Laden gezwängt war, in dem man Kleidung für feierliche Anlässe mieten konnte. Nach meinem Besuch in der lutherischen Kirche draußen in Bensonhurst war ich mit dem N-Train wieder in die Stadt zurückgefahren, um dann jedoch schon in der Fifty-third Street in Sunset Park auszusteigen. Da ich momentan keine konkrete Spur hatte, die ich in Skips Fall hätte verfolgen können, dachte ich mir, ich könnte ebenso gut wieder mal der Sache mit Tommy Tillary nachgehen, um auf diese Weise meinen Vorschuss abzuarbeiten.

Außerdem war es gerade Mittagszeit, und ich hatte plötzlich richtig Appetit auf eine anständige Portion schwarze Bohnen mit Reis.

Es schmeckte ebenso gut, wie es klang. Ich spülte das Ganze mit einer Flasche kaltem Bier hinunter und genehmigte mir zum Nachtisch einen Flan und ein paar Tassen Espresso. Während man bei den Italienern immer nur einen Fingerhut voll davon bekommt, servieren einem die Puerto-Ricaner den Espresso in einer richtigen Tasse.

Danach brach ich zu einer nachmittäglichen Kneipentour an, bei der ich mich ausschließlich auf Bier beschränkte, und selbst damit ging ich es langsam an. Bei dieser Gelegenheit lernte ich dann diese Frau kennen, die wissen wollte, weshalb ich mich für Micky Maus interessierte. Sie war Mitte dreißig und hatte dunkles Haar und dunkle Augen. Eine gewisse Härte in ihren Gesichtszügen passte haargenau zu der Härte, die in ihrer Stimme mitschwang. Ihr von Zigaretten, Alkohol und scharfem Essen malträtiertes Organ war von der Sorte, die Glas zerspringen lassen konnte.

Dagegen waren ihre Augen groß und sanft, und was ich von ihrem Körper zu sehen bekam, deutete darauf hin, dass er ihren Augen an Sanftheit in nichts nachstand. Sie trug grellbunte Farben. Das Haar hatte sie mit einem pinkfarbenen Tuch hochgebunden, ihre Bluse war metallic blau, ihre um die Hüften verdammt knappe Hose knallgelb und ihre hochhackigen Schuhe leuchtend orange. Die Bluse war weit genug aufgeknöpft, um einen großzügigen Ausblick auf ihre ansehnlichen Brüste zu bieten. Ihre Haut hatte die Farbe von Kupfer, aber mit einem leicht rötlichen Schimmer, als leuchtete sie von innen heraus.

»Und Sie kennen also Micky Maus?«, griff ich das Thema wieder auf.

»Klar kenne ich ihn. Man sieht doch ständig irgendwelche Zeichentrickfilme mit diesem schnuckeligen kleinen Kerlchen.«

»Ich meine Miguelito Cruz. Kennen Sie diese Micky Maus auch?«

»Sind Sie von der Polizei?«

»Nein.«

»Sie sehen aber so aus. Außerdem bewegen Sie sich wie ein Bulle und stellen auch solche Fragen.«

»Ich war mal bei der Polizei.«

»Und dann haben sie Sie rausgeschmissen, weil Sie zu viel in die eigene Tasche gearbeitet haben?« Als sie lachte, kamen mehrere Goldzähne zum Vorschein. »Waren Sie bestechlich?«

Ich schüttelte den Kopf. »Nein, ich habe kleine Kinder abgeknallt.«

Sie lachte nur noch lauter. »Ausgeschlossen«, platzte sie heraus. »Für so was feuern die einen doch nicht. Eher wird man wegen so was befördert – am besten gleich zum Polizeichef.«

Sie hatte nicht den Anflug eines Inselakzents. Offensichtlich war sie von klein auf in Brooklyn aufgewachsen. Ich fragte sie noch einmal, ob sie Cruz kannte.

»Warum wollen Sie das wissen?«

»Dann eben nicht.«

»Hm?«

»Dann eben nicht.« Ich drehte ihr die kalte Schulter zu und beugte mich wieder über mein Bier. Ich konnte mir nicht vorstellen, dass sie es damit auf sich beruhen lassen würde. Deshalb beobachtete ich sie verstohlen aus dem Augenwinkel. Sie trank irgendetwas Buntes mit Strohhalm, und im Moment nuckelte sie gerade am letzten Rest.

»Wie wär's?«, sprach sie mich wieder an. »Laden Sie mich auf einen Drink ein?«

Ich sah sie an. Die dunklen Augen hielten meinem Blick stand. Ich winkte dem Barkeeper kurz zu, einem stumpfsinnigen, fetten Kerl, der seiner Umgebung mit einem Ausdruck universeller Missbilligung zu begegnen schien. Er mixte ihr noch einmal etwas von dem bunten Zeug zusammen, das sie getrunken hatte. Dazu brauchte er fast alle Flaschen an der Rückseite der Bar. Nachdem er den frisch gemixten Drink vor ihr auf den Tresen gestellt hatte, sah er mich an. Doch ich hielt zum Zeichen, dass ich vorerst noch versorgt war, nur mein Glas hoch.

»Ich kenne ihn ziemlich gut«, rückte sie schließlich mit der Sprache heraus.

»Tatsächlich? Lächelt der Kerl eigentlich auch mal?«

»Wer redet denn von ihm? Ich meine Micky Maus.«

»Aha.«

»Was soll hier ›aha‹ heißen? Er ist ein richtiger Kindskopf. Wenn er jemals erwachsen werden sollte, wäre er vielleicht gar kein so übler Kerl. *Falls* er jemals erwachsen wird.«

»Erzählen Sie mir ein bisschen von ihm.«

»Was gibt's da schon viel zu erzählen?« Sie saugte an ihrem Strohhalm. »Bringt sich ständig selbst in die Bredouille, weil er immer allen beweisen muss, was für ein gerissener und hartgesottener Bursche er ist. Dabei ist er natürlich keineswegs so hartgesotten, und gerissen schon gar nicht.« Der harte Zug um ihren Mund verflog ein wenig. »Aber er sieht richtig gut aus; das muss man ihm lassen. Immer gut angezogen, ordentlich frisiert und frisch rasiert.« Ihre Hand fuhr leicht über meine Wange. »Richtig schön glatt, wissen Sie? Und er ist so richtig klein und schnuckelig, dass man ihn am liebsten auf der Stelle in die Arme und mit nach Hause nehmen möchte.«

»Was Sie aber nie getan haben?«

Sie lachte. »Wo denken Sie hin? Ich hab auch so schon genügend Scherereien am Hals.«

»Sie würden bei ihm also mit Scherereien rechnen?«

»Wenn ich den Burschen je mit nach Hause nehmen sollte«, sagte sie, »würde er die ganze Zeit nur denken: Wie bringe ich die Alte dazu, dass sie für mich anschaffen geht?«

»Ist er ein Lude? Das wäre mir neu.«

»Wenn Sie sich unter einem Zuhälter nur einen Kerl mit klotzigen Ringen und einem dicken Schlitten vorstellen, sind Sie bei Micky Ratte falsch gewickelt.« Sie lachte. »So wäre unser Milchbubi natürlich gern. Aber so was ist dem nicht nur eine Schuhnummer zu groß. Er hat mal so ein Mädchen aufgerissen – sie kam gerade frisch aus Santurce rauf, aus einem Dorf in der Nähe von Santurce, wissen Sie? Noch völlig grün hinter den Ohren, und Señorita Einstein war die Kleine auch nicht gerade, wenn Sie verstehen, was ich meine. Er lässt sie also für sich anschaffen, von ihrer Wohnung aus. Hat einfach in den

Bars und auf der Straße irgendwelche Kerle angehauen und sie zu ihr hochgeschickt – wer ihm eben gerade über den Weg gelaufen ist.«

»Hey, Mistär, du wollen ficki-ficki mit meine Schwestär?«

»Naja, über Ihren puerto-ricanischen Akzent möchte ich mich mal nicht näher auslassen, aber so in etwa haben Sie schon kapiert, wie der Hase läuft. Sie macht das Ganze also zwei Wochen lang mit, und dann hat sie die Nase voll und fliegt wieder zurück nach Puerto Rico. Und das ist die Geschichte von Micky, dem Möchtegernluden.«

An diesem Punkt brauchte sie einen neuen Drink, und ich konnte auch ein Bier vertragen. Sie ließ sich außerdem eine Tüte Bananenchips bringen, die sie auf der Seite aufriss, sodass sich der Inhalt der Tüte zwischen uns auf den Tresen ergoss. Das Zeug schmeckte wie eine Mischung aus Kartoffelchips und Sägespänen.

Wie sie mir daraufhin erklärte, bestand Micky Maus' Problem vor allem darin, dass er sich und den anderen ständig etwas beweisen zu müssen glaubte. Auf der High School hatte er das versucht, indem er mit ein paar von seinen Freunden nach Manhattan gefahren war, um dort die einschlägigen Viertel im West Village nach Homosexuellen zu durchstreifen und sie zu verprügeln.

»Er übernahm dabei die Funktion des Lockvogels«, fuhr sie fort. »Zierlich und gut aussehend, wie er war. Und wenn ihnen dann so ein armer Teufel auf den Leim ging, dann hat er sich am wildesten aufgeführt; am liebsten hätte er diese Kerle umgebracht. Anfangs sagten die anderen Jungs noch, dass Miguelito echt Mumm hätte, aber im Lauf der Zeit konnte man sie dann immer häufiger reden hören, er hätte keinen Funken Verstand im Kopf.« Sie schüttelte den Kopf. »Deshalb habe ich ihn auch nie mit nach Hause genommen. Er sieht ja nun wirklich schnuckelig aus, aber was hat man davon noch groß, sobald man das Licht ausgeknipst hat? Ich glaube jedenfalls nicht, dass es mir letztlich groß was gebracht hätte.« Sie streckte ihre Hand aus und berührte mich mit einem lackierten Fingernagel am Kinn. »Wissen Sie, von den Männern, die zu gut aussehen, hat man meistens nicht allzu viel.«

Das war eine Art Ouvertüre, auf die einzusteigen ich jedoch nicht sonderlich scharf war. Zusammen mit dieser Erkenntnis brandete fast aus dem Nichts eine Welle unendlicher Traurigkeit über mich herein. Mir lag nichts an dieser Frau, und ihr lag nichts an mir. Ich wusste nicht einmal ihren Namen; und wenn wir uns vorgestellt haben sollten, konnte ich mich nicht mehr daran erinnern.

Aber ich glaube nicht, dass das der Fall gewesen war. Die einzigen Namen, die zwischen uns gefallen waren, waren Miguelito Cruz und Micky Maus gewesen.

Also brachte ich noch einen weiteren ins Spiel – Angel Herrera. Über Herrera wollte sie nicht sprechen. Sie äußerste sich dazu nur so weit, dass Herrera in Ordnung wäre. Er war weder gut aussehend noch gerissen, aber das war vielleicht nicht unbedingt von Nachteil. Aber weiter wollte sie nicht über Herrera sprechen.

Darauf sagte ich ihr, dass ich weitermüsste. Ich legte einen Geldschein auf die Bar und instruierte den Barkeeper, ihr Glas nicht leer werden zu lassen. Sie lachte. Ob allerdings über mich oder über die Zweideutigkeit der Situation, war mir nicht recht klar. Jedenfalls klang ihr Lachen, als hätte jemand einen Sack voll zerbrochenem Glas eine Treppe hinuntergeworfen. Es folgte mir zur Tür und auf die Straße hinaus.

Kapitel 20

Als ich ins Hotel zurückkam, erwarteten mich dort Nachrichten von Anita und Skip. Zuerst rief ich in Syosset an und unterhielt mich eine Weile mit Anita und den Jungen. Ich erzählte ihr, dass ich erst kürzlich wieder ein ordentliches Honorar eingestrichen hatte und ihr bald einen Teil davon schicken würde. Mit meinen Söhnen sprach ich über die neuesten Baseballergebnisse und über das Ferienlager.

Dann rief ich Skip im Miss Kitty's an. Jemand anderer ging dran, und ich wartete, bis er Skip ans Telefon geholt hatte.

»Ich hätte gern mit dir gesprochen«, sagte er. »Ich arbeite heute Abend. Könntest du vielleicht später irgendwann vorbeikommen?«

»Klar.«

»Wie spät ist es jetzt? Zehn vor neun? Soll das heißen, ich stehe noch keine zwei Stunden hinterm Tresen? Mir kommt es wie mindestens fünf Stunden vor. Weißt du was, Matt, ich werde so gegen zwei den Laden dichtmachen. Komm doch dann vorbei. Dann können wir uns bei ein paar Gläsern Bourbon in Ruhe unterhalten.«

Ich sah mir das Spiel der Mets an. Sie spielten auswärts. In Chicago, glaube ich. Zwar starrte ich unablässig auf den Bildschirm, aber auf das Spiel konnte ich mich trotzdem nicht konzentrieren.

Vom Abend zuvor war noch ein Bier übrig. Hin und wieder nahm ich einen Schluck davon, ohne mich jedoch mehr dafür erwärmen zu können als für das Baseballmatch. Nach dem Schlusspfiff sah ich mir noch zur Hälfte die Nachrichten an, dann schaltete ich den Fernseher aus und streckte mich auf dem Bett aus.

Ich besaß eine Taschenbuchausgabe von *Leben der Heiligen*, in der ich irgendwann die heilige Veronika nachschlug. Unter anderem stand dort, dass fraglich war, ob eine Heilige dieses Namens überhaupt existiert hatte, dass sie aber eine Frau aus Jerusalem gewesen sein soll, die Christus auf dem Kreuzweg zum Kalvarienberg ein Tuch gereicht hat, damit er sich den Schweiß vom Gesicht trocknen konnte; und in diesem Tuch war dann ein Abdruck seines Gesichts zurückgeblieben.

Als ich mir diese kleine Szene, die der guten Frau zu zweitausendjährigem Ruhm verholfen hatte, vorzustellen versuchte, brach ich unwillkürlich in schallendes Gelächter aus. Die Frau, die ich vor mir sah, wie sie Jesus das Tuch hinhielt, hatte die Gesichtszüge und die Frisur von Veronica Lake.

Das Miss Kitty's war bereits geschlossen, als ich dort ankam, und einen Moment dachte ich, Skip wäre schon nach Hause gegangen. Doch dann sah ich, dass das Eisengitter vor dem Eingang zwar zugezogen, das Vorhängeschloss aber noch nicht zu war. Außerdem drang aus dem hinteren Teil der Bar ein schwacher Lichtschein nach draußen. Ich schob das Gitter vor dem Eingang ein Stück auf und klopfte, worauf Skip an die Tür kam und mir öffnete. Er zog das Gitter wieder zu und schloss die Tür ab. Er wirkte müde. Er klopfte mir auf die Schulter, versicherte mir, es wäre schön, mich zu sehen, und ging mit mir ans hintere Ende des Tresens, wo er mir, ohne mich zu fragen, einen kräftigen Schluck Wild Turkey einschenkte, um dann sein Glas mit Scotch aufzufüllen.

»Mein erster heute«, sagte ich.

»Was du nicht sagst? Nicht schlecht. Aber natürlich ist der Tag auch erst zwei Stunden und zehn Minuten alt.«

Ich schüttelte den Kopf. »Der erste seit dem Aufwachen. Ich hab zwar schon ein paar Bier getrunken, aber auch nicht viele.« Ich nahm einen Schluck von meinem Bourbon. Das tat gut.

»Ach ja, mir geht es ganz ähnlich«, meinte Skip darauf. »Ich habe auch Tage, an denen ich nichts trinke. Es gibt sogar Tage, an denen ich nicht mal ein Bier anrühre. Weißt du, was das bedeutet? Für dich und für mich ist Trinken etwas, das wir aus freien Stücken tun – eine Sache der freien Willensentscheidung.«

»Es gibt allerdings Tage – vor allem nach dem Aufwachen–, an denen mir so meine Zweifel kommen, ob ich mit meiner angeblich so freien Willensentscheidung wirklich die beste Wahl getroffen habe.«

»Wem sagst du das? Trotzdem unterliegt das Ganze noch einer freien Entscheidung. Und genau das ist der Unterschied zwischen dir und mir und einem Kerl wie Billie Keegan.«

»Findest du?«

»Du etwa nicht, Matt? Der Kerl ist doch ständig am Saufen. Nimm doch nur mal gestern Abend. Wir sind doch nun alle dem Alkohol nicht abhold, und trotzdem haben wir es gestern Abend schön langsam angehen lassen. Weil es eben manchmal in Ordnung ist und manchmal nicht. Oder etwa nicht?«

»Doch, vermutlich schon.«

»Was danach war, ist eine andere Geschichte. Danach muss man die Anspannung etwas abbauen, etwas gegen den Stress tun. Aber Keegan war doch schon zu, bevor wir überhaupt da rausgefahren sind, oder?«

»Immerhin hat er sich dann als der Held des Tages erwiesen.«

»Na ja, kann schon sein. Übrigens, wegen der Autonummer – hast du schon ...«

»Gestohlen.«

»Scheiße. Na ja, eigentlich hatten wir damit ja schon gerechnet.«

»Ja.«

Er nahm einen Schluck von seinem Glas. »Keegan«, kehrte er wieder zu seinem alten Thema zurück, »muss einfach trinken. Was mich betrifft, könnte ich jederzeit damit aufhören. Aber dazu sehe ich keine Veranlassung, weil ich finde, dass mir der Alkohol guttut. Aber ich könnte jederzeit aufhören, und auf dich trifft das genauso zu.«

»Vermutlich.«

»Aber sicher. Bei Keegan allerdings – na, ich weiß nicht. Ich will Billie ja nicht gleich einen Alkoholiker nennen ...«

»Jemanden das zu nennen, ist weiß Gott keine Kleinigkeit.«

»Ganz meiner Meinung. Ich wollte damit auch nicht sagen, dass er das ist – schließlich kann ich Billie ganz gut leiden –, aber ich würde doch sagen, dass der gute Mann so seine Probleme mit dem Alkohol hat.« Er straffte die Schultern.

»Ach, zum Teufel damit. Und selbst wenn er ein Penner aus der Bowery wäre, wär's mir trotzdem lieber, der Wagen wäre nicht gestohlen gewesen. Was meinst du? Gehen wir nach hinten und machen's uns dort ein bisschen gemütlich.«

Im Büro, die zwei Whiskey-Flaschen zwischen uns auf dem Schreibtisch, ließ er sich in seinen Stuhl zurücksinken und legte die Füße auf den Tisch. »Nachdem du die Autonummer bereits überprüft hast«, sagte er, »gehst du der Sache also schon nach.«

Ich nickte. »Ich bin auch nach Brooklyn rausgefahren.«

»Doch nicht etwa zu der Kirche?«

»Doch.«

»Was hast du dir denn davon erwartet? Hast du gedacht, einer von den beiden könnte seine Brieftasche liegen gelassen haben?«

»Man kann nie wissen, worauf man bei so was stößt, Skip. Jedenfalls kann es nie schaden, sich ein wenig umzusehen.«

»Schon möglich. Nur wüsste ich nicht, wo ich anfangen sollte.«

»Man fängt einfach irgendwo an. Und tut, was einem gerade einfällt.«

»Hast du denn was Neues herausgefunden?«

»Ein paar Dinge.«

»Wie zum Beispiel? Entschuldige, ich verlange keineswegs, dass du mir gegenüber für jeden Schritt, den du unternimmst, Rechenschaft ablegst, aber hast du irgendwas Brauchbares herausgefunden?«

»Kann schon sein. Anfangs kann man nie so recht sagen, was sich später als nützlich erweist und was nicht. Man kann sogar sagen, dass in gewisser Weise alles, was man herausfindet, von Nutzen ist. Allein die Tatsache, dass der Wagen gestohlen war, sagt mir zum Beispiel schon etwas, wenn ich deswegen auch noch nicht weiß, wer ihn gefahren hat.«

»Der Besitzer der Karre kommt also schon mal nicht als Täter in Frage. Du kennst also eine Person unter acht Millionen, die es nicht gewesen sein kann. Wem gehört die Karre übrigens? Einer alten Dame, die damit jeden Tag zum Bingo-Salon fährt?«

»Das weiß ich nicht. Jedenfalls wurde der Wagen im Ocean Parkway gestohlen, nicht weit von diesem Fischrestaurant, zu dem sie uns erst geschickt haben.«

»Heißt das, dass sie in Brooklyn leben?«

»Sie könnten auch in ihrem eigenen Wagen rausgefahren sein und den Wagen gestohlen haben. Genauso gut könnten sie die U-Bahn oder ein Taxi genommen haben. Oder ...«

»Jedenfalls wissen wir nicht sehr viel.«

»Bis jetzt zumindest nicht.«

Er lehnte sich zurück und verschränkte die Hände im Nacken. »Bobby ist übrigens wegen dieses Werbefilms noch mal einbestellt worden. Du weißt schon, der Basketballschiedsrichter im Kampf gegen Rassenvorurteile. Er soll morgen noch mal vorsprechen. Er ist zusammen mit vier anderen in die engere Auswahl gekommen, und jetzt wollen sie die fünf noch mal auf Herz und Nieren prüfen.«

»Hört sich ja ganz gut an.«

»Was weiß ich? Für mich wäre das jedenfalls kein Beruf – dieser ständige Konkurrenzkampf, nur um dann zwanzig Sekunden in der Glotze zu kommen. Weißt du, wie viele Schauspieler nötig sind, um eine Glühbirne auszuwechseln? Neun. Einer steigt auf die Staffelei und schraubt die neue Birne rein, und die anderen acht stehen um ihn rum und quaken: ›Eigentlich sollte ich da oben stehen!‹«

»Das trifft die Sache wahrscheinlich ganz gut.«

»Den kenne ich schließlich aus berufenem Munde. Unser Schauspieler hat ihn mir selbst erzählt.« Er griff nach seinem Glas und ließ sich wieder zurücksinken. »Jedenfalls war das ganz schön eigenartig gestern Abend, Matt – verdammt eigenartig.«

»Meinst du, im Keller der Kirche?«

Ein Nicken. »Diese Verkleidungen. Hätte gerade noch gefehlt, dass sie sich Pappnasen umgebunden hätten. Jedenfalls sahen sie mit diesen Perücken und Bärten vollkommen unwirklich aus, aber nicht im geringsten komisch. Nicht mit der Kanone, mit der einer immer rumgefuchtelt hat.«

»Warum haben sie sich wohl verkleidet?«

»Na, damit wir sie nicht erkennen. Wozu verkleidet man sich sonst?«

»Hättest du sie denn sonst erkannt?«

»Woher soll ich das wissen? Schließlich habe ich sie ja nicht ohne Verkleidung zu Gesicht bekommen. Wer sind wir hier eigentlich – Abbott und Costello?«

»Sie jedenfalls haben uns nicht erkannt, glaube ich. Als ich in den Keller reinkam, hat einer deinen Namen gerufen. Es war zwar dunkel, aber sie hätten sich längst an die Dunkelheit gewöhnen müssen, sodass sie uns wenigstens grob hätten unterscheiden können, zumal wir uns ja nicht gerade ähnlich sehen.«

»Klar, ich bin der Schönste von uns beiden.« Skip zog an seiner Zigarette und blies eine gewaltige Rauchwolke zur Decke hoch. »Worauf willst du eigentlich hinaus?«

»Ich weiß nicht. Ich frage mich lediglich, warum sie sich die Mühe mit der Verkleidung gemacht haben, obwohl wir sie gar nicht kennen.«

»Wahrscheinlich, um es uns im Nachhinein zu erschweren, sie zu identifizieren.«

»Na gut, aber bestand für sie denn Grund zu der Befürchtung, dass wir ihnen was anhaben wollen könnten? Was sollen wir denn schon groß gegen sie unternehmen? Wir haben ein Geschäft mit ihnen abgewickelt, das Geld gegen die Bücher getauscht. Was hast du übrigens mit dem Ordner gemacht?«

»Alles verbrannt. Wie ich gesagt habe. Aber wie meinst du das – wir könnten nichts gegen sie unternehmen? Immerhin könnten wir sie zu Hause in ihren Betten kaltmachen.«

»Klar.«

»Oder wir bräuchten nur die richtige Kirche ausfindig machen, auf den Altar scheißen und Dominic Tutto sagen, sie wären es gewesen. Wäre das etwa keine Idee? Wieso hängen wir sie nicht bei Dom, dem Schlachter, hin, dass der sich ihrer annimmt? Vielleicht haben sie sich aus demselben Grund verkleidet, aus dem sie auch den Wagen gestohlen haben. Weil sie Profis sind.«

»Sind sie dir eigentlich bekannt vorgekommen, Skip?«

»Meinst du, unter den Perücken und den Bärten und dem ganzen Firlefanz? Ich wüsste nicht, was ich von den beiden zu sehen bekommen haben sollte, das mir irgendwie bekannt vorgekommen ist. Die Stimmen habe ich auch nicht wiedererkannt.«

»Hm.«

»Wenn ich mir's genauer überlege, kam mir aber irgendwas an den beiden bekannt vor. Ich weiß nur nicht, was. Vielleicht die Art, wie sie sich bewegt haben. Genau, das war's.«

»Ich glaube, ich weiß, was du meinst.«

»Ihre Bewegungen wirkten – wie nennt man das? – irgendwie sehr koordiniert. Fast könnte man sagen, sie hatten was Tänzerisches.« Er lachte. »Rufen wir sie doch mal an, ob sie mit uns tanzen gehen wollen.«

Mein Glas war leer. Ich schenkte mir etwas Bourbon nach, lehnte mich zurück und nahm einen Schluck. Skip ersäufte seine Zigarette in einer Kaffeetasse und machte mich unweigerlich darauf aufmerksam, dass er mich auf keinen Fall bei so etwas erwischen wollte. Ich beruhigte ihn, dass die Wahrscheinlichkeit hierfür sehr gering wäre. Er zündete sich eine frische Zigarette an, worauf wir eine Weile in behaglichem Schweigen dasaßen.

Nach einer Weile kam Skip wieder auf den vorigen Abend zu sprechen. »Mal von dieser blöden Maskerade abgesehen – kannst du mir vielleicht sagen, warum sie die Lichter ausgeschossen haben?«

»Um ihren Rückzug zu decken. Auf diese Weise hatten sie uns gegenüber einen kleinen Vorsprung.«

»Glaubst du denn, sie dachten, wir würden ihnen hinterherrennen, so eine richtige Verfolgungsjagd veranstalten und uns die Kugeln um die Ohren pfeifen lassen?«

»Vielleicht dachten sie, im Dunkeln könnten sie leichter abhauen.« Ich runzelte nachdenklich die Stirn. »Dazu hätte es eigentlich auch genügt, kurz auf den Lichtschalter zu drücken. Weißt du eigentlich, was das Schlimmste an den Schüssen war?«

»Ich jedenfalls habe vor Schiss fast in die Hosen gemacht.«

»Sie haben die Polizei auf den Plan gerufen. Und das ist nun etwas, was jeder echte Profi unter allen Umständen zu vermeiden versucht – die Polizei auf sich aufmerksam zu machen.«

»Vielleicht wollten sie aber gerade das. Sozusagen als Warnung an uns: ›Versucht uns nicht dumm zu kommen.‹«

»Schon möglich.«

»Oder sie wollten dem Ganzen einen dramatischen Beigeschmack verleihen.«

»Vielleicht.«

»Und dramatisch genug war das Ganze weiß Gott. Ich dachte wirklich, der Kerl würde gleich abdrücken, als er seine Kanone auf mich gerichtet hat. In dem Moment hab ich echt geglaubt, mein letztes Stündlein hätte geschlagen. Und als er dann stattdessen in die Decke geballert hat, wusste ich erst nicht, ob ich nun in die Hosen machen oder blind werden soll. Was hast du denn plötzlich?«

»Das darf doch nicht wahr sein«, stieß ich konsterniert hervor.

»Was?«

»Er hat die Waffe erst auf dich gerichtet und dann zwei Schüsse in die Decke abgefeuert.«

»Ist das etwas, was wir übersehen haben sollten? Wovon, denkst du, reden wir eigentlich die ganze Zeit?«

Ich hob eine Hand. »Denk doch mal kurz nach. Ich hab das Ganze bisher immer so gesehen, als hätte er die Lichter ausgeschossen; deswegen ist mir die Parallele nicht aufgefallen.«

»Welche Parallele? Matt, ich glaube ...«

»Wo hast du denn in letzter Zeit mal gesehen, dass jemand eine Waffe auf jemanden gerichtet hat, als wollte er ihn gleich erschießen, um dann stattdessen in die Decke zu ballern?«

»Jetzt geht mir langsam ein Licht auf.«

»So?«

»Aber natürlich. Frank und Jesse.«

»Und? Was glaubst du?«

»Ich weiß nicht, was ich glaube. Die Vorstellung erscheint mir nur reichlich verrückt. Sie haben sich doch überhaupt nicht wie Iren angehört.«

»Wer sagt denn, dass die Kerle, die die Morisseys überfallen haben, Iren waren?«

»Na ja, vermutlich sind wir davon stillschweigend ausgegangen. Diese vors Gesicht gebundenen Tücher und die Spendengelder, die sie eingesackt haben – wir dachten eben, das Ganze hätte einen politischen Hintergrund. Sie haben sich auch genauso bewegt. Sehr präzise und genau abgezirkelt, kein Schritt zu viel. Der Überfall hat fast choreographiert gewirkt.«

»Vielleicht sind die beiden Balletttänzer.«

»Genau«, schmunzelte er, »die *Ballett-Desperados von 1975*. Ich versuche immer noch, mir einen Reim auf das Ganze zu machen. Zwei Komiker mit roten Halstüchern erleichtern die Morisseys um fünfzig Riesen, und dann erpressen sie mich und Kasabian um – hey, das ist ja genau derselbe Betrag. Langsam beginnt sich sogar ein gemeinsames Schema abzuzeichnen.«

»Wir wissen doch gar nicht, wie hoch der Verlust der Morisseys war.«

»Natürlich nicht, und sie wussten auch nicht, wieviel in ihrem Safe sein würde, aber eine Übereinstimmung ist eine Übereinstimmung. So viel steht inzwischen fest. Was ist übrigens mit ihren Ohren? Du hast dir doch gestern Abend ihre Ohren skizziert. Sind das die Ohren von Frank und Jesse?«

Er begann zu lachen. »Hör dir mal so einen Satz an: ›Sind das die Ohren von Frank und Jesse?‹ Das klingt doch wie aus einer anderen Sprache übersetzt. Trotzdem, sind es dieselben Ohren?«

»Ich habe damals doch nicht auf deren Ohren geachtet.«

»Ich dachte, ein Detektiv wären ständig im Dienst.«

»Ich habe mir damals nur Gedanken gemacht, wie ich mich am besten aus der Schusslinie halten kann, Skip; das heißt, falls ich überhaupt an etwas gedacht habe. Jedenfalls waren Frank und Jesse hellhäutig. Und das trifft auch auf die zwei von gestern Abend zu.«

»Hast du eigentlich ihre Augen gesehen?«

»Jedenfalls nicht, welche Farbe sie hatten.«

»Ich bin zwar ziemlich nahe an den einen der beiden rangekommen, als wir den Austausch vorgenommen haben, aber ich habe einfach nicht auf seine Augen geachtet. Abgesehen davon, brächte uns seine Augenfarbe wohl kaum weiter. Hat eigentlich einer von den beiden bei dem Überfall im Morissey's irgendwas gesagt?«

»So viel ich mich erinnern kann, nicht.«

Skip schloss die Augen. »Ich versuche mich gerade zu erinnern. Das Ganze ist eher wie eine Pantomime abgelaufen. Zwei Schüsse und dann Stille, bis sie aus dem Raum gestürmt sind.«

»So habe ich es auch noch in Erinnerung.«

Er stand auf und begann, auf und ab zu gehen. »Ganz schön verrückt«, murmelte er. »Vielleicht suchen wir vergeblich nach der Schlange, die ich am eigenen Busen genährt habe. Vielleicht geht das Ganze doch nicht auf das Konto einer Person, die ich näher kenne. Offensichtlich haben wir es hier also mit einer Zweierbande zu tun, die sich darauf spezialisiert, die Kneipenbesitzer hier im Viertel abzugreifen. Glaubst du nicht, dass diese irische Gang, wie heißt sie gleich wieder ...«

»Die Westies. Nein, davon hätten wir sicher was gehört. Oder Morissey hätte davon gehört. Bei der Belohnung hätte er spätestens am nächsten Tag einen entsprechenden Tipp auf dem Tisch liegen gehabt, falls dieser Verein etwas mit der Sache zu tun gehabt hätte.« Ich griff nach meinem Glas und leerte es auf einen Zug. Mein Gott, war der Bourbon gerade verteufelt gut. Wir hatten sie am Kragen; dessen war ich mir mit einem Mal ganz sicher. Wenn ich auch nicht einen Anhaltspunkt mehr über sie hatte als vor einer Stunde, war mir inzwischen klar, dass ich mir die beiden kaufen würde.

»Das ist der Grund, weshalb sie sich verkleidet haben«, sagte ich. »Das ist der Grund, weshalb sie nicht wollten, dass wir sie erkennen können. Sie haben einen Fehler gemacht. Jetzt kriegen wir sie.«

»Du solltest dich mal sehen, Matt. Du bist plötzlich wie ausgewechselt. Wie ein alter Jagdhund, der plötzlich auf eine frische Fährte gestoßen ist. Aber wie willst du dir diese beiden kaufen? Du weißt doch gar nicht, wer sie sind.«

»Ich weiß zumindest, dass sie Frank und Jesse sind.«

»Na und? Die Morisseys versuchen Frank und Jesse schon seit einer ganzen Weile zu finden – allerdings ohne Erfolg. Genaugenommen, haben sie sogar dich auf die beiden angesetzt. Wieso bist du deiner Sache plötzlich so sicher?«

Ich goss mir nur noch einen kleinen Schluck von dem Wild Turkey ein. »Wenn du in einem Wagen eine Wanze anbringst und ihn dann abhören willst, brauchst du zwei Wagen. Einer allein genügt nicht, aber mit zweien kannst du den jeweiligen Winkel berechnen und den Wagen entsprechend anpeilen.«

»Was soll das nun wieder mit Frank und Jesse zu tun haben?«

»Ich gebe ja zu, der Vergleich hinkt etwas, aber in etwa kommt er dem Sachverhalt durchaus nahe. Wir haben sie im Morissey's und wir haben sie in dieser Kirche in Bensonhurst. Das sind schon mal zwei Bezugspunkte. Jetzt können wir uns daranmachen, sie anzupeilen. Zwei Kugeln in die Decke – das ist ihr Markenzeichen. Fast könnte man denken, die haben es regelrecht darauf angelegt, geschnappt zu werden – so eine deutliche Signatur zu hinterlassen.«

»Die beiden können einem ja schon richtig leidtun«, witzelte Skip. »Vermutlich machen sie sich vor Angst schon in die Hose. Schließlich haben sie diesen Monat ja nur hunderttausend Dollar eingestrichen. Allerdings können die beiden nicht ahnen, dass unsere große Spürnase Matt Scudder auf ihrer Spur ist und sie nicht mehr viel Zeit haben, auch nur einen Cent von dem vielen Geld auf den Kopf zu hauen.«

Kapitel 21

Am nächsten Morgen weckte mich das Telefon. Ich setzte mich auf und blinzelte gegen das Tageslicht an. Es klingelte weiter.

Als ich schließlich abnahm, meldete sich Tommy Tillary. »Matt, eben war jemand von der Polizei hier. Er ist *hierher* gekommen. Unglaublich!«

»Wohin?«

»Ins Büro. In mein Büro. Du kennst ihn. Zumindest behauptet er, dich zu kennen. Ein Detective, ein höchst unangenehmer Zeitgenosse.«

»Ich weiß noch immer nicht, von wem du eigentlich sprichst, Tommy.«

»Ich habe seinen Namen vergessen. Er hat gesagt ...«

»Was hat er gesagt?«

»Er hat gesagt, ihr wärt beide in meinem Haus gewesen.«

»Jack Diebold.«

»Genau. Stimmt das also? Wart ihr zusammen in meinem Haus?«

Ich massierte meine Schläfen und griff dann nach meiner Armbanduhr. Es war kurz nach zehn. Ich versuchte mich zu erinnern, wann ich mich schlafen gelegt hatte.

»Wir sind nicht zusammen in dein Haus gegangen«, korrigierte ich ihn. »Ich habe mich dort ein bisschen umgesehen, und dann ist er plötzlich aufgetaucht. Ich kenne ihn von früher.«

Es hatte keinen Sinn. Ich konnte mich an nichts mehr erinnern, was passiert war, nachdem ich Skip versichert hatte, dass die Tage von Frank und Jesse gezählt waren. Vielleicht bin ich gleich darauf nach Hause gegangen, vielleicht hatte ich auch noch bis Tagesanbruch mit Skip gebechert. Jedenfalls wusste ich nicht mehr, wie und wann ich nach Hause gekommen war.

»Matt? Er hat auch Carolyn belästigt.«

»Sie belästigt?«

Meine Tür war von innen abgeschlossen. Das war ein gutes Zeichen. Ganz so schlimm konnte mein Zustand also nicht gewesen sein, wenn ich immerhin noch daran gedacht hatte, die Tür abzuschließen. Andererseits lag meine Hose auf dem Stuhl. Es wäre ein besseres Zeichen gewesen, wenn sie im Schrank gehangen hätte. Aber sie lag nicht in einem unordentlichen Haufen auf dem Boden, und ich hatte auch nicht darin geschlafen. Der große Detektiv beim Durchsieben der Anhaltspunkte, um herauszufinden, wie schlimm es am Abend zuvor um ihn gestanden hatte.

»Sie belästigt eben. Er hat sie mehrere Male angerufen, und einmal stand er sogar vor ihrer Wohnungstür. Er hat ihr Vorhaltungen gemacht – zum Beispiel, sie würde mich decken, und dergleichen. Du kannst dir sicher vorstellen, welche Wirkung das auf Carolyn hat, ganz zu schweigen davon, dass das Ganze für meine Stellung hier im Büro auch nicht gerade besonders vorteilhaft ist.«

»Das kann ich mir denken.«

»Nachdem du den Kerl anscheinend von früher kennst, Matt, könntest du vielleicht ein gutes Wort für mich einlegen, dass er mich gefälligst in Ruhe lässt?«

»Wie stellst du dir das vor, Tommy? Ein Polizist stellt doch nicht einfach die Ermittlungen in einem Mordfall ein, bloß weil ihn ein alter Freund darum bittet.«

»Versteh mich nicht falsch, Matt. Ich wollte dich damit keineswegs zu irgendeinem Schmu verleiten. Aber selbst bei Mordermittlungen gibt es doch gewisse Grenzen. Oder etwa nicht?« Er wartete meine Antwort nicht ab. »Die Sache ist, dieser Kerl hat mich einfach auf dem Kieker. Aus irgendeinem Grund hat er sich in den Kopf gesetzt, ich hätte etwas mit dem Tod meiner Frau zu tun. Deshalb wollte ich dich darum bitten, einfach mal mit deinem Freund zu reden und ihm, wenn möglich, klarzumachen, dass dem nicht so ist.«

Ich versuchte mich zu erinnern, was ich Jack über Tommy erzählt hatte. Es fiel mir nicht mehr ein, aber ich konnte mir vorstellen, dass ich nicht unbedingt meine Hand für Tommy ins Feuer gelegt hatte.

»Und melde dich bitte wieder mal bei Drew. Er hat mich bereits gestern gefragt, ob ich etwas von dir gehört hätte und ob du was Brauchbares in Erfahrung gebracht hättest. Ich weiß durchaus, dass du dich ordentlich ins Zeug legst, Matt. Aber wir sollten möglichst auch Drew auf dem Laufenden halten, wenn du weißt, was ich meine?«

»Klar, Tommy.«

Nachdem er aufgehängt hatte, spülte ich mit einem Glas Leitungswasser zwei Aspirin hinunter. Nachdem ich geduscht und mich zur Hälfte rasiert hatte, dämmerte mir plötzlich, dass ich mich mehr oder weniger bereit erklärt hatte, bei Jack Diebold ein gutes Wort für Tommy einzulegen. Dabei wurde mir zum ersten Mal bewusst, wie gut sich dieser Kerl darauf verstehen musste, den Leuten am Telefon seine Grundstücksanteile – oder was es sonst war – aufzuschwatzen. Es war genau so, wie alle sagten. Am Telefon war Tommy unwiderstehlich.

Draußen entpuppte sich der Tag als sonniger und strahlender als unbedingt nötig. Ich schaute kurz ins McGovern's, schnell einen Muntermacher heben. Dann holte ich mir bei der Pennerin an der Ecke eine Zeitung, warf ihr einen Dollar hin und setzte, eingehüllt in einen Nebel aus guten Wünschen, meinen Weg fort. Ich ließ die gute Frau gewähren; ich konnte alle guten Wünsche brauchen.

Im Red Flame studierte ich bei einer Tasse Kaffee und einem Nusshörnchen die Zeitung. Dass ich mich nicht mehr erinnern konnte, wie ich aus Skips Büro nach Hause gekommen war, beunruhigte mich. Ich versuchte mir zwar einzureden, dass es nicht allzu schlimm gewesen sein konnte, da ich keinen sonderlich starken Kater hatte, aber das musste nicht unbedingt etwas heißen. Manchmal wachte ich nach einer Nacht, in der ich schwer zugeschlagen hatte, mit erheblichen Gedächtnislücken, aber mit völlig klarem Kopf und in bester körperlicher Verfassung auf. Und dann wieder gab es völlig normal verlaufene Abende, in denen ich mich nicht einmal annähernd betrunken gefühlt hatte, und trotzdem hatte ich am nächsten Morgen einen Kater, der mich den ganzen Tag ans Bett fesselte.

Aber was sollte ich mir darüber lange den Kopf zerbrechen.

Ich bestellte eine frische Tasse Kaffee und dachte über meinen Sermon über die Ortung der beiden Männer nach, die wir Frank und Jesse getauft hatten. Ich konnte mich noch sehr gut an meine Zuversicht vom Vorabend erinnern und fragte mich, was daraus geworden war. Vielleicht hatte ich einen genialen Geistesblitz gehabt, wie ich den beiden auf die Schliche kommen würde. Ich zog mein Notizbuch zu Rate, ob ich mir dort vielleicht einen flüchtigen Gedanken zu diesem Thema notiert hatte, der mir jedoch in der Zwischenzeit wieder entfallen war. Diese Hoffnung sollte jedoch enttäuscht werden. Nach Verlassen der Bar in Sunset Park hatte ich keine Eintragungen mehr in mein Notizbuch gemacht.

Aber zumindest hatte ich meine Notizen zu Micky Maus und seiner

Pubertätskarriere als Schwulenschreck im Village. Unter Jugendlichen aus der Unterschicht ist das ein weitverbreiteter Sport, und seine Anhänger sind ausnahmslos felsenfest von der Reinheit ihrer Gesinnung und der Männlichkeit ihrer Einstellung überzeugt. Dass sie damit lediglich einen Teil ihrer selbst abzutöten versuchen, den sie sich selbst nicht einzugestehen wagen, käme ihnen nie in den Sinn, ganz zu schweigen davon, dass sie dabei manchmal deutlich über ihr Ziel hinaus schossen, wenn sie einen Homosexuellen ernsthaft verletzten oder gar töteten. Ich hatte einige Verhaftungen dieser Art vorgenommen, und jedes Mal fielen die Täter aus allen Wolken, wenn sie feststellen mussten, dass sie in ernsthaften Schwierigkeiten steckten und wir, die Hüter des Gesetzes, keineswegs auf ihrer Seite standen.

Ich wollte mein Notizbuch bereits wieder wegstecken, stand aber stattdessen auf und warf eine Münze in den öffentlichen Fernsprecher neben der Bar. Ich schlug Drew Kaplans Nummer nach und wählte sie. Ich dachte an die Frau, die mir von Micky Maus erzählt hatte, und war froh, dass ich an einem Morgen wie diesem nicht ihre Vorliebe für grelle Farben teilen musste.

»Scudder«, meldete ich mich, nachdem mich die Sekretärin zu Kaplan durchgestellt hatte. »Ich weiß nicht, ob es Ihnen groß weiterhilft, aber ich habe ein paar weitere Hinweise, dass unsere Freunde nicht gerade Musterknaben sind.«

Danach brach ich zu einem längeren Spaziergang auf. Ich ging die Ninth Avenue hinunter und schaute kurz ins Miss Kitty's, um John Kasabian guten Tag zu sagen. Aber ich blieb nicht lange. Nach einem weiteren kurzen Aufenthalt in einer Kirche in der Forty-second Street ging ich in Richtung Downtown, vorbei am Hintereingang des Port-Authority-Busbahnhofs und weiter durch die Hell's Kitchen und Chelsea ins Village. Ich durchquerte das Schlachthofviertel und legte an der Ecke von Washington und Thirteenth einen kurzen Zwischenstopp in einer Kneipe ein, in der ich zwischen Männern in blutigen Schürzen, die ihren Whiskey aus kleinen Biergläsern tranken, am Tresen stand. Dann setzte ich meine Wanderung fort, vorbei an Rinderhälften und Lämmern, die in der Mittagshitze von Fliegen umschwirrt wurden.

Nach einer Weile suchte ich im Corner Bistro an der Ecke von Jane und Fourth Schutz vor der Sonne, und den nächsten Zwischenstopp legte ich in der Cookie Bar in der Hudson ein. Im White Horse genehmigte ich mir einen Hamburger, den ich mit einem Bier hinunterspülte.

Und währenddessen ließ ich mir unablässig die Fakten des Falls durch den Kopf gehen.

Ich habe nicht die leiseste Ahnung, wie jemand, ich eingeschlossen, durch das unablässige Kombinieren von einzelnen Daten jemals zu einer logischen Schlussfolgerung gelangt. Wenn irgendein Typ in einem Film erklärt, wie er sich alles zusammengereimt hat, indem er die einzelnen Fakten so aneinander gefügt hat, dass sie einen Sinn ergeben, erscheint mir das vollkommen einleuchtend.

So ist es allerdings bei meiner Arbeit nur in den seltensten Fällen. Als ich noch bei der Polizei war, bewegten sich meine Ermittlungen (soweit sie überhaupt vorankamen) auf zweierlei Weise auf eine Lösung zu. Entweder tappte ich zunächst völlig im Dunkeln, bis irgendwann eine neue Erkenntnis zur Lösung des Falls führte, oder ich wusste von Anfang an, auf wessen Konto eine Straftat ging, und es kam nur noch darauf an, genügend Beweise zusammenzutragen, um eine Verurteilung des Täters zu ermöglichen. In dem verschwindend geringen Prozentsatz von Fällen, in denen ich tatsächlich durch Kombinieren zu einer Lösung gelangte, gelang mir dies mittels eines Denkprozesses, den ich heute keinen Deut besser verstehe als damals. Ich führte mir vor Augen, was ich wusste, und stierte so lange darauf, bis ich das Ganze plötzlich in einem völlig neuen Licht sah und die Antwort sich sozusagen wie von selbst präsentierte.

Haben Sie je ein Puzzle zusammengesetzt? Und sind Sie dabei irgendwann nicht mehr weitergekommen, sodass Sie bald nach dem Stein, bald nach dem gegriffen und ihn zwischen Ihren Fingern gedreht und gewendet haben, bis Sie schließlich wieder nach einem Stein gegriffen haben, den Sie sicher schon hundertmal in den Händen gehalten haben? Und plötzlich fügt sich dieser Stein wie von selbst in die Lücke ein, obwohl Sie schwören könnten, dass er noch vor einer Minute, als Sie es an derselben Stelle probiert haben, nicht gepasst hat.

Ich saß an einem Tisch im White Horse. Es war ein dunkelbrauner Tisch, von dem an manchen Stellen der Lack abzublättern begann und in den jemand seine Initialen geritzt hatte. Ich hatte meinen Hamburger verdrückt, ich hatte mein Bier getrunken, und jetzt hatte ich eine Tasse Kaffee mit einem diskreten Schuss Bourbon vor mir stehen. Mir schwirrten alle möglichen Gedanken und Erinnerungsfetzen durch den Kopf. Ich hörte Nelson Fuhrmann über den Personenkreis sprechen, der Zugang zum Kellerraum der Kirche hatte. Ich sah Billie Keegan eine Platte aus der Hülle nehmen und auf den Plattenspieler legen. Ich sah Bobby Ruslander, wie er die blaue Plastiktrillerpfeife in den Mund steckte. Ich sah den Sünder mit der gelben Perücke, Frank oder Jesse, wie er sich widerwillig bereit erklärte, die Tische zu verrücken. Ich sah den *Gewieften Burschen*, wie er mit Fran, der Krankenschwester, und ihren Freunden ins Miss Kitty's kam.

Bis zu einem bestimmten Moment wusste ich die Lösung nicht, und im nächsten sah ich sie plötzlich in aller Klarheit vor mir.

Ich könnte nicht erklären, wie es dazu kam. Ich dachte nicht angestrengt nach. Ich griff nur immer wieder nach neuen Puzzlesteinen, um jeden geduldig zu drehen und zu wenden und nach einer Weile wieder zurückzulegen, und plötzlich hatte ich das vollständige Bild vor mir, und jedes noch fehlende Teilchen ließ sich problemlos an seinen Platz legen.

Hatte ich mir das alles bereits letzte Nacht zusammengereimt, als sich meine Gedanken während meines Filmrisses wie die Fäden von Penelopes Wandbehang lose vor mir ausgebreitet hatten? So ganz wollte mir das zwar nicht einleuchten, aber andererseits liegt es nun mal in der Natur solcher Filmrisse, dass man nachher nie sagen kann, was währenddessen passiert ist. Mein Gefühl sagte mir allerdings, dass es so gewesen sein musste. So deutlich schienen die einzelnen Antworten mit einem Mal auf der Hand zu liegen – wie bei einem Puzzle, bei dem man sich, nachdem man endlich den letzten Stein an seinen Platz gelegt hat, nicht mehr vorstellen kann, dass man die Lösung nicht von Anfang vor Augen gehabt hat. Jedenfalls erschien mir die Lösung plötzlich so klar und logisch, als wäre ich auf etwas gestoßen, was ich schon die ganze Zeit gewusst hatte.

Ich rief Nelson Fuhrmann an. Er konnte mir die Auskunft, die ich benötigte, zwar nicht erteilen, aber seine Sekretärin gab mir eine Telefonnummer, sodass ich schließlich eine Frau erreichte, die mir ein paar meiner Fragen beantworten konnte.

Als nächstes wollte ich gerade Eddie Koehler anrufen, als mir bewusst wurde, dass ich nur ein paar Blocks vom Sechsten Revier entfernt war. Ich machte mich also zu Fuß auf den Weg, fand ihn an seinem Schreibtisch und eröffnete ihm, er könne sich gleich noch den Rest des Hutes verdienen, den ich ihm am Tag zuvor gekauft hatte. Ohne von seinem Schreibtisch aufstehen zu müssen, führte er ein paar Telefongespräche, und als ich mich von ihm verabschiedete, hatte ich mein Notizbuch um ein paar zusätzliche Einträge bereichert.

Nachdem ich in einer Telefonzelle an der nächsten Ecke ein paar Gespräche in eigener Sache geführt hatte, nahm ich mir in der Hudson ein Taxi nach Uptown. Ich stieg an der Ecke von Eleventh Avenue und Fifty-first Street aus und ging zu Fuß in Richtung Hudson weiter. Vor dem Morissey's blieb ich schließlich stehen; weder klopfte ich an die Tür, noch klingelte ich. Stattdessen studierte ich das Plakat der Theatertruppe, die im Erdgeschoss ihren Probenraum hatte. *Der gewiefte Bursche* war bereits wieder vom Spielplan abgesetzt. Dafür war am nächsten Abend die Premiere eines Stücks von John B. Keane. Es hieß *Der Mann aus Clare.* Auf dem Plakat war ein Foto des Schauspielers, der die Hauptrolle spielte. Er hatte drahtiges rotes Haar und ein finsteres hageres Gesicht.

Ich versuchte die Tür zum Theater. Sie war abgeschlossen. Ich klopfte dagegen, und als sich daraufhin nichts rührte, versuchte ich es noch einmal. Schließlich kam jemand öffnen.

Eine extrem kleine Frau, Mitte zwanzig, sah zu mir hoch. »Tut mir leid, der Vorverkauf beginnt erst heute Nachmittag. Im Moment läuft gerade die Generalprobe, und außerdem … «

Ich versicherte ihr, dass ich keine Karten haben wollte. »Aber hätten Sie vielleicht ein paar Minuten Zeit für mich? «, fragte ich.

»Das will doch jeder von einem. Nur habe ich leider nicht genug Zeit, um so verschwenderisch damit umgehen zu können. « Sie sagte das so leichthin, als hätte es ein Dramatiker für sie geschrieben. »Tut mir leid «, fügte sie dann in neutralerem Ton hinzu. »Vielleicht ein andermal. «

»Es muss aber leider jetzt sein. «

»Mein Gott, was soll denn das nun wieder? Sie sind doch nicht etwa von der Polizei? Was haben wir denn verbrochen? Etwa eine Rechnung nicht rechtzeitig bezahlt? «

»Ich arbeite für den Herrn, der über Ihnen wohnt. « Ich deutete nach oben. »Er wäre Ihnen sicher sehr verpflichtet, wenn Sie mir in dieser Sache behilflich wären. «

»Mr. Morissey? «

»Rufen Sie Tim Pat meinetwegen an und fragen Sie ihn. Mein Name ist Scudder. «

Aus dem Inneren des Theaters rief jemand mit einem breiten irischen Akzent: »Was ist denn, Mary Jean? Kommst du vielleicht mal wieder? «

Sie verdrehte die Augen, seufzte und hielt mir die Tür auf. Nach meinem

Besuch bei der irischen Theatertruppe rief ich Skip in seiner Wohnung an, und als ich ihn dort nicht erreichte, versuchte ich es in der Bar. Kasabian riet mir, es im Fitnessstudio zu versuchen.

Vorher probierte ich es allerdings noch im Armstrong's. Er war nicht da und hatte sich an diesem Tag auch noch nicht blicken lassen, aber Dennis sagte mir, dass jemand anderer nach mir gefragt hätte.

»Wer?«

»Er hat seinen Namen leider nicht genannt.«

»Wie sah er denn aus?«

Er überlegte kurz. »Also, wenn ich Räuber und Gendarm mit ihm spielen würde«, erklärte er schließlich, »würde ich ihn kaum auf die Seite der Räuber stellen.«

»Hat er eine Nachricht hinterlassen?«

»Nein. Ein Trinkgeld übrigens auch nicht.«

Ich ging zu Skips Fitnessstudio, einem weitläufigen Loft am Broadway über einem Delikatessenladen. Vor ein, zwei Jahren hatte dort eine Bowlinganlage dichtgemacht, und das Fitnessstudio machte auch nicht den Eindruck, als würde es die Räumlichkeiten für die gesamte Dauer des Mietvertrags nutzen.

Ein paar Männer trainierten mit Freihanteln. Ein Schwarzer, der am ganzen Körper glänzte vor Schweiß, mühte sich, assistiert von einem Weißen, auf einer Bank ab. Daneben hatte sich ein Hüne von einem Kerl plattfüßig vor einem Sandsack postiert und bearbeitete ihn mit beiden Fäusten.

Skip war gerade an einem Latzuggerät zugange. Er war nur mit einer grauen Trainingshose bekleidet und schwitzte ordentlich. Man konnte die Muskeln in Rücken, Schultern und Oberarmen arbeiten sehen. Ich blieb ein paar Meter hinter ihm stehen, bis er mit der Übung fertig war. Erst dann rief ich seinen Namen. Er drehte sich um und lächelte überrascht, als er mich sah. Er machte erst einen weiteren Set, bevor er sich erhob und auf mich zukam, um mir die Hand zu schütteln.

»Na, was gibt's Neues? Wie hast du mich denn hier gefunden?«

»Ein Tipp von Kasabian.«

»Du kommst genau richtig. Ich kann gerade eine kleine Pause vertragen. Ich hole nur schnell meine Zigaretten.«

Es gab einen Bereich, wo man rauchen durfte. Dort standen um einen Eiswasserbehälter ein paar Sessel herum. Er steckte sich eine Zigarette an und sagte: »Das tut gut – sich so richtig zu quälen. Ich kann dir sagen, heute früh bin ich mit anderthalb Köpfen aufgewacht. Gestern haben wir ganz schön zuge-schlagen, was? Bist du gut nach Hause gekommen?«

»Wieso? War ich so zu?«

»Nicht mehr als ich. Du warst jedenfalls bestens drauf. Wenn man dich so reden gehört hat, hatten Frank und Jesse bereits ihre Titten in der Mangel, und du hättest nur noch an der Kurbel zu drehen gebraucht.«

»Du meinst also, ich war ziemlich zuversichtlich?«

»Na und wenn schon, macht doch nichts.« Er nahm einen tiefen Zug von seiner Camel. »Langsam fange ich wieder an, mich wie ein menschliches We-sen zu fühlen. Den Kreislauf in Schwung bringen, das ganze Gift ausschwitzen – ich kann dir sagen, tut echt gut. Hast du schon mal mit Hanteln trainiert, Matt?«

»Früher mal, aber das ist schon lange her.«

»Aber trainiert hast du mal?«

»Na ja, vor hundert Jahren habe ich mir mal eingebildet, ich könnte ganz gut boxen.«

»Im Ernst? Hast du mal richtig geboxt?«

»Ja, an der High School. Plötzlich fing ich an, Krafttraining zu machen. Und bei der Gelegenheit habe ich auch ein gewisses Talent zum Boxen entdeckt. Ich habe an ein paar Kämpfen auf Schulebene teilgenommen, aber ich habe schnell gemerkt, dass ich keine große Lust hatte, mir die Fresse polieren zu lassen. Außerdem war ich ein bisschen schwerfällig im Ring, und ich hab mich auch schwerfällig *gefühlt*, und das fand ich irgendwie nicht so toll.«

»Deshalb hast du dir einen Job gesucht, in dem du stattdessen mit 'ner Ka-none durch die Gegend laufen konntest.«

»Und mit 'ner Hundemarke und 'nem Knüppel.«

Er lachte. »Der Sprinter und der Boxer. Und was ist aus ihnen geworden? Aber jetzt, du musst doch einen Grund haben, hierher zu kommen?«

»Mhm.«

»Und?«

»Ich weiß, wer sie sind.«

»Frank und Jesse? Das kann doch nicht dein Ernst sein.«

»Doch.«

»Wer sind die beiden? Und wie hast du das herausbekommen? Wie …«

»Wäre es möglich, heute Nacht die ganze Mannschaft zusammenzutrom-meln? Nachdem ihr den Laden dichtgemacht habt?«

»Die ganze Mannschaft? Wie meinst du das?«

»Alle, die neulich mit nach Brooklyn rausgefahren sind. Ein bisschen Verstärkung kann keinesfalls schaden, und neue Leute hinzuzuziehen, halte ich nicht für klug.«

»Wir brauchen Verstärkung? Was hast du vor?«

»Heute Nacht noch nichts, aber ich würde gern einen kleinen Kriegsrat abhalten – natürlich nur, wenn es dir recht ist.«

Er drückte seine Zigarette in einem Aschenbecher aus. »Wenn es mir recht ist?« Er sah mich erstaunt an. »Natürlich ist es mir recht. Wen willst du eigentlich zusammentrommeln – die Glorreichen Sieben? Aber halt, wir sind ja nur zu fünft. Na, denn eben die Glorreichen Sieben weniger zwei. Du, ich, Kasabian, Keegan und Ruslander. Heute ist was? Mittwoch? Billie kann sicher schon gegen halb zwei dichtmachen, wenn ich ihn schön darum bitte. Bobby hat bestimmt Zeit, und mit John werde ich nachher gleich in der Kneipe reden. Weißt du wirklich, wer sie sind.«

»Ja.«

»Ich meine, du weißt ganz genau ...«

»Ganz genau«, nickte ich. »Mit Name, Adresse, Telefonnummer.«

»Ist ja irre. Und wer sind sie?«

»Ich komme so gegen zwei in euer Büro.«

»Du mieser ... angenommen, du wirst bis dahin von einem Bus überfahren oder sonst was?«

»Dann nehme ich mein Geheimnis mit ins Grab.«

»Das sieht dir wieder mal ähnlich. Ich mache jetzt gleich noch ein paar Bankübungen. Willst du nicht auch mitmachen, nur zum Aufwärmen?«

»Nein«, lehnte ich dankend ab. »Ich gehe jetzt lieber einen trinken.«

Dazu sollte es allerdings nicht kommen. Ich schaute zwar unterwegs in eine Bar, aber dort war es so voll, dass ich unverzüglich das Weite suchte, und als ich dann im Hotel ankam, saß Jack Diebold unten an der Rezeption.

»Ich dachte mir schon, dass du das warst«, begrüßte ich ihn.

»Was du nicht sagst? Hat mich dieser chinesische Barkeeper so gut beschrieben?«

»Er ist Filipino. Außerdem hat er nur gesagt, ein fetter, alter Mann, der kein Trinkgeld gegeben hat, hätte nach mir gefragt.«

»Wer gibt schon an der Bar Trinkgeld?«

»Jeder.«

»Im Ernst? Ich gebe Trinkgeld, wenn ich an einem Tisch sitze, aber doch nicht, wenn ich am Tresen stehe. Ich dachte wirklich, das wäre nicht üblich.«

»Mach mir doch nichts vor. Wo bist du denn überall eingekehrt, im Blamey Stone? Oder im White Rose?«

Er sah mich an. »Was ist denn mit dir los? Du bist ja richtig aufgekratzt. Hast du im Lotto gewonnen?«

»Ich stehe gerade kurz davor, einen Volltreffer zu landen.«

»Ach?«

»Du weißt doch selbst, wie es ist, wenn sich plötzlich alles wie von selbst ineinanderfügt und man plötzlich die Antwort auf alle seine Fragen vor sich liegen hat? Und so einen Nachmittag hatte ich heute.«

»Wir reden hier aber nicht über den gleichen Fall, oder?«

Ich sah ihn an. »Wenn mich nicht alles täuscht, hast du bisher noch über gar nichts geredet. Welchen Fall bearbeitest du gleich wieder – ach ja, Tommy Tillary, wie konnte ich das bloß vergessen. Nein, davon habe ich nicht geredet. Da gibt es nämlich nichts zu lösen.«

»Ich weiß.«

Mir fiel wieder ein, wie mein Tag begonnen hatte. »Er hat mich heute Morgen aus dem Schlaf geklingelt, um sich über dich zu beschweren.«

»Was du nicht sagst?«

»Du hättest ihn auf unzumutbare Weise belästigt, hat er gesagt.«

»Und ich kann dir sagen, es hat mich auch wirklich weitergebracht.«

»Ich soll mich bei dir für ihn einsetzen, dir sagen, dass er ein anständiger Kerl ist.«

»Und ist dem tatsächlich so? Ist er wirklich ein anständiger Kerl?«

»Nein, er ist ein Arschloch. Aber ich könnte natürlich auch voreingenommen sein.«

»Das ist durchaus verständlich. Schließlich ist er ja auch dein Klient.«

Während dieses Wortwechsels war Diebold aufgestanden, und wir waren beide auf den Gehsteig vor dem Hoteleingang hinausgetreten. Am Straßenrand standen gerade ein Taxifahrer und der Fahrer einer Blumenlieferdiensts kurz davor, handgreiflich zu werden.

»Warum bist du eigentlich extra hergekommen, um mich zu sprechen?«, wollte ich von Diebold wissen.

»Ach, ich war gerade in der Gegend und habe zufällig an dich gedacht.«

»Mhm.«

»Was soll das ganze Theater, Matt? Ich dachte, du könntest vielleicht was wissen.«

»Über Tillary? Über den gibt es nichts zu wissen, und wenn doch – er ist immerhin mein Klient.«

»Ich dachte, ob du vielleicht etwas über die beiden Puerto-Ricaner in Erfahrung gebracht hast.« Er seufzte. »Langsam sehe ich nämlich unsere Felle davonschwimmen, falls es zu einem Prozess kommt.«

»Im Ernst? Den Einbruch haben sie doch schon zugegeben.«

»Na und? Dann werden sie eben wegen des Einbruchs verknackt. Der Staatsanwalt will sie aber vor allem wegen des Mords drankriegen, doch da sehe ich verdammt schwarz für uns.«

»Aber du hast doch das Diebesgut, das sich aufgrund von Gerätenummern eindeutig identifizieren lässt; es wurde in ihrer Wohnung gefunden, du hast ihre Fingerabdrücke, du hast …«

»Erzähl mir doch nichts«, brummte Diebold ärgerlich. »Du weißt doch selbst, wie das vor Gericht ist. Plötzlich kann das Diebesgut nicht mehr als Beweismaterial herangezogen werden, weil es bei der Haussuchung zu einem Formfehler gekommen ist – dass dabei zum Beispiel eine gestohlene Schreibmaschine gefunden wurde, während der Durchsuchungsbeschluss doch auf eine Rechenmaschine ausgestellt war, oder sonst so ein Scheiß. Und was die Fingerabdrücke angeht – die könnten doch schon einen Monat alt sein, als dieser Kerl für Tillary den Keller ausgeräumt hat. Ich weiß doch, wie dir ein cleverer Anwalt deinen mühsam zusammengeschusterten Fall vor Gericht zerpflückt, bis du auf einmal nur noch in Socken und Unterhose dastehst. Deshalb wollte ich wissen, ob du noch auf was Brauchbares gestoßen bist, was mir weiterhelfen könnte. Und für deinen Klienten wäre es doch auch nicht von Schaden, wenn Cruz und Herrera aus dem Verkehr gezogen würden.«

»Schon klar. Nur kann ich mit nichts Brauchbarem aufwarten.«

»Absolut nichts?«

»Zumindest nicht, soweit ich das bisher beurteilen kann.«

Das Ganze endete damit, dass ich Jack ins Armstrong's schleppte und ihn dort auf ein paar Bier einlud. Als wir gingen, gab ich Dennis, um Jacks Reaktion darauf zu sehen, ein reichliches Trinkgeld. Zurück im Hotel, gab ich dem Mann an der Rezeption Bescheid, mich um eins auf meinem Zimmer anzurufen. Zur Sicherheit stellte ich mir auch noch den Wecker.

Nachdem ich geduscht hatte, setzte ich mich auf die Bettkante und schaute auf die Stadt hinaus. Draußen dämmerte es, und der Himmel verfärbte sich zu dem Kobaltblau, in dem er sich immer nur zu kurz zeigt.

Ich streckte mich, ohne wirklich damit zu rechnen, dass ich einschlafen würde, auf dem Bett aus. Und dann weiß ich nur noch, dass ich plötzlich das Telefon läuten hörte, und ich hatte mich kaum gemeldet und wieder aufgelegt, als auch schon der Wecker zu klingeln begann. Ich zog mich an, wusch mir mit kaltem Wasser das Gesicht und machte mich auf den Weg, um mir mein Geld zu verdienen.

Kapitel 22

Als ich ins Miss Kitty's kam, warteten die anderen noch auf Keegan. Skip hatte den Aktenschrank mit ein paar Flaschen, einem Cocktailshaker und einem Kübel mit Eiswürfeln in eine Bar umfunktioniert. Eine Kühlbox auf dem Fußboden war mit Bierflaschen gefüllt. Ich fragte, ob sie noch Kaffee hätten. Kasabian meinte, in der Küche müsste noch welcher sein; er verschwand kurz und kam mit einer Thermoskanne mit Kaffee, einer Tasse, Milch und Zucker zurück. Ich schenkte mir eine Tasse schwarzen Kaffee ein und verzichtete vorerst sogar auf den Schuss Bourbon.

Als ich gerade an meinem Kaffee nippte, klopfte es an der Eingangstür. Skip ging nachsehen und kam gleich darauf mit Billie zurück. »Spät kommt er, doch er kommt«, witzelte Bobby, und Kasabian schenkte ihm einen kräftigen Schluck von dem zwölfjährigen irischen Whiskey ein, den Billie im Armstrong's immer trank.

Darauf kam es zu einem ausgelassenen Schlagabtausch, bei dem jeder über jeden seine Witze machte, und als das verbale Geplänkel kurz zum Erliegen kam, stand ich, bevor alles wieder von vorne anfing, auf und verkündete: »Ich wollte da gern was mit euch besprechen.«

»Eine vernünftige Lebensversicherung«, platzte Bobby Ruslander dazwischen. »Ich meine, habt ihr euch das wirklich schon mal durch den Kopf gehen lassen? So *allen* Ernstes?«

»Skip und ich haben uns gestern Abend noch ein bisschen unterhalten«, fuhr ich fort. »Und dabei ist uns etwas aufgegangen. Diese zwei Kerle mit ihren Bärten und Perücken – wir haben gemerkt, dass wir die beiden schon mal irgendwo gesehen haben. Und zwar vor ein paar Wochen. Es waren nämlich dieselben zwei, die damals das Morissey's überfallen haben.«

»Aber sie hatten doch rote Tücher vors Gesicht gebunden«, warf Bobby ein.

»Und neulich trugen sie falsche Bärte und Perücken und auch noch Masken. Wie wollt ihr die beiden da wiedererkannt haben?«

»Sie waren es hundertprozentig«, kam mir Skip zu Hilfe. »Diese zwei Schüsse in die Decke – könnt ihr euch an die noch erinnern?«

»Wovon redet ihr eigentlich?«, maulte Bobby.

»Bobby und ich haben sie Montagnacht nur aus der Ferne gesehen, und du hast sie doch überhaupt nicht zu Gesicht bekommen, oder, John?«, schaltete sich jetzt Billie Keegan ein. »Wie solltest du auch? Du hast ja vor der Kirche gewartet. Warst du eigentlich in der Nacht des Überfalls im Morissey's? Ich kann mich jedenfalls nicht erinnern, dich dort gesehen zu haben.«

Darauf erklärte Kasabian, er ginge nie ins Morissey's.

»Demnach können wir drei dazu also nichts sagen«, fuhr Billie fort. »Wenn ihr sagt, es waren dieselben zwei, kann ich nur sagen – wunderbar. Ist das bereits alles? Wenn ich nämlich nichts Wichtiges überhört habe, wissen wir deshalb immer noch nicht, wer die beiden sind.«

»Doch, das wissen wir.«

Aller Blicke waren plötzlich auf mich gerichtet.

»Ich bin gestern Abend ein bisschen übermütig geworden«, fuhr ich fort. »Ich habe nämlich zu Skip gesagt, wir hätten die beiden praktisch schon am Schlafittchen. Denn nachdem wir einmal wüssten, dass beide Aktionen auf ihr Konto gingen, wäre es nur eine Frage der Zeit, bis wir die zwei angepeilt hätten. Ich muss zwar zugeben, dass diese Zuversicht hauptsächlich auf den reichlichen Genuss von Wild Turkey zurückzuführen gewesen sein dürfte, obwohl durchaus auch ein Fünkchen Wahrheit an dieser Feststellung war. Und heute hatte ich tatsächlich Glück. Ich weiß jetzt, wer die beiden sind. Skip und ich hatten uns gestern Abend nicht getäuscht; beide Aktionen gehen auf das Konto dieser zwei, und ich weiß inzwischen auch, wer die beiden sind.«

»Und wie soll es jetzt weitergehen?«, fragte Bobby.

»Damit werden wir uns später befassen«, vertröstete ich ihn. »Erst möchte ich euch sagen, wer die beiden sind.«

»Dann schieß mal los.«

»Ihre Namen sind Gary Atwood und Lee David Cutler. Skip nennt sie zwar Frank und Jesse – nach den James Brüdern –, wobei er damit gar nicht mal so weit danebenliegen dürfte, weil Atwood und Cutler zwar keine Brüder, aber immerhin Cousins sind. Atwood lebt im East Village, hinten in Alphabet City in der Ninth Street. Cutler wohnt bei seiner Freundin, einer Lehrerin, die in Washington Heights lebt. Ihr Name ist Rita Donegian.«

»Eine Armenierin«, warf Keegan ein. »Sie ist bestimmt eine Cousine von dir, John. Ich sehe schon, wie sich das Netz immer enger zusammenzieht.«

»Wie haben Sie das alles herausgefunden?«, fragte Kasabian erstaunt. »Haben die beiden so was schon öfter gemacht? Sind sie vorbestraft?«

»Ich glaube nicht, dass sie vorbestraft sind«, erwiderte ich. »Das ist etwas, was ich noch nicht nachgeprüft habe, weil es mir unwichtig erschien. Vermutlich haben sie Gewerkschaftsausweise.«

»Wie bitte?«

»Sie gehören der Schauspielergewerkschaft an«, wurde ich etwas deutlicher. »Sie sind Schauspieler.«

»Im Ernst?«, platzte Skip heraus.

»Ja.«

»Das würde ja bestens ins Bild passen! Unglaublich.«

»Was sage ich denn schon die ganze Zeit?«

»Jetzt kapiere ich auch, worauf du hinauswillst«, nickte er energisch. »Die Sache mit den verschiedenen Akzenten. Warum wir sie bei dem Überfall aufs Morissey's für Iren gehalten haben. Sie haben zwar kein Wort gesagt und auch nichts Irisches getan, aber trotzdem sind sie irgendwie irisch rübergekommen, weil sie auf Iren gemacht haben.« Er wandte sich Bobby Ruslander zu und zischte: »Schauspieler. Ich habe mich von *Schauspielern* ausnehmen lassen.«

»Du bist vielleicht von zwei Schauspielern ausgenommen worden«, rechtfertigte sich Bobby, »aber doch nicht von unserem ganzen Berufsstand.«

»Schauspieler.« Skip konnte sich gar nicht mehr beruhigen. »Stell dir das mal vor, John, wir haben an zwei Schauspieler fünfzigtausend Dollar abgedrückt.«

»Immerhin hatten sie richtige Kugeln in ihren Kanonen«, rief ihm Keegan in Erinnerung.

»Schauspieler«, schimpfte Skip. »Wir hätten sie mit Bühnengeld bezahlen sollen.«

Ich schenkte mir etwas Kaffee aus der Thermoskanne nach. »Ich weiß nicht, wie ich plötzlich darauf gekommen bin«, fuhr ich fort. »Mit einem Mal war der Gedanke einfach in meinem Kopf. Und sobald er einmal da war, wurde mir auch klar, durch welche Anhaltspunkte er ausgelöst worden sein könnte. Da war zum einen mein Eindruck, dass irgendetwas an ihrem Auftreten eigenartig war, als ob sie eine richtige Schau abzögen. Wobei sich ihr Auftritt im Morissey's ziemlich deutlich von dem von Montagabend unterschied. Doch sobald für mich feststand, dass es in beiden Fällen dieselben Männer waren, kam mir der Gedanke, dass auch dieser Unterschied nicht von Ungefähr kam.«

»Ich sehe nur nicht recht ein, wieso sie das zu Schauspielern machen soll«, warf Bobby ein. »Bestenfalls stempelt es sie als Schmierenkomödianten ab.«

»Das ist noch nicht alles«, fuhr ich fort. »Sie haben sich bewegt wie jemand, der ein ausgeprägtes Bewegungsgefühl hat. Skip hat mal gesagt, sie hätten sich wie Tänzer bewegt, als wäre jede ihrer Bewegungen durchchoreographiert. Und dann war da noch ein Satz, den einer von ihnen gesagt hat, der irgendwie fehl am Platz war – zumindest für die Rolle, die er gespielt hat. Und gerade deshalb müsste er eigentlich kennzeichnend für seine wahre Person sein.«

»Was soll das für ein Satz gewesen sein?«, fragte Skip. »Hab ich den auch gehört?«

»Kannst du dich noch erinnern, als du mit dem Kerl mit der gelben Perücke die Tische und Stühle aus dem Weg geräumt hast?«

»Ja. Und was hat er bei dieser Gelegenheit gesagt?«

»Irgendwas von wegen, was wohl die Gewerkschaft dazu sagen würde.«

»Ja, jetzt kann ich mich wieder erinnern. Ich fand das auch etwas eigenartig, aber ich habe nicht weiter darauf geachtet.«

»Mir ging es genauso, aber irgendwie ist es doch hängengeblieben. Außerdem war seine Stimme anders, als er das gesagt hat.«

Skip schloss die Augen und versuchte sich zu erinnern. »Du hast recht«, sagte er schließlich.

»Wieso muss er deshalb gleich ein Schauspieler sein?«, wandte Bobby ein. »Es macht ihn höchstens zu einem Gewerkschaftsmitglied.«

»Die Bühnenarbeiter sind alle gewerkschaftlich organisiert«, entgegnete ich, »und sie achten sehr genau darauf, dass die Schauspieler keine Kulissen schieben oder sonst irgendwelche Aufgaben übernehmen, die eigentlich den Bühnenarbeitern zustehen. Jedenfalls war das eine typische Schauspielerbemerkung, die genau in unser Schema passt.«

»Wie haben Sie herausgefunden, dass es gerade diese beiden waren?«, wollte Kasabian wissen. »Der Umstand, dass die beiden Schauspieler sind, engt zwar den in Frage kommenden Personenkreis etwas ein, aber ...«

»Ihre Ohren«, fiel ihm Skip ins Wort.

Alle sahen ihn erstaunt an.

»Er hat ihre Ohren gezeichnet.« Er deutete auf mich. »In seinem Notizbuch. Die Ohren sind das Körperteil, das am schwierigsten unkenntlich zu machen ist. Ihr braucht mich gar nicht so entgeistert anzustarren – das habe ich aus berufenem Munde. Er hat sich Skizzen von ihren Ohren gemacht.«

»Und was hat er mit diesen Skizzen dann gemacht?«, fragte Bobby. »Alle möglichen Schauspieler für eine Rolle vorsprechen lassen und sich ihre Ohren angeschaut?«

»Es hätte auch genügt, in einer Künstleragentur die Fotokarteien der Schauspieler durchzusehen und nach den passenden Ohren Ausschau zu halten«, warf Skip ein.

»Wenn man ein Passfoto von sich machen lässt«, konnte Billie Keegan zu diesem Thema beisteuern, »muss doch immer das linke Ohr deutlich zu sehen sein.«

»Oder?«

»Oder du kriegst keinen Pass.«

»Der arme Van Gogh«, bemerkte Skip. »Hoffentlich hat er auch dran gedacht, sich das rechte Ohr abzuschneiden.«

»Aber wie sind Sie nun ausgerechnet auf die beiden gekommen?« fragte Kasabian noch einmal. »Doch nicht allein wegen der Ohren.«

»Natürlich nicht«, sagte ich.

»Was ist eigentlich mit der Autonummer?«, brachte sich Billie Keegan in Erinnerung. »Habt ihr die etwa schon wieder vergessen?«

»Wie ich bereits befürchtet hatte, stand sie auf der Liste der gestohlenen Fahrzeuge.« In diesem Punkt musste ich ihn leider enttäuschen. »Nein, sobald mir klar war, dass sie Schauspieler sein mussten, habe ich noch mal in der Kirche angerufen. Inzwischen stand für mich völlig außer Zweifel, dass die beiden die Kirche nicht rein zufällig als Übergabeort ausgesucht haben konnten. Sie waren dort ja auch nicht eingebrochen. Also mussten sie Zugang zu diesem Kellerraum gehabt haben, wenn nicht sogar einen Schlüssel. Laut Aussagen des Pastors hatten alle möglichen Gruppen Zutritt zu dem Kellerraum, darunter auch eine Amateurtheatergruppe.«

»Aha«, ließ jemand verlauten.

»Ich rief also in der Kirche an und ließ mir die Adresse des Leiters der Theatergruppe geben. Darauf setzte ich mich mit dem Mann in Verbindung und sagte ihm, ich versuchte einen Schauspieler zu erreichen, der in letzter Zeit bei der Gruppe gewesen war. Ich gab ihm eine Personenbeschreibung, die auf beide zutraf. Wie ihr euch vielleicht noch erinnern könnt, hatten sie sehr ähnliche Figuren - sieht man mal davon ab, dass der eine vielleicht fünf Zentimeter größer war als der andere.«

»Und dann hat er dir einen Namen genannt?«

»Nicht nur einen, sondern mehrere. Einer davon war Lee David Cutler.«

»Und dann ist dir ein Licht aufgegangen«, bemerkte Skip.

»Wieso das denn?«, fragte Kasabian. »Das war doch das erste Mal, dass der Name überhaupt gefallen ist? Oder habe ich irgendwas nicht richtig mitgekriegt?«

»Nein, Sie haben vollkommen recht«, bestätigte ich ihm. »Zu diesem Zeitpunkt war Cutler nur einer von mehreren Namen in meinem Notizbuch. Jetzt galt es nur noch, einen dieser Namen mit der anderen Sache in Verbindung zu bringen.«

»Mit welcher anderen Sache? Ach so, mit dem Überfall im Morissey's. Aber wie hast du das angestellt? Morissey stellt ja nun gerade keine arbeitslosen Schauspieler als Barkeeper und Bedienungen an. Der kann es sich leisten, seine Familienangehörigen für sich arbeiten zu lassen.«

»Wer hat denn bei den Morisseys das Erdgeschoss angemietet, Skip?«

»Ach ja, richtig.«

»Diese irische Theatertruppe«, ergänzte Billie Keegan. »Die Donkey Repertory Company oder wie sie sich nennen.«

»Ich habe dort heute Nachmittag mal vorbeigeschaut«, fuhr ich fort. »Sie hatten zwar gerade Generalprobe, aber nachdem ich mal kurz Tim Pats Namen fallen gelassen habe, war eine junge Dame doch bereit, mir ein paar Minuten ihrer kostbaren Zeit zu widmen. Im Vorraum hatten sie Großaufnahmen von den einzelnen Mitgliedern der Truppe hängen. Sie zeigte mir dann auch die Fotos der Schauspieler, die an früheren Aufführungen mitgewirkt haben. Die Stücke, die sie dort aufführen, laufen nie sehr lang; entsprechend hatten sie ein ziemlich umfangreiches Repertoire.«

»Und?«

»Lee David Cutler hatte eine Rolle in *Donnybrook*, einem Stück von Brian Friel, das in der letzten Maiwoche und in der ersten Juniwoche auf dem Spielplan stand. Ich erkannte ihn auf dem Foto, bevor ich auch nur seinen Namen darunter stehen sah. Und seinen Cousin genauso. Ohne Verkleidung sehen sie sich sogar noch ähnlicher. Vielleicht haben sie gerade deswegen die Rollen bekommen. Sie sind nämlich keine festen Mitglieder der Truppe. Aber sie haben Brüder gespielt, deshalb war eine gewisse Ähnlichkeit Grundvoraussetzung.«

»Lee David Cutler«, sagte Skip nachdenklich. »Und wie heißt der andere gleich wieder? Irgendwas mit Atwood.«

»Gary Atwood.«

»Schauspieler.«

»Richtig.«

Er klopfte mit einer Zigarette auf seinen Handrücken, steckte sie sich zwischen die Lippen und zündete sie an. »Schauspieler. Sie treten in diesem Stück im Erdgeschoss auf und beschließen, auf der Stufenleiter des Erfolgs ein Stück nach oben zu kommen. Was läge da näher, als das Morissey's zu überfallen?«

»Hört sich durchaus plausibel an.« Ich schenkte mir frischen Kaffee ein. Die Flasche Wild Turkey stand direkt vor mir auf dem Aktenschrank, und ich spürte, wie meine Blicke zunehmend häufiger zu ihr hinüberwanderten, aber vorerst wollte ich mir meinen klaren Kopf noch durch nichts trüben lassen. Ich war froh, dass ich nichts trank, und es störte mich nicht im Geringsten, dass die anderen dem Alkohol umso kräftiger zusprachen.

»Als das Stück auf dem Programm stand, müssen sie ein paarmal bei den Morisseys einen trinken gewesen sein«, fuhr ich fort. »Vielleicht haben sie bei dieser Gelegenheit von dem kleinen Wandschrank mit dem Safe gehört, oder sie haben sogar selbst mitbekommen, wie Tim Pat was reingelegt oder rausgenommen hat. Jedenfalls sind sie dabei wohl auf die Idee gekommen, dass bei den Morisseys auf die Schnelle ein ordentlicher Batzen Geld zu holen sein könnte.«

»Falls sie lang genug am Leben geblieben wären, um das Geld auch auszugeben.«

»Vielleicht wussten sie nicht genügend über die Morisseys, um sich deswegen groß Gedanken zu machen. Möglicherweise war der Überfall erst nur eine Schnapsidee, ein spontaner Einfall, der dann immer realere Züge angenommen hat. Und irgendwann kam dann vielleicht der Punkt, an dem sie sich gefragt haben: Warum ziehen wir das Ganze eigentlich nicht tatsächlich durch? Und dann gehen sie los, besorgen sich eine Knarre und führen ihr Stück tatsächlich auf.«

»Einfach so?«

Ich zuckte mit den Achseln. »Es ist natürlich nicht auszuschließen, dass sie schon vorher ein paar Überfälle verübt haben. Der Überfall auf das Morissey's muss keineswegs ihr Debüt gewesen sein.«

»Jedenfalls ist das bestimmt lohnender, als anderer Leute Köter auszuführen oder als Bürohilfe zu jobben«, warf Bobby ein. »Schauspieler müssen schließlich auch von was leben. Vielleicht sollte ich mir auch so eine Maske und eine Kanone zulegen.«

»Du arbeitest doch manchmal als Barkeeper«, zog ihn Skip auf. »Das läuft doch mehr oder weniger auf dasselbe hinaus, und du brauchst dafür nicht einmal irgendwelche Requisiten.«

»Aber wie sind die beiden dann auf uns gekommen?«, fragte Kasabian. »Waren sie denn öfter mal bei uns, als sie in diesem irischen Theater aufgetreten sind?«

»Vielleicht.«

»Aber das erklärt nicht, woher sie von den Büchern wussten. Oder hat einer von den beiden bei uns mal als Aushilfe gearbeitet, Skip? Sagen dir die Namen Atwood und Cutler was?«

»Eigentlich nicht.«

»Das war gar nicht nötig«, schaltete ich mich wieder ein. »Sie haben sogar ganz sicher nicht bei euch gearbeitet, weil sie Skip nicht gekannt haben.«

»Aber wäre es denn nicht möglich, dass sie nur so getan haben?«, warf Skip ein.

»Das wäre selbstverständlich möglich, aber es spielt, wie gesagt, keine Rolle. Sie hatten jemanden, der sich bei euch auskannte und die Bücher für sie gestohlen hat.«

»Jemand, der sich bei uns auskannte?«

Ich nickte. »Das haben wir doch von Anfang an vermutet, wenn ihr euch noch erinnern könnt. Nur deshalb hast du mich doch hinzugezogen, Skip. Zum Teil, um die Lösegeldübergabe reibungslos abzuwickeln; zum Teil aber auch, um herauszufinden, wie euch überhaupt jemand mit den Büchern erpressen konnte.«

»Stimmt.«

»Das ist also, wie sie an die Bücher rangekommen sind und wie sie überhaupt auf euch aufmerksam geworden sind. Soviel ich weiß, waren sie nie im Miss Kitty's. Das war auch gar nicht nötig. Das hat jemand anders für sie besorgt.«

»Jemand, der sich bei uns auskennt.«

»Richtig.«

»Und weißt du auch, wer dieser Jemand ist?«

»Ja«, nickte ich. »Auch das weiß ich.«

Darauf wurde es plötzlich sehr still im Raum. Ich ging um den Schreibtisch herum und nahm die Flasche Wild Turkey vom Aktenschrank. Ich schenkte mir ein paar Fingerbreit ein und stellte die Flasche zurück. Dann streckte ich das Glas von mir, ohne daraus zu trinken. Mir ging es nicht so sehr darum, etwas zu trinken zu haben, als vielmehr den Moment möglichst lange hinauszuzögern und die Spannung noch mehr zu steigern.

»Die Person, die sich hier ausgekannt hat«, fuhr ich fort, »hat auch nachher noch eine gewisse Rolle gespielt. Sie muss Atwood und Cutler gesteckt haben, dass wir ihre Autonummer hatten.«

»Ich dachte, der Wagen wäre gestohlen gewesen«, warf Bobby ein.

»Der Wagen wurde als gestohlen gemeldet. So kam er auf die Liste der gestohlenen Wagen. Gestohlen zwischen fünf und sieben Uhr abends. Am Montag, irgendwo draußen am Ocean Parkway.«

»Und?«

»Soweit die Diebstahlsmeldung, der ich dann auch nicht weiter nachgegangen bin. Heute Nachmittag habe ich dann allerdings getan, was ich schon von Anfang an hätte tun sollen: Ich habe mir Namen und Adresse des Fahrzeughalters besorgt. Rita Donegian.«

»Atwoods Freundin«, platzte Skip heraus.

»Nein, Cutlers, wobei das in diesem Zusammenhang keine Rolle spielt.«

»Das verstehe ich nicht«, meldete sich Kasabian zu Wort. »Er hat den Wagen seiner Freundin gestohlen? Wozu das denn?«

»Immer trifft es die Armenier«, stichelte Keegan.

»Sie haben sich ihren Wagen ausgeliehen«, fuhr ich fort. »Atwood und Cutler haben sich Rita Donegians Wagen ausgeliehen. Nach der Lösegeldübergabe erfuhren sie allerdings von ihrer Komplizin, dass wir ihre Autonummer hatten. Deshalb haben sie bei der Polizei angerufen und ihn als gestohlen gemeldet; dabei haben sie angegeben, er wäre an dem Abend vor unserem Treffen im Keller der Kirche gestohlen worden, und zwar draußen am Ocean Parkway. Als ich jedoch heute Nachmittag der Sache auf den Grund gegangen bin, hat sich herausgestellt, dass die Diebstahlsanzeige erst kurz vor Mitternacht bei der Polizei eingegangen ist.«

»Doch halt, hier greife ich etwas vor«, korrigierte ich mich. »Auf der Liste der gestohlenen Wagen war als Fahrzeughalter nicht Rita Donegian angegeben, sondern ein irischer Name. Flaherty oder Farley oder so was Ähnliches, und die Adresse war die im Ocean Parkway. Der Adresse war auch eine Telefonnummer beigefügt, die sich jedoch als falsch herausgestellt hat. Außerdem konnte ich im Adressbuch unter der angegebenen Adresse niemanden finden, der Flaherty oder Farley oder wie auch immer hieß. Deshalb rief ich bei der Zulassungsstelle an, wo man mir sagte, das Auto mit besagter Nummer sei auf eine Rita Donegian, wohnhaft im Cabrini Boulevard, zugelassen, und der liegt ja nun bekanntermaßen in Washington Heights und nicht am Ocean Parkway oder sonst in irgendeinem Teil von Brooklyn.«

Ich nahm einen Schluck Wild Turkey.

»Ich rufe also Rita Donegian an«, fuhr ich fort. »Ich gebe mich als jemand von der Polizei aus, der routinemäßig die Besitzer gestohlener Wagen anruft, um sich zu vergewissern, ob das abhanden gekommene Fahrzeug in der Zwischenzeit nicht wieder aufgetaucht ist. Gut, dass Sie anrufen, meint sie darauf, ihr Wagen wäre nämlich tatsächlich wieder aufgetaucht. Und überhaupt sei der Wagen gar nicht gestohlen worden; vielmehr hätte ihr Mann am Abend zuvor etwas zu tief ins Glas geschaut und dabei wohl vergessen, wo er den Wagen abgestellt hatte; jedenfalls hätte sie ihn, kurz nachdem sie die Verlustanzeige aufgegeben hatte, ein paar Blocks weiter wiedergefunden. Und darauf ich: Wenn das so ist, muss uns wohl ein Irrtum unterlaufen sein, weil der Wagen in Brooklyn gestohlen gemeldet worden ist und sie doch in Manhattan wohnt. Nein, erklärt sie mir darauf, sie hätten den Bruder ihres Mannes in Brooklyn besucht. Darauf ich: Dann hätten wir uns wohl auch hinsichtlich des Namens getäuscht; der hätte nämlich Flaherty – oder wie auch immer – gelautet. Nein, erklärte sie mir daraufhin wieder, das wäre kein Irrtum; so hieße der Bruder ihres Mannes. Dann kam ihr das Ganze wohl aber selbst etwas spanisch vor, und sie redete sich darauf hinaus, es wäre eigentlich nicht der Bruder, sondern der Schwager ihres Mannes gewesen und dass dessen Schwester einen gewissen Flaherty geheiratet hätte.«

»Das arme armenische Mädchen«, sagte Keegan. »Lässt sich von diesen Iren in den Ruin treiben. Wie findest du das, Johnny?«

»War denn irgendetwas an dieser Geschichte wahr?«, fragte Skip.

»Ich fragte sie, ob sie Rita Donegian wäre und die Besitzerin eines dunkelblauen Mercury Marquis mit der Nummer LJK-914. Beide Fragen beantwortete sie mit ja. Das war aber auch das letzte Mal, dass sie mir die Wahrheit sagte. Danach tischte sie mir nur noch eine einzige Reihe von Lügen auf; sie hat die beiden ganz bewusst gedeckt. Jedenfalls waren ihrem Einfallsreichtum keine Grenzen gesetzt. Sie ist nicht verheiratet. Natürlich hätte sie mit ihrem Mann

Cutler meinen können, den sie allerdings als Mr. Donegian bezeichnete. Nun existiert allerdings nur ein Mr. Donegian, und das ist ihr Vater. Aber wie auch immer, ich hab's nicht weiter auf die Spitze getrieben. Schließlich wollte ich ihr nicht den Eindruck vermitteln, dass es sich bei meinem Anruf um mehr als eine reine Routineangelegenheit handelte.«

»Demnach hat also nach der Lösegeldübergabe irgendjemand Cutler und Atwood angerufen, um ihnen zu sagen, dass wir ihre Autonummer hatten?«, hakte Skip nach.

»Ja.«

»Aber wer hätte das außer uns fünfen wissen sollen? Keegan, hast du etwa in einem Anfall von Größenwahn in irgendeiner Bar herumposaunt, wie du zum Helden des Abends avanciert bist, weil du die Autonummer der Erpresser notiert hast? Konntest du etwa wieder mal dein blödes Maul nicht halten?«

»Ich bin nur beichten gegangen«, erwiderte Billie, »und habe Pater O' Houlihan alles erzählt.«

»Jetzt lass doch endlich diesen Quatsch, verdammt noch mal.«

»Für so blöd hältst du mich doch wohl nicht wirklich?«, sagte Billie entrüstet. »Ich habe diesem Pfaffenschlitzohr noch nie über den Weg getraut.«

»Tatsache ist jedenfalls«, meldete sich Kasabian wieder zu Wort, »dass es ihnen einer von uns erzählt haben muss, wenn ich Matt richtig verstanden habe. So ist es doch, Matt?«

»Einer von uns?«, stieß Skip fassungslos hervor. »Einer von uns *hier*?«

»So ist es doch, Matt?«

»Jawohl«, nickte ich. »Bobby.«

Kapitel 23

Das Schweigen zog sich in die Länge, und aller Blicke waren auf Bobby gerichtet. Dann brach Skip in schallendes Gelächter aus, das laut von den engen Wänden des kleinen Büros widerhallte.

»Du bist mir vielleicht einer, Matt«, prustete er. »Fast hättest du mich drangekriegt. Ich war schon kurz davor, dir die ganze Geschichte abzunehmen.«

»Es ist die Wahrheit, Skip.«

»Weil ich auch Schauspieler bin, Matt?« Bobby sah mich herausfordernd an. »Glaubst du etwa, alle Schauspieler kennen sich gegenseitig – genauso, wie Billie dachte, Kasabian müsste diese Lehrerin kennen. Dabei gibt es in New York vermutlich mehr Schauspieler als Armenier.«

»Zwei übel beleumundete Minderheiten«, deklamierte Keegan. »Schauspieler und Armenier, arme Schlucker die einen wie die anderen.«

»Ich habe noch nie etwas von den beiden gehört«, rechtfertigte sich Bobby. »Atwood und Cutler? So heißen sie doch? Noch nie was von ihnen gehört.«

»Du brauchst erst gar nicht zu versuchen, uns hier was vorzumachen«, fiel ich ihm ins Wort. »Du hast mit Gary Atwood in der New Yorker Akademie für Schauspielkunst dieselbe Klasse besucht. Und letztes Jahr hattest du ein Engagement im Galinda Theater in der Second Avenue, zusammen mit Lee David Cutler.«

»Meinst du dieses Strindberg-Stück? Sechs Aufführungen vor ein paar Reihen leerer Sitze, wo nicht einmal der Regisseur wusste, worum es in dem Stück eigentlich ging? Ach, dieses schmächtige Kerlchen, das den Berndt gespielt hat, das war Cutler?«

Ich enthielt mich einer Antwort.

»Wegen des Lee bin ich erst nicht auf ihn gekommen. Alle nannten ihn damals nur Dave. Jetzt fällt es mir wieder ein. Doch, ich kann mich an ihn erinnern, aber ...«

»*Bobby, du verdammter Scheißkerl, du lügst!*«

Er wandte sich Skip zu. »So, glaubst du, Arthur? Glaubst du das wirklich?«

»Das glaube ich nicht nur – das weiß ich. Ich kenne dich doch, schon mein ganzes Leben lang. Und ich weiß, dass du lügst.«

»Ach ja, Arthur, der menschliche Lügendetektor.« Er seufzte.

»Ich kann es einfach immer noch nicht glauben.«

»Dann wirst du dich aber langsam entscheiden müssen, Arthur. Es ist wirklich nicht einfach, aus dir schlau zu werden. Entweder lüge ich nun, oder ich lüge nicht. Also, für welche der beiden Möglichkeiten entscheidest du dich?«

»Du hast mich nach Strich und Faden betrogen. Du hast die Bücher gestohlen, du hast mich an diese zwei Schmierenkomödianten verkauft. Wie konntest du das tun? Du miese, hinterhältige Ratte, wie konntest du so etwas tun?«

Skip war inzwischen aufgestanden. Bobby blieb mit seinem leeren Glas in der Hand sitzen. Keegan und John Kasabian, die links und rechts von ihm saßen, waren im Verlauf des letzten Wortwechsels merklich von ihm abgerückt. Ich stand rechts neben Skip und beobachtete Bobby. Er ließ sich Zeit mit seiner Antwort, als bedürfte sie reichlicher Überlegung.

»Mein Gott«, begann er schließlich, »warum tut man so was schon? Wegen des Gelds natürlich.«

»Wieviel haben sie dir dafür gegeben?«

»Nicht gerade viel, um die Wahrheit zu gestehen.«

»Wie viel?«

»Ich wollte ein Drittel, aber da haben sie nur gelacht. Dann ging ich auf zehntausend runter, worauf sie fünf gesagt haben, sodass wir uns schließlich auf sieben geeinigt haben. Ich bin Schauspieler, nicht Geschäftsmann.«

»Du hast mich für siebentausend Dollar ans Messer geliefert?«

»Ich hätte nichts dagegen gehabt, wenn es mehr gewesen wäre. Das kannst du mir glauben.«

»Spar dir bloß deine dummen Witze, du mieser Wichser.«

»Dann stell mir keine Fragen, für die sich so eine dumme Antwort regelrecht anbietet.«

Skip schloss die Augen. Seine Stirn war von Schweißperlen überzogen, an seinem Hals traten die Sehnen hervor. Seine Hände verkrampften sich zu Fäusten, lösten sich, ballten sich erneut. Er atmete wie ein Boxer in der Ringecke keuchend durch den Mund.

»Wozu hast du das Geld gebraucht?«, stieß er schließlich hervor.

»Weißt du, ich habe eine kleine Schwester, die dringend operiert werden muss und ...«

»Bobby, ich warne dich. Las deine dummen Witze, sonst vergesse ich mich noch ...«

»Ach ja? Jedenfalls habe ich das Geld wirklich gebraucht, ob du's nun glaubst oder nicht. Und ich hätte es auch tatsächlich für eine Operation gebraucht. Sie wollten mir nämlich die Beine brechen.«

»Was soll das jetzt bitte wieder?«

»Ich habe mir fünftausend Dollar geborgt und sie in einen Kokaindeal investiert, bei dem ich dann allerdings auf die Nase gefallen bin. Die fünftausend musste ich aber trotzdem zurückzahlen, weil ich sie nämlich nicht von der Chase Manhattan Bank hatte. Ich hab sie mir von einem Kerl aus Woodside geliehen, der mir gleich zu Beginn gesagt hat, die einzige Bürgschaft, die ich bräuchte, wären meine Beine.«

»Wozu musst du dich auch auf einen Kokaindeal einlassen?«

»Um zur Abwechslung auch mal ein paar Dollar zu verdienen. Um nicht immer nur ganz unten herumzukrebsen.«

»Das klingt ja ganz nach dem großen amerikanischen Traum – vom Fensterputzer zum Millionär, wie?«

»Es war eher ein Albtraum. Der Deal war ein Reinfall, und hinterher stand ich auch noch mit fünftausend Dollar Schulden da. Allein, um die Zinsen zu bedienen, musste ich wöchentlich einen Hunderter auf den Tisch blättern. Du weißt ja selbst, wie so was funktioniert. Du zahlst dein Leben lang hundert Dollar die Woche und bist immer noch die fünftausend schuldig. Und jetzt habe ich sowieso schon nicht genügend Geld zum Leben, wie soll ich da noch einen Hunderter pro Woche zusätzlich aufbringen? Ich befand mich bereits in Zahlungsrückstand, und dazu kamen dann noch die Zinsen auf die Zinsen. Jedenfalls habe ich keinen Heller mehr von den popligen siebentausend Dollar, die ich von Cutler und Atwood gekriegt habe. Sechs Riesen musste ich gleich mal an meinen Freund abdrücken, damit ich in Zukunft nicht auf Krücken durch die Gegend laufen muss, und nachdem ich noch ein paar kleinere Schulden abbezahlt hatte, blieben mir grade mal ein paar Hunderter übrig. Das ist alles, was ich von dem Geld noch habe.« Er zuckte mit den Achseln. »Wie gewonnen, so zerronnen.«

Skip steckte sich eine Zigarette in den Mund und fummelte an seinem Feuerzeug herum. In seiner Aufregung ließ er es jedoch fallen, und als er sich bückte, um es aufzuheben, stieß er es versehentlich unter den Schreibtisch. Kasabian legte ihm die Hand auf die Schulter, um ihn zu stützen, und gab ihm mit einem Streichholz Feuer. Billie Keegan ließ sich darauf auf alle viere nieder und kroch auf dem Boden herum, bis er das Feuerzeug fand.

»Weißt du eigentlich, was du mich gekostet hast?« Er rang mühsam um Beherrschung.

»Dich zwanzigtausend, John dreißig.«

»Du hast uns beide fünfundzwanzig Riesen gekostet. Ich schulde Johnny fünf, und er weiß, dass er das Geld zurückbekommen wird.«

»Wenn du das sagst.«

»Du hast uns um fünfzigtausend Dollar erleichtert, nur damit du deine lausigen Siebentausend kriegst. Was rede ich denn? Du hast uns fünfzigtausend Dollar gekostet, nur um deine Schulden abbezahlen zu können.«

»Ich sage doch, ich kann mit Geld nicht umgehen.«

»Manchmal frage ich mich, ob du überhaupt einen Funken Verstand im Hirn hast. Wenn du schon so dringend Geld gebraucht hast, hättest du deine Freunde für zehn Riesen auch bei Tim Pat Morissey anschwärzen können. So hoch war die Belohnung, die er ausgesetzt hat. Das sind immerhin dreitausend mehr, als du von diesen beiden Typen gekriegt hast.«

»Ich kann die doch nicht verpfeifen.«

»Natürlich nicht. Aber mich und John kannst du um fünfzig Mille erleichtern, ganz zu schweigen von dem Risiko, dass die uns beim Finanzamt hinhängen.«

Bobby zuckte mit den Achseln.

Skip warf seine Zigarette auf den Boden und trat sie mit dem Absatz aus. »Du hast also Geld gebraucht«, redete er weiter auf Bobby ein. »Warum bist du nicht zu mir gekommen und hast mich darum gebeten? Kannst du mir das vielleicht sagen? Du hättest doch zu mir kommen können, bevor du zu diesem Kredithai gerannt bist. Auch als dir dieser Kerl mit seinen Forderungen auf die Pelle gerückt ist, hättest du zu mir kommen können, damit ich dir aus der Klemme helfe.«

»Ich wollte dich nicht um Geld bitten.«

»Deshalb hast du mir's lieber gestohlen. Eine saubere Logik nenne ich das.«

Bobby nahm den Kopf zurück. »So ist es nun mal, Arthur. Ich wollte dich nicht darum bitten.«

»Hab ich dir je eine Bitte abgeschlagen?«

»Nein.«

»Hab ich dich deswegen jemals auf den Knien vor mir kriechen lassen?«

»Ja.«

»Wann?«

»Jedes Mal. Lassen wir doch den Schauspieler eine Weile den Barkeeper spielen. Lassen wir den Schauspieler hinterm Tresen stehen und hoffen, dass er nicht gleich den ganzen Laden durchbringt. Für dich war das immer nur ein Witz, meine Schauspielerei. Ich war für dich nur so ein aufziehbarer Affe, der auf die Trommel haut, dein Vorzeigeclown, über den du deine Witze machen konntest.«

»Du glaubst also, ich habe deine Schauspielerei nicht ernst genommen?«

»Natürlich hast du sie nicht ernst genommen.«

»Ach, so ist das also? Und wie viele Leute, glaubst du, habe ich wohl in dieses dämliche Stück in der Second Avenue, diesen Strindberg, geschleppt, damit ihr überhaupt jemanden im Publikum sitzen hattet? Von fünfundzwanzig zahlenden Gästen hatte doch mindestens zwanzig ich angebracht.«

»Um deinen Clown von Schauspieler vorzuzeigen. ›Dieses dämliche Stück‹ – das ist also, was du von meiner Schauspielerei hältst, Skippy-Baby. So sieht deine moralische Rückendeckung aus.«

»Ist das noch zu fassen?« Skip wandte sich an die Runde. »Er hasst mich. Er schiebt einen richtigen Hass auf mich.«

Bobby sah ihn nur an.

»Du hast das nur getan, um mir eins auszuwischen.«

»Ich habe es wegen des Geldes getan.«

»Ich hätte dir das Geld doch gegeben!«

»Aber ich wollte es nicht von dir annehmen.«

»Du wolltest es nicht von mir annehmen. Und von wem, glaubst du wohl, hast du es dann genommen, du Vollidiot? Glaubst du, es kam von Gott persönlich? Glaubst du, es kam einfach vom Himmel geschneit?«

»Ich denke, ich habe es mir verdient.«

»Wie bitte?«

Bobby zuckte mit den Achseln. »Du hast schon richtig gehört. Ich finde, ich habe es mir verdient. Ich habe dafür gearbeitet. Ich war – ich weiß nicht mehr, wie oft – mit dir zusammen, seit ich dir den Ordner geklaut habe. Ich bin sogar am Montagabend zur Lösegeldübergabe mitgekommen. Und du hast nie auch nur den leisesten Verdacht geschöpft. Demnach muss ich meine Rolle recht überzeugend gespielt haben.«

»Ach so, das Ganze war für dich nur eine Rolle.«

»So könntest du es jedenfalls auch sehen.«

»Judas hat seine Rolle wirklich verdammt gut gespielt. Er hat sogar den Oscar verliehen bekommen, nur konnte er den Preis dann leider nicht entgegennehmen.«

»Du gäbst einen komischen Jesus ab, Arthur. Ich finde, du passt einfach nicht für die Rolle.«

Skip starrte ihn finster an. »Ich verstehe dich wirklich nicht. Du scheinst dich nicht mal zu schämen.«

»Wäre dir das vielleicht lieber? Ein bisschen Getue, wie leid mir das Ganze tut?«

»Du findest das also vollkommen in Ordnung? Deinem besten Freund erst mal ordentlich die Hölle heißzumachen und ihm dann ein halbes Vermögen abzuknöpfen? Es ihm zu stehlen?«

»Du hast wohl nie gestohlen, was, Arthur?«

»Wie meinst du das?«

»Wie hättest du denn sonst die zwanzig Riesen zusammenkratzen können, Arthur? Etwa, indem du immer schön dein Geld fürs Mittagessen auf die hohe Kante gelegt hast?«

»Wir haben es schwarz eingestrichen. Kein Mensch macht einen Hehl daraus. Willst du damit etwa sagen, ich hätte das Geld dem Staat gestohlen? Zeig mir irgendjemand, der das nicht tut.«

»Und woher hattest du das Geld, um den Laden überhaupt aufmachen zu können? Wie habt ihr beide, du und John, denn angefangen? Habt ihr dieses Geld auch schwarz eingestrichen? Trinkgelder, die du nicht angegeben hast?«

»Worauf willst du hinaus?«

»Tu doch nicht so scheinheilig. Du hast doch mit beiden Händen in die eigene Tasche gearbeitet, als du bei Jack Balkin hinterm Zapfhahn gestanden hast. Hätte gerade noch gefehlt, dass du die leeren Flaschen in den Supermarkt um die Ecke getragen hättest, um auch noch das Pfand zu kassieren. Du hast Jack so viel gestohlen, dass es direkt ein Wunder ist, dass er den Laden nicht dichtmachen musste.«

»Jack ist durchaus auf seine Kosten gekommen.«

»Natürlich. Und du ebenfalls. Du hast gestohlen, und Johnny hat in der Bar, in der er gearbeitet hat, genauso in seine Tasche gewirtschaftet. Und siehe da, plötzlich hattet ihr beide genug, um selbst eine Kneipe aufzumachen. Wer hat denn vorhin den amerikanischen Traum zur Sprache gebracht – das ist er doch in seiner reinsten Ausprägung. Bestiehl den Boss so lange, bis du ihm mit einem eigenen Unternehmen Konkurrenz machen kannst.«

Skip murmelte etwas Unverständliches.

»Was? Würdest du vielleicht etwas deutlicher sprechen, Arthur.«

»Ich habe gesagt, Barkeeper arbeiten immer in die eigene Tasche. Das wird von ihnen mehr oder weniger erwartet.«

»Und deshalb ist es auch in Ordnung, wie?«

»Ich habe Balkin nicht hintergangen. Ich habe eine Menge Geld für ihn verdient. Du kannst es drehen und wenden, wie du willst, Bobby, aber es wird dir nicht gelingen, mich als das hinzustellen, was du bist.«

»Natürlich nicht, Arthur, du bist ja auch ein Heiliger.«

»Meine Fresse«, stöhnte Skip. »Ich weiß nicht, was ich gleich noch tun werde. Ich weiß es wirklich nicht.«

»Aber ich weiß es, weil du nämlich nichts tun wirst.«

»So, meinst du?«

Bobby schüttelte den Kopf. »Was willst du denn schon tun? Deine Kanone hinterm Tresen hervorholen und mich damit erschießen? Das wirst du bestimmt nicht tun.«

»Sollte ich aber.«

»Ja, aber du wirst es nicht tun. Oder willst du mich vielleicht verprügeln? Du bist doch nicht mal mehr richtig sauer auf mich, Arthur. Du denkst zwar, dass du sauer sein solltest, aber du bist es nicht wirklich. Du fühlst überhaupt nichts.«

»Ich …«

»Hör zu, ich gebe mich ja geschlagen«, sagte Bobby. »Falls niemand was dagegen hat, würde ich jetzt lieber nach Hause gehen und mich in die Falle hauen. Und ihr könnt mir glauben – ihr alle, die ihr hier rumsitzt –, eines Tages werde ich das ganze Geld auf Heller und Pfennig zurückzahlen. Die ganzen fünfzigtausend. Wenn ich nämlich ein Star bin. Dann werdet ihr schon sehen.«

»Bobby …«

»Bis dann also«, verabschiedete er sich.

*   *   *

Nachdem wir anderen drei Skip um die Ecke nach Hause begleitet hatten und nachdem John Kasabian in ein Taxi gestiegen war, das ihn nach Uptown brachte, stand ich mit Billie Keegan an der Ecke und sagte ihm, dass ich einen Fehler gemacht hatte, dass ich Skip nicht hätte erzählen sollen, was ich herausgefunden hatte.

»Nein«, meinte Keegan. »Es war schon richtig so.«

»Jetzt weiß er, dass ihn sein bester Freund zutiefst verabscheut.« Ich drehte mich um und sah am Parc Vendome hoch. »Er wohnt ziemlich weit oben. Hoffentlich kommt er nicht auf die Idee, aus dem Fenster zu springen.«

»Dafür ist er nicht der Typ.«

»Wahrscheinlich nicht.«

»Du musstest es ihm auf jeden Fall sagen«, tröstete mich Keegan. »Oder hättest du ihn etwa in dem Glauben lassen sollen, Bobby wäre sein Freund? Diese Sorte von Fehleinschätzung ist auf Dauer für niemanden gut. Natürlich war es für Skip eine schmerzliche Erkenntnis, aber darüber kommt er schon weg. Die Zeit heilt viele Wunden. Auf Dauer wäre es viel schlimmer gewesen, wenn du ihn in dem Glauben gelassen hättest.«

»Schon möglich.«

»Ganz bestimmt. Wenn du Bobby diesmal nicht auf die Schliche gekommen wärst, hätte er es später nur wieder versucht. Er hätte so lange weitergemacht, bis Skip es schließlich gemerkt hätte, weil Bobby sich ja nicht mal damit zufriedengeben wollte, Skip eins auszuwischen. Er wollte ihm ja auch noch voll eine reinwürgen, wenn du verstehst, was ich meine.«

»Doch, ich glaube schon.«

»Und? Habe ich etwa nicht recht?«

»Wahrscheinlich. Billie? Ich würde mir noch mal gern dieses Lied anhören.«

»Wie?«

»Die gelobte Kneipe, die das Hirn in Stücke schneidet. Der Song, den du mir neulich vorgespielt hast.«

»Ach so. ›Letzter Aufruf‹.«

»Aber nur, wenn's dir nichts ausmacht.«

»Im Gegenteil. Komm mit rauf. Ich hab auch was zu trinken zu Hause.«

Wir tranken allerdings kaum etwas. Ich ging mit ihm in seine Wohnung, und er spielte mir den Song fünf-, sechsmal vor. Wir unterhielten uns zwischendurch ein bisschen, aber hauptsächlich hörten wir uns den Song an. Als ich schließlich ging, versicherte mir Billie noch einmal, dass es richtig war, Bobby Ruslander bloßzustellen. Ich war mir noch immer nicht im Klaren, ob er recht hatte.

Kapitel 24

Am nächsten Tag schlief ich ordentlich aus. Am Abend ging ich mit Danny Boy Bell und zwei von seinen Freunden ins Sunnyside Gardens in Queens, wo unter anderem ein Mittelgewichtskampf stattfand, in dem ein junger Kerl antrat, an dem Danny Boys Freunde ein gewisses Interesse hatten. Zwar gewann er den Kampf problemlos, aber ich fand nicht, dass er eine sonderlich gute Figur machte.

Der nächste Tag war ein Freitag. Ich saß gerade über einem späten Frühstück im Armstrong's, als Skip hereinkam und mir bei einem Bier Gesellschaft leistete. Er kam gerade aus dem Fitnessstudio und war entsprechend durstig.

»Ich kann dir sagen, heute habe ich ordentlich zugelangt«, sagte er. »Mein ganzer Ärger ist auf direktem Weg in die Muskeln gefahren. Ich hätte das ganze Dach abheben können. Aber jetzt mal ganz ehrlich, Matt, hab ich ihn tatsächlich so herablassend behandelt?«

»Wie meinst du das?«

»Na ja, dieses ganze Gejammere von wegen, ich hätte ihn und seine Schauspielerei nie ernst genommen und mich nur über ihn lustig gemacht. War das tatsächlich so?«

»Ich glaube, er hat nur nach einer Entschuldigung gesucht, um vor sich zu rechtfertigen, was er getan hat.«

»Ich weiß nicht«, entgegnete Skip nachdenklich. »Vielleicht war es tatsächlich so, wie er gesagt hat. Weißt du noch, wie du dich auch gleich auf den Schlips getreten gefühlt hast, als ich deine Rechnung hier im Armstrong's bezahlt habe?«

»Was soll das damit zu tun haben?«

»Na ja, vielleicht habe ich es mit Bobby ähnlich gemacht. Nur wesentlich massiver natürlich.« Er steckte sich eine Zigarette an und hustete erst einmal kräftig. Nachdem er sich wieder einigermaßen gefangen hatte, fuhr er fort:

»Ach was, der Kerl ist einfach ein mieses Stück Scheiße. Am besten vergesse ich das Ganze einfach.«

»Was bleibt dir denn auch schon anderes übrig?«

»Wenn ich das nur wüsste. Er wird mir alles zurückzahlen, wenn er mal reich und berühmt ist – ist das noch zu fassen? Besteht eigentlich eine Möglichkeit, das Geld von diesen beiden anderen Wichsern zurückzubekommen? Immerhin wissen wir jetzt, wer sie sind.«

»Womit willst du ihnen denn drohen?«

»Ich weiß nicht. Mit nichts vermutlich. Du hast uns doch neulich nur zu diesem Kriegsrat zusammengetrommelt, damit alle zur Stelle wären, wenn du Bobby das Ganze unter die Nase reibst.«

»Mir schien das zumindest eine ganz gute Idee zu sein.«

»Klar. Aber was unseren Kriegsrat betrifft, oder wie auch immer du es nennen willst, ist doch nicht viel bei der Sache rausgekommen. Ich meine, wie wir diesen Schauspielern ein wenig auf die Zehen steigen könnten, um unser Geld zurückzubekommen ...«

»Ehrlich gesagt, sehe ich da eigentlich keine Möglichkeit.«

»Ich auch nicht. Was soll ich schon groß machen – die Erpresser erpressen? So was liegt mir eigentlich nicht besonders. Außerdem ist es ja sowieso nur Geld. Was soll's also? Ich hatte das Geld sowieso nur im Tresor rumliegen, wo ich nichts davon hatte. Und jetzt, wo ich es nicht mehr habe, ändert sich für mich letztlich gar nicht so viel. Weißt du, was ich meine?«

»Ich glaube schon.«

»Wenn ich die Sache nur endlich abhaken könnte«, fuhr er fort. »Sie geht mir ständig im Kopf herum und lässt mir keine Ruhe. Eigentlich möchte ich das Ganze einfach nur vergessen.«

An diesem Wochenende kamen mich meine Söhne wieder besuchen. Es war unser letztes Wochenende, bevor sie ins Ferienlager fuhren. Ich holte sie Samstagmorgen vom Zug ab und brachte sie Sonntagabend wieder zum Bahnhof. Soviel ich mich erinnern kann, gingen wir ins Kino, und Sonntagmorgen erkundeten wir die Gegend um die Wall Street und den Fulton Fish Market, aber das kann auch an einem anderen Wochenende gewesen sein. Es fällt mir schwer, sie in meiner Erinnerung auseinanderzuhalten.

Den Sonntagabend verbrachte ich im Village und kehrte erst kurz vor

Tagesanbruch ins Hotel zurück. Das Telefon riss mich aus einem unguten Traum, einer Übung in akrophobischer Frustration: ich versuchte ständig eine steile, schmale Laufplanke hinunterzugehen, ohne je festen Boden zu erreichen.

Ich nahm den Hörer ab. Eine mürrische Stimme sagte: »Es ist zwar nicht so gelaufen, wie ich mir das vorgestellt habe, aber zumindest brauchen wir uns jetzt keine Sorgen mehr zu machen, vor Gericht den Kürzeren zu ziehen.«

»Wer ist da?«

»Jack Diebold. Was ist denn mit dir los? Du klingst ja, als ob du noch halb schlafen würdest.«

»Genau das ist der Fall. Also, was hast du gerade gesagt?«

»Hast du heute noch keine Zeitung gelesen?«

»Ich habe geschlafen. Was wolltest du ...«

»Weißt du eigentlich, wie spät es ist? Schon fast Mittag. Du hast ja Zeiten wie ein Zuhälter.«

»Und das am frühen Morgen«, stöhnte ich.

»Besorg dir erst mal eine Zeitung«, brummte er. »Ich ruf dich in einer Stunde noch mal an.«

Die *News* brachte es auf der Titelseite. MORDVERDÄCHTIGER ERHÄNGT SICH IN ZELLE. Der dazugehörige Bericht stand auf der dritten Seite.

Miguelito Cruz hatte seine Kleider in Streifen gerissen, diese Streifen aneinandergeknotet, das eiserne Bettgestell seitlich an die Wand gestellt, und dann war er mit dem selbstgemachten Seil um den Hals auf das Bett geklettert, hatte das Seil an einem Leitungsrohr an der Decke befestigt und war von dem gegen die Wand gelehnten Bett in die nächste Welt gesprungen.

Jack Diebold rief zwar nicht mehr an, aber ich erfuhr den Rest der Geschichte aus den Sechs-Uhr-Nachrichten im Fernsehen. Auf die Nachricht vom Tod seines Freundes hin hatte Angel Herrera seine ursprüngliche Aussage widerrufen und zugegeben, dass er und Cruz den Einbruch bei den Tillarys auf eigene Faust geplant und durchgeführt hatten. Miguelito hatte im Obergeschoss des Hauses ein Geräusch gehört und war mit einem Küchenmesser nach oben gegangen, um nachzusehen, woher das Geräusch kam. Unter Herreras entsetzten Blicken hatte er die Frau dann erstochen. Miguelito war schon immer ein rechter Heißsporn gewesen, sagte Herrera, aber sie waren schließlich Cousins und Freunde gewesen, und deshalb hatten sie sich diese Geschichte ausgedacht, um

Miguelito zu decken. Aber nachdem Miguelito nun tot war, konnte er, Herrera, ja gestehen, wie es wirklich gewesen war.

Das Komische war nur, dass ich nicht geringe Lust verspürte, nach Sunset Park zu fahren. Der Fall war für mich und für alle anderen Beteiligten erledigt, und trotzdem verspürte ich den unwiderstehlichen Drang, in der Fourth Avenue zu einer Kneipentour anzutreten und dabei farbenfroh gekleideten Damen exotische Drinks zu spendieren und Bananenchips zu knabbern.

Natürlich gab ich diesem Drang nicht nach. Ich hatte es auch nie wirklich ernsthaft in Erwägung gezogen. Trotzdem hatte ich das Gefühl, dass das etwas war, was ich eigentlich hätte tun sollen.

Am Abend war ich im Armstrong's. Ich trank weder besonders schnell noch viel, aber ich hielt einen guten Schnitt, und als dann gegen elf die Tür aufging, wusste ich, ohne dass ich mich umdrehen musste, wer es war. Frisch vom Friseur und mächtig aufgebrezelt, ließ sich Tommy Tillary zum ersten Mal wieder im Armstrong's blicken, seit seine Frau umgebracht worden war.

»Schaut mal, wer wieder da ist«, spielte er lauthals und mit gewohnt breitem Grinsen seinen eigenen Herold. Eine Reihe Stammgäste eilten auf ihn zu, um ihm die Hand zu schütteln. Hinterm Tresen stand Billie, und er hatte kaum dem Helden des Tages einen auf Kosten des Hauses ausgegeben, als dieser eine Lokalrunde schmiss. Das war eine ziemlich kostspielige Geste, da zu diesem Zeitpunkt mindestens dreißig bis vierzig Leute im Armstrong 's waren. Aber ich glaube, Tommy hätte es auch nicht gestört, wenn es drei- oder vierhundert gewesen wären:

Ich blieb, wo ich war, und überließ es den anderen, ihn zu feiern. Doch er bahnte sich einen Weg durch die Menge auf mich zu und legte mir einen Arm um die Schulter. »Seht euch mal diesen Mann an«, posaunte er los. »Der beste Detektiv, der je ein paar Schuhe durchgelatscht hat.« Er wandte sich an Billie. »Matt Scudders Geld ist heute Abend keinen Heller wert. Er kann sich damit keinen Drink kaufen und keine Tasse Kaffee, und falls man bei euch inzwischen für die Toilettenbenutzung zahlen muss, sind seine zehn Cents nicht mal dafür gut.«

»Die Benutzung des Klos ist nach wie vor frei«, versicherte ihm Billie, »aber bring Jimmy nicht auf dumme Gedanken.«

»Ach, erzähl mir doch nichts. Als ob er daran nicht schon gedacht hätte«, konterte Tommy. »Matt, mein Junge, was hätte ich nur ohne dich getan? Ich war ganz schön in der Klemme, alle hatten sich gegen mich verschworen, aber du hast mich rausgehauen.«

Was hatte ich denn schon getan? Ich hatte weder Miguelito Cruz erhängt noch Angel Herrera ein Geständnis entlockt. Ich hatte die beiden nicht mal zu Gesicht bekommen. Aber ich hatte Tommys Geld genommen, und jetzt sah es so aus, als ließe ich mir meine Getränke von ihm bezahlen.

Ich weiß nicht mehr, wie lange wir blieben. Seltsamerweise trank ich immer langsamer, je mehr Tommy das Tempo verschärfte. Ich wunderte mich, dass er Carolyn nicht mitgebracht hatte; nachdem der Fall doch inzwischen endgültig geklärt war, konnte ich mir nicht vorstellen, dass es ihn noch kümmerte, was die Leute von ihm dachten. Ich wartete nur darauf, dass sie irgendwann nachkam. Schließlich war das Armstrong's fast so etwas wie ihre Stammkneipe, und bekanntermaßen war sie auch schon einige Male allein hier gewesen.

Da mich Tommy schließlich aus dem Armstrong's fortzulocken versuchte, war ich offensichtlich nicht der einzige, der mit Carolyns Auftauchen rechnete. »Heute lassen wir mal so richtig die Sau raus«, erklärte er mir. »Da wollen wir doch nicht in einer Bar hängen bleiben, bis wir Wurzeln schlagen. Sehen wir uns doch ein bisschen um, was sich sonst noch so tut.«

Wir fuhren also in seinem Riviera los. Wir beehrten eine ganze Reihe von Kneipen mit unserer Anwesenheit. Unter anderem auch einen Griechen in der East Side, wo alle Kellner wie Mafiakiller aussahen. Wir suchten auch ein paar gerade schwer angesagte Single-Bars auf, darunter eine, die Jack Balkin gehörte, dem Skip angeblich genügend Geld gestohlen hatte, um das Miss Kitty's aufmachen zu können. Schließlich strandeten wir in einem dunklen, dumpfen Loch im Village, das mich immer mehr an das Fjord, diesen norwegischen Laden in Sunset Park, erinnerte, je länger wir dort blieben. Ich kannte mich damals in der Kneipenszene im Village ziemlich gut aus, aber diese Kaschemme war mir neu, und ich sollte sie später auch nicht mehr wiederfinden. Vielleicht lag sie auch gar nicht im Village, sondern irgendwo in Chelsea. Da Tommy fuhr, achtete ich nicht groß auf die geographischen Gegebenheiten.

Wo auch immer die Bar gewesen sein mochte, war es dort zur Abwechslung mal relativ ruhig, sodass man sich auch unterhalten konnte. Deshalb fragte ich Tommy, womit ich mir eigentlich sein überschwängliches Lob verdient hätte. Einer der beiden Täter hatte Selbstmord begangen, der andere hatte ein Geständnis abgelegt. Aber welche Rolle hatte ich bei der Sache gespielt?

»Na, diese ganze Geschichte, die du aufgedeckt hast«, erwiderte er.

»Welche Geschichte? Eigentlich hätte ich euch doch ihre Fingernagelschnippsel beschaffen sollen, um irgendeinen Voodoozauber an ihnen zu vollführen.«

»Na, diese Geschichte mit Cruz und den Schwulen.«

»Cruz hat sich doch nicht erhängt, weil er Angst hatte, sie könnten ihm was anhaben, weil er als Jugendlicher ein paar Schwule verprügelt hat.«

Tommy nahm einen Schluck von seinem Scotch. »Vor ein paar Tagen, als er im Knast gerade an der Essensausgabe angestanden hat, kommt so ein Prügel von einem Schwarzen auf Cruz zu. Ein Mordskerl mit einer Statur wie das Seagram's Building. ›Wart nur ab, bis du erst mal in Green Haven landest‹, flüstert ihm der Typ. ›Die Jungs dort werden sich richtig drum reißen, dich als Freundin zu haben. Du kannst dich jetzt schon darauf einstellen, dass du dir von deinem Doktor ein nagelneues Arschloch verpassen lassen kannst, sobald du da wieder rauskommst.‹«

Als ich darauf nichts erwiderte, fuhr Tommy fort: »Kaplan hat mit jemandem gesprochen, der seinerseits wieder mit jemandem gesprochen hat, und damit hatte sich's dann auch schon. Cruz hatte erst noch eine Weile Zeit, sich in den leuchtendsten Farben auszumalen, wie es wohl sein würde, im Knast für die anderen seinen strammen Hintern hinzuhalten, und über kurz oder lang baumelt der kleine Wichser dann in seiner Zelle von der Decke. War ja auch nicht gerade schade um ihn.«

Mir muss der Kiefer ganz schön runtergeklappt sein. Jedenfalls hatte ich erst mal kräftig was zu kauen, als Tommy am Tresen Nachschub holte. Ich hatte das Glas vor mir noch gar nicht angerührt, aber ich ließ ihn trotzdem für uns beide was bringen.

Als er zurückkam, fragte ich ihn: »Und was war mit Herrera?«

»Der hat seine Aussage widerrufen und ein umfassendes Geständnis abgelegt.«

»Und den Mord Cruz angehängt.«

»Warum nicht? Cruz konnte sich schließlich nicht mehr wehren. Vermutlich hat es ja auch tatsächlich Cruz getan, aber wer kann das schon mit Sicherheit sagen, und wen interessiert es vor allem? Jedenfalls hast du uns den entscheidenden Anhaltspunkt geliefert.«

»Damit ihr Cruz dazu bringen konntet, Selbstmord zu begehen.«

»Nicht nur das. Da war auch noch diese Sache mit Herreras Kindern, die noch bei seiner Frau in Puerto Rico leben. Drew hat mit Herreras Anwalt gesprochen, und der wiederum hat mit Herrera gesprochen; er hat ihm den Sachverhalt in etwa so dargestellt: Ganz gleich, wie du es auch drehst und wendest, du wirst auf jeden Fall wegen Einbruchs eingelocht und möglicherweise sogar wegen Mordes; aber wenn du die Dinge ins richtige Licht rückst, sitzt du kürzer ein, und außerdem ist der nette Mr. Tillary nicht weiter nachtragend und lässt dir jeden Monat einen kleinen Scheck für deine Frau und deine Kinder zu Hause in Santurce zukommen.«

Am Tresen ließen ein paar alte Männer den Kampf zwischen Joe Louis und Max Schmeling zu neuem Leben erwachen. Und zwar den zweiten, in dem es Louis dem deutschen Weltmeister ordentlich gezeigt hatte. Um Louis Schlagkraft zu demonstrieren, fuchtelte einer der alten Knacker wie wild mit den Armen durch die Luft.

»Wer hat deine Frau umgebracht?«, fragte ich Tommy.

»Einer von den beiden. Wahrscheinlich war es tatsächlich Cruz. Er hatte diesen unguten stechenden Blick; dem sprang der Mörder regelrecht aus den Augen, wenn man ihn mal aus der Nähe gesehen hat.«

»Wann hast du ihn denn aus der Nähe gesehen?«

»Na, als sie für mich im Haus aufgeräumt haben. Ich hab dir doch erzählt, dass sie für mich den Keller und den Dachboden ausgeräumt haben. Habe ich dir davon etwa nicht erzählt?«

»Doch, hast du.«

»Das zweite Mal, als sie mir das ganze Haus ausgeräumt haben, dann nicht mehr.«

Er grinste mich breit an, aber ich starrte ihn so lange an, bis sein Grinsen verflog. »Es war Herrera, der dir im Haus geholfen hat«, korrigierte ich ihn. »Cruz hast du nie zu Gesicht bekommen.«

»Klar war Cruz auch dabei; er hat ihm geholfen.«

»Davon hast du mir aber bisher nichts gesagt.«

»Muss ich doch aber, Matt. Oder ich hab einfach nicht daran gedacht. Außerdem ist das doch völlig egal.«

»Cruz hatte nicht viel für körperliche Arbeit übrig«, sagte ich. »Er wäre der letzte gewesen, der dein Gerümpel aus dem Keller geschleppt hätte. Bei welcher Gelegenheit hast du ihn also näher unter die Lupe genommen?«

»Was hast du denn auf einmal, Matt? Vielleicht habe ich auch nur sein Foto in der Zeitung gesehen, oder ich hab mir nur eingebildet, ich hätte seine Augen gesehen. Was soll denn dieser Quatsch plötzlich, Matt? Ganz gleich, was der Kerl für Augen hatte – er sieht jedenfalls nichts mehr damit.«

»Wer hat sie umgebracht, Tommy?«

»Hab ich dir nicht gesagt, du sollst diesen Quatsch endlich lassen?«

»Antworte mir.«

»Ich hab dir doch bereits geantwortet«.

»Du hast sie umgebracht, stimmt's?«

»Bist du verrückt geworden? Und schrei nicht so, verdammt noch mal. Was sollen denn die Leute denken?«

»Du hast deine Frau umgebracht.«

»Cruz hat sie getötet, und Herrera hat es beschworen. Genügt dir das etwa immer noch nicht? Außerdem hat sich dein Polizistenfreund über mein Alibi hergemacht wie ein Affe beim Lausen. Wie hätte ich sie denn umbringen sollen?«

»Ich wüsste zum Beispiel eine Möglichkeit.«

»Wie bitte?«

Ein Ohrensessel mit Spitzenüberwurf mit Blick auf den Owl's Head Park. Der Geruch von Staub, überlagert vom Duft kleiner violetter Blümchen.

»Die Veilchen«, sagte ich.

»Könntest du dich vielleicht etwas verständlicher aus- drücken, Matt?«

»So hast du es getan.«

»Ich habe keine Ahnung, was du meinst.«

»Das Zimmer im Dachgeschoss, in dem ihre Tante gelebt hat. Ich habe dort oben ihr Parfüm gerochen. Ich dachte, ich hätte den Geruch noch von unten im Schlafzimmer in der Nase, aber das war nicht der Fall. Sie war dort oben, und es waren tatsächlich Spuren ihres Parfüms, die ich dort gerochen habe. Deshalb wollte mir dieser Raum dort oben nicht aus dem Kopf gehen; irgendwie habe ich gespürt, dass damit irgendwas war. Aber was das war, ist mir eben erst klar geworden.«

»Ich verstehe beim besten Willen nicht, wovon du eigentlich redest. Soll ich dir mal sagen, was mit dir los ist, Matt? Du hast ein bisschen zu viel getrunken, das ist, was mit dir los ist. Wenn du morgen früh aufwachst ...«

»Du bist nach Büroschluss sofort zu dir nach Hause nach Bay Ridge rausgefahren, um sie in das Zimmer im Dachgeschoss zu bringen. Was hast du mit ihr gemacht, sie unter Drogen gesetzt? Oder hast du ihr kurz eine übergezogen und sie dann gefesselt dort oben liegen gelassen? Gut verschnürt, geknebelt, bewusstlos. Dann bist du nach Manhattan zurückgefahren, um mit Carolyn abendessen zu gehen.«

»Denkst du im Ernst, ich höre mir diesen Quatsch noch länger an?«

»Pünktlich um Mitternacht sind dann, wie verabredet, Cruz und Herrera aufgetaucht. Sie dachten, ein leeres Haus vorzufinden. Deine Frau war im Dachgeschoss sicher verstaut, und es gab für die beiden ja auch keinen Grund, dort oben nachzusehen. Zur Sicherheit hast du vermutlich auch noch die Tür abgeschlossen. Sie haben also das Haus ausgeräumt und sich aus dem Staub gemacht, und zwar in der irrigen Annahme, noch nie so einfach ein paar Dollar verdient zu haben.«

Ich griff nach meinem Glas. Doch dann fiel mir ein, dass er dafür bezahlt hatte, und ich wollte es bereits wieder abstellen, um dann aber zu der Einsicht zu gelangen, dass das etwas lächerlich gewesen wäre. Genau wie Geld keinen Besitzer kennt, kann sich ein Whiskey nicht erinnern, wer ihn bezahlt hat.

Ich nahm einen Schluck.

»Ein paar Stunden später bist du dann wieder in deinen Wagen gesprungen und neuerlich nach Bay Ridge rausgefahren. Möglicherweise hast du deiner Freundin was ins Bier gekippt, um sie dir vom Hals zu halten. Du hast nur eine Stunde, höchstens anderthalb, gebraucht, um die Sache durchzuziehen, und für neunzig Minuten lässt dein Alibi spielend Raum. Nach Bay Ridge raus fährt man nicht so wahnsinnig lang, vor allem nicht um diese Zeit. Niemand hat dich nach Hause kommen sehen. Du musstest nur nach oben gehen, deine Frau ein Stockwerk tiefer tragen, sie erstechen, dich des Messers entledigen und wieder in die Stadt zurückfahren. So hast du es gemacht, Tommy. Habe ich etwa nicht recht?«

»Du redest einen Haufen Blödsinn, will ich dir mal sagen.«

»Dann sag mir doch, dass du sie nicht umgebracht hast.«

»Das habe ich dir bereits gesagt.«

»Dann sag's mir noch mal.«

»Ich hab sie nicht umgebracht, Matt. Ich habe niemanden umgebracht.«

»Noch mal.«

»Was hast du eigentlich? Ich hab sie nicht umgebracht. Du hast doch schließlich sogar mitgeholfen, das zu beweisen, und jetzt versuchst du plötzlich, alles wieder zu verdrehen und mir anzuhängen. Ich schwöre dir, so wahr ich hier stehe, dass ich sie nicht umgebracht habe.«

»Ich glaube dir nicht.«

Einer der Männer an der Bar geriet über Rocky Marciano ins Schwärmen. Er wäre der beste Boxer aller Zeiten gewesen. Er hätte nicht gut ausgesehen und auch nicht sonderlich clever gewirkt, aber am Ende eines Kampfs hätte er immer auf den Beinen gestanden und sein Gegner nicht.

»Mein Gott«, stöhnte Tommy.

Er schloss die Augen und legte seinen Kopf in seine Hände. Nach einer Weile sah er seufzend wieder auf. »Ist schon komisch mit mir. Am Telefon bin ich bestimmt genauso gut wie Marciano als Boxer war. Da reicht mir so schnell keiner das Wasser. Du kannst mir glauben, ich könnte den Arabern Sand und im Winter Eis verkaufen, aber wenn mir jemand gegenübersitzt, bringe ich es überhaupt nicht. Da beißt es bei mir aus. Wenn es keine Telefone gäbe, könnte ich vermutlich echt zusehen, wie ich meine Brötchen gebacken bekomme. Woran, glaubst du, liegt das wohl?«

»Das musst du schon selbst wissen.«

»Ich weiß es aber nicht. Ich dachte immer, es läge an meinem Gesicht, einem gewissen Zug um Mund und Augen – was weiß ich? Am Telefon ist das alles kein Problem. Ich spreche mit einem vollkommen Fremden, von dem ich nicht weiß, wer er ist und wie er aussieht, und alles geht mir total locker von der Hand. Doch wenn ich jemandem persönlich gegenübersitze, ist es vollkommen anders.« Als er mich dabei ansah, wichen seine Augen meinem Blick kaum merklich aus. »Wenn wir das hier übers Telefon abwickeln würden, würdest du mir garantiert abnehmen, was ich dir sage.«

»Schon möglich.«

»Hundertprozentig! Und zwar Wort für Wort. Gut, Matt, gehen wir rein theoretisch mal davon aus, ich hätte es wirklich getan. Es war ein Unfall, ich habe aus einem Impuls heraus gehandelt; wir waren beide wegen des Einbruchs ziemlich durcheinander, ich war ganz schön aufgebracht und …«

»Du hast das Ganze von Anfang an geplant, Tommy. Jeder einzelne Schritt war sorgfältig durchdacht.«

»Was du mir da eben an den Kopf geknallt hast, diese aberwitzige Geschichte, die du mir eben aufgetischt hast – das kannst du doch in keinem einzigen Punkt beweisen.«

Darauf erwiderte ich nichts.

»Und du hast mir sogar geholfen – vergiss das bitte nicht.«

»Keine Sorge, das werde ich nicht.«

»Und außerdem hätten sie mir so oder so nichts anhängen können. Die

Sache wäre nie vor Gericht gekommen, und wenn doch, hätten wir es sofort abgeschmettert. Du hast uns doch nur ein paar zusätzliche Scherereien erspart. Und soll ich dir noch was sagen?«

»Ja, was?«

»Was wir beide heute Abend hier reden, das ist doch nur der Schnaps – zwei Flaschen Whiskey, die sich miteinander unterhalten. Das ist alles. Morgen früh werden wir schon alles wieder vergessen haben, was wir heute Abend alles gesagt haben. Ich habe niemanden umgebracht, und du hast nie behauptet, ich hätte es getan. Du wirst sehen, dann ist alles wieder paletti, und wir sind nach wie vor gute Freunde. So ist es doch? Sag doch was. Ist es nicht so?«

Ich sah ihn nur an.

Kapitel 25

Das war am Montagabend. Ich weiß nicht mehr genau, wann ich danach mit Jack Diebold gesprochen habe. Doch es muss am Dienstag oder Mittwoch gewesen sein. Ich versuchte, ihn im Bereitschaftsraum zu erreichen, was schließlich dazu führte, dass ich ihn zu Hause in seiner Wohnung anrief. Wir unterhielten uns kurz über dies und jenes, bis ich mit der Sprache herausrückte. »Weißt du, ich bin jetzt auf eine Möglichkeit gekommen, wie er es getan haben könnte. «

»In welcher Zeit lebst du eigentlich? Der eine ist tot, der andere hat ein umfassendes Geständnis abgelegt. Damit ist der Fall erledigt. «

»Ich weiß, aber hör dir trotzdem mal an, was ich zu sagen habe. « Und dann präsentierte ich ihm meine Beweisführung, nichts weiter als eine Übung in angewandter Logik. Ich musste ihm mehrmals erklären, wie Tommy Tillary seine Frau umgebracht haben könnte, und auch dann war er nicht gerade begeistert.

»Ich weiß nicht«, brummte er. »Klingt alles reichlich kompliziert. Er hätte sie – wie lange? – acht bis zehn Stunden im Dachgeschoss festhalten müssen. Das ist eine verdammt lange Zeit, in der sie außerdem unbeaufsichtigt war. Angenommen, sie kommt zu sich und kann sich befreien? Dann ist er doch dran. «

»Aber nicht wegen Mordes. Bestenfalls kann sie Anzeige gegen ihn erstatten, dass er sie gefesselt hat. Aber wann ist ein Ehemann wegen so was zum letzten Mal hinter Gitter gekommen? «

»Stimmt. Solange er sie nicht umbringt, geht er damit kein sonderlich großes Risiko ein, und danach ist sie ja tot. Langsam sehe ich, worauf du hinauswillst. Trotzdem erscheint es mir ziemlich an den Haaren herbeigezogen, Matt. «

»Na ja, ich habe mir nur eine Möglichkeit auszudenken versucht, wie es passiert sein könnte. «

»So ist es im wirklichen Leben aber meistens nicht. «

»Schon möglich. «

»Und selbst wenn es so gewesen wäre, brächte es dich nicht weiter. Du hast mir eben den ganzen Sachverhalt auseinandergelegt, und ich bin ja nun weiß Gott aus der Branche. Aber versuch das mal einem Haufen Geschworenen auseinanderzusetzen, wenn dich außerdem noch alle dreißig Sekunden so ein Drecksanwalt mit seinen Einsprüchen unterbricht. Außerdem wollen die Geschworenen für so was einen dunkelhäutigen Kerl mit massenweise Brillantine im Haar und einem ellenlangen Messer in der Hand vorgesetzt bekommen – und möglichst auch noch ordentlich Blutflecken auf dem Hemd. Das ist es, was die Geschworenen in so einem Fall sehen wollen.«

»Klar.«

»Und nicht zuletzt ist der Fall längst zu den Akten gelegt. Weißt du, was ich im Moment gerade bearbeite? Diese Familie aus Borough Park. Hast du davon gelesen?«

»Diese orthodoxen Juden?«

»Genau. Drei orthodoxe Juden. Mutter, Vater, Sohn. Sitzen alle drei brav beim Essen und bekommen eine Kugel in den Hinterkopf gejagt. Das ist im Moment alles, was ich habe. Was Tommy Tillary angeht, ist mir der Kerl inzwischen schnurzegal, selbst wenn er Cock Robin und beide Kennedys auf dem Gewissen hätte.«

»Na ja, war ja nur so eine Idee von mir.«

»Und gar keine so schlechte. Muss man dir durchaus lassen. Allerdings ist das Ganze auch nicht sehr realistisch, und selbst wenn es das wäre – wer hätte schon die Zeit, der Sache nachzugehen?«

Ich fand, jetzt war der Zeitpunkt für ein ordentliches Besäufnis gekommen. Meine beiden Fälle waren, wenn auch nicht zufriedenstellend, abgeschlossen. Meine Söhne waren unterwegs ins Ferienlager. Meine Miete war bezahlt, meine Kneipenschulden beglichen, und ich hatte ein paar Dollar auf der hohen Kante liegen. Ich hatte, wie es mir schien, allen Grund, mich für eine Woche abzumelden und mich ausgiebig dem Alkohol zu widmen.

Doch mein Körper schien zu spüren, dass es dazu noch zu früh war, und wenn ich auch keineswegs nüchtern blieb, wurde nichts aus dem Riesenbesäufnis, zu dem ich mich eigentlich berechtigt fühlte. Jedenfalls saß ich ein oder zwei Tage später gerade bei einer Tasse Kaffee mit Bourbongeschmack im Armstrong's, als Skip Devoe hereinkam.

Er nickte mir von der Tür kurz zu und ging dann an die Bar, um kurz einen

Drink hinunterzustürzen. Erst dann kam er an meinen Tisch, zog sich einen Stuhl heraus und setzte sich.

»Da.« Er legte einen braunen Umschlag von der Art, wie man sie in Banken bekommt, auf den Tisch.

»Was ist das?«, wollte ich wissen.

»Für dich.«

Ich öffnete den Umschlag. Er war voll Geld. Ich entnahm ihm ein Bündel Geldscheine und fächerte sie auf.

»Bist du verrückt geworden?«, fuhr Skip mich an. »Willst du etwa, dass dir jemand nach Hause folgt und dir unterwegs eine überzieht? Steck das Geld gefälligst wieder ein. Zählen kannst du es auch zu Hause.«

»Was soll das sein?«

»Dein Anteil. Jetzt steck das Geld endlich weg, ja?«

»Mein Anteil an was?«

Er seufzte ungeduldig. Dann zog er nahrhaft an seiner Zigarette und drehte den Kopf zur Seite, um mir den Rauch nicht ins Gesicht zu blasen. »Dein Anteil an zehn Riesen. Dir steht die Hälfte zu. Und die Hälfte von zehn Riesen sind fünf Riesen, und fünf Riesen sind in diesem Umschlag, und würdest du uns jetzt vielleicht endlich den Gefallen tun, ihn wegzustecken?«

»Was soll das für ein Anteil sein, Skip?«

»Dein Anteil an der Belohnung.«

»An welcher Belohnung?«

Er sah mich herausfordernd an. »Wenigstens etwas von dem Geld habe ich mir wieder zurückgeholt. Schließlich bin ich diesen Wichsern nichts schuldig.«

»Ich weiß nicht, wovon du redest.«

»Von Atwood und Cutler. Ich habe Tim Pat von ihnen erzählt. Wegen der Belohnung.«

Ich sah ihn an.

»Oder hätte ich etwa zu ihnen gehen und das Geld zurückfordern sollen? Von Ruslander hatte ich auch nichts zu erwarten; der hat bereits alles wieder ausgegeben. Also habe ich Tim Pat einen kleinen Besuch abgestattet und ihn bei der Gelegenheit gefragt, ob er und seine Brüder diese Sache mit der Belohnung eigentlich noch immer ernst meinten. Du hättest sehen sollen, wie seine Augen aufgeleuchtet haben, als ich das gesagt habe. Und als ich ihm dann auch noch ihre Namen und Adressen gegeben habe, dachte ich schon, er würde mich gleich abknutschen.«

Ich legte den braunen Umschlag auf den Tisch und schob ihn Skip zu, worauf er ihn wieder mir zuschob. Aber ich sagte: »Das gehört mir nicht.«

»Und ob es das tut. Ich habe Tim Pat bereits erzählt, dass die Hälfte davon dir zusteht, weil du die ganze Arbeit getan hättest. Jetzt nimm schon.«

»Ich will das Geld nicht. Ich bin bereits bezahlt worden für das, was ich getan habe. Die Information war deine Sache. Du hast sie gekauft. Wenn du sie an Tim Pat verkauft hast, steht die Belohnung dir zu.«

Er zog an seiner Zigarette. »Ich habe meine Hälfte bereits Kasabian gegeben. Du weißt schon, die fünftausend, die ich ihm schulde. Er wollte das Geld auch nicht. Ich hab zu ihm gesagt: Jetzt nimm das Geld schon, und wir sind quitt. Dann hat er's genommen. Und das ist dein Anteil.«

»Ich will das Geld aber nicht.«

»Was soll an dem Geld auszusetzen sein?«

Ich sagte nichts.

»Jetzt stell dich nicht so an«, redete er weiter auf mich ein. »Wenn du das Geld nicht behalten willst, dann behältst du es eben nicht. Verbrenn es, hau's auf den Kopf, verschenke es an den nächstbesten, mach meinetwegen damit, was du willst. Weil ich es nämlich nicht behalten kann. Ich kann es einfach nicht. Verstehst du das denn nicht?«

»Warum kannst du es nicht behalten?«

»Mein Gott«, stieß er gequält hervor. »Ich weiß auch nicht, warum ich es getan habe, verdammt noch mal.«

»Warum du was getan hast?«

»Und trotzdem würde ich es wieder tun. Das ist das Verrückte daran. Es macht mich völlig fertig, aber wenn ich es noch mal tun könnte, würde ich es wieder tun.«

»Was?«

Er sah mich an. »Ich habe Tim Pat drei Namen gegeben«, sagte er schließlich leise. »Und drei Adressen.«

Er nahm seine Zigarette zwischen Daumen und Zeigefinger und starrte sie an. »Lass dich von mir nie bei so etwas erwischen«, sagte er schließlich und ließ den Stummel in meine Kaffeetasse fallen. »Mein Gott, was habe ich da nur wieder angestellt? Deine Tasse war ja noch halb voll. Ich dachte, es wäre meine

Tasse, dabei hatte ich doch gar keine. Was ist nur los mit mir? Entschuldige, ich hol dir eine frische Tasse Kaffee.«

»Vergiss doch den blöden Kaffee.«

»Es war nur ein Reflex. Ich habe mir überhaupt nichts dabei gedacht, ich …«

»Skip, jetzt vergiss endlich diesen blöden Kaffee und setz dich.«

»Willst du auch wirklich keinen …«

»Vergiss den Kaffee.«

»Na gut.« Er nahm eine frische Zigarette heraus und klopfte damit gegen seinen Handrücken.

»Du hast Tim Pat also drei Namen genannt«, sagte ich schließlich.

»Ja.«

»Atwood, Cutler und …«

»Bobby«, kam er mir zuvor. »Ich habe ihm Bobby Ruslander verkauft.«

Er steckte sich die Zigarette in den Mund, holte sein Feuerzeug heraus und zündete sie an. Seine Lider senkten sich gegen den Rauch halb über die Augen. »Ich hab ihn verraten und verkauft, Matt. Meinen besten Freund, nur dass sich herausgestellt hat, dass er gar nicht mein Freund ist. Und jetzt bin ich also hingegangen und habe ihn bei Tim Pat hingehängt. Ich habe ihm gesagt, Bobby wäre der Drahtzieher hinter dem Ganzen gewesen.« Er sah mich an. »Hältst du mich jetzt für ein Schwein?«

»Ich halte dich für gar nichts.«

»Ich musste es einfach tun.«

»Na gut.«

»Aber du kannst jetzt wahrscheinlich verstehen, warum ich das Geld nicht behalten kann.«

»Ja, das kann ich inzwischen ganz gut verstehen.«

»Es wäre Bobby durchaus zuzutrauen, dass er auch diesmal seinen Kopf wieder aus der Schlinge zieht. Auf so etwas versteht er sich bekanntlich bestens. Du hast doch selbst gesehen, wie er neulich nachts aus unserem Büro abgerauscht ist – die gekränkte Unschuld in Person. Wollen wir doch mal sehen, wie er sich diesmal aus der Klemme schauspielert, unser großer Schauspieler.«

Ich sagte nichts.

»Zuzutrauen wäre es ihm.«

»Schon möglich.«

Er fuhr sich mit dem Handrücken über die Augen. »Ich habe diesen Schweinehund wirklich gemocht, und ich dachte, dieses Gefühl würde auf

Gegenseitigkeit beruhen.« Er holte tief Luft und atmete deutlich hörbar aus. »Aber von nun an werde ich wohl kaum mehr solche Gefühle für einen anderen Menschen aufbringen.«

Er stand auf. »Jedenfalls glaube ich, dass er eine Chance hat. Vielleicht kann er seinen Kopf noch aus der Schlinge ziehen.«

»Vielleicht.«

Aber das war nicht der Fall. Bis zum Wochenende standen sie alle drei in der Zeitung – Gary Michael Atwood, Lee David Cutler und Robert Joel Ruslander. Ihre Leichen wurden in verschiedenen Teilen der Stadt gefunden, den Kopf unter einer schwarzen Kapuze, die Hände mit Draht auf den Rücken gefesselt und eine Kugel vom Kaliber .25 im Kopf. Rita Donegian wurde neben Cutler aufgefunden, ebenfalls mit einer schwarzen Kapuze über dem Kopf und gefesselt. Vermutlich war sie ihnen bei der Beseitigung Cutlers in die Quere gekommen.

Als ich in der Zeitung davon las, hatte ich das Geld in dem braunen Bankumschlag immer noch. Ich war noch zu keiner Entscheidung gelangt, was ich damit anfangen sollte. Ich weiß auch nicht, ob ich wirklich bewusst zu einer kam; jedenfalls zweigte ich am darauffolgenden Tag fünfhundert Dollar davon für den Opferstock in Saint Paul's ab. Von dem Geld konnte ich einige Kerzen anstecken. Einen weiteren Teil des Geldes bekam Anita, und etwas davon wanderte auf die Bank, und irgendwann hörte es auf, Blutgeld zu sein, und wurde zu nichts weiter als eben Geld.

Damit, dachte ich, wäre die Sache erledigt. Aber auch damit sollte ich mich wieder mal im Irrtum befinden.

Der Anruf kam mitten in der Nacht. Ich hatte schon ein paar Stunden geschlafen, aber das Telefon weckte mich, und ich tappte im Dunkeln nach dem Hörer. Ich brauchte mindestens eine Minute, bis ich die Stimme am anderen Ende der Leitung erkannte. Es war Carolyn Cheatham.

»Ich musste dich einfach anrufen«, begann sie, nachdem ich mir hinsichtlich ihrer Identität endlich klargeworden war, »weil du ein Bourbontrinker und Gentleman bist. Ich fand, das wäre ich dir schuldig.«

»Wieso? Was ist passiert?«

»Unser gemeinsamer Freund hat mir den Laufpass gegeben. Außerdem hat er dafür gesorgt, dass ich bei Tannahill & Co. gefeuert wurde, damit er auch im Büro meinen Anblick nicht mehr länger zu ertragen hat. Sobald er mich nicht mehr gebraucht hat, ist er einfach hergegangen und hat – schnipp! – die Schnur durchgeschnitten. Und das Schönste ist, er hat es übers *Telefon* gemacht.«

»Carolyn ...«

»Es steht alles in dem Brief«, unterbrach sie mich. »Ich habe einen Abschiedsbrief geschrieben.«

»Hör zu, überstürze bitte nichts.« Ich war inzwischen aus dem Bett aufgestanden und tastete nach meinen Kleidern. »Ich komme gleich bei dir vorbei. Dann können wir uns in Ruhe über alles unterhalten.«

»Du kannst mich nicht davon abhalten, Matthew.«

»Ich versuche doch gar nicht, dich von irgendwas abzuhalten. Wir unterhalten uns einfach ein bisschen, und dann kannst du machen, was du willst.«

Statt einer Antwort drang nur das Klicken des Hörers aus der Leitung. Sie hatte aufgelegt.

Ich zog mich hastig an und machte mich in der Hoffnung, sie möchte Tabletten nehmen oder wenigstens etwas, das nicht sofort wirkte, auf den Weg zu ihrer Wohnung. Die Eingangstür ihres Hauses war aus Glas, und ich schlug sie einfach ein. Dem Schloss ihrer Wohnungstür rückte ich mit einer alten Kreditkarte zu Leibe. Hätte sie den Sicherheitsriegel vorgelegt, hätte ich die Tür eintreten müssen, aber zum Glück hatte sie es mir nicht unnötig schwer gemacht.

Der Korditgeruch drang bereits in meine Nase, bevor ich die Tür aufbekommen hatte. Die ganze Wohnung war davon erfüllt. Sie lag auf der Couch; ihr Kopf war zur Seite gesackt. Die Waffe befand sich noch immer in ihrer Hand, die schlaff an ihrer Seite lag, und in ihrer Schläfe zeichnete sich ein hässliches, schwarz umrandetes Loch ab.

Der Abschiedsbrief, eine Seite aus einem Spiralblock, lag, von einer leeren Flasche Maker's Mark beschwert, auf dem Couchtisch. Neben der leeren Flasche Bourbon stand ein leeres Glas. Der Alkohol hatte in ihrer Handschrift und in der unbeholfenen Ausdrucksweise ihres Abschiedsbriefs deutliche Spuren hinterlassen.

Ich las den Brief. Und nachdem ich dann ein paar Minuten, jedenfalls nicht sehr lange, reglos dagestanden hatte, holte ich ein Geschirrtuch aus der Küche und wischte damit Glas und Flasche ab. Dann nahm ich ein zweites, dazu passendes Glas, spülte es aus, trocknete es ab und stellte es auf den Geschirrtrockner neben der Spüle.

Ich steckte den Abschiedsbrief in meine Hosentasche, nahm ihr die zierliche

Schusswaffe aus der Hand, fühlte sicherheitshalber ihren Puls, und dann, um das Krachen der Schüsse zu dämpfen, legte ich ein Kissen um den Revolver.

Einen Schuss feuerte ich in ihren Bauch ab, einen zweiten in ihren offenen Mund.

Dann steckte ich den Revolver ein und verließ die Wohnung.

Sie fanden die Waffe in Tommy Tillarys Haus in der Colonial Road zwischen den Polstern der Couch im Wohnraum versteckt. Sie war zwar an der Außenseite von jeglichen Fingerabdrücken gesäubert worden, aber in der Magazinkammer entdeckte die Spurensicherung doch einen Abdruck, der eindeutig von Tommy stammte.

Darüber hinaus ließ sich eindeutig nachweisen, dass die Kugeln, an denen Carolyn Cheatham gestorben war, aus dieser Waffe abgefeuert worden waren. Wenn ein Geschoss auf Knochen trifft, kann es sich so verformen, dass es nicht mehr eindeutig identifizierbar ist, aber die Kugel, die ihren Bauch durchschlagen hatte, war intakt geblieben.

Nachdem die Zeitungen über den Vorfall berichtet hatten, rief ich Drew Kaplan in seiner Kanzlei an. »Ich verstehe das nicht«, sagte ich. »Er war doch aus dem Schneider. Warum hat er dann das Mädchen erschossen?«

»Das fragen Sie ihn am besten selbst.« Kaplan klang nicht sehr glücklich. »Wenn Sie mich fragen, ist der Kerl einfach verrückt. Aber das ist mir, ehrlich gesagt, erst jetzt aufgegangen. Was den Mord an seiner Frau betrifft, war ich mir nie ganz sicher. Vielleicht war er's, vielleicht auch nicht. Aber darüber zu befinden, war schließlich nicht meine Aufgabe. Für einen psychopathischen Killer hätte ich Tillary allerdings weiß Gott nicht gehalten.«

»Steht denn außer Frage, dass er das Mädchen wirklich umgebracht hat?«

»Soweit ich das beurteilen kann, ja. Die Tatwaffe belastet ihn jedenfalls stark. Was musste sie dieser Idiot auch ausgerechnet in seiner Couch verstecken.«

»Überhaupt komisch, dass er sich ihrer nicht entledigt hat.«

»Vielleicht wollte er noch ein paar andere Leute erschießen. Wer kann schließlich schon sagen, was im Kopf eines Irren vor sich geht. Tja, die Waffe dürfte ihm vor Gericht das Genick brechen, und außerdem ist noch ein anonymer Anruf bei der Polizei eingegangen, demzufolge ein Mann gesehen wurde, der Hals über Kopf das Haus verlassen hat, in dem sie gewohnt hat. Die Personenbeschreibung hat haargenau auf Tommy zugetroffen. Der Zeuge konnte übrigens auch angeben, was er anhatte. Stellen Sie sich mal vor, er trug seinen roten Blazer, in dem er immer aussah wie ein Türsteher des alten Brooklyn Paramount.«

»Demnach scheint er ja wirklich ganz schön in der Tinte zu sitzen.«

»Tja, deshalb darf sich diesmal auch ein anderer die Zähne daran ausbeißen, ihn da wieder rauszuhauen«, schloss Kaplan. »Ich habe ihm bereits zu verstehen gegeben, dass ich es in diesem Fall nicht mehr verantworten kann, seine Verteidigung zu übernehmen. Was mich betrifft, will ich mit Tillary nichts mehr zu tun haben.«

An all das wurde ich erinnert, als ich kürzlich in der Zeitung las, dass Angel Herrera wieder auf freien Fuß gesetzt worden war. Er saß alle zehn Jahre seiner fünf- bis zehnjährigen Haftstrafe ab, da er sein Talent, ständig in Schwierigkeiten zu geraten, hinter Gittern nicht minder unter Beweis stellte wie in Freiheit.

Tommy Tillary wurde von einem unbekannten Mithäftling mit einem selbstgebastelten Messer erstochen, als er zwei Jahre und drei Monate seiner Haftstrafe für Totschlag abgesessen hatte. Ich hatte mich damals gefragt, ob die Tat wohl Herrera begangen hatte, um es ihm heimzuzahlen. Aber Gewissheit werde ich diesbezüglich wohl nie bekommen. Vielleicht unterblieben mit einem Mal die monatlichen Schecks nach Santurce, und Herrera bekam das in den falschen Hals. Oder Tommy machte einem anderen Häftling gegenüber eine dumme Bemerkung, und das unklugerweise nicht übers Telefon, sondern von Angesicht zu Angesicht.

So vieles hat sich geändert, so viele alte Bekannte sind aus meinem Gesichtskreis verschwunden.

Antares & Spiro's, der Grieche an der Ecke, existiert nicht mehr. Inzwischen hat dort ein koreanischer Obstladen aufgemacht. Polly's Cage nennt sich mittlerweile Cafe 57 und hat sich von schummrig zu schick gemausert; zumindest hat die rote Bordelltapete modernem Neonstyling Platz gemacht. Das Red Flame und das Blue Jay gibt es nicht mehr. Wo früher das McGovern's war, ist jetzt ein Steakhouse namens Desmond's. Das Miss Kitty's machte etwa anderthalb Jahre nach der Geschichte mit den gestohlenen Büchern dicht. John und Skip verkauften den Laden. Die Nachfolger eröffneten eine Schwulenbar namens Kid Gloves, die jedoch schon zwei Jahre später ebenfalls einging.

Das Fitnessstudio, in dem Skip immer trainierte, musste noch im selben Jahr schließen, worauf dort eine Schule für Modern Dance eröffnete. Wieder ein paar Jahre später wurde das ganze Gebäude abgerissen und ein neues hochgezogen. Von den zwei französischen Restaurants direkt nebeneinander ist das, in dem ich mit Fran essen war, eingegangen, und seit neuestem befindet sich dort ein teures indisches Restaurant. Das andere französische Restaurant existiert immer noch, und ich habe dort noch immer nicht gegessen.

Allerhand Veränderungen.

Jack Diebold weilt nicht mehr unter den Lebenden. Herzinfarkt. Er war schon ein halbes Jahr tot, bevor ich überhaupt davon erfuhr, aber andererseits hatten wir nach dem Fall Tillary auch kaum mehr Kontakt.

John Kasabian zog in die Hamptons, nachdem er und Skip das Miss Kitty's verkauft hatten. Er eröffnete dort eine ähnliche Kneipe, und wie ich gehört habe, hat er geheiratet.

Das Morissey's machte Ende 77 dicht. Tim Pat tauchte unter, nachdem er, wegen Waffenschmuggels angeklagt, gegen eine Kaution auf freien Fuß gesetzt worden war; seine Brüder verschwanden ebenfalls spurlos. Aber die kleine Privatbühne im Erdgeschoss hat sich erstaunlicherweise bis heute über Wasser gehalten.

Skip ist tot. Er hing eine Weile ziemlich herum, nachdem das Miss Kitty's dichtgemacht hatte, und zog sich mehr und mehr in sein Apartment zurück. Dann bekam er eines Tages eine akute Bauchspeicheldrüsenentzündung und starb im Roosevelt Hospital auf dem Operationstisch.

Billie Keegan hörte Anfang 76 im Armstrong's auf, wenn ich mich recht entsinne. Er zog aus New York weg. Das letzte, was ich von ihm gehört habe, ist, dass er vollständig zu trinken aufgehört hat, irgendwo nördlich von San Francisco lebt und Kerzen oder Seidenblumen oder etwas ähnlich Unwahrscheinliches herstellt. Dennis habe ich erst vor einem Monat oder so in einer Buchhandlung in der Fifth Avenue getroffen; er hatte den Arm voller Bücher über Yoga, Spiritualismus und ganzheitliches Heilen.

Eddie Koehler nahm vor ein paar Jahren seinen Abschied bei der Polizei. Die ersten zwei Weihnachten danach bekam ich noch aus einem kleinen Fischerdorf in Florida Weihnachtsgrüße; letztes Jahr hat er allerdings nichts mehr von sich hören lassen, was vermutlich nur bedeutet, dass er mich von seiner Liste für Weihnachtsgrüße gestrichen hat, was in der Regel mit allen passiert, die nicht zurückschreiben.

Mein Gott, wo sind diese zehn Jahre bloß geblieben? Einer meiner Söhne studiert inzwischen; der andere ist beim Militär. Ich kann mich beim besten Willen nicht mehr erinnern, wann wir zum letzten Mal im Stadion waren, geschweige denn in einem Museum.

Anita hat wieder geheiratet. Sie lebt immer noch in Syosset, aber ich schicke ihr kein Geld mehr.

So viele Veränderungen, die an der Welt zehren wie Wasser, das an einem Fels nagt. Und dann hat letzten Sommer auch noch die gelobte Kneipe geschlossen, wenn man sie mal so nennen will. Der Mietvertrag fürs Armstrong's lief aus, worauf Jimmy ihn nicht mehr erneuert hat, und jetzt hat sich dort ein weiteres dieser chinesischen Restaurants breitgemacht. Er hat dann zwar einen Block weiter westlich, an der Ecke Tenth und Fifty-seventh, einen neuen Laden aufgemacht, aber das liegt etwas abseits der Pfade, die ich neuerdings beschreite.

Und dies in mehr als einer Hinsicht. Ich trinke nämlich nicht mehr und verkehre dementsprechend auch nicht mehr in Kneipen, ob nun gelobt oder nicht. Ich verbringe weniger Zeit damit, Kerzen anzuzünden, und halte mich stattdessen häufiger in den Kellerräumen von Kirchen auf, wo ich meinen Kaffee ohne Bourbon und aus Styroporbechern trinke.

Wenn ich also zehn Jahre zurückblicke, kann ich durchaus sagen, dass ich heute sicherlich einiges anders machen würde, aber andererseits ist inzwischen so vieles anders. Alles. Alles hat sich geändert, vollkommen. Ich wohne immer noch im selben Hotel, ich treibe mich auf denselben Straßen herum, ich gehe wie eh und je hin und wieder mal zu einem Baseballspiel oder sehe mir einen Boxkampf an, nur habe ich vor zehn Jahren ständig getrunken, und jetzt trinke ich überhaupt nicht mehr. Ich bereue nicht ein Glas, das ich in mich hineingeschüttet habe, aber ich hoffe bei Gott, dass ich nie wieder eines anrühren werde.

Denn der Weg, den ich neuerdings beschreite, ist der seltener beschrittene, und gerade das ist ein gewaltiger Unterschied. Glauben Sie mir, ein ganz gewaltiger.

An meine deutschen Leser: Ich hoffe, dass Sie Gefallen an diesem Matthew-Scudder-Roman gefunden haben. Wenn Sie über zukünftige Veröffentlichungen meiner Bücher auf Deutsch informiert werden möchten, schicken Sie einfach eine E-Mail mit dem Betreff "German mailing list" an lawbloc@gmail.com. (Ich versende auch einen Newsletter auf Englisch und würde Sie mit Freude auch auf diese Liste setzen; falls gewünscht, fügen Sie einfach "English also" hinzu.)

Lawrence Block schreibt seit einem halben Jahrhundert preisgekrönte Kriminalromane und Spannungsliteratur. Sein neuestes Buch ist *In Sunlight or in Shadow*, eine Anthologie mit 17 neuen Kurzgeschichten, die jeweils von einem Gemälde von Edward Hopper inspiriert wurden; zu den vertretenen Autoren gehören Stephen King, Joyce Carol Oates, Lee Child, Megan Abbott, Michael Connelly, Jeffery Deaver und Joe Lansdale.

Blocks zuletzt erschienener Roman ist *The Girl with the Deep Blue Eyes*, von seinem Hollywood-Agenten als »James M. Cain auf Viagra« gerühmt. Zu seinen neueren Romanen zählen außerdem *The Burglar Who Counted the Spoons*, in dem Bernie Rhodenbarr im Mittelpunkt steht, *Hit Me* mit dem Briefmarkensammler und Auftragsmörder Keller sowie *A Drop of the Hard Stuff* mit Matthew Scudder. 2014 wurde Scudder von Liam Neeson in der Verfilmung von *Ruhet in Frieden – A Walk Among the Tombstones* brillant auf der Leinwand verkörpert. Auch andere Romane Blocks wurden verfilmt, allerdings mit geringerem Erfolg.

Block erhielt auch für seine Bücher für Autoren große Anerkennung, darunter Klassiker wie *Telling Lies for Fun & Profit* und *Write for Your Life*. Zuletzt hat er mit *The Crime of Our Lives* eine Sammlung von Aufsätzen über das Genre des Kriminalromans und dessen Vertreter veröffentlicht.

Neben seinen Prosawerken hat Block auch Drehbücher für die Fernsehserie *Tilt* und den Film *My Blueberry Nights* von Wong Kar-wai geschrieben. Block soll ein zurückhaltender und bescheidener Mann sein, auch wenn man das aufgrund dieser autobiographischen Skizze keinesfalls erwarten würde.

Email: lawbloc@gmail.com
Twitter: @LawrenceBlock
Facebook: lawrence.block
Homepage: lawrenceblock.com

Über den Übersetzer:

Sepp Leeb hat Amerikanistik und Germanistik studiert und lebt als Übersetzer in München. Neben Lawrence Block hat er auch Thomas Harris und Michael Connelly ins Deutsche übersetzt.

Die Matthew-Scudder-Romane:

#1 *Die Sünden der Väter* (The Sins of the Fathers)

#2 *Drei am Haken* (Time to Murder and Create)

#3 *Mitten im Tod* (In the Midst of Death)

#4 A Stab in the Dark

#5 *Acht Millionen Wege zu sterben* (Eight Million Ways to Die)

#6 *Nach der Spettstunde* (When the Sacred Ginmill Closes)

#7 *Am Rand das Amgrunds* (Out on the Cutting Edge)

#8 A Ticket to the Boneyard

#9 A Dance at the Slaughterhouse

#10 A Walk Among the Tombstones

#11 The Devil Knows You're Dead

#12 A Long Line of Dead Men

#13 Even the Wicked

#14 Everybody Dies

#15 Hope to Die

#16 All the Flowers are Dying

#17 A Drop of the Hard Stuff

#18 The Night and the Music (the complete short stories)

Auf Deutsch erschienene Matthew-Scudder-Kurzgeschichten:

#1 Aus dem Fenster (Out the Window)

#2 Eine Kerze für die Stadtstreicherin (A Candle for the Bag Lady)

#3 Im frühen Licht des Tages (By the Dawn's Early Light)

Weitere Bücher von Lawrence Block:

Mit leichtem Gepäck (Resume Speed)

www.ingramcontent.com/pod-product-compliance
Lightning Source LLC
Chambersburg PA
CBHW051540260626
47170CB00003B/1026